CHERRY ADAIR

Süße Eroberung

Buch

So eine Großfamilie kann ja sehr schön sein, aber manchmal ist's einfach genug! Um der ständigen Fürsorge ihrer vier testosterongeplagten Brüder zu entfliehen, entschließt sich Marnie Wright, ein bisschen Einsamkeit und Ruhe in der alten Berghütte ihrer vor kurzem verstorbenen, heiß geliebten Großmutter zu suchen. Mit ihrer mannshohen Dogge Duchess als einziger Begleitung stolpert sie dort über jemanden, der anscheinend ebenfalls den Frieden der Berge sucht. Bei ihrer Begegnung stellt Marnie allerdings nur zwei Dinge fest: Der Mann hat einen Mund, der zum Küssen wie gemacht ist, und er scheint ein rechter Schwachkopf zu sein. Oder wieso sollte er sie sonst mit einem Gewehr bedrohen?

Jake Dolan allerdings verflucht die zierliche Frau mit ihrer riesigen Dogge aus ganzem Herzen. Schließlich klebt dem Ex-Geheimagenten gerade ein Killer an den Fersen – und das lässt ihm wenig Zeit für eine blond gelockte, unglaublich begehrenswerte Nervensäge…

Autorin

Cherry Adair lebt in Western Washington und sammelt Freunde, Teekannen und Bücher. Nachdem ihre beiden Töchter erwachsen und aus dem Haus waren, begaben sich Cherry und ihr Ehemann David freiwillig unter die Herrschaft ihrer Katze T. C. und seit neuestem unter die eines Schnauzers. Cherry war Innenarchitektin, bevor sie ihr Talent zum Schreiben entdeckte. Wenn sie nicht vor ihrem Computer sitzt, gärtnert sie. Weitere Bücher von Cherry Adair sind bei Blanvalet in Vorbereitung.

CHERRY ADAIR

Süße Eroberung

Roman

Aus dem Amerikanischen
von Gabi Langmack

BLANVALET

Die Originalausgabe erschien 2000 unter dem Titel
»Kiss and Tell«
bei Ivy Books, The Ballantine Publishing Group
a division of Random House Inc., New York.

Umwelthinweis:
Alle bedruckten Materialien dieses Taschenbuches
sind chlorfrei und umweltschonend.

Blanvalet Taschenbücher erscheinen im
Goldmann Verlag, einem Unternehmen der
Verlagsgruppe Random House GmbH.

Deutsche Erstveröffentlichung Januar 2002

Umschlaggestaltung: Design Team München
Umschlagillustration: Agt. Schlück/Daeni
Satz: Uhl + Massopust, Aalen
Druck: Elsnerdruck, Berlin
Verlagsnummer: 35712
Lektorat: Maria Dürig
Redaktion: Regine Kirtschig
Herstellung: Heidrun Nawrot
Made in Germany
ISBN 3-442-35712-8
www.blanvalet-verlag.de

1 3 5 7 9 10 8 6 4 2

Den Autorinnen vom *Butts in Chair Club* gewidmet –
wären Freunde wie Blumen, Euch würde ich pflücken.

Für Rose Lerma, Susan Plunkett, Pamela Britton und
Jennifer Skullestad. Für wunderbare Erinnerungen und
lebenslange Freundschaft. Ihr seid die Besten.

Und mit all meiner Liebe,
wie immer für David, mein Fliegerass.

1

Die Bewegungsmelder schlugen Alarm, sobald irgendetwas, das schwerer als hundert Pfund war, die nahezu unsichtbaren Sensoren passierte. Auf dem Monitor sah Jake zuerst nur eine rehbraune dänische Dogge. Der verdammte Köter war kalbsgroß und sah verschlagen aus.

»Wo zum Teufel kommst du denn her?«

Der Hund hatte die Ohren gespitzt und schnüffelte herum, als wittere er ihn dort unten, sechs Meter unter dem Erdboden. Jake legte die Füße, die in Stiefeln Größe 48 steckten, auf den Tisch, nippte an seinem Soda und blinzelte konzentriert in den Flachbildschirm.

Einen Sekundenbruchteil später war er auf den Beinen und hatte die leere Sodadose mit einem Faustschlag zusammengedrückt. »Scheiße!«

Der Hund hatte sie verdeckt.

Einen Moment lang…

Er griff sich instinktiv an die Narbe am Hals, ignorierte seinen auf zweihundert gestiegenen Blutdruck, beugte sich vor und zoomte den Bildausschnitt, um mehr zu erkennen.

Eine schlanke Blondine, die in ihrer grünen Daunenjacke fast ertrank, saß keine zehn Meter von der Hütte entfernt auf dem umgestürzten Baum, den letztes Jahr ein Sturm entwurzelt hatte. Der Wind wehte ihr blonde Strähnen in allen Nuancen des Sonnenlichts in fröhlichen Spiralen ums Gesicht. Sie hatte die Schultern hochgezogen und arbeitete konzentriert an etwas auf ihrem Schoß.

Doch ihr Teint war nicht braun, sondern blass; die Haare seidenweich, nicht drahtig; die Kontur ihres Gesichts fremd. Sie war kein Geist aus vergangenen Tagen. Gott sei Dank.

Trotzdem wollte er sie nicht hier haben.

Er hatte keinen blassen Schimmer, wer sie war und was sie hier machte – kurz vor Wintereinbruch, hoch auf einem entlegenen Gebirgszug. Ihre bloße Anwesenheit war schon verdächtig. Zwar schien sie nichts anderes zu sein als ein süßer Blondschopf auf einer Bergwanderung, doch der Schein konnte trügen.

Weder der Hund noch das Mädchen waren willkommen.

Jake mochte Hunde sowieso nicht. Zu unberechenbar für jemanden in seinem Gewerbe. Was das kleine Blondchen anging… Er versenkte die Dose in Basketballmanier im Mülleimer und beugte sich wieder vor. *Diese* Spezies konnte er genauso wenig leiden.

Die Kleine wurde auch bei näherer Betrachtung nicht besser. Unglücklicherweise hatte er fast ein ganzes Jahr lang keine Frau mehr gehabt, und ein Zuckerstück wie dieses ließ ihm das Wasser im Munde zusammenlaufen. Zu dumm. Sie war das Mäuschen, vor dem der Elefant sich fürchtete, der David für Goliath. Genau der Typ Frau, den Jake mied wie die Pest – zierlich, schnuckelig und blond.

Der Auftrag im Mittleren Osten, der in der Hölle geendet hatte, hatte ihn völlig zermürbt. Er hatte einfach nur ausspannen wollen. Aber zu Hause angekommen, hatte er sein Leben in Scherben und seine sechzehnjährige Karriere im Eimer vorgefunden. Und aus dem geplanten Urlaub war eine Zwangspause geworden.

Für die Blonde da draußen hatte er jetzt keine Zeit. Ein ordentliches *Buh!* würde reichen, um Mädchen und Hund wieder in die Stadt zu jagen. Sobald die beiden verschwunden waren, konnte er sich wieder der Frage widmen, wer ihm so die Tour vermasselt hatte.

Marnie Wright ärgerte sich, keine Mütze mitgenommen zu haben. Ihre Ohren schmerzten in der eisigen Luft. Sie ignorierte die kalten Nadelstiche und betrachtete den Skizzenblock auf ihrem Schoß.

Die alte Hütte am Abhang war ein Glücksfall. Nur weil sie fror, wollte sie jetzt nicht die Meile zu Großmutters Blockhaus zurücklaufen und das gute Licht ungenutzt lassen. Sie stellte den Kragen der Daunenjacke auf und zog die Schultern hoch.

Gestrüpp, Bäume und hoch aufgetürmter Windbruch ließen nur die Vorderfront und den schindelgedeckten Dachgiebel sehen. Aber die Hütte war in besserem Zustand als Großmutters. Die Holzveranda war verwittert, aber kürzlich ausgebessert worden. Das Dach schien dicht zu sein und die Fensterscheiben intakt.

Marnie knetete ihre Finger und linste in Richtung Blockhaus, bevor sie weiterzeichnete. Das Häuschen war wie gemacht für eine schaurige Halloweengeschichte. Ein klein wenig Atmosphäre fehlte noch, das war alles. Sie schattierte eine gewundene Rauchfahne über den Kamin und verlängerte die dunklen Schatten, um das Blockhaus abschreckend und unheimlich zu machen. Die Zeichenkohle glitt schwungvoll über den Skizzenblock, und neben ihr hob Duchess den Kopf.

»Na, was ist? Ein Eichhörnchen?«

Die Dogge grummelte leise vor sich hin und wedelte mit dem Schwanz. Marnies Lachen erzeugte in der eisigen Luft eine Dampfwolke. »Aber lauf nicht zu weit weg.« Sie legte der

Hündin die Hand in den massigen Nacken und schaute ihr streng in die Augen. »Dass du mir nicht damit *herumspielst*, hast du mich verstanden?«

Duchess lief auf die geschlossene Tür der einsamen Hütte zu, setzte sich auf eine Stufe und spitzte die Ohren. Marnie lachte. Duchess legte Wert auf Komfort. Sie wollte lieber ins Warme, statt draußen in der Kälte herumzutollen.

»Das ist nicht unser Zuhause, Dummerchen. Ein paar Minuten noch, dann packen wir und gehen heim, okay?«

Bevor sie und Duchess losmarschiert waren und das abgeschiedene Blockhaus entdeckt hatten, hatte Marnie Schlafsack und Proviant in Großmutters Hütte hinaufgeschleppt. Anstrengung und Kälte hatten sie hungrig werden lassen. Außerdem roch es nach Regen, und sie wollte zurück sein, bevor es losging.

Sie erwog einen Moment lang sogar, nach Sunnyvale heimzufahren. Dem großen Strom gebot hoch oben am Berg zwar ein riesiger Staudamm Einhalt, und sein breites Flussbett führte nur dann Wasser, wenn oben die Schleusen geöffnet wurden. Aber der kleinere Fluss, der unablässig den Wasserüberschuss vom Damm ins Tal brachte, trat bei Regen schnell einmal über die Ufer und machte die Brücke unpassierbar. Ins Tal hinunterzugehen wäre nur vernünftig gewesen.

Aber Marnie hatte keine Lust mehr, vernünftig und besonnen zu sein. Die Entscheidungen, die sie die nächsten Tage treffen wollte, sollten ihr Leben verändern. Immer war sie auf Nummer sicher gegangen. Es war höchste Zeit, das Schicksal in die Hand zu nehmen.

Hier oben in Großmutters Blockhaus hatte sie viele glückliche Stunden verbracht. Und hier würde sie ihr Leben neu ordnen. Das bisschen Regen sollte sie nicht daran hindern.

Marnie hatte fast schon vergessen gehabt, welche Tortur es war, zur Hütte aufzusteigen. Sie hatte ihren Wagen unten am Ende der schmalen Bergstraße abgestellt und auf wackeligen, schmalen Brücken erst den kleinen Fluss und dann die Schlucht überquert. *Dann* kam der drei Meilen lange Anstieg zur Hütte. Als Kinder hatten sie und ihre Brüder die Strapazen gar nicht zur Kenntnis genommen. Mit Großmama hierher zu kommen, war ein einziges, großes Abenteuer gewesen. Sie hatten jeden Stein unter die Lupe genommen, im Fluss geplantscht und wie Affen in den Bäumen gehangen.

Das bisschen Regen und Kälte spielten keine Rolle. Sie war vermutlich zum letzten Mal –

Hinter Marnie knackte ein Zweig. Die Zeichenkohle in ihrer Hand zuckte und zog einen schmierigen Zacken über die Skizze. Marnie erstarrte zur Salzsäule. Sie schaute nach Duchess. Die Dogge lief mit gerunzelter Hundestirn ungeduldig auf der Veranda umher und drehte die Ohren wie Radarantennen. Marnie entspannte sich wieder.

Aber nur eine halbe Sekunde lang.

»Sie sind auf Privatbesitz.«

Marnie drehte sich blitzschnell um.

Er stand links hinter ihr. Er war riesig und unübersehbar. Warum hatte Duchess sie nicht gewarnt? Wie hatte er so nah heranschleichen können, ohne dass sie ihn gehört hatte? Und er *war* nah. Er stand breitbeinig da und hatte lässig eine Schrotflinte unter den Arm geklemmt.

Das dunkle Haar reichte ihm bis auf die mächtigen Schultern. Die tiefen Schatten des späten Nachmittags verdunkelten seine Gesichtszüge. Groß und breitschultrig, in Stiefeln, Jeans und einer dicken Daunenjacke, die ihrer eigenen ähnelte. Er sah aus wie einer dieser waffenstrotzenden Typen aus dem *Soldier of Fortune*-Magazin, nur um einiges unfreundlicher.

»Wo kommen Sie denn her?«, fragte Marnie fröhlich und klappte den Skizzenblock zu. Sie nahm ihre fünf Sinne zusammen und verlagerte, für den Fall, dass sie schnell handeln musste, ihr Gewicht schon mal auf die Beine.

»Wer sind Sie, und was tun Sie hier?«

»Marnie Wright. Ich besuche … ich … ich bin einfach nur hier«, antwortete sie verärgert. *Ich bin hier, um mein Leben zu überdenken. Ich bin hier, um meine Zukunft zu planen. Und nicht, um den Unglaublichen Hulk zu treffen*!

»Hier oben ist sonst niemand. Wen besuchen Sie denn?«

»Ich bin zu Großmutters altem Blockhaus gewandert.Da unten.« Marnie wies den Hang hinunter. »Meine Großmutter –«

»Sind Sie allein?«

Sie war doch nicht dumm. »Meine Begleiter kommen nach. Bald.«

»Passen Sie Ihre Begleiter auf der anderen Seite der Brücke ab.«

Der ungehobelte Tonfall hätte sie abschrecken sollen, doch der Mann faszinierte sie. »Und wer sind Sie?«, fragte sie neugierig. »Und was machen *Sie* um diese Jahreszeit hier oben?«

»Lady, wir sind hier nicht auf einer gottverdammten Cocktailparty. Hören Sie mit dem Geschwätz auf, und hauen Sie ab.« Seine Lippen waren nur noch ein dünner, harter Strich. »Holen Sie den Hund, und ziehen Sie sich zurück!«

»Mich zurückziehen?« Marnie legte den Kopf schief und nahm den Skizzenblock wieder zur Hand. Militär, da war sie ganz sicher. Sie kannte diesen Typ Mann. Ihr Bruder Michael war bei einer Eliteeinheit der Marine, den SEALs.

Sehr zum Unglück dieses Exemplars hier. Denn Marnie

hatte genug davon, von rechthaberischen Männern herumkommandiert zu werden. Und sie war ziemlich sicher, dass er nicht auf sie schießen würde. Ganz abgesehen davon gefiel ihr der Standort recht gut. Sie schaute ihn unverfroren an.

Nur für den Fall, dass sie ihn nicht richtig verstanden hatte, wiederholte er das Ganze auf Französisch und Deutsch. Sein tiefer Bariton beflügelte ihre Fantasie und beschleunigte ihren Puls. Der unwiderstehliche, betont gelassene Tonfall, in dem rau die Ungeduld mitschwang, ließ sie frösteln.

Er schien es gewohnt zu sein, Befehle zu erteilen, die augenblicklich befolgt wurden. Sein Blick wanderte über ihre offene Daunenjacke und das purpurrote Sweatshirt zu den abgetragenen Jeans und den Wanderstiefeln hinunter und langsam wieder hinauf. Marnie zitterte, als habe er sie berührt. Er hatte bemerkenswerte Augen – ein dunkles, hypnotisches, unfreundliches Blau. Er begutachtete sie mit einer Intensität, die er normalerweise hochgefährlichen Reptilien vorbehielt, und ließ sie nicht aus den Augen, während er über die nackten Baumwurzeln zu ihr herumkam.

Von Angesicht zu Angesicht wirkte er noch bedrohlicher. Seine Nase war gerade. Eine dünne, weiße Narbe, die einigermaßen frisch aussah, teilte eine der dichten Brauen. Der Mann war ein Kämpfer. Marnie sah ein eckiges, eigensinniges Kinn voller dunkler Bartstoppeln.

Und einen sinnlichen Mund …

Seine Nähe verwirrte sie. Aber das hatte nichts mit seinem Gebaren zu tun. Ihre vier Brüder konnten genauso einschüchternd wirken. Marnie war in einem Männerhaushalt aufgewachsen, aber dieses Gefühl war ihr neu. Dass er ihr die Knie weich werden ließ, war einfach nervtötend.

Er starrte sie an und ächzte: »Sind Sie taub, Frau?«

Ihre Augen wanderten zwischen seinen kräftigen, schönen Händen und seiner finsteren Miene hin und her. Zugegeben, er interessierte sie, machte sie ziemlich nervös und zog sie magisch an.

Lust auf den ersten Blick.

Sie seufzte.

In Anbetracht der Umstände war Lust die denkbar unpassendste Reaktion. Sie hielt seinem Blick stand und zog fragend eine Augenbraue hoch. Er war hoch gewachsen und überragte ihre knapp Einmetersiebzig um Haupteslänge. Sein Blinzeln hätte Warnung genug sein sollen, seine Feindseligkeit musste auch den Unerschrockensten verscheuchen, und das Gewehr hätte ihr den Rest geben müssen.

»Sie brauchen nicht so herumzuschreien, ich höre Sie auch so.«

»Dann sagen Sie mir bitte, welchen Teil von ›Hauen Sie ab‹ Sie nicht verstanden haben.«

»Der Berg ist groß genug, und ich brauche nicht viel Platz.«

Marnie ließ ihn nicht aus den Augen und legte die Hand an ihren Rucksack. Außer den Zeichensachen hatte sie eine Dose Tränengas und eine Rolle Vierteldollarmünzen dabei, die sie in eine Socke eingeknotet hatte. Ein Mädchen musste auf alles vorbereitet sein. Aber wahrscheinlich würde gegen diesen Typen weder der behelfsmäßige Schlagstock noch ihr gelber Gürtel im Aikido etwas ausrichten. Einerseits zweifelte sie an ihrem Verstand, weil sie diesen wütenden Fremden auch noch absichtlich provozierte. Andererseits faszinierte er sie dermaßen, dass sie wie angewurzelt sitzen blieb.

Aus dem Augenwinkel sah sie, dass Duchess direkt hinter ihm stand. Die Hündin ließ seinen Rücken nicht aus den Augen und zog ein dümmliches, sabberndes Grinsen.

»Kann schon sein, dass er groß genug ist, aber es ist *mein* Berg und ich habe ihn gern für mich allein. Gehen Sie, Lady.«

»Tut mir Leid, aber ich kann noch nicht gehen.«

Sie probierte es mit dem Augenaufschlag, der bei ihren Brüdern immer so gut funktionierte. Sie wusste, dass sie mit dem Feuer spielte, aber es machte solchen Spaß.

»Ich bin ganz harmlos, ehrlich. Ich mache nur eine Skizze von der Hütte. Für ein Buch, das ich illus –«

»Und wenn Sie Picasso wären. Die Hütte gehört mir. Der Baum, auf dem Sie sitzen, gehört mir. Und der verdammte Berg gehört mir. Bewegen Sie Ihren Hintern und Ihren Hund von meinem Land herunter.«

»Wenn Sie mich so freundlich bitten …«

Sie hätte verschreckt sein müssen, doch er amüsierte sie eher. Sie lächelte ihn an und fand keine Spur von Nachsicht in seinen eisigen, dunklen Augen. Ganz offensichtlich hielt er sie nicht für so niedlich und entzückend, wie ihre Brüder es taten.

Er schaute sie finster an. »Sind Sie wirklich so dumm, wie Sie aussehen?«

»Da können Sie genauso gut einen brutalen Ehemann fragen, ob er noch immer seine Frau verprügelt.« Marnie stand auf und klopfte sich Moos und Baumrinde vom Hintern. »Sind Sie immer so unverschämt zu Fremden?«

Duchess lief geziert um ihn herum zu Marnie und lehnte den riesigen Kopf an ihren Arm.

»Lady.« Jetzt reichte es ihm anscheinend, denn er entsicherte das Gewehr. Marnie zuckte zusammen. »Was muss ich tun, um Sie von diesem Berg herunterzujagen. Schießen?«

»Himmel, machen Sie halblang. Ich gehe ja schon.«

Sie hob die Zeichenstifte auf, die ihr beim Aufstehen vom

Schoß gerutscht waren, und nahm Duchess mit klammen Fingern am Halsband.

»Komm, Süße.« Sie hatte schon zwei Schritte gemacht, bevor sie mitbekam, dass Duchess sich nicht vom Fleck rührte. »Nun komm schon, altes Mädchen.«

Duchess riss sich los, und Marnie fürchtete, die Dogge werde dem Herrn der Berge an die Kehle gehen. Aber Duchess drückte sich schwanzwedelnd an seine freie Hand und schaute hingerissen zu ihm hoch, während Marnie sich das Lachen verkniff.

Seiner Miene nach zu schließen, war ihm gar nicht wohl in seiner Haut. Marnie biss sich auf die Unterlippe. Nur nicht lachen jetzt. Duchess schenkte ihrem Frauchen einen seelenvollen Blick, und Marnie gab ihr mit der Hand unauffällig Zeichen, am Platz zu bleiben. Worauf sich ihre Dogge gegen das muskulöse Männerbein lehnte und zufrieden prustete.

»Was, zum Teufel, macht dieses Vieh denn jetzt?«

Marnie schlenderte durchs feuchte Laub ins Tal, ohne sich umzudrehen. »Duchess hat Sie gern.« Sie musste die Stimme ein wenig heben, weil sie schon ein ganzes Stück weg war.

»Was soll das? Ich habe gesagt, Sie sollen – hör auf damit, du Vieh – Ihren Hund mitnehmen.«

»Oh, Duchess macht, was sie will. Ich kriege sie einfach nicht dazu zu folgen, wenn sie nicht will.« Marnie schaute über die Schulter zurück. Duchess himmelte ihn an, als sei er ein Geschenk der Götter.

Marnie fing zu lachen an.

»Was gibt es da zu lachen? Kommen Sie sofort zurück.«

»Duchess ist verrückt nach Ihnen.« Marnie stopfte die Hände in die Jackentaschen und zog die Schultern hoch, um ihre kalten Ohren zu wärmen.

»Verdammt noch mal!«, brüllte er. »Rufen Sie den Hund zu sich.«

»Sie brauchen sich keine Sorgen zu machen. Sie läuft von selber heim, wenn sie genug hat.«

Marnie ging gemächlich den Hang hinunter und hörte ihn hinter sich unflätig fluchen. Duchess' verliebte Konversationsversuche mischten sich in seinen tiefen Bariton. Marnie wäre fast über ihre eigenen Füße gefallen. Der Abstieg war schwierig, wenn man einen Lachkrampf hatte.

Sie erwachte vom Trommeln des Regens auf dem undichten Dach und kuschelte sich tiefer in ihren Schlafsack. Obwohl sie ihre Sachen zum Schlafen anbehalten hatte, verursachte ihr die eisige Luft, die durch alle Ritzen drang, eine Gänsehaut. Ihr war, als hätte sie nur einen kurzen Moment lang geschlafen. Sie kapitulierte und schlug die Augen auf.

Ihr Hund schnarchte ein Stück entfernt und bekam nichts mit. Duchess hatte sich so nah wie möglich ans Feuer gelegt. Marnie musste lachen. Die Dogge war nach ein paar Stunden mit ihrem neuen Freund in beschwingtem Galopp am Blockhaus aufgetaucht.

Marnie wünschte, Duchess spräche eine verständlichere Sprache. Dann hätte sie ihren Liebling über den wortkargen Nachbarn ausfragen können.

Was für ein seltsamer Mann.

Aber interessant, ziemlich interessant.

Marnie hatte ein etwas schlechtes Gewissen, weil sie gestern Nachmittag so aufdringlich gewesen war. Er hatte sie unbedingt loswerden wollen, und sie musste ihn auch noch provozieren. Was ihm gar nicht gefallen hatte. Aber so verärgert er auch gewesen war, Marnie hatte sich nie in Gefahr gefühlt.

Sie seufzte. Sie konnte froh sein, dass er sie nicht auf der Stelle niedergeschossen hatte.

Sie hatte ihrem Vater versprochen, am Montag wieder im Büro zu sein. Es blieben also nur heute und Sonntag, um ihr Leben zu überdenken.

Sie würde dem armen Mann also weiteren Ärger ersparen und ihm aus dem Weg gehen. Was wirklich schade war; er war der interessanteste Mann, den sie in den letzten Jahren getroffen hatte.

Sie rutschte noch tiefer in den Schlafsack, und der harte Holzboden malträtierte ihr Hüfte. Unablässig prasselte der Regen aufs Dach. Marnie fröstelte, rollte sich zusammen und rang mit sich, ob sie aufstehen und ein paar Holzscheite nachlegen oder lieber das bisschen Wärme im Schlafsack halten sollte.

Es war noch nicht einmal sechs Uhr, doch sie war wach und würde ohnehin nicht mehr schlafen können. Trübes Licht fiel durch die regennassen, vorhanglosen Fenster. Äste knackten und peitschten im Sturm. Piniennadeln und Laub wirbelten gegen die Scheiben, und das Unwetter beugte die mächtigen Bäume.

Spätnachts, nachdem sie den letzten lauwarmen Kaffee aus ihrer Thermoskanne getrunken und sich mit Duchess eine Büchse kalten Eintopf geteilt hatte, war Wind aufgekommen. Jetzt heulte der Sturm da draußen wie ein Gespenst, fuhr brüllend zwischen den Bäumen hindurch, die das Blockhaus umstanden, und pfiff durch die Ritzen zwischen den Dachschindeln und den hölzernen Wänden. Er hörte sich an, als sei er einsam.

Großmama war nichts lieber gewesen, als die Kinder hier oben zu haben. Als Großpapa noch gelebt hatte, hatten die beiden im nahe gelegenen Gray Feather gelebt. Großpapa hatte das Blockhaus fürs Wochenende gebaut. Die paar Hütten auf dieser Seite der Schlucht waren Sommerhäuser. Niemand lebte das ganze Jahr über hier. Sie waren meilenweit vom nächsten Ort und jeder Hilfe entfernt.

Marnie hatte alle Warnungen ignoriert und sich entschlossen, alleine hierher zu kommen. Ihre Familie war übervorsichtig. Aber dazu bestand kein Anlass. Sie war so gesund und durchtrainiert, wie eine Frau in ihrem Alter es nur sein konnte.

Noch etwas musste sich ändern. Dieser ständige, unterbewusste Selbstzweifel. Zur Hölle damit. Sie wollte leben, ganz in die Welt eintauchen und sich am Lebensbankett reichlich bedienen.

Die nächsten beiden Tage wollte sie entscheiden, wie sie es angehen würde.

Und dann würde sie die Theorie in die Praxis umsetzen.

Sie schaute sich mit einem Anflug von Wehmut in dem leeren, vom flackernden Kaminfeuer erhellten Raum um. Auch wenn Großmama schon seit Jahren nicht mehr hier oben in den Bergen gewesen war, steckte das Blockhaus doch immer noch voll anheimelnder Erinnerungen, und Marnie würde ihr Leben lang Großmamas Liebe bei sich tragen. Und Großmutter hätte ihren Plänen aus ganzem Herzen zugestimmt.

Das Heulen des Sturms erinnerte sie an die Ferientage, die sie mit ihrer Familie hier verbracht hatte. Sie hatten auf dem Boden vor dem Kaminfeuer herumgelümmelt, Geistergeschichten erzählt und Marshmallows geröstet. Marnie kuschelte sich in den Schlafsack und stellte sich die Hütte vor, wie sie damals gewesen war.

Die Möbel, die Großvater selbst gebaut hatte, waren inzwischen fort. Die Quilts und die gerahmten Stickereien hingen in Marnies Haus in Sunnyvale. So verlassen unter die Bäume geduckt war Großmamas Blockhaus nur noch eine kleine Holzhütte voll glücklicher Erinnerungen.

Ein Jahr, nachdem Großvater gestorben war, war Marnies Mutter bei einem tragischen Autounfall ums Leben gekommen. Marnie war damals sechs Jahre alt gewesen. Großmama war aus ihren geliebten Bergen heruntergekommen, um sich um Marnie und ihre Brüder zu kümmern. Sie war für Marnie wie eine Mutter gewesen, und der Verlust tat so weh. Sie hätte alles darum gegeben, Großmutter jetzt hier zu haben. Ein bisschen großmütterliche Weisheit hätte bestimmt geholfen.

Martha Washburn war immer ihr Vorbild gewesen. Sie war stark, unabhängig und mutig.

Sie hatte Marnie zu dem gemacht, was sie war, und erbittert dafür gekämpft, ihre Enkelin dem strengen Regiment und der erdrückenden Fürsorge von Vater und Brüdern zu entziehen. Marnie sollte so normal wie möglich aufwachsen.

Sie waren nicht immer einer Meinung gewesen, aber Marnie hatte ihre streitbare Großmutter aus tiefstem Herzen geliebt.

Eine Beziehung war keine Lösung für ihre Probleme. So viel stand fest. Sie hatte ihn jahrelang gesucht, diesen *zahmen* Mann. Das Gegenteil ihrer Machobrüder, die sie mit ihrer ständigen Herumkommandiererei in den Wahnsinn trieben. Ihre Brüder taugten nicht fürs häusliche Leben. So sehr sie die vier auch liebte, Marnie wollte etwas anderes. Einen stubenreinen Mann mit normalem Job und durchschnittlichen Hobbys. Aber jedes Mal, wenn sie glaubte, einen einigermaßen passenden Mann gefunden zu haben, war es am Ende der Falsche gewesen. Es hatte nicht gefunkt. Das Kribbeln fehlte und das Knistern.

Sie hatte fälschlicherweise geglaubt, in ihrem Leben fehle ein Mann. Sie war begriffsstutzig gewesen. Einen *Mann* brauchte sie jedenfalls nicht. Sie musste lernen, *Nein* zu ihrer Familie und *Ja* zum Leben zu sagen.

Großmama hatte ihr schon vor Jahren gesagt, dass sie auf dem falschen Dampfer war. Sie müsse sich erst selbst kennen lernen und nicht nach einem Mann suchen, der ihr Vollständigkeit suggerierte. Sie müsse herausfinden, wer sie war, und erst einmal mit sich selbst ins Reine kommen.

Marnie hatte ihr vehement widersprochen. Alle Frauen in ihrem Alter verheirateten sich und bekamen Kinder. Frauen *machten* das eben.

Marnie hatte sich zweimal mit netten Männern verlobt, die alles hatten, was sie zu brauchen glaubte, um dann festzustellen, dass ihr etwas fehlte. Etwas, das sie ihr nicht geben konnten.

Mit dem Heiraten hatte sie es zwar nicht mehr so eilig, aber jünger wurde sie auch nicht gerade. Sie war siebenundzwanzig. Bald fing die biologische Uhr zu ticken an, doch es blieben ein paar Jahre, bevor das Alter zum Problem wurde.

Großmutter hatte verdammt Recht gehabt.

Marnie musste erst sich selbst kennen lernen, bevor sie ihr Leben mit einem Mann – wer auch immer er war – teilen konnte.

Zum Glück hatte sie es gemerkt, bevor sie zum Traualtar marschiert war. Immerhin. Aber die Sicherheit ihres Elternhauses hatte sie erst vor einem Jahr hinter sich gelassen. Und sie arbeitete immer noch als Programmiererin für Vater, obwohl sie viel lieber ihre Malerei zum Beruf gemacht hätte. Wie der *Ängstliche Löwe* aus *Der Zauberer von Oz* war sie immer noch auf der Suche nach ihrem Löwenmut.

Großmamas Tod vor fünf Wochen war der Wendepunkt gewesen. Sie war lange genug den Weg des geringsten Widerstands gegangen. Wie hatte Bob Dylan gesungen? *The times they are a-changing*. Sie hatte so viel versäumt, weil andere ihr eingeredet hatten, was gut für sie war.

Jetzt wollte sie alles. Das Kunststudium in Paris. Ein sonniges Apartment, das nach Ölfarbe roch und der Seine. Abenteuer, hoch gesteckte Ziele und Freiheit.

Vielleicht würde sie auch zu einer Werbeagentur gehen. Oder zu einer Postkartenfirma. Oder… Die Möglichkeiten waren unbegrenzt. Sie musste sich nur entscheiden.

Später wollte sie dann einen Ehemann. Und Kinder. Und ein Haus auf dem Land, wo neben der Haustür Ringelblumen blühten und im Garten eine Schaukel am Baum hing. Aber jetzt noch nicht.

Sie musste erst einmal ihre Flügel ausbreiten und Fliegen lernen. Und beim Allmächtigen, wenn sie von diesem Berg heruntersteig, würde sie genau wissen, wer sie war und was sie zu tun hatte.

Und wenn die Sintflut käme, wie Großmama zu sagen pflegte.

Marnie lächelte ins dunkelgraue Morgenlicht. Sie brauchte nicht zu überlegen, was Großmama von diesem ungeselligen Bergmenschen gehalten hätte. Ihre Großmutter hatte einen ausgeprägten Sinn fürs Abenteuer gehabt. *Sie* hätte sich nicht abschrecken lassen.

Marnie genau genommen auch nicht, doch in diesem speziellen Fall war es klug, Abstand zu halten. Er war gemeingefährlich attraktiv, und sie hatte über vieles nachzudenken.

Noch so ein Macho, der zu wissen glaubte, was gut für sie war, würde sie nur durcheinander bringen.

Marnies Lächeln wurde breiter. Ein bisschen von ihm zu träumen konnte jedenfalls nicht schaden.

Sie dachte an seine dunkelblauen Augen, den sinnlichen Mund und die tiefe, raue Stimme, die ihr die Knie weich wie Gummibärchen werden ließ. Sie versank noch tiefer in den Schlafsack und verbot sich, über einen Mann nachzudenken, den sie nicht kannte. Und besser auch nicht kennen lernte. Aber die Träumerei hielt sie warm, und sie fragte sich, was er wohl gerade –

Ein Donnern, das einem Vulkanausbruch ähnelte, riss sie aus dem halb fertigen Gedanken. Der Krach war ohrenbetäubend und nah.

Duchess heulte verängstigt, schlitterte über die glatten Bodendielen und landete zitternd auf Marnies Beinen, während Marnie selbst mit weit aufgerissenen Augen und rasendem Herzschlag hochschoss. »Was zum Teufel –«

Das ganze Blockhaus bebte, ächzte und quietschte. Die Wände wackelten mit markerschütterndem Kreischen. Marnie hatte sich in Schlafsack und Hund verheddert. Ihr Adrenalinspiegel erreichte Höchstwerte und sie strampelte ihre Beine gerade noch rechtzeitig frei, bevor ein mächtiger Baum durchs Hüttendach krachte.

Sie schrie wie am Spieß und schützte mit den Armen ihr Gesicht und mit dem Körper Duchess, während Dachschindeln, Splitter, Äste und Regenwasser auf sie herabprasselten.

Duchess' verzweifeltes Gebell half jetzt auch nichts. »Ruhig, altes Mädchen, ruhig.« Die Dogge wühlte sich unter ihr heraus und bellte unbeirrt weiter.

Wenige Augenblicke später hörte das grauenhafte Getöse auf, und Marnie hob den Kopf. Ungläubig betrachtete sie die wogenden Äste einer mächtigen Ponderosapinie, die durch das riesige Loch im Dach hereinragte. Abgerissene Zweige bedeckten den Boden. Durch das Loch im Dach fielen dicke Regentropfen. Das nasse Astwerk jammerte unter der wässrigen Last und goss ganze Lachen auf den blanken Holzboden.

Das Gewicht der Pinie hatte den Türstock gesprengt. Die Tür hing wie trunken in den Angeln und ließ Wind und Regen herein.

»Oh, wow!«, flüsterte Marnie, was noch weit untertrieben war.

Duchess beschnüffelte einen Ast und winselte verwirrt.

»Kein Witz, altes Mädchen.«

Der Wind wirbelte Piniennadeln und Wasser ins Kaminfeuer und entfachte ein Feuerwerk aus orangen und blauen Funken.

Der Baum rutschte ein gutes Stück weiter herein.

Duchess floh jaulend durch die halb geöffnete Tür und verschwand im Zwielicht.

»He«, schrie Marnie ihr nach. »Warte auf mich!«

Sie griff nach der Jacke und zog sie so schnell an, dass sich die Ärmel ihres Sweatshirts zu einem unbequemen Wulst zusammenschoben. Sie packte Skizzenblock und Stifte in ihren Rucksack, aber ihr blieb keine Zeit mehr, die Stiefel anzuziehen.

Schnell. Schnell. Schnell.

Das Kaminfeuer sprühte Funken und loderte heftiger, je mehr Splitter hineingerieten.

Marnie packte die Wanderstiefel an den Schnürsenkeln, wühlte in ihrem Rucksack nach der Wasserflasche und löschte eilig das Feuer.

Schnell. Schnell. Schnell.

Der Baum knarrte unheilvoll, rutschte einen guten Meter tiefer in die Hütte und versperrte auf einmal die Tür.

Marnie betrachtete die wippenden Äste und war alles andere als erfreut. Die Pinie war riesengroß und hatte dicke, lange Äste.

Sie schulterte den Rucksack, hängte sich den federleichten Schlafsack um den Hals und griff nach dem nächstbesten Ast. Mit mehr Kraft als Grazie stieg sie die dicken Äste nach oben, bis sie das zerschmetterte Fenster am anderen Ende der Hütte erreicht hatte. Der Rucksack blieb ständig irgendwo hängen, und Marnie musste mehrmals innehalten, um sich wieder auszuhaken. »Schnell, schnell, schnell«, brabbelte sie unablässig atemlos vor sich hin.

Im Fensterrahmen hatten sich Äste verfangen, und er ließ sich kaum aufschieben. Als sie es endlich geschafft hatte, klebten ihre Hände vom Harz, und sie war völlig außer Atem.

Sie achtete auf die Glasscherben und hievte sich behutsam durch die schmale Öffnung. Kaum hatte ein bestrumpfter Fuß draußen den Boden berührt, da zog auch schon etwas am Saum ihrer Jacke.

»Na, so was. Danke für die Hilfe, du Hochverräterin.« Duchess stupste sie mit der Schnauze ans Knie, auf dass sie endlich das andere Bein über den Fenstersims zog. »Ist ja gut. Ich beeile mich schon. Hör mit dem Gezerre auf.«

Dieses Monster von einem Baum rutschte mit einem unheimlichen Kreischen, das wie der Schrei einer Frau klang, noch tiefer in die Hütte. Drüben splitterte Glas, dann folgten ein paar dumpfe Schläge. Das Kratzen der Pinienborke über die hölzernen Wände, das den unendlich langsamen Sturz begleitete, klang wie die Musik zu einem billigen Kettensägen-Horrorfilm.

Duchess packte ihr Frauchen am Ärmel und fing wieder zu zerren an. Marnie kämpfte um ihre Balance und folgte endlich erleichtert der Dogge. Innerhalb weniger Sekunden klebte der Regen ihr das Haar ins Gesicht und die Kleider an den Körper. Sie machte im Laufen die Jacke zu und blieb erst stehen, als sie sich in sicherer Entfernung wähnte. Dann schlüpfte sie mit nassen, schlammigen Socken in die Bergstiefel.

Duchess stieß Marnie an den Arm und hätte sie beinahe in den Schlamm geworfen. »Du hättest ruhig auf mich warten können. Ich wäre schon mitgekommen.«

Ihr Herz raste. Sie hatte sich nie zuvor so gefreut, ihren Hund zu sehen.

»Bitte sag mir, dass die Brücke noch da ist und wir im Auto schlafen können. Oder dass du eine warme, knochentrockene Höhle ohne irgendwelche Tiere gefunden hast.«

Wenn sie mit Duchess redete, vergaß sie wenigstens, dass die Hütte inzwischen platt wie ein Pfannkuchen war und sie beinahe die Marmeladenfüllung abgegeben hätte. Sie wischte ein paar Tränen fort. »Hast du eine gefunden, kluges Mädchen? Ich wette Dollars gegen Doughnuts, dass die Brücke geflutet –«

Duchess warnte sie eine Sekunde zu spät.

»Haben Sie den Verstand verloren, bei diesem Unwetter rauszugehen?«

Oh, welche Freude! Paul Bunyan, der legendäre Trapper, lebt!, dachte Marnie, als sie seine höhnische Stimme hörte.

»Ich komme schon zurecht. Danke der Nachfrage.« Marnie blinzelte ins verregnete, düstere Morgengrau. Er war wirklich ein Riese – und herzlich willkommen. Sie hätte ihn am liebsten umarmt.

»Das sieht man«, spottete er und trat auf die Lichtung. Er trug Jeans, einen marineblauen Parka und einen düsteren Gesichtsausdruck. »Übrigens, hier in der Gegend gibt es keine Höhlen.«

»Das weiß ich. Ich habe nur ein bisschen Konversation gemacht«, antwortete Marnie hölzern und drückte sich ersatzweise den Schlafsack an die nasse, kalte Brust.

»Mit einem Hund?«

»Haben Sie nichts Besseres zu tun? Nägelkauen zum Beispiel oder Schmetterlingen die Flügel rausreißen?«

»Ich muss Ihren Hintern retten, Lady.«

»Woher wollen Sie wissen, dass mein Hintern gerettet werden muss?« Als sie begriff, dass sie mindestens zehn oder fünfzehn Minuten gebraucht haben musste, um aus der Hütte herauszukommen, zuckte sie zusammen.

»Sie hat gewinselt und geheult, als wolle sie die Toten wecken. Mich hat sie jedenfalls geweckt. Ich lasse sie rein. Sie winselt. Ich lasse sie raus. Sie heult. Rein. Raus. Wieder rein. Sie wollte offensichtlich, dass ich mitkomme.«

Er musterte Marnie alles andere als anerkennend. »Also, ich bin hier. Wir sind beide nass. Los, gehen wir.«

»Wie entzückend und umsichtig von Ihnen, zu meiner Rettung herbeizustürzen. Dummerweise hat die dumme, kleine Marnie sich schon selbst gerettet. Es war wirklich nett, mit Ihnen zu plaudern, aber Duchess und ich müssen in die andere Richtung.«

Sie wies in die Richtung des Pfads, der zur Brücke und ihrem Auto führte.

»Eher da lang«, korrigierte er sie. »Aber das spielt sowieso keine Rolle, weil die Brücke überflutet ist.«

»Nicht unbedingt.«

»Glauben Sie mir, die Brücke können Sie vergessen«, knurrte er, als wäre das ihre Schuld.

»Das sehe ich mir lieber selber an. Komm, altes Mädchen.«

Aber Duchess hatte sich an ihn gelehnt und drückte ihren Kopf an seinen Arm. Marnie versuchte, mit nassen Fingern nach Duchess zu schnippen und erntete nur ein paar Wasserspritzer und ein widerborstiges Jaulen.

»Sie wollen bei diesem Wetter drei Meilen marschieren, nur um festzustellen, dass ich doch Recht habe?«

»Es regnet noch gar nicht so lange.«

»Aber lange genug. Laufen Sie einfach Ihrem Hund hinterher.« Er machte sich in Richtung der Bäume auf.

»Und *wohin* soll ich ihr nachlaufen?« Er verschwand ein Stück weiter oben zwischen den Pinien. »Wohin?«, schrie sie.

Der Schlafsack hatte sich in einer Pfütze völlig nass gesaugt. »Also dann, Duchess.« Aber Duchess hörte ihr gar nicht zu, sondern lief hinter ihm her.

»Was haben Sie mit meinem Hund gemacht?«, brüllte Marnie in den Regen. Sie fluchte leise vor sich hin und holte eine Taschenlampe aus ihrem Rucksack. Dann warf sie den klatschnassen, unbrauchbaren Schlafsack fort und folgte Romeo und Julia den Hang hinauf.

2

Jake hörte hinter sich Marnie vor sich hin murmeln. Der riesige Hund, der fünfzigmal gescheiter war als so manches menschliche Wesen, mit dem Jake es zu tun gehabt hatte, flitzte mit hängender Zunge zwischen ihnen hin und her.

Wenigstens *einer* hatte Spaß.

Verdammt noch mal. Es war eiskalt. Sie waren klatschnass.

Und er hatte keine Zeit mehr gehabt, Feuer im Kamin zu machen.

So aufgeregt, wie die Dogge gewesen war, hatte er sich nur schnell Parka und Gewehr gegriffen und war losgelaufen.

Er wusste ja nicht einmal, wohin er lief. Eine hübsche Blondine konnte einfach überall in Schwierigkeiten geraten.

Sie war gerade dabei, aus dem Fenster zu klettern, als er mit Duchess bei den Resten des Blockhauses ankam. Der Baum hatte das Häuschen genau mittendurch geschlagen. Es war Jahre her, dass ihm vor Schreck fast das Herz stehen geblieben war. Sie ging ihn nichts an; doch ein zerbrechliches Wesen wie sie zerschmettert vorzufinden, wäre unerträglich gewesen.

»Das Blockhaus gehörte meiner Großmutter. Hab ich das schon erzählt?« Ihre Stimme bebte. »Meine Brüder wollten es im Frühjahr sowieso abreißen. Nur weil ich so sentimental bin, haben sie gesagt, könnten sie das nicht noch ein Jahr verschieben. Sie sagten, es sei einsturzgefährdet. Das hilft mir jetzt herzlich wenig.«

Marnie holte tief Luft und sprach eine Spur zu aufgekratzt weiter. »Ist wohl offensichtlich, dass es nicht mehr bewohnbar ist. Aber das wusste ich schon vorher. Die letzten Jahre hat sich keiner von uns darum gekümmert. Ich habe das Schlimmste befürchtet, aber trotzdem die Hoffnung nicht aufgegeben.« Marnie schniefte atemlos. »Ich wollte – ich wollte es nur noch einmal sehen –«

»Der Baum hat Ihren Brüdern die Arbeit abgenommen.«

Marnie japste empört. »Natürlich. Dass *Ihnen* Sentimentalitäten fremd sind, war mir schon klar. Aber ich verbinde so schöne Erinnerungen mit der Hütte. Ich habe meine Großmutter sehr lieb gehabt. Meine Familie ist jeden Sommer hier oben gewesen. Wir sind gewandert, haben geangelt und –«

Gütiger Himmel, erzählt sie mir jetzt ihre ganze Lebensgeschichte? Jake drehte sich um und unterbrach sie mitten im Satz. »Sie können wohl niemals den Mund halten?«

Sie warf ihm einen bösen Blick zu, obwohl das bei den lausigen Lichtverhältnissen kaum etwas brachte. »Wenn ich mich nicht gerade zu Tode ängstige, schon.«

»Vertrauen Sie mir.« Er hörte sich aufrichtig an. »Sie brauchen wirklich keine Angst zu haben. Bei mir sind Sie so sicher wie in Ihren eigenen vier Wänden.«

»*Kein* guter Vergleich.«

Genau genommen hatte *er* ein Problem damit, *ihr* zu vertrauen. Er seufzte gekünstelt. »Wenn ich dafür sorge, dass keine weiteren Bäume auf Sie fallen, halten Sie dann die Klappe?«

Marnie hörte zu plappern auf, aber still war sie deshalb noch lange nicht.

Jake war sich ihrer Anwesenheit schmerzlich bewusst. Jeden ihrer vorsichtigen Schritte begleitete leises Seufzen und Gestöhn, das ihm geradezu durch Mark und Bein ging. Wenn sie nur endlich, verdammt noch mal, ihr Maul gehalten hätte!

Sie hörte sich an, als hätte sie gerade Sex.

Guten Sex.

Langsamen, guten Sex.

Sex, der jede Faser des Körpers beanspruchte.

Jake wollte partout nicht an Sex denken. Und nicht an *sie*. Und ganz bestimmt nicht an Sex und sie gleichzeitig.

Aber sie war nun einmal da. Und er war weit und breit der einzige Zuhörer. Blieb ihm eine andere Wahl? Nein. Also stapfte er weiter – streitlustig, reizbar und lüstern, wie er nun mal war.

Marnie geriet hinter ihm ins Stolpern und stöhnte entzückend. Jake biss die Zähne zusammen. »Wie viele Brüder haben Sie denn«, fragte er gereizt. Ihr Geplapper war ihm lieber als dieses elende Gestöhn. Er hatte ihr später ein paar ernste Fragen zu stellen, aber dazu musste er ihr Gesicht sehen.

»Ich habe gedacht, ich soll still sein.«

»Ich habe meine Meinung geändert. Wie viele?«

»Vier.«

»Und Sie sind also jeden Sommer mit Ihrer Großmutter hier oben gewesen?« Er musste richtiggehend schreien, so wie der Sturm ihm ins Gesicht blies, und er hasste das alles.

»Ja.«

Der Lichtkegel ihrer Taschenlampe störte seine gute Nachtsicht. Erst redete sie zu viel, dann war sie einsilbig. Aber er hatte ohnehin keine Lust, ihre Lebensgeschichte zu hören.

Im Schutz der Bäume herrschte immer noch tiefgraues Morgenlicht. Es roch nach feuchtem Laub, Pinienholz und nassem Hund. Und es war kalt.

Der Regen konnte sich jeden Moment in Schnee verwandeln. Der Pfad war zwar nicht sonderlich steil, aber bei diesem Wetter und schlechter Sicht nicht ungefährlich. Schlamm, nasse Piniennadeln und verrottendes Laub machten jeden Schritt zur Rutschpartie. Er stemmte sich gegen den Wind und arbeitete mit jedem Muskel dagegen an. Der Sturm pfiff zwischen den Bäumen hindurch, schlug ihm den Jackensaum um die Hüften und zerrte an seinen Haaren. Er kämpfte sich missmutig weiter.

Dann hörte er hinter sich ein Platschen, ein leises, ungeduldiges Wimmern und einen Seufzer.

Er musste sich mit aller Kraft zusammenreißen, sie nicht hochzuheben und den Rest des Weges zur Hütte zu tragen, bevor sie noch zu jammern und zu geifern anfing. Aber er würde sie nicht anfassen. Sie und ihr liebeskranker Hund hatten zwar seine Ruhe gestört, doch er konnte sie nicht in einer Hütte bleiben lassen, die nur noch aus Zahnstochern bestand. Nur bedeutete das noch nicht, dass sie sich willkommen zu fühlen brauchte.

Er wusste nicht, wer oder was sie war, und bis er das herausgefunden hatte, würde er ihr nicht weiter trauen als er spucken konnte.

Sie fing zu summen an. Ein fröhliches Liedchen, das nicht im Mindesten zu ihrer Lage passte, die eher nach einem Klagelied schrie. Diese Frau irritierte ihn höllisch.

»Und wie heißen Ihre Brüder?«, rief er verzweifelt.

»Michael –«

»Ich kann Sie nicht hören!«, schrie er. Sollte sie doch brüllen. Vielleicht war sie ja heiser, bis sie die Hütte erreichten.

»Michael«, schrie sie. »Kyle, Derek und Kane!«

Es goss immer noch in Strömen. Sie war ihm dicht auf den Fersen und rutschte auf dem schlammigen Grund aus. Jake erwischte sie am Arm, bevor sie zu Boden ging.

»Danke«, keuchte sie. Sie blieb stehen, um sich zu berappeln, und ihr Atem stob weiß durch die Kälte. Jake fühlte unter ihrem Ärmel den Bizeps pochen. Er ließ los, hielt seinen Arm aber zur Sicherheit ausgestreckt.

Doch sie brauchte zum Glück keine Hilfe mehr, und es blieb ihm erspart, sie noch mal anfassen zu müssen.

Kaum hatten ihre Stiefel wieder Halt gefunden, war sie auch schon auf und davon. Jake überholte sie und gab ihr Windschatten. Klar doch, er war der Prototyp des Felsen in der Brandung.

Sie hielt erstaunlich gut mit. Nur wegen ihrer kurzen Beine lief *er* doch nicht langsamer! Aber sie hatte anscheinend keine Lust, laut schreien zu müssen.

»Meine Brüder sind ein bisschen zu gluckenhaft. *Viel* zu gluckenhaft, genau genommen«, plapperte sie dahin.

Gütiger Himmel, ging ihr denn nie die Luft aus?

»Aber ich bin schließlich das einzige Mädchen. Da ist es wahrscheinlich ganz normal, dass man verwöhnt wird. Auch wenn es mit der Zeit ganz schön nervt.«

Sie japste und schniefte, aber sie hielt Schritt.

Diese Frau kannte nur zwei Geschwindigkeiten. Totaler Stillstand oder sechzig Meilen pro Stunde.

»Ich habe immer mit ihnen mitgehalten.« Ihr Lachen berührte einen lang vergessenen Fleck auf seiner Seele. *Oh, Mann.*

»Die Jungs wetten ständig um irgendwas. Immer müssen sie einander zu waghalsigen Sachen herausfordern. Da wollte ich nicht zurückstehen, also –«

»Waren Sie jemals verheiratet?«, unterbrach er, um endlich dieser munteren Familiengeschichte zu entgehen. Ganz abgesehen davon, war ihm sowieso klar, dass sie ein verwöhnter Fratz war.

Nur aus einem Grund gab es süße, niedliche Blondinen auf der Welt: damit dumme, kindische Männer etwas zum Hätscheln und Verziehen hatten.

Alles schon gehabt, alles schon gemacht, nichts als Schrammen abbekommen.

Er rief sich unbarmherzig eine dieser »zufälligen« Begegnungen mit einer hübschen, hilflosen Blondine ins Gedächtnis – und fühlte sich gleich besser. Es ging doch nichts über einen kurzen Auffrischungskursus, schon besann sich »Mann« auf seine Prioritäten.

Er beschleunigte den Schritt, holte tief Luft und spürte seine Muskeln pumpen. Das Blätterdach schützte sie vor dem

Wolkenbruch, und die mächtigen Stämme milderten die Sturmböen. Sie blieb ihm so dicht auf den Fersen, dass er sie riechen konnte. Fein, süß und bezaubernd. Sperrgebiet!

»Nö, war nie verheiratet. Aber ein paar Mal verlobt.«

»Bindungsunfähig?«

»Sieht so aus.«

Frag bloß nicht weiter, sagte er sich und fragte schon: »Und warum?«

Sie holte ein paar steinerweichende Atemzüge. »Wahrscheinlich bin ich zu wählerisch.«

»Das hätten Sie sich überlegen sollen, bevor diese Typen Ihretwegen ein Vermögen für Verlobungsringe über die Ladentheke geschoben haben.«

»Ich hab sie zurückgegeben.« Der Anstieg brachte sie schwer ins Schnaufen, aber sie hielt das Tempo mit. »Und ich hab auch niemandem das Herz gebrochen. Sie haben mich sowieso nicht geliebt.«

»Warum haben sie Ihnen dann einen Heiratsantrag gemacht?« Mal abgesehen von der Aussicht, sie in ein schmales Bett zu packen und diese niedlichen, kleinen Geräusche zu hören, die sie so machte. Auf frisch gestärkten Laken und nicht auf einem steilen Hang im strömenden Regen. Er wollte nichts davon wissen. Er hätte nicht fragen sollen. Er hätte sie zur Brücke laufen lassen sollen.

Sie seufzte. »Mein Familie hat etwas Geld.«

Jake drehte sich um. Bei diesem Licht war kaum etwas zu erkennen, aber das wenige reichte. Wie auch immer das Licht oder die Umstände waren, kein Mann dachte bei ihrem Anblick an Geld.

Er schnaubte.

»Na ja, eine Menge Geld.«

»Wir sind bald da, aber sparen Sie Ihre Kraft.« *Und lass mir einen Augenblick meine Ruhe.*

Sie schaffte es, den Mund zu halten. Er schaffte es, ihr infernalisches Gestöhne zu überhören. Jake wurde langsamer, und sie folgte ihm um den entwurzelten Baum herum, auf dem sie am Tag zuvor gesessen hatte. Ins schiefergraue Licht hatte sich ein blasses Gelb geschlichen, und die Morgensonne kämpfte sich durch die dichte Wolkendecke. Der Regen hatte nachgelassen.

Der Hund sprang um sie herum und lief zum Eingang der Hütte, wo er sich mit hängender Zunge auf der Veranda niederließ und mit dem Schweif auf die Dielen klopfte.

Miss »War-schon-ein-paar-Mal-Verlobt« leuchtete sich mit ihrer Taschenlampe den Weg, während Jake die schmale Veranda betrat.

Sie sah wie ein nasses Kätzchen aus, als sie zu ihm aufblickte und sich die triefenden Strähnen aus dem Gesicht strich.

»Nach Ihnen.« Er wies auf die verwitterte Tür.

»Oh, ja, danke.«

Sie drückte die Tür auf und kam ihm so nah, dass er ihr Kaminfeuer riechen konnte. Und diesen feinen, weichen Duft nach Frau, den er lieber nicht bemerkt hätte. Der Regen hatte ihre blonden Haare dunkel werden lassen und sie so fest an den Kopf geklebt, dass er zwischen den Strähnen ihre kleinen, rosigen Ohren erkennen konnte. Die grüne Jacke war vor Nässe schwarz, ihre Jeans war klatschnass, und sie zitterte.

Er bereitete sich im Geiste auf ein großes Lamento vor. Bis jetzt hatte sie nicht herumgemeckert, aber das kam vermutlich, sobald sie drinnen waren.

»Eine tolle Einbruchssicherung haben Sie da.« Sie sah sich um und trat ein. »Kein Schloss an der Tür?«

»Hier oben würde jeder, der die Hütte braucht, ein Schloss einfach aufbrechen. Auf diese Weise behalte ich wenigstens eine intakte Tür.« Es sah wie eine Hütte aus und roch auch nach Hütte …

»Ja, ja, und wenn's auch fast zerfällt, nichts geht über zu Haus.«

Er machte ein Streichholz an und zündete eine altmodische Sturmlampe an, die auf einem staubigen Tisch hinter einer Couch stand. Duchess fühlte sich offensichtlich ganz daheim und flitzte hinter eine Theke, die die Küche vom Wohnraum trennte. Ihre Klauen klickerten über den Boden aus Pinienholz, und Marnie sah sie die Ohren spitzen, während sie in der Küche einen Geschirrschrank beschnüffelte.

»Sie weiß ganz offensichtlich, wo das Fressen ist.« Marnie zog sich die Träger von den Schultern, konnte sich aber nicht entschließen, den Rucksack abzustellen, und wusste nicht recht, ob sie ihre Jacke ausziehen sollte. Es war eiskalt in der Hütte. Sie schauderte heftig und schaute sich um.

»Ist … nett hier.«

Die Hütte war bis auf das Nötigste leer und nicht gerade sauber. Eine große, schmutzige, möglicherweise grüne Couch, ein paar rußige Sturmlampen, eine kalte Feuerstelle, ein paar zerkratzte Abstelltische. Rollläden, keine Vorhänge. Kein Teppich, keine Bilder. Ein bisschen Laub und Piniennadeln. Jede Menge Spinnweben, Staub und Schlammspuren.

In der Ecke gegenüber stand ein schmales Bett, auf dem eine alte Armeedecke und ein Kissen ohne Überzug lagen. Der Anblick allein genügte, dass einen das Jucken überkam.

Marnie nieste und drückte sich den nassen Rucksack an die Brust. »Ich bin Ihnen sehr dankbar, dass Sie mich geholt haben«, sagte sie höflich. Er hatte es offensichtlich nicht gern getan, aber er *hatte* es immerhin getan. Es war nicht gerade das Hilton. Aber eine Zuflucht.

Marnie war keine Heulsuse, aber ein ordentlicher Weinkrampf hätte sie wahrscheinlich entspannt. Der letzte Monat war nervenaufreibend gewesen, die letzte Nacht die reine Hölle. Sie hatte keine einzige Träne vergossen, seit Großmama gestorben war. Der Verlust war einfach zu groß gewesen und ihre Trauer zu tief. Jetzt wollten die Tränen plötzlich literweise heraus.

»Vielleicht haben Sie ein paar Handtücher übrig, dann könnte ich mich abtrocknen. Die Couch und ein paar Stunden Schlaf reichen mir völlig. Sobald es aufgehört hat zu regnen, sind Sie mich wieder los.«

Er blinzelte. »Sie sollten heiß duschen. Ich suche Ihnen ein paar trockene Sachen und dann unterhalten wir uns.«

»Duschen? Sehr gerne. Für eine heiße Dusche küsse ich Ihnen die Füße.«

Er ging in Richtung Bett und machte den Schrank daneben mit so viel Kraft auf, dass er fast die Türen herausgerissen hätte. »Ich möchte nicht, dass Sie mir irgendwas küssen«, knurrte er atemlos. Die Türen knallten zu.

Er kam zu Marnie zurück. »Bitte.« Er schob ihr einen Arm voll schäbiger, modrig riechender Handtücher hin.

Ah, ja. »Herzlichen Dank.«

»Ich richte die Dusche her. Es dauert eine Weile, bis das Wasser warm wird.« Er zog seinen nassen Parka aus und warf ihn unter die Theke. Ein schwarzes T-Shirt spannte sich über seinen beeindruckenden Oberkörper. Er machte eine Tür am Ende des Raums auf und verschwand. Die Tür fiel hinter ihm ins Schloss.

»Einen netten Freund hast du dir da ausgesucht, altes Mädchen«, sagte Marnie zu Duchess. Sie warf Handtücher und Rucksack auf die Couch, zog ihre tropfnasse Jacke aus und legte sie neben seine. Nebenan lief Wasser, und Marnie hörte ihn fluchen.

Sie musste sich das Lachen verbeißen. »Dieser Typ, jetzt duscht er das kalte Wasser für mich weg. Nicht schlecht.« Sie kraulte Duchess hinterm Ohr. »Vielleicht ist dein Märchenprinz ja gar kein Frosch, wer weiß?«

Marnie zog die Stiefel und die nassen, schlammigen Socken aus und legte die Sachen neben die Badezimmertür, um sie nach dem Duschen zu säubern. Barfuß und bibbernd inspizierte sie die Feuerstelle. Holz? »Ja.«

Spinnen? »Pfui, ja.«

Streichhölzer? »Ja.«

Rauchabzug? »Offen.« Der gleichmäßige Luftzug brachte das Feuer in Gang, es wurde langsam warm, und Marnie stand jetzt der Sinn nach etwas Essbarem. Jeder Menge Essen.

Sie lief um die Theke herum und beugte sich über ihre Dogge, die ihre Nase an eine Tür drückte, hinter der sich mutmaßlich die Speisekammer befand.

»Beweg dich, Gnädigste. Ich kriege sonst die Tür nicht… Danke.« Sie machte die schmalen Türflügel auf. »Bingo.«

Die Kammer war gut einen Meter breit, vielleicht zwei Meter tief und von oben bis unten voll Regalbretter mit Dosen. Ungefähr hundert Dosen Hühnersuppe mit Nudeln und zweihundertmal Chili. »Wetten, er mag Chili und Hühnersuppe mit Nudeln«, sagte Marnie trocken.

Er drehte die Dusche ab, und Marnie rollte ihre nackten Zehen ein.

Er war nackt da drin.

Oh Gott. Sie war meilenweit von irgendwo mit einem nackten Fremden in einer Berghütte allein.

Sie war sich nicht sicher, ob sie schon so viel Abenteuer vertragen konnte. »Ich weiß noch nicht mal, wie er heißt«, sprach sie laut mit sich selbst, als er in trocknen Jeans, schwarzem T-Shirt und zurückgekämmtem Haar aus der Dusche kam. Dampf umgab ihn wie der Rauch von Dantes Fegefeuer. Ihr Herz tat einen heftigen Schlag. Er hatte sich rasiert und sah großartig aus.

Es machte offensichtlich nichts, dass sie nicht duschfertig war.

»Jake Dolan.« Er betrachtete die Dosen in Marnies Händen. »Krafttraining oder Bewaffnung?«

»Frühstück.« Marnie wog die Konserven in der Hand. »Bacon und Eier waren aus.«

»Sie nehmen langsam einen interessanten, bläulichen Ton an. Gehen Sie duschen.« Er streckte eine mächtige Hand aus. »Her damit, ich kümmere mich ums Essen.«

Sie warf ihm die Dosen zu, und er fing beide mit einer Hand.

»Das Wasser ist heiß, Klamotten liegen am Waschbecken.«

»Klasse, vielen Dank.«

Sie ging ins Badezimmer und wollte gerade die Türe schließen, als ihr einfiel, dass sie die Handtücher vergessen hatte. Sie drehte sich um und sah prompt, wie ihr Gastgeber in ihrem Rucksack wühlte.

Drei Schritte, schon stand sie neben ihm. Sie riss ihm den Rucksack weg, und er warf ihr einen beruhigenden Blick zu.

»Verzeihen Sie«, sagte sie mit aufgesetzter Höflichkeit, »ich glaube, das gehört mir.«

»Die Eigentumsverhältnisse als solche stehen nicht zur Debatte. Es fragt sich nur, *wer* die Eigentümerin ist.«

»Sie scheinen in absonderlichen Kreisen zu verkehren«, sagte Marnie und drückte sich den Rucksack an die Brust wie eine Jungfrau aus viktorianischer Zeit. »Wenn sich mir jemand vorstellt, nehme ich üblicherweise an, dass er auch der ist, der er zu sein behauptet. Was suchen Sie denn? Einen Ausweis mit Foto?«

»Führerschein oder Sozialversicherungskarte.«

»Da ich keines von beidem dabeihabe, werden Sie mit meinem Wort vorlieb nehmen müssen.«

»Ich nehme niemals irgendjemanden ohne weiteres beim Wort«, stellte er kategorisch fest und grub die Hände in die Hosentaschen.

Was für ein seltsamer Mann. »Ist Ihnen das nicht zu blöd? Sie sollten sich Ihre Freunde sorgfältiger aussuchen.«

»Wenn Sie weiter so zittern, brechen Sie noch in der Mitte durch. Gehen Sie duschen.« Er wies mit dem Kinn in Richtung Badezimmer.

Marnie betrachtete seinen frisch rasierten Hals einen Augenblick zu lange, bevor sie ins Bad floh.

Irgendwer hatte versucht, ihm die Kehle aufzuschlitzen.

Und sich ziemlich dumm dabei angestellt.

Das Badezimmer dampfte warm und roch nach Sandelholzseife. Marnie lehnte sich an die Tür, hielt mit kraftlosen Fingern den Rucksack fest und schloss die Augen.

Oh Gott.

Die dünne, weiße Narbe an seinem Hals wuchs vor ihrem inneren Auge auf gigantische Größe an. Dabei hätte sie die silbrige Linie vermutlich gar nicht gesehen, wäre das Licht nicht gerade so günstig gewesen. Aber nun hatte sie sie gesehen.

Sie fühlte sich elend, sank zu Boden und vergrub das Gesicht zwischen den Knien. Wer machte so etwas? Weswegen? Und wie hatte er es nur wagen können?

Marnie war entsetzt, wie entrüstet und wütend sie seinetwillen war, und musste doch unwillkürlich lachen. Wer auch immer Jake Dolan an die Kehle gegangen war, musste in Anbetracht der Tatsache, dass Jake seine Narbe quietschlebendig zur Schau trug, selbst mausetot sein.

»He, leben Sie noch?«

Marnie sprang auf. »Ich brauche ein bisschen Zeit, um aufzutauen.«

»Stellen Sie das Wasser an, und schließen Sie die Tür ab«, sagte er gereizt.

Dass man sie ausgerechnet *daran* erinnern musste, versetzte ihr einen Stich. Sie drehte den altmodischen Schlüssel herum, zog sich schnell aus und stieg in die enge Duschkabine voller Rostflecken. Sie stöhnte, als das heiße Wasser ihre Haut berührte. *Himmel auf Erden.*

Sie lehnte den Kopf an die kühle Wand und spülte den Adrenalinschub fort. Das Wasser lief ihr über Kopf und Schultern und wusch die äußere Kälte weg. Was blieb, war die klaffende Wunde in ihrem Innersten. Marnie rührte sich nicht, ließ die Augen zu und die letzten paar Stunden Revue passieren.

Sie presste die Faust an die Lippen. Ihr war im Blockhaus nicht genug Zeit geblieben. Genug Zeit, sich Großmama nahe zu fühlen und einzusehen, dass sie nicht wiederkommen würde.

Ihre Tränen brauchten endlich freien Lauf, und ihre Brust schmerzte vor dem Bedürfnis zu weinen. Sie wollte, musste weinen, doch ihre Augen blieben standhaft trocken, und die Enge in ihrer Brust nahm zu. Sie wollte den Kopf auf Großmutters Schoß legen, wie sie es immer getan hatte. Sie hatte unerträgliche Sehnsucht nach der sanften Hand, die ihr übers Haar strich. Der Schmerz nahm fast schon eigene Gestalt an – ein schwarzer Abgrund, viel zu tief, ihn im Alleingang zu überqueren.

Doch es half alles nichts, sie war zum ersten Mal in ihrem Leben auf sich selbst gestellt. Marnie hob den Kopf und rieb über den hohlen Schmerz unterm Brustbein. Sie war allein und stellte sich lausig dabei an.

Das Wasser war schon nicht mehr heiß. Sie seifte sich schnell ein und wusch sich die Haare. Die enge Duschkabine taugte jedenfalls nicht dazu, Trost zu spenden.

Aber zumindest war ihr jetzt durch und durch warm. Und ihr fiel wieder ein, dass sie die Handtücher vergessen hatte. Verdammt.

Sie zog eine Grimasse und schaute sich um. Sollte sie ihn rufen? Die Kälte hereinlassen? Ihn sie nackt sehen lassen?

Die Idee hatte einen gefährlichen Reiz.

Marnie schaute sehnsüchtig die trockenen Sachen an, die er ihr auf dem Abstelltisch neben dem Waschbecken bereitgelegt hatte. Daneben hing ein benutztes, marineblaues Badetuch am Handtuchhalter.

Er hatte doch wohl keine Läuse? Wenn sie noch länger nass herumstand und überlegte, würde die heiße Dusche jedenfalls für die Katz gewesen sein. Sie trocknete sich mit seinem Handtuch ab. Es duftete nach frischer Luft und Sandelholz und war nicht allzu feucht. Sie machte die Augen zu und stellte sich vor, das raue Frottee mit dem Jake-Dolan-Duft sei seine Hand, die ihre feuchte Haut liebkoste.

Dass die mächtige Pinie sie beinahe erschlagen hatte, schien ihr das letzte bisschen Verstand geraubt zu haben, diagnostizierte sie nüchtern, machte schnell die Augen wieder auf und trocknete sich hastig fertig ab. Er war nur ein Mann. Und ein muffiger, streitsüchtiger dazu.

Er hatte ihr eine schwarze Jogginghose aus Fleece und einen roten Fleecepullover hingelegt, was ihr nur recht war, weil sie in ihrem Rucksack nichts zum Anziehen hatte. Das Oberteil reichte ihr fast bis zu den Knien und die Hose bauschte sich um die Knöchel. Sie betrachtete sich im fliegendreckgesprenkelten Spiegel über dem Waschbecken.

Eine gewagte modische Aussage! Ihr Haar lockte sich strähnig ums Gesicht, ihr Gesicht hatte diese »Ich bin zu Tode erschrocken, weil mich Großmutters Haus fast erschlagen hätte« – Blässe, aber wenigstens war ihr warm.

Sie schaute sich im Badezimmer um. Irgendetwas stimmte hier nicht.

Der Raum war winzig, funktional und schnörkellos. Toilette, Becken, Abfluss, Abstelltisch. Kein Schrank, kein Regal, keine Kommode. Sie besah sich die Sachen.

Die Kleidung und Jakes Handtuch waren schon hier drin gewesen, als sie das Badezimmer betreten hatte. Jake Dolan hatte die Sachen *nicht* mit hineingenommen.

Er war mit leeren Händen in die Dusche gegangen.

Wo kam das Zeug her?

Sie sah aus wie ein Engel.

Oder wie eine Wölfin im Schafspelz.

Jake löste nur mit Mühe den Blick von den rosigen Wangen und den großen, blauen Augen und konzentrierte sich auf die Flasche mit dem hundertjährigen schottischen Whisky. Was keinen Unterschied machte. Beide verdrehten ihm den Kopf und stellten seine Willensstärke auf die Probe.

»Danke für die Kleider.«

»Keine Ursache.«

Mit der Küchentheke zwischen ihnen war es nicht ganz so schlimm. Aber er ahnte immer noch ihren Duft. So viel war sicher, diese Sandelholzseife roch an ihm nicht halb so gut.

»Chili oder Hühnersuppe? Ich hab beides warm gemacht.«

»Egal. Suchen Sie sich aus, was Sie mögen. Ich nehme das andere.« Ihr Gesicht war noch feucht vom Dampf.

»Ich hab schon gegessen.« *Zum Teufel, er hörte sich ja an wie* – Jake konnte nicht glauben, welchen Ton er da anschlug. Entweder sie verschwand auf der Stelle, oder er würde den Scotch aufmachen müssen. Doch im Moment war keines von beiden eine Option. Er biss die Zähne zusammen.

»Gut, dann nehme ich beides. Ich bin am Verhungern.« Sie setzte sich gegenüber auf einen Stuhl und schob die Ärmel seines Sweatshirts hoch. Rot stand ihr gut. Was noch untertrieben war – sie war hinreißend in Rot. Jake ertappte sich, wie er am versiegelten Flaschenhals herumzupfte, und nahm schnell die Hand weg.

Er kippte die heiße Suppe aus der Pfanne in einen angeschlagenen Kaffeebecher und das Chili in einen Messbecher, steckte jeweils einen Löffel hinein und schob ihr beides hin. »Haben Sie gestern nicht zu Abend gegessen?«

Sie schaute zu ihm hoch und nahm den Löffel in die Hand. »Doch, aber das ist eine Ewigkeit her. Und das da ist Frühstück. Es riecht wirklich gut. Vielen Dank.«

Jake schaute ihr zu, wie sie den Löffel zwischen die Lippen schob. Marnie machte zufrieden die Augen zu. Auch wenn es nur Suppe war. Mmm. Suppe. Der Löffel ließ glänzende Lippen zurück und tauchte wieder in die heiße Suppe.

Oh, Mann – wenn sie sich mit dem Essen nicht beeilte, würde er an Versteinerung krepieren.

»Also noch mal, was machen Sie um diese Jahreszeit hier oben?«

Sie hob den Blick und runzelte die Stirn. »Das habe ich Ihnen doch schon gesagt. Meine Großmutter ist vor einem Monat gestorben, und ich wollte die Hütte noch einmal sehen, bevor meine Brüder Kleinholz aus ihr machen wollten. Und ich habe einen ruhigen Platz zum Nachdenken gesucht. Ich wollte zwei Fliegen mit einer Klappe schlagen.« Sie löffelte sich die Suppe in den Mund und bekam feuchte Augen.

»Worüber wollten Sie nachdenken?«

»Über mein Leben.«

»Warum?«

»Warum was? Über mein Leben nachdenken? Ich muss einiges ändern und anstatt zu handeln, ohne zu denken, was ich nur allzu gerne tue, wollte ich ein paar grundlegende Überlegungen anstellen. Und was machen *Sie* hier oben?«

»Geben Sie mir Ihre Sozialversicherungsnummer.«

Er meinte das ernst.

Marnie lachte. »Auf einer Party sind Sie sicher der Knaller.«

»Ich gehe nicht auf Partys. Die Nummer!«

Marnie lächelte unbeirrt weiter und löffelte Suppe.

»Ich bin alles andere als erfreut über Ihr Auftauchen, Miss Wright. Entweder Sie geben mir jetzt Ihre Sozialversicherungsnummer, oder Sie verschwinden und sehen selbst, wie Sie weiterkommen.«

»Überlegen Sie doch mal. Ich werde doch nicht einem Fremden meine Sozialversicherungsnummer geben, auch wenn er mich duschen lässt und mir etwas zu essen gibt. Ich habe Ihnen gesagt, wer ich bin. Ich gebe Ihnen ein paar Dollar für das Essen, das Sie Duchess und mir gegeben haben, und dann gehen wir. Dann können Sie den Rest des Wochenendes ungestört Trübsal blasen.«

Sie schien es ernst zu meinen, aber Jake entging nicht, dass sie nervös schluckte.

Quatsch.

»Sie können hier warten, bis sich das Unwetter gelegt hat.«

Er schaute sie resigniert an. »Ich habe das Bett frisch bezogen, während Sie geduscht haben.«

Er hörte sie *atmen*. Sie schluckte. Jake sah ihre Kehle sich bewegen und legte seine Hände um den Scotch.

»Herzlichen Dank.« Sie beäugte ihn mittlerweile etwas argwöhnischer als zu Anfang. »Aber die Couch reicht mir völlig, und Ihnen ist sie viel zu kurz.«

Er hatte nicht die Absicht, sich schlafen zu legen. Sie war schon schlimm genug, wenn er die Augen offen hielt. »Machen Sie es sich bequem. Ich hole Ihnen ein paar Decken.«

Er hatte nicht vor, wegen des verdammten Betts mit ihr zu streiten. Das schmale Einzelbett hing links etwas durch, und seit er es vor fünf Jahren in einem Trödelladen gekauft hatte, hatte niemand mehr darin geschlafen. Er dachte an das breite, stabile Kingsizebett sechs Meter unter ihm, stellte sich Marnie nackt und willig darauf vor und unterdrückte einen Fluch.

Die Dogge stupste ihn am Arm und schaute ihn mit treuem Hundeblick an. *Verflucht.*

»Schon wieder hungrig?«, fragte er barsch. Sie hatten sich letzte Nacht ein Vierpfundsteak mit Pommes frites geteilt, und Duchess hatte noch eine halbe Packung tiefgefrorener Rosinencookies verputzt, bevor Jake sie endlich losgeworden war.

Marnie schob den leeren Kaffeebecher weg und machte mit dem Chili weiter. »Aber geben Sie ihr kein Chili«, warnte sie.

»Mag sie das nicht?«, fragte Jake, machte die Speisekammertür auf und schaute seinen vierbeinigen Gast an. Die Dogge würde fressen, was immer er ihr gab.

Duchess gab Laut und schaute hoffnungsvoll zwischen Marnie und Jake hin und her.

»Ich weiß, dass du Chili magst.« Marnie sah die Dogge tadelnd an und wandte sich wieder Jake zu. »Sie liebt Chili. Aber dann schlafe ich nicht im selben Zimmer mit ihr.«

»Also Nudelsuppe für die Bestie.« Jake griff sich zwei Dosen, schaute den Hund an und nahm noch zwei dazu.

»Lassen Sie mich das machen.« Marnie kam um die Theke herum. Jake schlug den Rückwärtsgang ein. Marnie ging weiter und wollte ihm die Dosen abnehmen. Jake wich noch zwei Schritte zurück.

Marnie runzelte die Stirn. »Ist alles in Ordnung mit Ihnen?«

»Sicher. Hier.« Er schob ihr die Dosen hin und manövrierte sich zwischen Marnie und der Theke aus der engen Küche hinaus. »Ich hole Ihnen die De –«

Das Telefon läutete.

Sie schauten einander an. »Das muss Ihres sein«, sagte er knapp. Seines war ein Stockwerk weiter unten und hier oben nicht zu hören.

»Würden Sie mir meinen Rucksack – Danke.«

Sie zog das Handy heraus.

»Hallo.« Marnie schaute Jake an und verzog das Gesicht. »Tut mir Leid. Es ist –« Sie zeigte auf ihr leeres Handgelenk und schaute ihn an.

»Viertel nach sieben«, sagte er leise.

»Papa, es ist gerade eben Viertel nach sieben. Warum rufst du mich – Ja, sicher. Natürlich darfst du. Ich bin schon lange auf.« Marnie verdrehte die Augen. Jake wollte sich eigentlich auf die Suche nach den Decken machen, blieb aber wie angewurzelt stehen. Obwohl sie entrüstet über den frühmorgendlichen Anruf schien, war offensichtlich, dass sie ihren Vater liebte und die beiden häufig solche Gespräche führten.

»Wirklich? Ich hatte die ganze Zeit Sonne. Es ist wunderbar hier oben.« Der Regen trommelte unablässig an die Scheiben. »Gut, ich passe auf, ob die Wolken hier raufziehen. Sieht aber nicht so aus. Ich weiß, dass die Brücke bei Regen – Nein, bin ich nicht. Ganz in der Nähe wohnt eine nette Familie.« Pause. »Ja, die Eltern und drei kleine Kinder. Nein, die Hütte ist dicht. Nach all den Jahren, ja. Sie wussten früher einfach, wie man stabile Blockhäuser baut.«

Sie hörte mit verträumtem Blick zu. »Glaub mir, es geht mir gut. Ich rufe dich am Montag an, sobald ich zu Hause bin.« Sie schloss die Augen, hörte ihrem Vater zu und bekam eine rosa Nasenspitze.

Du lieber Himmel, fängt sie jetzt vielleicht zu heulen an?

»Ich liebe dich auch, Papa. Bis bald.«

Als sie auflegte, lehnte Jake an der Theke. »So. Und wer bin ich? Mutter, Vater oder eines von den drei kleinen Kindern?«

»Er macht sich eben Sorgen.«

»Gut, dass wir wenigstens so schönes Wetter haben.« Er schaute zum Fenster hinaus. Es schüttete immer noch wie aus Kübeln.

Verflucht.

Er fing am besten gleich damit an, eine Arche zu bauen.

3

»Nur zu Ihrer Information«, sagte Jake, »das hier ist eine Hütte und kein Blockhaus.«

Ist ja gut.

Marnie verdrehte die Augen und folgte dann seinem Blick zum Fenster. Regen ad infinitum. »Sieht nicht so aus, als würde es bald aufhören. Es hat keinen Sinn länger zu warten«, sagte sie. Er schaute ihr mit dunkelblauen Augen konzentriert ins Gesicht. Ihr war, als könne er Gedanken lesen.

»Flussaufwärts ist noch eine Brücke, die normalerweise nicht überschwemmt ist«, erklärte sie. »Ich kenne den Weg. Wenn ich gleich aufbreche, könnte ich –«

»Ich habe Sie heute schon einmal gerettet«, unterbrach er entnervt. »Ich gehe heute nicht mehr raus. Legen Sie sich schlafen. Oder schlafen Sie meinetwegen auch nicht. Machen Sie, was Sie wollen. Aber rühren Sie sich nicht weg hier.«

»Ich möchte gern –« Sie brach ab und schüttelte den Kopf. »– damit aufhören, mich lächerlich zu machen«, seufzte sie. »Sie haben Recht. Ich muss warten.« Er stand ein ganzes Stück entfernt, doch sie fühlte sich trotzdem bedrängt. Sie griff nach dem nassen Rucksack. »Dann lege ich mal meine Sachen zum Trocknen ans Feuer.«

Sie hängte Jeans, Sweatshirt und Socken über einen Stuhl und schob ihn an den Kamin. Gerade mal sieben Sekunden totgeschlagen. Die nasse Unterwäsche musste unten im Rucksack bleiben. Marnie wischte sich die Hände ab. »Für einen Kaffee würde ich morden.« Sie drehte sich um. Jake lehnte immer noch an der Theke und beobachtete sie.

»Das Kaffeepulver ist wahrscheinlich schal.«

Großartig. Und sie saß mit Mister »Groß-und-Unfreundlich« in der Sintflut fest.

»Kein Problem, nur heiß muss er sein.«

Marnie lief wieder um die Theke. Er rührte sich nicht vom Fleck und zog nur den Mund zum Strich, als sie ihn streifte. Marnies Haut prickelte. Gut, dass sie bald gehen würde. Er zog sie körperlich bei weitem zu heftig an. So viel zum Thema schlechtes Timing. »Ist hier irgendwo eine Kaffeemaschine?«

»Unter der Spüle.«

Natürlich, darauf hätte man doch kommen können!

Sie fand die Maschine da, wo andere Leute Lumpen und Putzmittel verstauten. Sie war voller Spinnweben und toten braunen Getiers. Marnie rümpfte die Nase, füllte randvoll Spülmittel und glühend heißes Wasser ein und setzte den unansehnlichen Deckel wieder auf.

»Sie haben hier doch Strom. Warum haben Sie dann kein elektrisches Licht und keine Heizung?«

»Weil ich es eben nicht habe, darum.«

Sie warf ihm einen giftigen Blick zu und machte auf der Suche nach dem Kaffeepulver eine Schranktür nach der anderen auf. Suppe und Chili – das war alles.

Nachdem sie jede Schublade und jede Tür aufgemacht hatte, sagte er: »Im Kühlschrank.«

Marnie zerrte die Kühlschranktür auf. Sogar die Luft hier drin roch schal. Sie holte rasch die große Kaffeedose heraus und kümmerte sich nicht um die rätselhaften, folienumwickelten Fleischstücke. »Wie lang sind Sie schon hier oben?«, fragte sie neugierig.

»Warum?«

»Weil ich mich frage, wovon Sie sich wohl ernährt haben,

es sei denn, Sie haben einen Pizzaservice dazu gebracht, Sie zu beliefern.«

»Warum?«

Es war offensichtlich, dass er sie nicht hier haben wollte. Und noch offensichtlicher, dass er das Alleinsein gewohnt war. Die Männer, mit denen sie sich verlobt hatte, waren beide sehr umgänglich gewesen. Und hübsch. Jake Dolan hatte ein interessantes Gesicht, aber hübsch konnte man ihn beim besten Willen nicht nennen. Er hatte einen Charakterkopf voller Narben physischer und seelischer Natur, die das Leben gezeichnet hatten. Er war schlicht der Typ Mann, um den eine kluge Frau einen weiten Bogen machte. Herrisch, rechthaberisch und frauenfeindlich.

So finster, wie er drein sah, konnte einem angst und bange werden. Warum er ihr Herz schneller schlagen ließ, war ihr ein Rätsel. Was hatten sich die Götter nur dabei gedacht, ihr ausgerechnet jetzt einen solchen Mann vor die Füße zu werfen? Da war eine unheilvolle Anziehung zwischen ihnen, wie sie sie nie zuvor erlebt hatte. Marnie legte den Kopf schief. Warum ausgerechnet er? Und warum gerade jetzt?

Er brauchte sie nur anzusehen, schon prickelte ihre Haut, und ihr wurde schwindlig. Ihr Herz schlug schneller. Die Hütte war eiskalt, doch ihre Haut war warm. Die Farben schienen zu leuchten, und seine raue Stimme streichelte ihre Haut und elektrisierte die zarten Haare auf den Unterarmen.

Junge, Junge. Sieht aus, als hätte ich die Kontrolle verloren. Du musst das in den Griff bekommen, sagte sie sich. *Denk an was anderes. Irgendwas.*

»Sie machen hier wohl Ferien?«, fragte sie angestrengt.

»Haben Sie irgendwo einen Knopf zum Abstellen?«

Marnie zuckte ungerührt die Achseln. »Wie soll man jemanden kennen lernen, wenn man keine Fragen stellt?«

Diese Anziehung musste an den Pheromonen liegen. Irgendetwas Chemisches. *Etwas, das besser sofort aufhörte, bevor sie sich noch ganz zur Vollidiotin machte.*

»Ich weiß eine Menge über Sie, ohne gefragt zu haben. Wollen Sie wissen, was?«

»Klar.« Marnie entdeckte einen großen, grünen Plastikaschenbecher und spülte ihn ab. Sie machte die vier Suppendosen auf und nahm das grüne Ding als Fressnapf für Duchess.

»Sie sind naturblond. Im Sommer werden Ihre Haare heller. Sie verfügen über ein Treuhandvermögen, das Sie aber nicht antasten. Sie kommen mehr schlecht als recht mit Ihrem Einkommen aus, und am Monatsende geht Ihnen das Geld aus, weil Sie zu viele Almosen geben. Sie leben nicht in einem Apartment, sondern in einem Haus. Kräftige Farben und klare Linien. Echte Kunst, kein Kleinkram.«

»Ich bin beeindruckt.« Und erfreut, dass er sich Gedanken über sie gemacht hatte.

»Sie sind viel zu verwöhnt. Sie setzen Ihren Kopf durch und haben nicht die geringste Ahnung vom Kochen –«

»Halt. Falsch. Ich bin eine exzellente Köchin.« Sie schenkte ihm ein bezauberndes Lächeln und legte den Kopf schief. »Dann probiere ich es mal. Hmmm, mal überlegen. Sie sind ein Einzelgänger. Einzelkind?« Er nickte. »Tja, ich kann das auch. Weiter – Womit verdienen Sie Ihr Geld? Ich wette, es hat was mit Radio zu tun.«

Er schien verdutzt. »Wieso Radio?«

»Sie haben eine wahnsinnig erotische Stimme.« Sie schaute ihm direkt in die Augen.

Sein Blick war unergründlich. »Ich hatte vor einiger Zeit Probleme mit den Stimmbändern. Meine Stimme ist im Eimer.«

Marnie drehte sich fast der Magen um, und es fiel ihr schwer, die Narbe an seiner Kehle nicht anzustarren. Sie schluckte schwer und sagte heiser: »Ich mag Ihre Stimme. Sie macht mich –«

Er zog eine dunkle Braue hoch. »Sie macht Sie was?«

An. Heiß. Zittrig.

»Nichts.«

Marnie redete häufig, ohne zu denken, worauf sie nicht besonders stolz war. Wenn sie so weitermachte, würde er sie in den Regen hinausjagen.

»Falls Sie überhaupt einer Arbeit nachgehen, natürlich«, machte sie munter weiter. »Sie könnten auch ein Berufsverbrecher sein, der sich hier oben in den Bergen vor der Polizei versteckt und abwartet, bis die Aufregung sich wieder gelegt hat. Komme ich der Sache langsam näher?«

»Ich dachte, das war ein Monolog.«

»Haha. Der Beruf sagt eine Menge über einen Menschen aus, das ist alles.«

»Wollen Sie meine Kontoauszüge sehen?«

»Mögen Sie Ihren Beruf wenigstens?«, fragte sie patzig. »Egal, welcher es nun ist.«

»Hab noch nicht groß darüber nachgedacht.«

»Warum lassen Sie es dann nicht bleiben?«

»Überlege ich mir zur Zeit. Arbeiten Sie?«

»Seit der High-School. Mein Vater hat darauf bestanden, dass ich den Wert eines Dollars zu würdigen lerne.« Die Leute meinten meist, eine reiche Wright brauche keiner Arbeit nachzugehen. »Ich arbeite seit fast acht Jahren für ein und dieselbe Computerfirma.«

»Ich dachte, Sie wären Künstlerin«, entgegnete er misstrauisch.

»Ja, aber so wie es momentan aussieht, bringt mir der Computerjob die Miete ein, die Malerei nicht. Vetternwirtschaft, das gebe ich ja zu. Ich arbeite für meinen Vater – Wright Computers? Aber ich schufte *wirklich*. Papa besteht darauf, dass man sich sein Geld erarbeitet. Ich war schon Programmiererin, als ich noch aufs College ging. Aber demnächst werde ich ganz als Illustratorin arbeiten. Das gehört zu den Sachen, über die ich hier oben nachdenken wollte.« Nach Paris gehen, Schwarz tragen und mysteriös aussehen. Sie lächelte.

»Und der Verlobte Nummer drei?«

Marnie runzelte die Stirn. »Was hat das denn – Oh, nein. Das hat nichts miteinander zu tun. Schluss mit der Verloberei. Ich sehe mich um, entscheide mich und heirate – vielleicht.«

»Und haben Sie den armen Trottel schon im Visier?«

Sie schaute ihn prüfend an und zuckte die Schultern.

Sie hatte sich jahrelang eingeredet, eine Bilderbuchbeziehung zu brauchen. Sie hatte jede Beziehung bis ins Detail seziert und bei ihren Partnern und sich selbst nur Fehler gefunden.

Sie war nicht im Geringsten draufgängerisch und nie richtig hinter einem Mann her gewesen. Vermutlich hatte ihr der Mut gefehlt. Bis jetzt.

Aus welchem Grund auch immer, jetzt fühlte sie sich stark genug. Sie hatte hier oben lebenswichtige Entscheidungen treffen wollen, aber sie wäre nie auf die Idee gekommen, dass das große Abenteuer auf der Stelle anfangen sollte.

Nie zuvor hatte ein Mann sie körperlich so angezogen.

Nicht annähernd.

Was hatte dieser widerborstige Mann, dass ihr Herz schneller schlug und ihre Brust vor Sehnsucht schmerzte? Warum ließ er sie Gefühle ersehnen, deren Fehlen sie nie bemerkt hatte? Warum wollte sie alle Vorsicht über Bord werfen und alles an ihm erforschen?

Er war ein riesiges Puzzle, ein Rätsel. Sie wollte sich nicht faszinieren lassen und war es doch. Alles an Jake Dolan war fesselnd und – Himmel, hilf! – machte sie an. Die Art, wie er sprach, wie er roch, ging und dreinsah. Der ganze Mann war ein einziges Faszinosum und eine einzige Qual.

Marnie starrte ihm auf den Mund und sehnte sich nach seinem Geschmack. Sie brauchte nur sein langes Haar zu sehen, schon wollte sie ihre Finger in die seidigen Strähnen graben. Sie wollte seine breite Brust berühren und seine Arme um sich spüren. Sie wollte –

»Warum gaffen Sie mich so an?«, knurrte er.

»Wie gaffe ich denn?«, fragte sie unschuldig.

»Als wäre ich etwas zu essen.«

Ja, sie wollte ihn probieren. »Hmmm«, stöhnte sie.

Das Knurren wurde bedrohlicher: »Das ist keine Antwort. Das war –«

»War was?«

»Reizgas.«

»Was glauben Sie denn noch zu wissen?«, provozierte sie ihn vorsichtig, verrückt danach, ihn anzufassen. Sie hatten sich nicht vom Fleck gerührt, aber dieses Magnetfeld zog sie immer näher zueinander.

Sie kam sich stark und wagemutig vor. Und schwindlig vor Lust.

Armer Jake, er zappelte wie der Fisch am Haken und hing im gleichen Kraftfeld fest.

»Sind Sie die, die Sie vorgeben zu sein?«, fragte er so heiser, dass sie ihn kaum verstand.

Sie nickte. »Marnie Christine Wright. Siebenundzwanzig. Computerfreak.« Sie fühlte sich wie ein Schmetterling, der seinen Kokon abstreifte. Und dabei zu schnell war. Und viel zu nahe am Feuer, um sich noch sicher zu fühlen. Doch wie er sie so mit brennendem Blick ansah, fühlte sie ihre Flügel sich entfalten.

»Sie mögen die freie Natur«, machte er gequält weiter und ließ ihre Lippen nicht aus den Augen. Zum Glück konnte er doch keine Gedanken lesen.

»Musik«, krächzte er.

Sie fragte sich, wie seine Haut sich anfühlte. »Ich schlafe nackt«, platzte sie aus Gründen heraus, über die sie jetzt nicht nachdenken wollte.

Seine Augen blitzten. »Nackt?«

Sie nickte bloß, weil ihr Mund zum Sprechen zu trocken war. Wie würde er wohl reagieren, wenn sie sich auf Zehenspitzen stellte und ihm einen langen, feuchten Kuss gab? Ihr Herz schlug schneller. Sie starrten einander nur an. Marnie stellte die Kaffeekanne geistesabwesend neben sich auf der Theke ab.

Ihr Blick wanderte von seinem trocknenden Haar zu den rasiermesserscharf blauen Augen und schließlich zum Mund. Und klebte dort fest. Sie konnte einfach nichts dagegen tun. Jake Dolan hatte den sinnlichsten, einladendsten Mund, den sie je gesehen hatte.

Duchess stand von ihrem Platz vor der Speisekammer auf und lehnte sich an Marnies Hüfte. Sie stemmte sich gegen das Gewicht der Dogge und beobachtete Jake dabei, wie er sie beobachtete.

Trockener Mund, feuchte Hände, rasender Herzschlag. Sie leckte sich die Lippen und biss sich auf die Unterlippe. Und sah seinem Unterkiefer und den sich weitenden Pupillen an, was sie ihm damit antat.

Duchess trottete auf ihren Beobachtungsposten auf dem Boden zurück.

Marnies Puls jagte heftiger, je hitziger Jakes Blick wurde. Ihm erging es nicht anders. »Ich glaube, wir sind ziemlich in Schwierigkeiten«, flüsterte Marnie.

Es dauerte eine Ewigkeit, bis die heisere Antwort kam. »Sie sind nicht mein Typ.«

»Doch, bin ich.«

»Nein.« Kaum dass er noch krächzen konnte. »Sind Sie nicht.«

Marnie ging auf ihn zu. Er verschränkte die Arme über der massigen Brust. Sie *fühlte* seinen Blick förmlich über ihren Mund gleiten. Ihre Lippen prickelten. Sie hielt seinem Blick stand und kam näher.

»Ich kann Blondinen nicht ausstehen.«

»Dann färbe ich mir die Haare.«

»Sie sind zu klein.«

Nicht wenn wir liegen. »Dann ziehe ich hohe Schuhe an.«

Er kniff die Augen zu, als litte er unter Schmerzen. »Schmutzige Tricks.«

Marnie streckte die Hand aus und berührte seinen Unterarm. Sie begehrte diesen Mann unfassbar. Sie versuchte erst gar nicht zu ergründen, warum. Es war einfach so.

Von den Fingerspitzen lief die elektrische Spannung in ihr Innerstes. Ihr Herz schlug einen harten, schnellen Takt. Heißes Blut pumpte wie ein reißender Fluss durch die Adern. Die Spannung schlug am ganzen Körper Funken und kulminierte heiß und tief in ihrem Unterleib.

Er schlug seine rauchblauen, unergründlichen Augen auf

und gab ihr keinerlei Signale mehr, sondern ließ aufrecht und mit verschränkten Armen ihre tastenden Fingerspitzen über sich ergehen. Nur die Wangen schienen dunkler, und ein einsamer Muskel zuckte an seinem Unterkiefer.

Starrkopf.

Marnie streichelte verwegen und unbekümmert seine Muskeln. Die dunklen, krausen Härchen reizten ihre Fingerspitzen. Seine Haut war heiß unter ihren Händen, seine Lebensenergien pulsierten.

Sie stellte sich auf Zehenspitzen und legte ihm die Arme um den Hals. Der verschränkten Arme wegen bekam sie ständig seine Ellbogen an die Brust. Einen Augenblick lang glaubte sie, er werde sie wegstoßen.

Sie richtete sich kerzengerade auf und krallte sich instinktiv in seinem langen Haar fest. »Nur einen Kuss«, bettelte sie hitzig und hungrig mit brüchiger Stimme. »Falls er mies ist, sind wir quitt.«

Es folgte eine lange Pause. »Soll das ein Witz sein?«, brachte er heraus. »Er wird nie und nimmer mies.«

Unendlich langsam breitete er die Arme aus. Die kräftigen Hände bewegten sich widerwillig auf ihre Schultern, glitten zimperlich den Rücken hinunter und schlossen sich schließlich um ihren Hintern. Marnie machte erleichtert die Augen zu und drückte sich an ihn. Jakes Stöhnen ließ ihren Körper erbeben.

Himmel. Flüssige Hitze pulsierte durch ihre Adern. Sie schlang ein Bein um seins, um ihn noch näher zu ziehen. Die Muskeln seines Oberschenkels spannten sich und leisteten Widerstand, und Marnie wäre am liebsten seinen Körper hinaufgeklettert, um Lippen und Körper nur ja korrekt zu platzieren. Sie wollte diesen sinnlichen Mund fühlen.

Überall.

Sie wollte diese kräftigen Hände spüren.

Überall.

Er sollte sie mit seinem Gewicht auf die dünne Matratze am anderen Ende der Hütte drücken. Sie wollte sich hitzig und ungestüm gebärden, bis sie beide vor Erschöpfung aufgaben.

Starke Arme hoben sie mit leichtem Griff empor und ihr wurde schwindlig. Sie hing an seinem Hals und fand sich mit gespreizten Knien auf der Thekenkante sitzend wieder. Das Resopal unter ihrem Hintern fühlte sich seltsam kühl an. Seine Erektion presste sich heiß und gierig durch die weiche Fleecehose in ihren Schritt. Sie schlang die Beine um seine Hüften und zog ihn näher zu sich.

Er ließ ihr keine Zeit zum Denken und presste ihr einen so tiefen, lustvollen Kuss auf den Mund, dass sie zu atmen vergaß. Sie murmelte leise Worte der Hingabe, schob ihre Zunge in seinen Mund, konnte nicht genug bekommen und fürchtete doch, er könne über seine eigene Courage erschrecken und sich ihr entziehen. Ihr Herz schlug dem trommelnden Regen den Takt. Der Duft seiner Haut vertrieb den Rauch des Kaminfeuers. Sie fühlte Begehren auf seiner Zunge und Lust im harten Griff seiner Hände.

Ihre Haut brannte. Ihr Mund kribbelte. Sie konnte nicht nah genug bei ihm sein. Sie *musste* seine nackte Haut einfach fühlen und schob wild entschlossen sein Sweatshirt hoch.

Sie legte die Hände auf seine Brust. Heiße Seide unter dunklen, gekräuselten Haaren. Brustwarzen hart wie Kieselsteinchen. Ein fester Waschbrettbauch, der unter ihrer Berührung zuckte.

Eine starke Hand schob sich vom Hintern auf ihre Brust. Ihre Nippel schmerzten. Sie drückte ihre Brust an seine, klemmte seine Hand fest und ließ den Druck noch stärker werden, unerträglich stark.

Er schob sie ein klein wenig zurück, gerade weit genug. Seine Finger fanden durch den Fleecepullover ihre Brustwarzen. Er drückte sie, bis sie schmerzten, und erstickte ihren Schrei an seinem Hals. Marnie keuchte. Sie schaffte es, seinen Gürtel zu öffnen und tastete nach dem Reißverschluss der Jeans.

Er wich kurz zurück, und sie waren für ein paar Sekunden auseinander. Genug Zeit für Marnie, um einen klaren Gedanken zu fassen: *Was zum Teufel mache ich denn da?*

Ihre Blicke trafen sich.

Einen Sekundenbruchteil lang ließ er sie das Feuer in seinen Augen sehen. Dann erstickte er die Flammen und löste sich aus ihrer Umarmung.

Marnie errötete von den Zehen bis zur Nasenspitze.

Ein kleiner Moment, und ihr Verstand funktionierte wieder. Sie schaute verwirrt an ihm hoch. Er betrachtete sie mit seltsamer Verzweiflung im Blick, griff hinter sich und löste sich aus der Umklammerung ihrer Beine.

Sie ließ die Beine baumeln und schlug mit den Absätzen an die Theke.

Sie fühlte sich nackt und verletzlich unter seinen Adleraugen. Er studierte ihr Antlitz und schien mehr als nur Gesichtszüge zu sehen. Als tauche er in sie ein, um eine verborgene Seite zu entdecken, die ihr selbst noch neu war und ihr Angst machte.

Sein Unterkiefer malmte. Er trat einen Schritt zurück und zog etwas umständlich, aber völlig gelassen, seine Jeans zurecht.

Die Röte schoss ihr ins Gesicht. Ihre Beine bewegten sich

linkisch, ihre Brustwarzen waren seinem nüchternen Blick ausgesetzt, und sie war ihr ganzes Leben lang nicht so verlegen gewesen. Sie atmete stoßweise, rutschte von der Theke, zog die Jogginghose hoch und das Sweatshirt hinunter.

Sie wusste nicht, was sie sagen sollte, und lachte unsicher. »Ich habe nicht die leiseste Ahnung, was ich jetzt sagen soll«, war alles, was ihr für den Anfang einfiel. Dass ihr die Worte fehlten, war neu. Aber heute war vieles neu.

»Ich sagte doch, Sie sind nicht mein Typ.« Einmal abgesehen von den leicht geröteten Wangen und dem, was nach einer schmerzhaften Erektion aussah, wirkte er völlig ungerührt.

Sie starrte ihn an. »Nicht Ihr T – Und was war das gerade?« Sie war durcheinander. Es entsprach nicht ihrem Wesen, bei Männern die Initiative zu ergreifen. Aber es tat ihr auch nicht Leid, es getan zu haben.

»Welchen Teil von ›Ich will Sie nicht‹ haben Sie nicht verstanden?«

Aber er hatte sie gewollt. Er mochte lügen, sein Körper nicht. Er war hart wie Eichenholz.

Sie deutete auf seine Jeans. »Und was ist dann *das*?«

Er ignorierte die Beule in seiner Hose einfach. »Nur weil etwas da ist, braucht man es noch lange nicht zu benutzen.«

Marnie ging auf ihn zu und berührte seinen Arm. Er zuckte zurück, als sei sie ein giftiges Insekt.

»Habe ich etwas Falsches gesagt?«, fragte sie ruhig und ließ die Hand sinken. »Ich weiß, ich neige dazu zu reden ohne zu denken. Aber ich weiß auch, dass ich unmissverständliche Signale gesendet habe. Ich wollte Sex haben. Und es fühlte sich doch alles ganz gut an. Verdammt noch mal, es war *wundervoll*. Falls Sie also irgendwelche medizinischen Probleme haben, sollten wir darüber re –«

Er ging rückwärts und wäre beinahe über Duchess gefallen, die sich auf dem Holzboden breit gemacht hatte. Die Dogge sprang auf und lief aufgeregt zwischen ihnen hin und her. »Ich habe *keine* medizinischen Probleme.«

Marnie setzte ihm nach und schlug sich die Hüfte an der Theke an. »Gut.«

Jake machte ein finsteres Gesicht und fluchte vor sich hin.

»Aber das ist doch gut, oder?«, fragte sie versuchsweise.

Er hatte vorne am Haaransatz einen Wirbel, den man nur sah, wenn er sich durch die Haare fuhr. Er sah wie ein trotziger, kleiner Junge damit aus – und unglaublich sexy. Sie hätte ihn auffressen können.

»Ich weiß nicht, was daran gut sein soll. Gehen Sie mit jedem Mann, der Ihnen über den Weg läuft, gleich ins Bett?«, fragte er kühl.

»Eigentlich nicht«, antwortete Marnie gleichermaßen unterkühlt. »Aber in diesem Fall hielt ich die Anziehung für gegenseitig. Ganz abgesehen davon, waren wir nicht miteinander im Bett. Sie brauchen sich also nicht um Ihre Tugendhaftigkeit zu sorgen.« *Jedenfalls nicht im Augenblick*.

Er grub die Hände in die Hosentaschen. »Seit Sie hier sind, hat sich dieses Wochenende von schlecht zu katastrophal entwickelt. Und Besserung ist nicht in Sicht.«

»Ich hatte nicht vor, Sie zu heiraten.« Sie hätte sich unter seinem prüfenden Blick fast gewunden. Warum war sie so verrückt nach einem Mann, den sie nicht kannte? Einem Mann, der noch nicht einmal zugab, dass er genauso verrückt nach *ihr* war?

Diese ominöse chemische Reaktion war an allem Schuld. Ihre Pheromone reagierten auf seine Pheromone, das ließ sich beim besten Willen nicht leugnen. Sie berührte ihre prickelnden Lippen mit den Fingerspitzen und hatte immer noch seinen Geschmack im Mund.

»Sie ziehen mich unglaublich an. Ich hab gedacht – Ach vergessen Sie es. Warum dürfen Männer Sex haben, wann sie wollen, und Frauen müssen warten, bis sie gefragt werden?«

Sie hatte hier oben ein paar wichtige Entscheidungen fällen wollen. Aber selbst in ihren wildesten Träumen hatte sie nicht daran gedacht, ohne Fallschirm aus einem Flugzeug zu springen.

Jake wollte etwas sagen, machte den Mund wieder zu, strich sich mit klammen Fingern das Haar aus der Stirn und stierte sie an. »Sie schreien dabei, oder?«

»Hmmm.« Sie hatte viel mehr im Sinn, als nur zu schreien. Aber erst musste sie herausfinden, wo das Problem lag. Sie schoss schnell einmal über das Ziel hinaus, weil ihr als Kind so vieles entgangen war.

Sie war gierig, wollte alles haben. *Und zwar sofort*. Und erschrak über sich selbst.

Sie schob bedächtig die Ärmel hoch und prüfte mit dem Finger die Wassertemperatur im Spülbecken.

Jake wich zurück, und Duchess ging ihm vorsorglich aus dem Weg.

Hmmm, immer dieser Rückwärtsgang. Ein Stück nach vorn. Ein Stück zurück. Marnie hatte einmal auf diese Tour ein Pferd gezähmt.

Sie sah aus den Augenwinkeln seine Stiefelspitzen näher kommen. »Sie haben vielleicht große Füße«, plapperte sie drauflos.

Ihre Blicke trafen sich, und sie wurde rot. Sie tauchte schnell die Hände ins Spülwasser und wischte mit einem Lappen die Kaffeekanne aus.

»Der Regen hat nachgelassen. Ich bringe Sie flussaufwärts. Vielleicht ist die Brücke ja wirklich passierbar.«

Marnie schaute zum Fenster hinaus. Wenn überhaupt, dann hatte der Regen eher noch zugenommen. Die Luft schien nass genug zum Durchschwimmen. Sie kippte das Wasser aus der Kanne und stellte sie bedächtig ab. Dann wischte sie sich die Hände, in Ermangelung eines Handtuchs, an der Hose ab und sah ihn an.

»Ich glaube wirklich an den Nutzen von Diskussionen, wenn es darum geht, die Luft zu reinigen. Als wir Kinder waren, durften wir nie im Streit zu Bett. Nicht, dass wir beide Streit gehabt hätten. Ist auch egal. Also gut, ich fange an. Ich wollte mit Ihnen –«

»Ich muss noch irgendwo eine paar Regensachen haben. Es wäre wohl besser –«

»– ins Bett.«

»– ich sehe mal nach. Wir werden bis zur Brücke ein paar Stunden brauchen und sollten lieber gleich –«

»Und Sie wollten das auch«, unterbrach sie streitlustig. »Also, was war mit Ihnen los?«

Er schaute ihr geradewegs ins Gesicht. »Nichts war los. Sind Sie noch nie einem Mann begegnet, der nichts von Ihnen wollte?«

Marnie stützte die Fäuste in die Hüften. »Natürlich, tausenden. Aber Sie gehören nicht dazu.«

»Sieht so aus, als müssten Sie, trotz aller Erfahrung, noch einiges über die Männer lernen.«

»Bringen Sie es mir bei.«

Er wurde blass. »Dazu reicht ein ganzes Leben nicht.«

»Feigling«, spöttelte sie liebevoll.

Seine Lippen waren ein schmaler Strich. »Das letzte Mal, als mich eine Frau wie Sie verführen wollte, lag ich in einem Krankenhausbett. Sie trug irgendeinen weichen, verführerischen Fummel und duftete wie die Sünde selbst. Allerdings war *diese* Frau erfahren und souverän. Sie wusste, was auf dem Spiel stand.« Er sah sie unfreundlich an. »Die Dame musste zu ihrem Bedauern feststellen, dass ich kein Mann bin, mit dem man Spielchen treibt.«

Marnie widerstand dem Drang, ihm zu sagen, dass ihr nicht nach Spielen war. »Das heißt also, ich sollte mich in ein aufreizendes Kleid werfen, mich mit französischem Parfüm übergießen und Sie ins Krankenhaus bringen. Das lässt sich machen.«

»Aggressive Frauen törnen Männer eher ab.«

»Hmmm.« Marnie biss sich auf die Lippe. »Echt?«

»Ja.«

»Ich werde versuchen, nächstes Mal weniger forsch zu sein. Ist das alles?«

Er kam groß, Furcht einflößend und bedrohlich um die Theke herum. Er stützte die Hände auf die Resopalplatte und schaute ihr in die Augen.

»Nein, ist es nicht. Ich weiß zwar nicht, was es bringen soll, Sie aufzuklären, aber meinetwegen. Erstens wird es kein *nächstes Mal* geben. Zweitens kennen wir einander nicht. Drittens sind Sie sowieso bald fort. Verstanden? Gut.«

»Ah.«

»Was soll das nun wieder heißen?«

Sie schaute ihn mit großen, unschuldigen Augen an und zuckte die Achseln.

Er schloss gequält die Augen. Marnie war diesen Gesichtsausdruck von ihren Brüdern gewohnt und schaute treuherzig drein.

»Meinen Sie, ich kann noch meinen Kaffee kriegen, bevor Sie mich in die kalte, regnerische Nacht hinausjagen?«

»Es ist Tag.«

Miesmacher. Sie kippte das abgestandene Kaffeepulver in den Filter. »Sie brauchen mich nicht zu begleiten. Ich kenne diesen Berg. Ich weiß genau, wie ich zur Brücke komme. Es hat doch keinen Sinn, dass wir beide wieder nass werden, oder?«

Er war der personifizierte Missmut. »Ich *sagte*, ich bringe Sie hin.«

Marnie füllte Wasser in die Maschine, setzte die Kanne ein und schaltete das Ding an. »Nein danke. Ohne Sie bin ich besser dran.«

Er zog ein so finsteres Gesicht, dass sich über den Wangenknochen die Haut spannte. »Wie meinen Sie das?«

»Ich hab immer noch Hunger. Möchten Sie ein Chili?«

»Nein.« Der Frust nagte wie Wundbrand.

Die Dogge erhob sich, lief zu ihr hinüber und bekam die Ohren gekrault. Jake verkniff sich eine gehässige Stichelei. Er war eifersüchtig auf ihren Hund. Unglücklicherweise hatte er schon eine genaue Vorstellung davon, wie ihre schlanken Finger sich anfühlten. An ihm. Überall an ihm. Er wollte mehr. Alles.

Er war ein Vollidiot.

Sie konnte schließlich nichts dafür, dass sie so begehrenswert war. Es ging sie nichts an, warum er sie nicht haben wollte und nie haben würde. Er hatte vor vielen Jahren eine Regel aufgestellt: Keine Blondinen mehr!

Ein paar hinreißende, atemberaubende Minuten lang hatte er nicht daran gedacht und sich eine Begierde gestattet, die jenseits aller Vernunft war. Sie war einfach perfekt gewesen, alles, was er sich an einer Frau wünschte.

Sein Traum und sein Albtraum.

Dolans erste Überlebensregel wäre ihm fast zu spät eingefallen. Eine Sekunde bevor er sich in ihre heiße, nasse Mitte senken wollte. Es hatte beträchtlicher Willensstärke und einer Menge Zähneknirschens bedurft, ihr Angebot abzulehnen.

Genau deshalb machte er einen Bogen um Blondinen. Einen großen Bogen. Er hatte mit diesen zarten Blondchen nur schlechte Erfahrungen gemacht. Sechs Jahre war es her, dass eine Blonde seiner Lust ein Ende gesetzt hatte. Wozu es des südamerikanischen Regenwalds, einer gestrandeten blonden »Journalistin« und eines scharfen Messers bedurft hatte. Er hatte zu spät herausgefunden, dass der zerbrechliche Blondschopf zum Anführer einer absonderlichen Terroristenbande gehörte, die Jake hatte ausheben sollen.

Sie hatte den Auftrag, ihn lahm zu legen.

Und sie hatte ihre Sache gut gemacht. Verdammt gut.

Er war wie ein blutiger Anfänger in die Falle getappt. Und während er sich um seine blau geschlagenen Eier und seine aufgeschlitzte Luftröhre gekümmert hatte, hatten die Typen alle Spuren verwischt und sich in alle Winde zerstreut. Sein bester Freund hatte ihm das Leben gerettet und war dabei umgekommen.

Jake hatte nie aufgehört, den Hundesohn zu suchen, der für all das verantwortlich gewesen war. Bei jedem Einsatz und jeder Operation hatte er die Augen nach Dancer aufgehalten und sich umgehört.

Bis er Soledad getroffen hatte, hatte er nicht an Liebe geglaubt. *Danach* war Liebe für ihn gestorben.

Jetzt hatte er für alle Zeiten genug von zierlichen, kleinen Blondinen und vertraute kaum noch jemandem. Zum Teufel mit der Logik, für ihn war »blond« gleichbedeutend mit Schmerz, Gemetzel und Tod.

Sex war ihm genauso wichtig wie jedem anderen Mann, doch er hielt seine Triebe im Zaum, bis die richtige Frau zur richtigen Zeit am richtigen Ort auftauchte. Eine Frau, die ihm erst gar nicht so gefährlich werden konnte wie diese süß duftende Zeitbombe hier.

»Sind Sie sicher?«, fragte Marnie mit großen blauen Augen und war die Versuchung selbst. Ihre süßen kleinen Nippel zeichneten sich verführerisch unter dem roten Fleece ab.

»So verdammt sicher wie selten«, blaffte er und realisierte zu spät, dass sie das Chili gemeint hatte, nicht seine gedankliche Reise in die Vergangenheit. Ihre Haut sah genauso weich aus, wie sie sich anfühlte. Weich und seidig wie ein Blütenblatt, parfümiert mit dem Duft ihrer Erregung. Er roch ihn immer noch.

Der sexuelle Frust nagte an ihm. Er hatte drei Möglichkeiten: sich mit dem Scotch voll laufen lassen, um die Verbindung zwischen Hirn und Leistengegend zu kappen; das Problem im konventionellen Sinne lösen; oder sich so schnell wie möglich auf und davon machen.

»Ich geh raus.«

»Okay.«

Duchess wedelte mit dem Schwanz und sprang um die Theke herum. Dann setzte sie sich mit schief gelegtem Kopf und wachsamem Blick vor ihn hin. Sie winselte ein mitleidiges *Armer Trottel* und brachte die Lage damit genau auf den Punkt. Jake bückte sich nach seiner Jacke.

Er schüttelte den Kopf. *Verdammter Köter*.

»Fühlen Sie sich wie zu Hause«, knurrte er Marnie an und zerrte seine Jacke unter der Dogge heraus. Der Blondschopf würde hier nichts finden, was ein Fremder nicht hätte sehen dürfen. Er war ein sorgfältiger, methodischer Mensch. Sein Job ließ ihm keinen Spielraum für Fehler.

Welcher Art auch immer.

Marnie schaute sich skeptisch in der Hütte um. »Mach ich.« Sie goss den Kaffee in einen angeschlagenen Becher, nahm einen Schluck und schüttelte sich angeekelt. »Bis dann.«

Jake schlug die Tür hinter sich zu und marschierte, ihren Hund auf den Fersen, in die Sintflut.

Großartig. Wirklich großartig.

4

Marnie war glücklicherweise nicht der Typ Frau, die sich schnell langweilte. Sie legte den Skizzenblock neben sich auf die Couch und dehnte die verkrampften Muskeln. Hier in der Hütte gab es nichts, was sie interessiert hätte. Nachdem Jake hinausgestürmt war, war sie ziellos im Kreis herumgelaufen. Schlafen brachte jetzt auch nichts mehr.

Wie kam er nur ohne jeglichen Komfort aus, auch wenn es nur fürs Wochenende war? Ihr kleines Haus in Sunnyvale war voller Erinnerungsstücke. Familienfotos, Bilder von Freunden und von Orten, an denen sie gewesen war. All das Zeug, das sich unbemerkt ansammelte.

Jake Dolans Hütte war die Behausung eines Mannes ohne Vergangenheit. Trotz des Drecks wirkte alles charakterlos und steril wie eine sanitäre Einrichtung. Das Ganze sah wie ein Bühnenbild aus: *Verlassene Hütte im Wald*. Das Stück, das sie hier spielten, ist keine Liebesgeschichte, dachte sie niedergeschlagen und betrachtete das schmale Bett am anderen Ende des Raumes.

Sie hatte in der Zwischenzeit ein paar knifflige, detailversessene Skizzen von Jake gemacht. Die meisten entstammten eher dem Wunschdenken als der Realität. Sie hatte sich ziemlich anstrengen müssen, einen lachenden Jake zu Papier zu bringen, der liebevoll aus dem Skizzenblock herauslinste und ihr keine finsteren Blicke zuwarf. Aber sie hatte schließlich eine Menge Fantasie.

Einen gefährlichen, faszinierenden Fremden hatte sie nicht auf der Rechnung gehabt, und das Timing gab ihr Rätsel auf. Sie stellte sich Großmutter vor, wie sie auf einer flockigen, weißen Wolke saß und kichernd das Leben ihrer Enkelin durcheinander brachte.

Dass sie so atypisch, irrational und hitzig auf Jake reagiert hatte, war ihr egal. Allein dass sie etwas *gefühlt* hatte, zählte. Etwas, das sie nie zuvor gespürt hatte. Etwas, das mehr als nur körperlich war. Etwas, das einen Teil von ihr rührte, den sie selbst erst erkunden musste. Ihr war, als müsse sie sich mit seinen Augen sehen, um die wirkliche Marnie Wright kennen zu lernen.

Dieser verfluchte Mann hätte doch wenigstens Ruhe geben und kooperieren können!

Schon vor einer Stunde hatte es zu regnen aufgehört. Jake war seit drei Stunden weg. Man musste ihr doch nicht erst eine Bratpfanne auf den Kopf schlagen, damit sie kapierte, dass er sie nicht hier haben wollte. Dass ihre Gefühle völlig irrational waren, machte auch keinen Unterschied. Sie kannte ihn gerade einmal vierundzwanzig Stunden. Unfassbar, dass sie so viel für ihn empfand und er nichts für sie. Dass er schon so lange fort war, hieß doch wohl, dass er abwarten wollte, bis sie weg war.

War er irgendwo da draußen, beobachtete die Hütte und wartete, bis sie ging? Sie stand mitten in seiner ungastlichen Behausung und wog ihre Möglichkeiten ab. Ihr dummes Herz wollte bleiben und herausfinden, was die nächste Runde brachte. Irgendwann musste er ja zurückkommen.

Die Vernunft riet ihr zu packen, ihre Jacke anzuziehen, flussaufwärts zu marschieren und zu hoffen, dass die Brücke intakt war.

Duchess! Marnie lachte. Falls Jake nicht vorhatte, die Dogge zu entführen, musste er zurückkommen. Sie würden einander auf jeden Fall noch einmal sehen müssen.

Die Daunenjacke war mittlerweile trocken. Sie machte sich fertig, holte eine Mütze aus dem Rucksack und hinterließ ihm eine unübersehbare Nachricht auf der Küchentheke.

Der eisige Wind zerrte an ihren Haaren und ließ ihre Wangen brennen. Sie wühlte in der Jackentasche und zog sich die rote Strickmütze über die Ohren. Die Bäume wiegten sich im Wind, und ihr Rauschen vermischte sich mit dem Geräusch von Wanderstiefeln auf nassem Laub. Keine Spur von Duchess und Jake.

Sie erreichte Großmutters Blockhaus – oder das, was davon übrig war – recht schnell. Die Trauer saß ihr wie eine harter Klumpen in der Brust. Sie ließ sich auf einem bemoosten Felsbrocken nieder, stützte das Kinn in die Hände und besah sich das Schlachtfeld.

Bei Tageslicht sah die Ponderosapinie nicht annähernd so groß aus, wie sie ihr die Nacht zuvor erschienen war. Nichtsdestotrotz hatte sie das Blockhaus völlig zerschmettert. Der Anblick verschwamm langsam, und Marnie biss sich auf die Unterlippe.

Großmutter war im Alter von achtundachtzig Jahren im Schlaf gestorben. Ihr Tod hatte Marnie dazu gebracht, ihr ganzes Leben in Frage zu stellen.

Großmutters Tod war der Wendepunkt gewesen.

Die alte Frau hatte sich vor nichts gefürchtet und immer alles gewagt. Marnie hatte immer geglaubt, sie seien verwandte Seelen, doch nach Großmamas Tod war sie aus ihren Illusionen erwacht und hatte erkannt, dass dem nicht so war.

Sie ergriff nie eine Gelegenheit beim Schopf. *Sie* hatte noch nie etwas riskiert. Sie hatte gar nicht bemerkt, dass ihr Leben ständig im gleichen Trott verlief. Sie hatte immer den Weg des geringsten Widerstands beschritten. Der war sicher und bequem.

Vater wollte sie bei sich haben und sie ihn nicht verletzen, also arbeitete sie für ihn. Zeichnen und Malen war zwar ihr ganzer Lebensinhalt, aber nicht mehr als ein Hobby.

Es war eine Ironie des Schicksals, dass Großmutter erst hatte sterben müssen, bevor Marnie ihre Worte begriff.

Bis zum Anschlag leben.

Der Klotz in ihrer Brust riss sie fast zu Boden. Sie lehnte sich vor und presste die Fäuste fest an den Busen. Jeder Atemzug schmerzte.

»Ich mach's, Großmama. Ich verspreche es.«

Sie wusste nicht, wie sie es anstellen sollte oder wann. Aber Großmama hätte stolz sein können. Und sie würde es nicht nur für ihre geliebte Großmutter tun, sondern auch für sich selbst. Mit siebenundzwanzig war man nicht zu alt für eine Veränderung.

Sie hatte genug von Martha Washburn in sich, um zu wissen, dass es Hoffnung gab. Sie würde »Leben« in Großbuchstaben schreiben, zeichnen und malen und mit beiden Händen nach dem Abenteuer greifen.

Leben, nicht nur existieren.

Ein Schluchzen schüttelte sie.

Sie wollte alles nachholen, was sie versäumt hatte. Weil sie es sich leicht gemacht hatte. Weil sie sich von anderen hatte sagen lassen, wer und was sie war.

Marnie schluchzte wieder.

Sie vermisste Großmama so sehr. Sie brauchte sie jetzt. Sie wollte sie bei sich haben.

Großmutter und sie hatten beide die Wildnis geliebt, die Familie und die traditionellen Werte. Vielleicht hatten sie auch den Wagemut gemein.

Unkontrolliert und schmerzhaft strömten die Tränen heraus, als wollten sie nie mehr versiegen, und ließen die Landschaft verschwimmen.

Sie versuchte erst gar nicht, aufzuhören.

Großmama war ihr ein Leben lang Mutter und Freundin gewesen. Ein Leben ohne Martha Washburn war unvorstellbar. Sie unterdrückte ein Schluchzen, doch dann ließ sie sich gehen. Die Tränen liefen ihr heiß über die kalten Wangen. Sie hatte die ganzen fünf Wochen nicht weinen können, der Schmerz war zu groß gewesen. Jetzt brach alles heraus.

Dabei weinte sie normalerweise so leicht. Ein blöder Werbespot, ein Baby oder ein Sonnenuntergang reichten schon, ihr das Wasser in die Augen zu treiben. Aber richtig Heulen war etwas anderes. Sie sabberte, schniefte und kriegte Schluckauf. Die Nase lief, das Gesicht war rot und geschwollen. Sie war dankbar, dass nur ein Eichhörnchen Zeuge ihres Weinkrampfs war.

Sie erheulte sich eine verstopfte Nase und verschwollene Lider. Dann fühlte sie sich besser. Sie stand auf und lief um das zerstörte Blockhaus herum. Sie berührte das Holz mit den Fingerspitzen, erinnerte sich an Großmutters weise Worte und die vielen Lektionen, die sie hier oben gelernt hatte – und an das Lachen, das das Häuschen erfüllt hatte. Sie verabschiedete sich ein letztes Mal. Nur vom Blockhaus. Großmutter würde immer in ihrem Herzen sein.

Marnie stieg wie neu geboren wieder den Hang hinauf.

Auf dem Rückweg zur Hütte überlegte sie, was Großmutter, die immer ein Herz für Herumtreiber gehabt hatte, von Jake gehalten hätte. Sie hätte ihn vermutlich in die Familie aufgenommen und wie einen ihrer Jungs behandelt. Außerdem war sie eine Kennerin gewesen, was gut aussehende Männer anging. Wie ihm die langen, dunklen Haare auf die Schultern fielen, hätte ihr gefallen. Sie hätte die wachsamen, blauen Augen gemocht und die langen Beine. Sie hätte seine Hilfsbereitschaft und seine Stärke geschätzt. Und sie hätte, genau wie ihre Enkelin, hinter seiner Ruppigkeit den Wunsch nach einem Freund vermutet.

Und was hätte sie dazu gesagt, dass ich ihm an die Wäsche gegangen bin? Dieser Mangel an Finesse! Marnie zog eine Grimasse. Zugegeben, etwas zu forsch für den ersten Tag in freier Wildbahn. Aber da war diese Anziehung gewesen. Und noch nicht einmal Jake konnte das bestreiten.

Tatsache war, Jake Dolan war im Augenblick eine Nummer zu groß für sie. Sie hatte gar nicht die Zeit, einen Mann mit Sexappeal in ihre Pläne einzubauen. Jedenfalls im Moment nicht. Sie musste erst wissen, was sie von sich selbst zu halten hatte, bevor sie herausfand, was *er* von ihr hielt.

Sie seufzte. Wieder mal typisch, mit der größten Herausforderung anzufangen. Ihr Atem zerstob zu Nebel, als sie sich zwischen den Bäumen hindurch den Hang hinaufarbeitete. Die säuselnde Brise und die rauschenden Blätter beruhigten sie wie immer. Die frische, pinienduftende Luft füllte ihre Lungen, und die Muskeln arbeiteten wohltuend.

Falls er sich durchsetzte, war sie bei Anbruch der Abenddämmerung fort. Was vermutlich das Beste für sie beide war.

Aber der Gedanke ihn zu sehen, ließ ihr Herz vor Freude hüpfen.

Sie riss schnell die Tür der Hütte auf, aber Duchess und er waren noch nicht zurück. Marnie deponierte enttäuscht eine neue Nachricht und machte sich in die andere Richtung auf.

Die paar Stunden ohne Regen hatten vielleicht gereicht, den Fluss passierbar zu machen. Sie würde nachsehen und dann zurückkehren, um auf Duchess zu warten. Sie würde diesen Berg nicht ohne ihren Hund verlassen.

Marnie grinste. Das war die beste Entschuldigung, die sie auf Lager hatte. Und außerdem entsprach sie der Wahrheit.

Der Regen mochte aufgehört haben, aber so wie die Wolken aussahen, konnte es genauso gut wieder losgehen oder sogar schneien. Sie wickelte sich fest in ihre Jacke und klappte den Kragen hoch. So oder so, draußen war es auf jeden Fall besser als drinnen. Sie hatte so viele Stunden tatenlos im Haus verbracht, es reichte für ein ganzes Leben.

Unter den Bäumen stand dicht das Unterholz, und in den schattigen Ecken war der Schnee der letzten Wochen zu Eis gefroren. Sie kletterte mühsam in das breite, seichte Flussbett hinunter, wo es sich um einiges leichter lief.

Bis auf einen mäandernden Bach in der Mitte waren die blank geschliffenen Kiesel trocken. Schneeschmelze und Regen stauten sich hinter dem großen Damm flussaufwärts, und was die Kapazitäten des Stausees überschritt, toste jetzt zwei Meilen entfernt durch den Nebenarm, dessen untere, im Tal gelegene Brücke sie gestern überquert hatte.

Die nächste Meile lief sich leichter hier im Flussbett, aber dann würde sie das Ufer hinaufklettern müssen, um einen

Pfad durch den Wald zu nehmen. Je weiter sie nach oben kam, desto steiler würde die Uferböschung werden. Bevor sie die sechs Stockwerke hohe Befestigungsmauer am Steilhang erreichte, musste sie hinauf in den Wald und von da aus zum Seitenarm des Flusses mit der oberen Brücke.

Die imposante Befestigungsmauer war vor dreißig Jahren errichtet worden, zehn Jahre nachdem oben der Staudamm gebaut worden war. Früher war hier ein breiter Wasserfall sechs Stockwerke tief hinabgestürzt. Doch den enormen Wassermassen, die, jedesmal wenn die Schleusen geöffnet wurden, wie eine Sintflut durchs trockengelegte Flussbett donnerten, hatte der felsige Steilhang nicht standgehalten. Zu oft hatten sich riesige Felsbrocken gelöst und die Gefahr eines Erdrutsches war immer größer geworden. Also hatte man die Befestigungsmauer errichtet, die den künstlichen Fluten besser widerstand, als die Natur selbst es konnte.

Eine dünne Kaskade, die vom Damm herunterkam, beschrieb einen silbrigen Bogen die Mauer hinunter. Der Winter war ungewöhnlich trocken gewesen, und der Stausee oben am Damm war nie so voll gelaufen, dass man die Schleusen hätte öffnen müssen. Das Flussbett und die breite Überlaufrinne an der Oberkante der Befestigungsmauer waren bis auf den schmalen Strahl in der Mitte trocken.

Beide Flüsse, der trockengelegte Strom und sein wasserführender Nebenarm, der das trockene Flussbett auf der Talseite flankierte, liefen schräg über den Berg hinunter. Parallel dazu verlief die alte Holzstraße, die schon dreißig Jahre lang nicht mehr benutzt wurde, seit die Minen und Sägewerke dichtgemacht hatten.

Vierzig Minuten später stand Marnie auf dem schmalen Streifen Land, der den Fluss von seinem Nebenarm trennte und hier oben nur noch eine halbe Meile breit war. Es war nicht mehr weit zu der schmalen Betonbrücke; sie hörte schon das Wasser rauschen.

Ein seltsames Klacken riss sie aus ihren Gedanken. Ein Geräusch, das so wenig in die Wildnis passte, dass Marnie es nicht gleich erkannte.

Irgendwer hatte ein Gewehr entsichert. Dann hörte sie ein paar Männer leise murmeln. Sie waren ganz in der Nähe. Unmittelbar in der Nähe.

Marnie warf sich instinktiv zu Boden. Sie schlängelte sich, flach auf dem Bauch liegend, langsam zurück ins Unterholz und zog sich Grünzeug als Deckung zurecht. So war sie unsichtbar. Hoffte sie jedenfalls.

Einen Augenblick später schlichen fünf Männer, die von Kopf bis Fuß Schwarz trugen, an ihrem Versteck vorbei. Ihre Gesichter hatten sie mit dem gleichen mattschwarzen, neoprenartigen Stoff vermummt, aus dem auch ihre Kampfanzüge waren. Einer sah wie der andere aus bis hin zu den langen, schwarz mattierten, am Oberschenkel fixierten Messern, den Maschinengewehren am Schultergurt und den kurzläufigen Pistolen in den behandschuhten Rechten. Einer flüsterte etwas in einer Sprache, die Marnie nicht verstand. Die anderen antworteten. Dann folgte bedrohliche Stille.

War einer von ihnen Jake Dolan? Wollte er sie deshalb so schnell loswerden?

So oder so, es sah nicht gut aus. Gar nicht gut.

Marnie hatte vor Angst einen trockenen Mund, und ihr Herz raste, als die fünf dicht an ihr vorbeiliefen.

Feuchtes Laub und Erde, durchnässte Jacke und Jeans, aber sie wagte nicht aufzustehen. Ihr Augen brannten, weil sie nicht zwinkern wollte. Wer waren diese Typen? Sollte das ein

Überlebenstraining sein? Sicher nicht. Sie sahen mehr wie Ninjas aus. Oder wie Figuren aus einem »James Bond«.

Sie schienen absolute Profis zu sein. Nur welcher Profession?

Sie agierten so unsichtbar und lautlos, dass Marnie sie wohl aus den Augen verloren hätte, hätte sie sie nicht unablässig beobachtet.

Der eigene Herzschlag dröhnte ihr in den Ohren. Sie wartete, bis die Männer außer Sicht waren. Aber kaum hatte der Wald sie verschluckt, kam auch schon die nächste kleine Gruppe in Sicht. Marnie wagte kaum zu atmen und fror förmlich auf der Stelle fest.

Wer auch immer diese Männer waren, sie war sicher, dass sie etwas mit diesem finsteren Jake Dolan zu tun hatten.

Es hatte zu schneien begonnen. Ein zartes Gewirbel, aber die Wolken sahen aus, als hätten sie einen ordentlichen Blizzard in petto. Jake trat widerwillig den Rückzug an. Eine seltsame Ruhe lag in der Luft. Nichts regte sich, die Vögel schwiegen. Sogar das Laub war still. Er blieb stehen, um zu lauschen. Nichts – nur der Fluss flüsterte in der Ferne. Duchess war ebenfalls stehen geblieben und spitzte die Ohren.

Jake legte ihr die Hand auf den Kopf und hatte ein ungutes Gefühl in der Magengegend. »Was denn, altes Mädchen?«, fragte er leise. »Was hörst du denn?«

Duchess legte die Ohren an und grummelte.

»Ja.« Jake vertraute seinem Instinkt und stimmte der Dogge zu. »Ich spür's auch. Such Marnie, meine Gute. Schau nach, wie es ihr geht.« Der Hund legte den Kopf schief und schaute ihn fragend an.

»Ist ja gut. Ich komme mit. Los!«

Marnie fror schon fast der Busen ein. Sie verzog das Gesicht. Ihre ganze Vorderseite war gefühllos. Sie lag wohl schon eine Stunde lang hier auf dem Bauch. Sie bewegte die klammen Finger und erwog aufzustehen. Eine dünne Schneeschicht bedeckte ihren Rücken, war durch die Strickmütze geschmolzen und hatte ihre Haare durchnässt.

Sie entschied sich fürs Aufstehen. Sonst erfror sie hier noch.

Sie bewegte ein wenig die Beine, als ihr eine große, eisige Hand den Mund zuhielt.

Ihr Herz spielte Pingpong. *Verdammt. Zu früh.*

Sie wollte zwar nicht die Kumpane dieses Typen alarmieren, aber wozu hatte man vier Brüder? Sie rückte seine Pranke mit beiden Händen zurecht und biss zu. Er fluchte heftig, was Marnie dazu nutzte, sich herumzuwerfen, seinen Arm mit dem Ellenbogen wegzustoßen und in die Hocke zu gehen.

Er ließ den Arm sinken. Sie sahen einander an.

Er schaute ziemlich finster.

Jake.

Sie grinste, sie konnte nicht anders. »Hier rennen genug üble Typen herum«, flüsterte sie. »Aber Sie schnappen sich ausgerechnet *mich*.«

»*Die* sehen auch nicht nach Schreihälsen aus«, sagte er trocken. »Vorsicht.« Duchess hätte sie beinahe umgeworfen. Er erwischte Marnie an den Schultern und ließ sie augenblicklich wieder los, als sie ihre Balance zurückhatte.

Sie hockten einander gegenüber und sahen sich an. Duchess schaute von einem zum anderen und konzentrierte sich dann wieder auf den Waldweg.

Jake begutachtete Marnie von oben bis unten. »Sind Sie in Ordnung?«

»Kalt, nass, hungrig. Bestens«, flüsterte sie und ahmte seinen Duktus nach. Sein Gesicht war rot vor Kälte, das Haar zerzaust. Er sah zum Anbeißen aus. »Und Sie?«

»Mein Glückstag.« Er sah sie durchdringend an. »Wer sind Ihre Freunde?«

»Sie haben sie auch gesehen?«, flüsterte sie erleichtert.

Er schüttelte den Kopf. »Nur gespürt. Genau wie Duchess.«

»Das sind keine Freunde von mir. Vor solchen Typen würden meine Brüder mich warnen und hätten ausnahmsweise Recht. Ich glaube, die sind hinter Ihnen her.«

Er schaute sie seltsam an. »Wie viele?«

»Fünf habe ich genauer gesehen. Aber es sind mehr. Ich bin nicht sicher, wie viele.«

»Beschreibung?«

»Schwarze Kleidung, Gesichter komisch vermummt. Profis, da bin ich sicher. Uzi über der Schulter und Pistolen. Die Sprache ist mir fremd. Völlig. Und ich bin gut in Sprachen. Aber ich habe nicht die leiseste A –«

»Nicht vom Thema abkommen!« Er streckte die Hand aus und berührte ihre eisige Wange. Sie fühlte seinen warmen Atem. Er ließ die Hand wieder sinken. »Was sonst noch?«

»Das war's.«

»Schließen Sie die Augen und beschreiben Sie, was Sie gesehen haben.«

»Ich hab doch gesagt, das w –« Sie machte die Augen zu. »Warten Sie. Sie hatten alle ein Messer am Oberschenkel. Rechts. Blank. Die Klingen länger als Brotmesser.« Sie schlug die Augen auf. »Aus einem ganz eigenartigen Metall. Schwarz und matt. Sehr scharf. Ziemlich gemein.«

»Gut. Noch irgendwas?«, fragte er grimmig und suchte in ihrem Gesicht nach weiß Gott was. »Sie beobachten sehr gut. Haben Sie einen von ihnen erkannt?«

»Ich bin Künstlerin. Ich merke mir die Details. Aber Leute, die ich nicht kenne, kann ich auch nicht erkennen. Vor allem, wenn sie vermummt sind. Glauben Sie mir, Jake Dolan, diese Typen stehen nicht in meinem Filofax.«

Sie war so entrüstet, dass er ihr beinahe geglaubt hätte. Aber die gute alte Soledad hatte es nicht anders gemacht – und ihm dann ihr Knie zwischen die Beine gerammt und versucht, ihm die Kehle aufzuschlitzen.

Jake rieb sich die Handfläche mit den Bissspuren. Ihm war mittlerweile klar, dass Marnie eine Kämpferin war. Fragte sich nur, für welche Seite.

Die Frau strotzte vor Widersprüchen. Als er ihr den Mund zuhielt, hätte sie eigentlich sofort in Ohnmacht fallen müssen. Als die Typen auftauchten, hätte sie ausflippen müssen. Aber sie hatte den Teufel getan.

Mutig oder hinterhältig?

Sie passte nicht in sein vorgefertigtes Bild vom zierlichen Blondchen. Aber er würde kein zweites Mal hereinfallen. Sie hätte sich keinen schlechteren Zeitpunkt aussuchen können. Und die Parallelen zu Soledad waren zu offensichtlich, um noch Zufall zu sein.

Andererseits konnte er nicht glauben, dass der Feind dachte, er sei so blöd, zweimal auf den gleichen Trick hereinzufallen.

»Was wollen die?«

Himmel, ihr Mund war die Sünde selbst, wenn sie flüsterte.

»Meinen Arsch, Süße, meinen Arsch. Sie sind zur falschen Zeit am falschen Ort.«

Auf Grund ihrer Beschreibung ahnte er verdammt genau, wer die Typen waren. Doch er konnte nicht glauben, was sein Instinkt ihm da einflüsterte. Wie auch immer, er musste sich darauf einstellen. Und das Mädchen loswerden. Schnellstmöglich. Sie war eine Komplikation, die er sich nicht leisten konnte.

Sah ganz so aus, als hätten seine Feinde den Einsatz erhöht. Wie zum Teufel hatten sie ihn hier oben gefunden?

»Vielleicht täuschen Sie sich ja.« Sie zitterte, und er wusste, dass es nicht allein an der Kälte lag. »Vielleicht sind sie wegen … wegen … irgendwas da!«, sagte sie ängstlich.

»Ich bringe Sie über den Fluss.« *Wie auch immer, ich muss dich mir vom Leibe halten.*

»In Ordnung. Kommen Sie mit ins Tal?«

»Damit ich mein Leben lang auf der Hut sein muss? Nein danke. Die haben das angefangen. Und ich werde es zu Ende bringen. Jetzt und hier.«

Marnie umklammerte mit kalten Fingern sein Handgelenk. »*Wer* sind Sie?«

Er zögerte. »Ein Sicherheitsexperte.«

»Ein Bulle?«

»Das brauchen nur die zu wissen, die das was angeht. Sie nicht. Wir warten noch fünfzehn Minuten. Wenn sich bis dahin nichts tut, brechen wir auf.«

»Was ist mit meinem Hund?« In ihrer Stimme schwang wieder die Angst mit. Die Dogge spitzte die Ohren, weil ihr Frauchen so seltsam klang.

»Wir werden versuchen, sie über die untere Brücke zu kriegen. Falls es nicht klappt – sie ist ja nicht dumm. Sie wird zur Hütte laufen und sich versteckt halten. Ich sorge dafür, dass Sie sie zurückbekommen.«

»Versprochen?«

»Ja.«

»Und falls Sie es nicht überleben?« Sie schaute ihm ohne

mit der Wimper zu zucken in die Augen. »Wie wollen Sie es schaffen, alleine mit all diesen Typen fertig zu werden?«

»Sie kriegen Ihren Hund. Ich gebe Ihnen mein Wort.«

»Sie werden Sie mir persönlich in Sunnyvale an die Haustür bringen!«

»Sie kriegen Ihren Hund.«

»Sie«, insistierte Marnie. »*Sie* selber. An die Haustür.«

Wie Fussel trieben die Schneeflocken durch die Luft. Ihre Wangen waren rot, die Augen leuchteten und ihr Mund… Er schaute widerwillig weg und konzentrierte sich auf die weichen, blonden Strähnen, die ihr der Wind ums Gesicht wirbelte. Er schob, in Gedanken versunken, eine davon unter ihre feuchte Strickmütze zurück. Wie feinste chinesische Seide. Er rieb die glänzende Strähne selbstvergessen zwischen den Fingern und empfand ein eigenartiges Vergnügen.

Ihre Blicke trafen sich. In Marnies Augen war Angst, Wut und Vorfreude. Er ließ seinen Blick zu ihren vollen, weichen Lippen hinunterwandern. *So nicht, mein Junge.* Sein Herz schlug diesen unwiderstehlichen, primitiven Takt.

Marnie sah seine Blicke und runzelte die Stirn. »Nicht vom Thema abweichen!«

Jake senkte den Kopf. Er wollte nur kurz kosten. Feststellen, ob ihr letzter Kuss wirklich so atemberaubend gewesen sein konnte, wie er ihn erinnerte.

Er wollte jetzt nicht die Übergabemodalitäten bezüglich des Hundes besprechen. Er wollte nicht über die Drecksarbeit reden, die ihm bevorstand. Er wollte nicht darüber nachdenken, was er mit ihr tun musste, falls die Männer ihre Komplizen waren.

Sie hatten gerade noch fünfzehn Minuten. Klasse.

Der Abschiedskuss musste schnell gehen. Schnell, schwor er sich und presste ihr die Lippen auf den Mund.

Mein Gott, er schmeckte so gut. Plötzlich war die Lust da, heftig und Furcht einflößend. Wie konnte ein einziger Kuss jede Faser ihres Körpers vibrieren lassen? Sie hätte ewig so weitermachen können.

Als er sich von ihr löste, schlug sie sofort die Augen auf und schaute ihn an, als sei so ein Kuss keine große Sache. Aber ihr Herz schlug mit Schallgeschwindigkeit.

Er griente abgebrüht zurück und griff mit der Hand in den glibberigen Schlamm. Marnie ahnte, was er vorhatte, und machte schicksalsergeben wieder die Augen zu.

»Muss das wirklich sein?«

»Ich will nichts riskieren.« Eisiger Schlamm und warme Hände. Er schmierte ihr das Zeug ins Gesicht und konnte sich nicht dazu entschließen, ihr die auffällige, rote Strickmütze wegzunehmen. »Fertig, Augen auf.«

Duchess schaute ihr Frauchen an, wunderte sich über das neue Spielchen und winselte vor Vorfreude.

Marnie konnte sich in etwa vorstellen, wie sie jetzt aussah. »Das ist kein Spiel, altes Mädchen. Ruhig.«

Jake war damit beschäftigt, sein eigenes Gesicht zu schwärzen. Marnie zog einen Flunsch. Dann griff sie in die dunkle Pampe und rieb sich die Hände ein.

»Sie kennen sich aus.« Jake tat es ihr gleich und rieb dann an der Jeans die rechte Handfläche wieder sauber.

»Krieg gespielt. In der neunten Klasse. Kane hatte einen Freund, in den ich verknallt war. Ich hatte die Wahl. Entweder mit den Jungs mithalten, oder Großmutter bringt mir bei, wie man Seidenblumen macht.«

Sie standen gleichzeitig auf. Jake zog eine große, schwarze Pistole und nahm sie in die rechte Hand. Er wies Marnie die Richtung. Sie und Duchess gingen voran, Jake folgte.

Zur Brücke war es keine Meile mehr. Marnie war seit Jahren nicht mehr so weit oben auf dem Berg gewesen. Das Gelände wurde immer steiler und rutschiger. Die Bäume standen etwas dichter, und das Unterholz war ausgedünnt, was das Gehen erleichterte, sah man einmal davon ab, dass es steil bergauf ging. Die dichte Wolkendecke ließ den Wind noch kälter werden, und überall leuchteten weiße Schneereste.

Marnie musste sich zusammenreißen, nicht bei jedem Knacksen und jedem Kaninchen, das durchs Unterholz hoppelte, vor Schreck zur Seite zu springen. Doch jedes Geräusch jagte ihr Angst ein. Nicht dass sie keine guten Gründe gehabt hätte, auf der Stelle inkontinent zu werden! Sie musterte die Baumreihen und rechnete ständig damit, dass einer der Ninjas heraushüpfte.

Na schön, sie hatte sich schließlich ein Abenteuer gewünscht! *Sei vorsichtig mit deinen Wünschen,* dachte sie halb amüsiert. Eine scharfe Böe fegte zwischen den Bäumen hindurch und drang durch ihre feuchte Jacke. Sie zog sich die Mütze über die Ohren und beachtete die Kälte nicht weiter.

Der Fluss rauschte schon lauter. Duchess tobte voraus und verschwand zwischen den Bäumen. Jake pfiff leise nach ihr. Sie kehrte sofort mit hängender Zunge zurück und schien fast zu grinsen, so viel Spaß machte das Spiel.

Doch es war kein Spiel. Marnie schauderte, als sie am Ufer ankam und den Fluss in Augenschein nahm.

Sie hatte nicht die Spur einer Chance, da hinüberzukommen. Das Wasser donnerte geradezu über die Felsen. Seite an

Seite betrachteten sie die brodelnden, braunen Fluten, die die Baumstämme wie Streichhölzer in Richtung Pazifik mitrissen.

Marnie drückte sich an Jakes Schulter. »Wie haben diese Männer das geschafft?«

»Vermutlich vom Helikopter abgesprungen. Da drüben auf dem Kamm. Ich habe aber nichts gehört.«

»Wo ist die Brücke?« Marnie grub die Hände in die Taschen und zog die Schultern hoch. »Weggespült?«

»Sieht ganz so aus.« Jake konnte nicht in die blauen Augen sehen, die ihn aus dem schlammverschmierten Gesicht anstrahlten. »Da haben Ihre Kumpel wohl etwas nachgeholfen.«

»Meine Kumpel, klar. Charlie Brown, Snoopy und Linus. Ich brauche mal eine Pause. Wir sollten einen Plan machen, bevor wir hier noch erfrieren. Es sei denn, Sie wollen mich in die Fluten stürzen.«

Der Schlamm in ihrem Gesicht war mittlerweile getrocknet und bekam Risse. Jake wusste, wie unangenehm das war, aber sie hatte sich noch nicht beschwert. Bis jetzt.

»Ich gebe es ja nur ungern zu, aber ich habe solche Angst, dass ich nicht weiß, ob ich in die Hosen machen soll oder lieber kotzen. Können wir einen netten, warmen Platz zum Auftauen suchen, *bitte*, und überlegen, was wir mit diesen Männern machen?«

»Wir?«

»Chauvinist. Na gut, *Sie*. Mir ist es egal, wer von uns beiden den besseren Fluchtplan hat. Hauptsache, wir haben einen.« Sie machte auf dem Absatz kehrt und marschierte davon. Duchess warf Jake einen vorwurfsvollen Blick zu und lief ihrem Frauchen hinterher.

Jake schaute Marnie nach und runzelte die Stirn. Sie war völlig unberechenbar. Doch zwischen ihnen beiden und jedem einigermaßen guten Unterschlupf trieb sich eine Horde zu allem entschlossener Männer herum. Jake lief ihr nach.

»Nicht so schnell, Rotkäppchen!« Er packte sie am Arm und hinterließ einen schlammigen Abdruck auf ihrem Ärmel. Sie hatte erstaunliche Muskeln, obwohl sie grazil wie eine Katze wirkte. Er ließ wieder los.

»Wo wollen Sie denn hin?«

Ihr Atem schlug kleine, weiße Wolken. Sie schaute ihn verständnislos an. »Nirgendwohin, aber schnell.« Dann fing sie zu lachen an. »Der große, böse Wolf hat einen Plan, oder?«

Jake verkniff sich das Grinsen. »Sie mögen Märchen, was?«

»Schon. Aber im Augenblick wäre mir Superman lieber als ein süßer Prinz in doofen Seidenhosen.«

Jake sah ihr an, wie verängstigt sie war, aber sie strengte sich an, ihren flapsigen Tonfall durchzuhalten. Nicht, dass sie keinen Grund gehabt hätte, sich zu Tode zu fürchten. »Sie glauben doch nicht, dass die all diese Typen geschickt hätten, wenn ich ohne weiteres zu erledigen wäre.«

»Aber sind Sie auch schneller als eine Pistolenkugel?«

»Darauf können Sie wetten.«

»Ja, kann gut sein.«

Es schneite jetzt stärker, und die Sicht wurde schlecht. Es war Nachmittag, aber trüb wie bei Dämmerung. Was ihnen einen Vorteil verschaffte.

»Sie können nicht einfach so loslaufen. Ich kenne diesen Berg in- und auswendig. Die Männer nicht. Wir marschieren jetzt zu einer Höhle zwei Meilen flussabwärts. Das ist das Beste, was wir machen können. Bleiben Sie dicht bei mir, und halten Sie die Augen offen.«

»Was für eine Höhle? Ich bin ständig hier oben gewesen und ich habe hier noch nie eine Höhle gesehen.«

»Müssen Sie das jetzt ausdiskutieren, oder wollen wir gehen, bevor sie uns noch entdecken?«

»Nun denn. Auf in die Schlacht, Macduff.«

5

Marnie wusste nicht, womit Jake seinen Lebensunterhalt verdiente, aber das war jetzt auch egal. Eine unbekannte Anzahl von Männern, die über ein beeindruckendes Waffenarsenal verfügten, war hinter ihnen her.

Jake hatte ein Pistole dabei. Ein Pluspunkt.

Und sie. Ein Minuspunkt.

Die Kräfteverteilung gefiel ihr nicht sonderlich.

Sie war ja nicht blöd. Sie war ein Passivposten. Sie hatte ein paar Spionagethriller gesehen. Die dumme Blondine ging immer gleich am Anfang drauf, weil sie ... eine dumme Blondine war.

Jake wusste genau, was er tat. Zumindest benahm er sich so. Marnie würde erst gar keine Diskussion anfangen.

Sie bahnten sich vorsichtig einen Weg durchs Gestrüpp, und die dicken Wolken hingen direkt über ihren Köpfen. Marnie wusste, dass sie an manchen Stellen leichte Beute sein würden. Vorne auf der Lichtung, zum Beispiel. Das Herz war ihr schon vor eineinhalb Stunden in die Hose gerutscht und war immer noch dort. Um sich noch näher bei Jake zu halten, als sie es ohnehin schon tat, hätte sie ihm um den Hals fallen müssen.

Was kuschelig und nett gewesen wäre. Dummerweise waren sie in keiner kuscheligen Lage. Je karger der Baumbestand wurde, umso klarer war, dass es nicht aufhören würde zu schneien. Die Flocken fielen im Zeitlupentempo, aber unaufhörlich. Sie überzuckerten die grünen Zweige und deckten den eisigen Boden zu.

Der Wald war völlig still. Unheimlich still. Eiskalter Wind pfiff durch ihre feuchten Sachen und ließ sie bis auf die Knochen frieren. Der Schlamm war zu einer juckenden, zementenen Gesichtsmaske getrocknet.

Vor ihnen war Duchess mit gespitzten Ohren und gesträubtem Nackenhaar stehen geblieben. Jake legte Marnie den Arm um die Schultern.

Sie machten Halt und lauschten.

Die Spannung elektrisierte sie beinahe. Irgendwer wartete an der Lichtung auf sie.

Jake zog sie hinter einen breiten Baumstamm und hielt die Pistole im Anschlag.

Marnie machte sich klein, um kein so gutes Ziel abzugeben, und hielt den Atem an. Ein Ast knackte. Irgendein Tierchen lief vorbei. Marnie suchte mit den Augen die Umgebung ab, bis ihr die Tränen kamen.

»Rühren Sie sich nicht von der Stelle«, flüsterte Jake ihr ins Ohr. Sie hätte ihn am liebsten am Revers festgehalten. Stattdessen nickte sie nur und sah ihn von einem Schatten zum anderen zur Lichtung schleichen. Er blieb kurz stehen und gab Duchess ein Handzeichen. Die Dogge verließ ihren Wachtposten und eilte an Marnies Seite.

Jake verschwand zwischen den Bäumen.

Marnie freute der vertraute Druck am Oberschenkel. Sie und Duchess warteten und strengten Augen und Ohren an. Kurz darauf war ein gedämpfter Knall zu hören, dem sofort ein zweiter folgte.

Marnie atmete zittrig ein und hielt die Luft an.

Es dauerte eine Ewigkeit, dann tauchte Jake zwischen den Bäumen auf.

Sie atmete aus und schaute sofort, ob er irgendwelche Einschusslöcher hatte. Aber er sah gesund und munter aus. Schlammbedeckt zwar, aber groß, stark und gefährlich.

»Zwei weniger.« Er sprach so leise, dass sie ihn kaum verstand. Sein eiskalter Blick machte ihr Angst.

»Sie haben sie erschossen?« Er warf ihr einen drolligen Blick zu. »Was haben Sie denn gedacht? Dass ich denen bloß verbiete, auf meinem Berg zu spielen?«

Marnie nahm all ihre Kraft zusammen. »Gut. Noch besser wäre es gewesen, Sie hätten ihnen Gruppenrabatt gegeben und gleich alle erledigt.«

»Blutrünstiges Weib.«

»Solang es nicht unser Blut ist.«

»Genau. Aber bis jetzt liegt die Heimmannschaft in Führung.« Jake legte ihr die Hand ans Kinn und schaute sie kaltblütig an. »Volle Konzentration, keine Kompromisse und nicht nachlassen. Angst haben ist in Ordnung, das hält wach. Panik ist schlecht. Die könnte uns beide das Leben kosten. Verstanden?«

Marnie nickte. Sie hatte Angst *und* war in Panik und hoffte nur, dass er es ihr nicht ansah. Falls Jake ihr Herz flattern hörte, ließ er sich jedenfalls nichts anmerken.

»Wir laufen jetzt über die Lichtung. Schnell. Kennen Sie die alte Holzstraße?« Sie nickte. »Da laufen Sie dann hin. Sobald Sie oberhalb des befestigten Abhangs sind, nehmen Sie die Abzweigung. Bleiben Sie so nah am Waldrand wie möglich, und beeilen Sie sich.« Er zog die Brauen hoch. »Irgendwelche Fragen?«

»Und wo sind *Sie*?«

»Direkt hinter Ihnen, Süße. Direkt hinter Ihnen. Los jetzt.«

Adrenalin hielt einen auf interessante Art warm, stellte Marnie fest und bewegte sich schnell zwischen den Bäumen durch. Jake links, Duchess rechts.

Sie erreichten die riesige Lichtung, an deren Rand Douglasien und mächtige Ponderosapinien standen. Der Boden war glitschig vor Nadeln und Tannenzapfen.

Am anderen Ende der Lichtung schien Rotwild zu sein, aber auf ihrer Seite gab es nur Sträucher, Gras und vereinzelte Eisklumpen.

Marnie hielt kurz inne, sammelte sich und rannte los. Direkt auf die große Felsformation im Zentrum der Lichtung zu. Duchess hechelte neben ihr her. Und irgendwo dahinter Jake.

Sie hatte die Felsen schon fast erreicht, als hinter ihr ein schrilles Winseln ertönte.

»Runter!«, zischte Jake scharf und unmissverständlich.

Sie drehte sich um und sah ihn auf sich zustürzen. Sie gingen in einem Gewirr aus Armen und Beinen zu Boden. Jake oben, Marnie unten. Und krachten in den Fuß der Felsformation. Marnies Hinterkopf schlug hart auf den Stein. Sie sah Sterne, Kometen und Feuerwerk.

»Autsch!«

Sein Mund war nah an ihrem Ohr. »Bleiben Sie liegen.«

In Anbetracht dessen, dass sie flach auf dem Rücken lag und er wie eine zentnerschwere, bleierne Röntgendecke auf ihr, blieb ihr sowieso nichts anderes übrig.

Wieder Gewinsel.

Kleine Felsbrocken prasselten auf sie herab.

Vom Waldrand auf der anderen Seite der Lichtung kam

wieder Geschützfeuer, und Jake drückte Marnie noch fester auf den feuchten Erdboden.

»Das gefällt mir gar nicht«, murmelte er.

»Tatsächlich? Und ich dachte, Sie mögen so was.«

»Wie nahe werden sie wohl sein?«, fragte er.

Der warme Atem an ihrem Ohr lenkte sie ziemlich ab. »Sieht so aus, als wären das alles keine Meisterschützen. Oder, was meinen Sie?«

»Die wären nicht hier, wenn sie nicht die Besten wären. Sie hätten uns längst erwischt, wenn sie wollten.«

Marnie holte zitternd Luft. Sein Gewicht erstickte sie fast. Sie roch seinen nassen Wollpullover, das scharfe Pinienaroma der Jacke und Jakes eigenen, seltsam vertrauten, tröstlichen Duft.

»Soll ich vielleicht hingehen und fragen, warum sie uns noch nicht erschossen haben?«

»Falls Sie die Typen gut genug kennen. Tun Sie sich keinen Zwang an.«

»Vielleicht sollte ich sie auch einfach bitten, Ihnen etwas Vernunft einzubläuen«, sagte Marnie erbost. »Ich habe Ihnen doch gesagt, dass ich mit denen nichts zu tun habe. Entweder Sie glauben mir das jetzt, oder Sie gehen sofort von mir runter. Sie zerquetschen mich ja fast.«

»Ich halte mich lediglich an Dolans zweite Überlebensregel. Vertraue niemandem.«

»Wie lautet Regel Nummer eins?«, fragte Marnie, obwohl sie die Antwort schon kannte.

»Glaube nie einer süßen Blondine.«

»Sie finden mich süß?«

Sie fühlte Jakes heißen Atem im Nacken, aber er gab keine Antwort. Dieser nervtötende Mann.

Der intime Klammergriff, in dem sie steckte, machte Marnie nur zu bewusst, wie kraftstrotzend er war. Sein Herzschlag schien ihr ein Tattoo auf die Brust zu stechen. Seine langen, muskulösen Beine wanden sich gefährlich um ihre Oberschenkel und sein heißer Atem streichelte ihre Stirn. Er hatte die Arme um sie geschlungen und schütze ihren ganzen Körper mit seinem.

»Falls wir heute sterben sollten, wird es uns noch Leid tun, dass wir nicht miteinander geschlafen haben«, flüsterte sie ihm ins Ohr.

»Wo zum Teufel kann man Sie stumm stellen?«

»Ich habe Ihnen doch gesagt, dass ich immer reden muss, wenn ich –« Er drückte ihr die große, schlammverkrustete Hand auf den Mund. Marnie quäkte erstickt weiter: »Sie haben zu schießen aufgehört. Wo ist Duchess?«

»Hinter den Felsen. Nicht bewegen.«

Er nahm die Hand wieder weg. Seine Hitze und sein Moschusduft waren überwältigend, und Marnie registrierte jede kleinste Bewegung seines Körpers.

Duchess ließ ein kurzes, leises Bellen hören.

»Alles in Ordnung?«, fragte Jake. Seine schmalen Hüften drückten sich zwischen ihre Oberschenkel. Das Puzzle ihrer Körper passte perfekt ineinander.

Seine Brust drückte ihr den Busen flach, und das Atmen fiel ihr schwer. »Sollen wir aufstehen und losrennen?«, keuchte sie. »Oder warten wir hier, bis Ihnen einer der Typen von hinten in den Kopf schießt?«

Jake rutschte ein Stück weg. »Geben Sie mir noch eine Sekunde, dann laufen wir los.« Eine Kugel zischte über ihre Köpfe. »Wenn ich es sage, rennen Sie zum Staudamm. Und bleiben Sie dicht bei den Bäumen.«

»Und was ist mit der alten Holzstraße?«, flüsterte Marnie verzweifelt. Je weiter sie hinaufstiegen, desto ferner rückte die Zivilisation.

»Diese Revolverhelden schneiden uns den Weg ab.« Seine dunkelblauen Augen und sein Mund waren nur einen Hauch entfernt. »Fertig? Also los.«

Er nahm sie bei der Hand, zog sie hoch und riss sie mit, bevor sie noch Luft holen konnte.

Es folgten mehrere Gewehrsalven, diesmal vom anderen Ende der Lichtung. Gras und Erdklumpen stoben neben ihnen hoch.

»Verdammt noch mal.« Jake feuerte einen Schuss ab und zerrte Marnie nach links, genau in Richtung Schlucht.

Als Marnie begriff, wo sie hinrannten, wurde sie augenblicklich langsamer und versuchte, ihn zurückzuzerren. Duchess war nicht da. Marnie wollte pfeifen, bekam aber nicht genügend Luft.

Jake riss sie so heftig mit, dass er ihr fast den Arm auskugelte. Sobald sie den flachen Hang hinuntergerannt waren, würden sie am Rande eines Steilhangs festsitzen. »Wir können da nicht –«

»Keine andere Wahl. Weiter.«

Sie stürmten wie die Wahnsinnigen durch den Wald. Äste und Piniennadeln verfingen sich in ihren Kleidern, und sie konnten nicht hören, was hinter ihnen vorging. Marnie hörte ohnehin nur noch den eigenen Herzschlag und den eigenen schweren Atem.

Sie hatten die Kante des gefährlichen Steilhangs erreicht, an dessen Fuß das trockene Flussbett lag, das vom Staudamm zum befestigten Steilhang hinunterführte. Hinter ihnen nahm ihnen Maschinengewehrfeuer die Entscheidung ab.

Jake zog sie mit und schlang die Arme um sie, damit sie

nicht unkontrolliert ins steinige Flussbett hinunterstürzte. Marnie hielt sich an Grasbüscheln und kleinen Felsvorsprüngen fest und schlitterte das Steilufer hinab, bis sie das schneebedeckte, steinige Flussbett erreicht hatte.

Schüsse waren keine mehr zu hören.

Ihre Hände schmerzten. Der Schweiß biss in den Augen. Die Lungen brannten und der Atem pfiff. Sie stützte sich mit den Händen auf die Knie und holte tief Luft.

Oben waren Stimmen zu hören und erneut Schüsse. Ein Vogelschwarm stob mit Getöse aus den Wipfeln. Dann folgte schon die nächste Salve.

Jake drückte sie bäuchlings gegen das Steilufer, presste sich an ihren Rücken und schützte sie wieder mit seinem Körper.

Er war wirklich schwer. Sein heißer, feuchter Atem streichelte ihren Nacken. Er drückte ihr Gesicht nach unten, und Marnie bekam Sand in den Mund. Sie warteten darauf, dass die Stimmen sich entfernten, und Marnie wagte nicht mit der Wimper zu zucken.

Jake drückte sie gegen den Steilhang, bis oben nichts mehr zu hören war. Dann ließ er los und nahm sie bei der Hand.

»Sie laufen als Erste los.« Er wartete, bis Marnie sich den Sand von den Lippen gewischt hatte. »Sie müssen rennen wie von der Tarantel gestochen. Und nicht umdrehen. Ich bin direkt hinter Ihnen.«

Ein irrer Knall zerriss die Stille. Lauter, näher und Angst einflößender als zuvor.

Marnie rannte los.

Schweiß lief ihr übers Gesicht. Hinter sich hörte sie Jakes schnelle, gleichmäßige Schritte über den Kies knirschen. Er lief schnell und leichtfüßig. Marnie wusste, dass er absichtlich hinter ihr blieb, um ihr Deckung zu geben.

Sie war gut in Form und trotzdem außer Atem. Die Anstrengung und die warme Daunenjacke brachten sie furchtbar ins Schwitzen. Sie trat auf einen losen Felsbrocken und musste hopsend um ihre Balance kämpfen.

Plötzlich gingen rechts oben wieder Salven los. Die Schläge echoten durch die Schlucht, und die Querschläger waren so heftig, dass sie die Steine pulverisierten.

Jake schrie hinter ihr: »Schneller, schneller!«

Sie fühlte ihn dicht hinter sich und legte einen Zahn zu.

Die Schlucht war tief und die Seitenwände steil. Trotz des permanenten Beschusses war keiner von ihnen getroffen worden. Entweder waren diese Männer wirklich lausige Schützen oder Jake hatte Recht und sie schossen absichtlich daneben. Marnie brauchte ein Weile, bis ihr die Szenerie klar war.

Man trieb sie durch die enge Schlucht wie Vieh zur Schlachtbank. Das dichte Schneetreiben erschwerte zunehmend die Sicht und hinter der nächsten Biegung kam Schlamm an Stelle des Kieselgrunds.

Marnie horchte angestrengt und ahnte die Gefahr, die hinter ihnen lauerte. In Jakes heftiges Keuchen hatte sich ein anderes Geräusch gemischt, dass sie nicht recht identifizieren konnte. Sie schaute hoch und erwartete Blitze zu sehen, die das dumpfe Grollen erklärt hätten.

»Donnert es?«, keuchte sie, ohne anzuhalten. Bäume und Boden verschwammen vor ihren Augen. Sie wischte sich den beißenden Schweiß ab. »Oder ist das ein Erdbeben?«

Jake war plötzlich neben ihr, griff ihr fest um die Taille und riss sie mit, dass ihre Füße kaum noch den Boden berührten.

»Diese Schweine haben die Schleusen geöffnet«, brüllte er.

Marnie brauchte ein bisschen, bis sie begriff. Sie waren dabei, vor einer Flutwelle davonzulaufen – oder wie? *Und ob!*

Es hatte jetzt keinen Sinn mehr, sich im Schatten des Steilufers zu halten. In der Mitte des Flussbetts lief es sich leichter. Marnie geriet mit dem linken Fuß in das mäandernde Rinnsal, aber Jake riss sie dermaßen mit, dass sie fast flog.

Hinter ihnen rauschten, mit der Geschwindigkeit eines Güterzuges und unheilvollem Donnern, Millionen Liter Wasser zu Tal. Marnie konzentrierte sich darauf zu laufen und versuchte erst gar nicht auszurechnen, wie schnell eine Wasserwand talwärts rasen konnte.

Sie waren jetzt in dem Teil der Schlucht gefangen, an deren Ende die Befestigungsmauer sechs Stockwerke tief senkrecht hinabfiel. Es gab nur noch vorwärts oder rückwärts, auf die Flutwelle zu.

Marnie sah, welcher Abgrund da vor ihnen lag, und verlor jeden Mut. Geradeaus wartete der sichere Tod.

Sie sah hilflos zu Jake hoch und konnte nur hoffen, dass er einen Plan hatte.

Oder fliegen konnte.

Jake hielt Marnie unerbittlich im Griff. Er zwang ihr sein rasendes Tempo auf, doch sie fühlte sich leicht wie eine Feder. Die breite Betonlippe des Überlaufs an der Oberkante der Mauer lag direkt vor ihnen. Darunter lag der Schwindel erregende, befestigte Abgrund, an dessen Fuß das felsige Flussbett seinen Lauf fortsetzte.

»Vertrauen Sie mir«, brüllte Jake. Die Wasserberge hatten schon die letzte Biegung des Flussbetts erreicht, noch außer Sicht, aber unaufhaltsam unterwegs. Jake konnte sich in etwa vorstellen, was sie mit sich führten – tonnenweise Sand, Felsbrocken und entwurzelte Bäume, eine tödliche Mischung.

Sie hatten keine Zeit, sich die seitlichen Steilwände der

Schlucht hinaufzuretten. Jake wusste, dass sie ihr Heil nur geradeaus in der Mitte des Überlaufs suchen konnten. Dort führte eine kurze Leiter die Außenseite der Befestigungsmauer hinunter auf einen begehbaren Sims aus Beton, der – direkt über dem Abgrund – über die volle Breite der Mauer lief.

Sie hatten keine Sekunde zu verlieren. Bevor Marnie noch schreien konnte, hatte er sie schon gepackt, über den Überlauf gehoben und auf der schmalen Metallleiter abgestellt.

Sekunden später war er bei ihr. Er bedeutete ihr auf die Kante hinunterzusteigen. Kaum hatte Marnie den Sims erreicht, schob er sie, mit dem Rücken zur Wand, in den engen Zwischenraum zwischen der Befestigungsmauer und der Leiter.

Er beachtete ihr leichenblasses Gesicht nicht weiter, hielt sich mit einer Hand an der Leiter fest und inspizierte die verrostete Metalltür, die ein Stück neben Marnie in die Mauer eingelassen war. Im Raum dahinter befanden sich wahrscheinlich Werkzeug und Material zur Instandhaltung der Mauer, und Jake wollte da hinein.

Marnie hielt ihn am Kragen seiner Jacke fest, als er sich neben ihr hinunterkauerte. Die Wassermassen donnerten heran und ließen ihm nur wenig Zeit, die Tür zu öffnen. Er tastete die Kante der Tür ab. Unter den dicken Sohlen seiner Stiefel vibrierte schon der Beton. Im Nacken spürte er Marnies kalte Finger, die seinen Kragen umklammerten, als hinge ihr Leben davon ab.

Er zerrte an der Klinke. Die Tür rührte sich nicht.

Sein Kiefer klapperte im Takt mit der Schwingung der Mauer. Er biss die Zähne zusammen, spannte die Nackenmuskeln und riss mit beiden Händen an der Tür. Doch seltener Gebrauch und mangelnde Wartung hatten die Tür zurosten lassen.

Jake balancierte gefährlich herum und stand mit grimmiger

Miene wieder auf. Er sah ihren fragenden Blick und schüttelte den Kopf.

Marnie schloss kurz die Augen und schenkte ihm dann einen zuversichtlichen Blick. Irgendwo hatte sie ihre Mütze verloren. Die hellen Haare hingen ihr wirr ums Gesicht und klebten in Strähnen auf ihren verschwitzten, schlammverschmierten Wangen.

Jake begutachtete die verrosteten Bolzen, die die Leiter hielten. Nicht gerade vertrauenswürdig. Mit ihrer beider Gewicht und den zu erwartenden Wassermassen hatten sie eine gute Chance, samt Leiter wie Blei in den Abgrund zu stürzen.

Dann hatten die Typen ihren Auftrag erledigt.

Die Wasserwand kam näher und näher. Die Wand bebte und der Sims vibrierte unter dem Ansturm.

Jake vergewisserte sich, dass Marnie so sicher stand wie nur irgend möglich und schrie vergeblich gegen das Getöse an: »Festhalten!«

Der Vorsprung war eigentlich zu schmal, um voreinander darauf zu stehen. Jake hielt sich an den Seitenstreben der Leiter fest und versuchte sich herumzuschwingen, rutschte aber mit einer rostverschmierten Hand ab. Und hing mit pochendem Herzen über dem Abgrund.

»Nein!«, schrie Marnie mit angstgeweiteten Augen. Sie lehnte sich vor und packte ihn zwischen den Sprossen der Leiter hindurch mit beiden Händen an der Jacke. Das Einzige, was sie selbst noch hielt, war ihr eigenes Körpergewicht hinter der Leiter. Ihr Gesicht war die pure Konzentration. Jake drückte sie instinktiv mit starker Hand zurück und schwang sich sicher auf die Leiter zurück.

Er war reaktionsschnell genug und hätte vermutlich allein die Balance zurückgewonnen. Doch er hatte nie zuvor etwas gesehen, das dem entschlossenen Gesichtsausdruck dieser Frau, die ihn mit all ihrer Kraft gehalten hatte, vergleichbar gewesen wäre. Die Belastung, der sie sich ausgesetzt hatte, war ungeheuerlich gewesen.

Sie schaute ihn besorgt an. »Sind Sie in Ordnung?«, schien sie unhörbar ins Getöse zu fragen.

Sein Herz ging schneller als üblich. Er nickte, löste ihre Faust von seiner Jacke und drückte ihre Hand auf die Seitenstrebe der Leiter zurück. Dann löste er die zweite Faust und vergewisserte sich, dass Marnie sich ordentlich festhielt. Er schob ihr mit den Stiefelspitzen ein wenig die Füße auseinander, um sie hinter der Leiter besser auszubalancieren und sicherzustellen, dass sie festen Stand hatte.

Zur Hölle, ja. Es ging ihm prima.

Sie standen einander, mit den verrosteten Sprossen dazwischen, von Angesicht zu Angesicht gegenüber.

Marnie fröstelte, die Fingerknöchel weiß vom Klammergriff. Der Schweiß ließ ihr Gesicht leuchten, doch ihre Hände waren kalt wie Eis. Jake legte seine großen Hände über ihre zarten, klammen Finger. Und hielt ihrem Blick stand.

Sie hingen am seidenen Faden überm Abgrund, während oben Millionen Liter aufgewühltes Wasser, unausweichlich und mit ohrenbetäubendem Donnern, auf sie zurollten.

Die Leiter vibrierte, der Rost bröckelte ab, und der Betonsims bebte unter ihren Füßen.

Marnie hatte die Befestigungsmauer im Rücken. Und von vorne schützte Jake sie mit seinem Körper. Mehr konnte er nicht für sie tun.

Er konnte nur hoffen, dass das Wasser in hohem Bogen über die Kante hinausschießen und nicht direkt an der Wand herunterdonnern würde.

Er konnte nur hoffen, dass sich die rostige Leiter mit ihren dürftigen Bolzen noch ein wenig länger an der dreißig Jahre alten Mauer hielt.

Und er hoffte, dass diese Bastarde nicht noch den letzten Tropfen Wasser aus dem Staudamm gelassen hatten.

Jede Menge Hoffnung also.

Marnie zitterte. Und Jake war auch schon fröhlicher gewesen. Es gab einfach nichts, was er noch hätte tun können. Die Leiter ratterte, die rostigen Bolzen quietschten in ihren rostigen Halterungen, und das Wasser hatte den Überlauf erreicht.

Die Hölle war dabei loszubrechen.

Er drückte sich schützend an die Leiter, streichelte beruhigend ihre weißen Finger und sah… ihr Kinn.

Marnie schaute erhobenen Hauptes geradeaus.

Das Wasser schoss in hohem, weitem Bogen über die Kante und stürzte in großem Abstand ins Flussbett hinunter.

Marnie schaute ihn an und grinste.

»Judas Priest! Das macht Ihnen wohl Spaß!«, schrie Jake ungläubig. Sein Geschrei ging im Tohuwabohu fast unter. Marnie schrie irgendetwas zurück, das sich wie »Fabelhaft!« anhörte.

Sie legte den Kopf in den Nacken und lachte. Die Gischt klebte ihr sofort die Haare ins Gesicht.

»Kopf runter, bevor Sie noch ertrinken!«, brüllte er.

Jakes Rücken fing den Großteil des Wassers ab. Marnie dehnte unter seiner Hand die Finger und schaute ihm geradewegs in die Augen. Ihre Gesichter waren nur ein kleines Stück voneinander entfernt. Zwischen den Schlammspuren leuchtete Marnies Gesicht richtiggehend. Ihre unglaublich blauen Augen sprühten vor Lebensfreude.

Jake schüttelte den Kopf. Dieses Weib war doch verrückt!

Der Lärm war markerschütternd, die Luft von funkelnder, wilder Gischt erfüllt. Winzige, glitzernde Tröpfchen hingen wie Diamantenstaub in Marnies Wimpern. Sie lachte. Das Wasser hatte ihr den Schlamm abgewaschen, ihre Wangen waren gerötet, und ihre Augen glänzten vor Staunen. Jake hatte einen Frosch im Hals und Hitzewallungen am ganzen Körper.

Ihm war, als höre er das kalte Wasser zischend auf seiner Haut verdampfen und als dringe – zwischen den Sprossen der Leiter – Marnies Hitze zu ihm herüber wie eine Antwort. Er presste seine Hände fest auf die ihren.

Sechs Stockwerke tiefer toste und brodelte das schlammige Wasser im wilden Tanz um sich selbst. Der reißende Strom erstickte jeden Laut.

Hinter dem kaffeebraunen, undurchsichtigen Vorhang aus Wasser lehnte sich Jake auf dem bedenklich schmalen Sims, der so erstaunlich sicher war, zwischen den Sprossen nach vorne.

Er beugte sich zu Marnie hinab und berührte mit den Lippen ihren Mund. Ihre Zunge hieß ihn willkommen, und er konnte das Lächeln schmecken, das immer noch ihren weichen Mund zierte.

Seine Lippen waren kalt und nass, sein Kuss hart und kurz.

Marnie fühlte seinen warmen Atem. Ihr wurde heiß, und die Hitze ließ sie vergessen, dass sie in halsbrecherischer Manier über einem ungeheuren Abgrund hingen. Und Jake bekam nicht genug. Ihre Lippen brannten, und seine Zunge schob sich tief in ihren Mund.

Ihre Finger dehnten sich neben ihrem Gesicht um die metallenen Seitenverstrebungen der Leiter. Sie wollte ihn fühlen, seine nasse Haut spüren. Jake musste ihr die Hände festpressen, um sie daran zu erinnern, wo sie war. Nasser Stoff rieb eisig an nassem Stoff, als ihre Körper sich gegen die Leiter senkten, die sie voneinander trennte.

Marnies Lippen duellierten sich fast mit seinen. Sie vergaß zu atmen. Sie konnte nicht denken. Ihr rasender Herzschlag ließ sie schwindlig werden.

Jake fühlte das Donnern der Wassermassen tief in seinem Inneren. Marnies heiße Lippen luden ihn ein, und jede Faser seines Körpers stand unter Spannung. Er wollte sie biegsam und sanft. Er stöhnte und fühlte sich, als wäre er der Mann aus Stahl. Als könne er fliegen wie Superman, Berge versetzen und –

Was in aller Welt machte er da!

Er löste sich von ihren Lippen.

Konzentriere dich, du Vollidiot. Alles hat den rechten Ort und die rechte Zeit, das hier hat keines von beidem.

In diesem Moment ergoss sich auch schon wie aus Kübeln Wasser über seinen Rücken, während Marnie im Schutz des Überlaufs vergleichsweise trocken davonkam. Wasserdruck und Lärm hatten deutlich nachgelassen.

Marnie schlug langsam die Augen auf. Sie sah verwirrt, beglückt und unwiderstehlich aus.

Irgendwo war Vogelgezwitscher zu hören. Schneeflocken schwebten gemächlich vom abendlichen Himmel herunter. Der Sturzbach war versiegt, und hinter Marnies Rücken lief eine dicke Schicht Wasser gleichmäßig die Betonwand hinunter.

»Na, macht's immer noch Spaß?«, fragte Jake trocken.

Marnie schaute erst zum Flussbett hinunter, wo das Wasser talwärts rauschte, und dann in seine blauen Augen. »Ja, das tut es. Was machen wir jetzt?«

Jake war nicht sicher, was die Leiter noch aushielt. »Besser, wir laufen ganz vorsichtig auf diesem hübschen Betonweg auf festeren Boden zurück.«

Was ziemlich schwierig war. Der Sims war noch nicht einmal breit genug, um einigermaßen im Gänsemarsch zu gehen. Der Beton hatte an einigen Stellen Risse. Er war nass und gefährlich glitschig. Marnie benutzte ein halb in die Wand versenktes Rohr als Handlauf. Dass Jake hinter ihr lief, machte das Ganze kaum besser.

Marnie zitterte in ihren durchgeweichten Sachen Besorgnis erregend. Sie hätte gute Gründe gehabt, zu meckern und zu klagen. Jake fühlte sich einen kurzen Moment lang an Soledad erinnert, wie sie sich in ihren Blaufuchs kuschelte, den sie ihm so geschickt herausgeleiert hatte, weil der Frühling in New York so schrecklich kalt war. Er schnaubte. Er schien diesen Typ Frau irgendwie anzuziehen.

»Vorsicht!« Jake packte Marnie bei den Schultern, als sie auf dem glitschigen Sims auszurutschen drohte. Ihr Atem verdunstete weiß, sie flüsterte: »Danke.« Und ging weiter. Jake hielt vorsichtshalber den Arm ausgestreckt, während sie sich Stück für Stück vorarbeiteten.

Es schien Stunden zu dauern. Dann hatten sie die Felsen am Ende der Mauer erreicht. Jake studierte das Unterholz am Steilhang auf beiden Seiten der Befestigungsmauer. Dann half er Marnie zwischen Felsen und Geröll das steile Ufer an der Stirnseite des versiegenden Wasserfalls hinunter.

Kaum hatten sie den flachen Streifen Land am Rande des wieder belebten Flussbetts erreicht, schaute Marnie die Mauer empor, an der sie gerade noch wie Spinnentiere geklebt hatten. In diesem Moment trieb mit einer letzten, sanften Welle ein riesiger Baumstamm an die Kante des Überlaufs, verhedderte sich kurz und stürzte dann im freien Fall senkrecht die Mauer hinunter. Jake schaute der Leiter nach, die der Stamm aus den rostigen Halterungen gerissen hatte. Stamm und Leiter landeten splitternd und krachend im Wasser.

Er drehte sich um und warf Marnie einen viel sagenden Blick zu.

Sie grinste und wischte sich imaginären Schweiß von der Stirn. »Mein Held!«

Ihre Augen funkelten, Wangen und Nasenspitze waren rot vor Kälte, und aus den Haaren tropfte das Wasser.

Jake stopfte die Hände tief in die Taschen der nassen Daunenjacke. Was für ein lächerlicher Zeitpunkt, sich von einer Frau bezaubern zu lassen.

»Wir hätten sterben können. Falls es Ihnen entfallen ist: Die versuchen, uns umzubringen.«

»Aber sie haben es nicht geschafft. Und Sie haben uns gerettet.« Sie warf sich in seine Arme und gab ihm einen heftigen Kuss.

Mit den Händen in den Taschen war Jake für einen Augenblick wehrlos. Er wich zurück, packte Marnie an den Oberarmen und bemühte sich, möglichst gefühllos zu wirken. Er hatte jetzt keine Zeit herauszufinden, was sie war, echt oder eine exzellente Schauspielerin.

»Haben Sie einen Pelzmantel?«

»Wie?« Sie sah ihn verständnislos an. »Äh, nein. Ich trage keinen Pelz. Aber ein netter, pelziger Bär zum Ankuscheln wäre mir jetzt schon recht.«

»Der würde Sie zum Dank nur auffressen.«

»Was fragen Sie mich dann?« Marnie war durcheinander. »Ich kann sagen, was ich will, Sie sind doch sowieso vergrätzt.«

»Falls Sie planen, mich zu verwirren, damit Ihre Kumpels mich drankriegen, vergessen Sie es«, grummelte er.

»Hä? Sie sind hier derjenige, der doofe Fragen stellt.« Sie schaute ihn an und schüttelte den Kopf. »Sie sind ein richtiger Blödmann, wissen Sie das?« Das schien sie aber nicht sonderlich zu stören, was wiederum Jake irritierte.

»Hat man mir schon gesagt, ja.«

Er packte sie am Arm. »Also, was jetzt?«

Mit einem Mal fiel ihm wieder ein, dass sie oben ihr Leben für ihn aufs Spiel gesetzt hatte. »Das war ziemlich idiotisch gerade eben, mich einfach so zu packen. Sie hätten abstürzen können.«

»Da habe ich dummerweise gar nicht dran gedacht. Ich habe nur gedacht, dass Sie mit gebrochenen Knochen nicht schwimmen können«, polterte sie heraus, ohne auch nur eine Sekunde zu zögern.

Sie konnte einfach nicht zu diesen Männern gehören, es sei denn, sie war eine ausgefuchste Geheimwaffe. »Lassen Sie uns gehen«, sagte er.

»Ich kann durchaus allein laufen, herzlichen Dank.«

Jake kam sich vor, als habe er ein Schoßhündchen getreten, weil es ihm seine Pantoffeln gebracht hatte. *Verflucht.*

»Gut. Dann aber los. Diese Typen warten nicht ewig, bevor sie es wieder versuchen.«

»Die denken, wir sind ertrunken. Warum sollten sie weitermachen?«

»Die sind erst zufrieden, wenn sie meine Leiche finden, und ich habe nicht vor, sie ihnen zu geben. Übrigens, falls es Ihnen entgangen sein sollte, meine Pistole treibt irgendwo flussabwärts in Richtung Sacramento.«

»Vielleicht können Sie die Typen ja mit Ihrem eisigen Blick

einfrieren.« Sie drehte sich zackig um und lief los. Die Würde selbst, in ihren durchgeweichten, schlammverdreckten Sachen.

Gefahr törnte sie offensichtlich an. Jake verstand nur zu gut, was sie gerade durchlebte. Er liebte den Adrenalinkick genauso. Aber er wusste auch, dass das Ganze kein atemberaubender Rausch für ihn werden würde. Nicht dieses Mal. Denn es war nicht nur *sein* Leben, das auf dem Spiel stand.

Die Frage war, für welche Seite diese Männer arbeiteten.

Wer hatte sie beauftragt, ihn aus dem Weg zu räumen?

Die bösen Jungs?

Oder, was immer wahrscheinlicher schien, seine eigenen Leute?

6

Jake hangelte sich nach oben und hielt sich, genau wie Marnie gerade eben, an einer kleinen Fichte fest. Marnie lief ein Stück vor ihm. Sie hielt sich kerzengerade, schaute unverwandt nach vorn und rief leise, ganz leise, nach Duchess.

Jake schloss zu ihr auf. »Bitte nicht, wir sind weit zu hören.«

»Sie haben versprochen, auf meinen Hund aufzupassen.« Sie schaute ihn finster an, aber immerhin flüsterte sie. »Ich will Duchess haben. Auf der Stelle.«

»Verdammt schlechter Zeitpunkt. Ich muss erst mal unsere menschlichen Hintern retten. Los, weiter.«

Marnie salutierte zackig, drehte sich auf dem Absatz um und marschierte weiter.

Jake konnte außer ihnen beiden niemanden entdecken, weder den Hund noch diese Männer. Sie kämpften sich alleine den felsigen, steilen Abhang hinauf. Und diese Bastarde gratulierten einander vermutlich zur vollbrachten Tat.

Hinter ihnen donnerte der Fluss mit seinen schlammigen Wassermassen über die Felsen und riss Bäume und Sträucher mit. Der Pegel würde bald wieder sinken, doch im Moment konnten sie unmöglich hinüber. Noch eine Barriere, die sie von der Zivilisation abschnitt.

Es schneite immer noch und wurde langsam dunkel. Die Luft war eisig, und das strenge Pinienaroma reizte seine Nase. Marnie hielt sich an den Sträuchern fest, um die Balance zu halten. Ihre nassen Sachen machten ihm Sorgen. Sie musste ins Trockene, bevor die Unterkühlung einsetzte. Er musste sie aus der Schusslinie bringen, bevor er zurückschlagen konnte. Zu *re*agieren war nie sein Stil gewesen.

Jakes Gesicht brannte vor Kälte. Er ging schneller und zwang Marnie sein Tempo auf. Die Schatten wurden länger. Hier oben in den Bergen wurde es schnell dunkel – und der Schneesturm, der sich da zusammenbraute, tat ein Übriges. In einer Viertelstunde würde es pechschwarze Nacht sein.

Das Terrain variierte extrem. Einmal ging es steil hinauf, und der Boden war rutschig vor Schlamm, Moos und Piniennadeln; dann wurde es wieder flacher mit Gesteinsbrocken und Geröllfeldern. Beides war heimtückisch.

Jake blieb dicht bei ihr, um ihr im Notfall die Hand geben zu können.

Marnie hatte die Schultern hochgezogen und die Hände tief in die durchnässten Taschen gebohrt. Und sie flüsterte immer noch verzweifelt nach diesem verdammten Hund.

Den Männern mochte es nicht gelungen sein, sie zu ertränken, aber wenn sie nicht bald ins Warme kamen, würde sie der dunkle Berg mit seinem leisen Schnee das Leben kosten. Ihm war, als gefröre ihm die Eisluft die Lunge. Marnie und er stellten wie auf Kommando die Jackenkragen hoch, als ob das noch etwas genutzt hätte.

Es waren mindestens zehn Männer. Vielleicht auch mehr.

Overkill.

Jake runzelte die Stirn. Warum so viele? Unlogisch und viel zu umständlich. Er war schließlich allein. Und dass er sie rechtzeitig bemerkt hatte, war reiner Zufall gewesen. Doch wer immer sie auch waren, sie hatten nicht die geringste Ahnung, welche Möglichkeiten er hier oben hatte.

Wäre er in seinem Lager gewesen, hätten sie gar nicht gewusst, wo sie ihn suchen sollten. Was eine andere Frage aufwarf: Woher wussten sie überhaupt von diesem Berg? Nur eine Hand voll Leute wusste, dass er hier oben Land besaß. Und die waren ausnahmslos tot. Und er hätte sein Leben darauf verwettet, dass keiner von ihnen sein Wissen preisgegeben hatte.

Was ihn wieder zum außerplanmäßigen Erscheinen der entzückenden Miss Marnie Christine Wright zurückbrachte.

Marnie hatte ganz vergessen, wie dunkel es im Gebirge werden konnte. Und wie kalt. Oh Gott, war ihr kalt. Der Mond lugte schüchtern zwischen den Wolken hervor, aber immerhin hatte es aufgehört zu schneien.

Marnies Orientierungssinn war schon an guten Tagen bodenlos schlecht. Aber hier oben, wo ein Baum wie der andere aussah, war sie hoffnungslos verloren. Und dass sie damit rechnen musste, von einer Kugel in den Rücken getroffen zu werden, machte ihren Orientierungssinn auch nicht gerade besser.

Aber von den Männern war nichts zu sehen. Keine Schüsse, keine Stimmen. Ihr war, als seien sie schon seit Stunden unterwegs.

Marnie lief geradewegs in einen Felsbrocken und blieb einfach stehen. Sie legte die Wange auf den kalten Stein und ließ kraftlos die Arme hängen.

»Ich werde Sie ewig lieben, wenn Sie uns irgendwie ins Warme bringen«, flüsterte sie.

»Sie haben Glück.« Jake stand auf Tuchfühlung hinter ihr. »Wir sind da.«

Da war eine riesige Felsformation, ähnlich der in der Lichtung, wo man auf sie geschossen hatte.

Marnie hob den Kopf von ihrem steinernen Kissen und schaute sich um. Im Moment schien der Mond so hell, dass sie die kleinen Härchen auf Jakes Hand erkennen konnte, die in Richtung Felsen zeigte.

»Und was gibt es da zu sehen«, raunzte sie. Da waren nur die üblichen Sträucher und ein enger, keilförmiger Spalt zwischen den Felsen. Zu eng, um sich hindurchzuquetschen, wozu sie auch nicht die geringste Lust hatte.

»Dahinter finden wir Schutz. Los jetzt.« Er streckte ihr die Hand hin. »Wir müssen ein bisschen klettern. Sie zittern schon seit einer ganzen Weile nicht mehr – wir müssen jetzt unbedingt ins Warme.«

»Genau das habe ich doch gesagt, oder?« Marnie nahm seine Hand. Er hielt sie sicher fest.

Jake stieg mit einem Fuß in die Spalte und zog sie hoch. Als er sah, dass sie festen Stand hatte, ließ er los. Er klemmte sich mit den Handflächen auf Schulterhöhe zwischen die Felsen, zog sich etwas hoch, stellte die Füße rechts und links auf die Felswände und bewegte sich mit gegrätschten Beinen vorwärts.

Marnie machte es ihm nach. Sie kamen nur langsam voran, aber dann wurde das V breit genug, dass sie sich zwischen den Felswänden hinunterlassen und am Boden weiterlaufen konnten.

Von den Felswänden schienen riesige boshafte Fratzen auf sie hinabzublicken, und *Klaustrophobie* bekam für Marnie mit einem Mal eine ganz neue Bedeutung.

Geradeaus war im Fels ein enges Loch zu sehen. »Was ist das? Eine Mine?«, fragte sie unschlüssig.

»Ja. Silber. Ende des achtzehnten Jahrhunderts. Sie war schon stillgelegt, bevor der Felsrutsch den Zugang blockiert hat.«

»Ich werde nicht in einen hundert Jahre alten Stollen steigen.«

»Okay.«

»Ich meine es ernst. W –« Marnie war über irgendein hartes Ding gestolpert. Sie schaute zu Boden und spürte, wie sie blass wurde. »Jake?«

Er ging weiter, ohne sich umzudrehen. »Was ist denn jetzt wieder?«

»Ich bin gerade auf einen Knochen getreten«, sagte sie im gelassensten Tonfall, den sie hinbekam. Zwischen Jake und ihr lag eine ganze Reihe von Knochen. Große Knochen. Sauber abgenagte, große Knochen.

Menschliche Knochen?

»Lady, wollen Sie sich hier zu Tode frieren oder was? Bewegen Sie sich.«

»Jake, in dieser Höhle ist irgendwas.«

»Nun kommen Sie endlich. Ich friere mir sonst noch den Arsch ab.«

Marnie stieg über einen Knochen. »Fressen Bären eigentlich auch Menschen?«

Sie umrundete einen Haufen kleinerer Knochen, die weiß im Mondlicht leuchteten. Ein Schauer lief ihr über den Rücken, der mit Kälte nichts zu tun hatte.

»Nur wenn sie provoziert werden.« Jake wartete am Eingang des Schachts auf sie. Sie hätte schwören können, dass seine Mundwinkel zuckten.

»Und was ist mit Wölfen?« Das Vieh hier musste jedenfalls enormen Appetit gehabt haben. Marnie dehnte ihre klammen Finger. »Glauben Sie, Wölfe mögen Tiefkühlfleisch?«

Jake schnaubte. »Sobald *Sie* auftauchen, nimmt doch eh jedes Biest Reißaus.« Sein Gesichtsausdruck war unmissverständlich. »Diskutieren wir jetzt die ganze Nacht über die kulinarischen Vorlieben wilder Tiere, oder wollen wir lieber ins Warme gehen?«

Marnie schlotterte vor Angst, doch sie folgte ihm in die Mine. Es war stockdunkel, und sie hielt sich mit beiden Händen an seinem Parka fest.

Sie musste Schritt halten oder loslassen. »Halten Sie sich ja gut fest.« Jake klang belustigt – Verflucht sollte er sein! –, aber langsamer lief er deshalb nicht.

Zwischen den Schienen auf dem lehmigen Boden lagen haufenweise Knochen. Marnie stieg schnell drüber. Sie hätte schwören können, weiter hinten ein rot glühendes Augenpaar zu sehen, das sie unverwandt anstarrte.

»Jake. Jake? Da ist irgendwas«, krächzte sie mit dünner Stimme.

Plötzlich erschütterte ein tiefes, kehliges Knurren den Schacht.

Sie stieß einen schrillen Schrei aus, packte sich Jake als Schutzschild und hätte ihn fast nach hinten umgerissen.

Es wurde immer lauter und grausiger.

Marnie fühlte sich leichenblass werden. Ihr hysterisches Gekreische konnte ihr später peinlich sein, im Moment brachte sie eh nur noch ein leises Jammern heraus.

Das Knurren wechselte die Tonlage. Es wurde leiser, aber deutlich bedrohlicher.

Und es kam näher.

»Jake …?«

»Ganz locker bleiben«, antwortete er belustigt. »Außer uns ist niemand hier. Die Soundeffekte arbeiten geräuschaktiviert. Sobald man den Schacht betritt, geht die Show los. Ich habe mir das Ganze zum Vergnügen ausgedacht.« Er schien jetzt nicht mehr amüsiert. »Ich habe nie vorgehabt, es einzusetzen.«

Der rasende Herzschlag machte ihr das Sprechen schwer. »Hier ist also kein wildes Tier?«

»Nein.«

Das nicht existierende wilde Tier knurrte tief und ohrenbetäubend weiter.

Marnie rekapitulierte im Geiste die Lieblingsflüche ihrer Brüder. Dann sagte sie aufgeräumt: »Würde es Ihnen etwas ausmachen, Ihr imaginäres Haustier auszuschalten? Es macht mich verrückt.«

»Aber das Knurren rundet das Ganze schön ab, meinen Sie nicht?«

»Ich meine, dass sich ein wildes Tier an Ihnen ohnehin die Zähne ausgebissen hätte. Da hätte ich genug Zeit gehabt, mich nach Panama abzusetzen.«

Jake beugte sich nach links und hatte plötzlich eine riesige Taschenlampe in der Hand.

Die plötzliche Helligkeit zwang Marnie zum Blinzeln. »Wo kommt die auf einmal her?«, wollte sie wissen und lehnte sich an den scharfkantigen Fels, weil ihr fast die Beine versagten.

»Daher, wo auch das herkommt.« Jake lachte und zeigte ihr ein fieses Jagdgewehr.

»Hören Sie sofort mit diesem Grinsen auf«, geiferte sie und hielt sich die Hand ans hämmernde Herz. »Oder ich setze dieses Ding gegen *Sie* ein. Was ist hier eigentlich los? Wo kommen die Taschenlampe und das Gewehr auf einmal her?«

Jake lenkte den Lichtkegel auf eine fast unsichtbare Kontrollkonsole im Farbton der Felsen. Er klappte die Abdeckung hoch und machte sein Haustier aus. Es war Ruhe im Schacht.

»Ich will niemanden hier haben. Die Knochen und das Tonband schrecken ordentlich ab, glaube ich.«

»*Überaus* ordentlich, das können Sie mir glauben. Mir ist dieser Schacht immer noch unheimlich, obwohl ich jetzt weiß, dass alles nur Mache war.«

Jake klappte die Kontrollkonsole wieder zu und leuchtete den engen, grob behauenen Gang voraus. Marnie hätte sich am liebsten wieder an seiner Jacke festgehalten, verkniff es sich aber. Jake Dolan war hier drin das gefährlichste Biest.

Jake bog an einer Abzweigung nach rechts, ohne langsamer zu werden. Die Decke des Tunnels, ein paar Armlängen über ihren Köpfen, sah einigermaßen sicher aus, war aber von Spinnweben verhangen, die, der Größe nach zu schließen, von Taranteln in Godzillagröße stammten. Von den Bewohnern fehlte aber glücklicherweise jede Spur.

»Was sind das für Spinnen, die solche Netze bauen?«, fragte Marnie nebenbei und schloss zu ihm auf.

»Die Dinger sind von mir.«

»Etwas merkwürdig sind Sie schon, ist Ihnen das klar?« Marnie beachtete die Netze nicht weiter und widmete sich stattdessen den Holzverstrebungen, die aussahen, als hätten sie den ganzen Berg zu tragen. Die Vorstellung, dass man hier einen Elefanten auf ein paar Zahnstochern abgestellt hatte, behagte ihr gar nicht.

»Diese ganze windschiefe Schachtkonstruktion ist wohl auch nur ein Effekt? Da sind doch nette, bombenfeste Stahlträger dahinter, oder?«

»Nö, die Balken sind original.«

»Die historische Gesellschaft wäre begeistert.« Ein paar von den Querverstrebungen schienen einigermaßen intakt zu sein, an anderen hatten der Zahn der Zeit und die Holzwürmer genagt. Es war deutlich wärmer als draußen, aber die Luft war abgestanden und feucht.

Jake marschierte so schnell, dass Marnie fast laufen musste. »Den Schacht finden sie bestimmt nicht, oder?«

»Für den unwahrscheinlichen Fall, dass sie es doch tun, habe ich noch ein paar Asse im Ärmel.«

»Aber Duchess findet uns hier auch nicht.«

»Ihr Hund ist klüger als die meisten Menschen. Sie findet uns.«

Im Kegel der Taschenlampe tauchte eine robuste Stahltür auf, was Marnie schon nicht mehr erstaunen konnte. Sie schaute Jake teilnahmslos zu, wie er die Handfläche auf ein Sensorfeld in der Felswand legte. Sekunden später schob sich lautlos die Tür auf.

Dahinter folgte ein langer, steil abfallender Gang. Als sich hinter ihnen die Tür schloss, gingen im Schacht trübe Glühbirnen an.

Jake legte Gewehr und Taschenlampe auf einem schulterhohen Sims neben der Tür ab und schaute Marnie prüfend an, bevor er weiterlief.

Marnie schlurfte mit nassen Stiefeln hinterher. Die Luft war jetzt frischer und wärmer und die Felswände glatter. Marnie war, als hätte sie Beruhigungsmittel genommen, so erschöpft war sie.

Ihr war ein Baum auf die Hütte gefallen, sie war meilenweit marschiert, man hatte auf sie geschossen, sie hatte unter einem Tsunami um ihr Leben gefürchtet und einer computergesteuerten Frauen fressenden Bestie getrotzt. Es reichte ihr.

Nur das nervtötende Knirschen ihrer Schritte durchbrach die unerträgliche Stille. Ihre Wanderstiefel waren tonnenschwer, ihre Lider brannten, und sie wollte sich nur noch hinlegen.

»Das ist doch ein Albtraum – oder? Muss an diesem Dosenchili liegen, das ich zum Frühstück hatte.«

»Wir sind gleich da.« Jake drehte sich um und schaute sie an. Es war kein Wunder, dass sie am Zusammenklappen war. Der Adrenalinschub war vorbei, und er konnte kaum glauben, dass sie es so weit geschafft hatte. Die Haare waren zu wirrem Durcheinander getrocknet, und lehmige Schlieren liefen über ihr kreidebleiches Gesicht. Sie hatte die Schultern hochgezogen, und ihre Augen waren vor Erschöpfung glasig.

Trotz der riesigen Jacke wirkte sie zerbrechlich. Jake erinnerte sich wieder daran, was es mit zarten Blondinen auf sich hatte. Das hätte ihm eigentlich jede Lust verderben müssen, aber verflucht noch mal, er stellte sie sich nackt vor. Warm und nackt. Nackt unter ihm. Nackt und befriedigt.

Verdammt, ich muss das in den Griff bekommen. Er räusperte sich.

»Alles in Ordnung?«, fragte sie.

Er sehnte sich nach dieser Flasche Crown Royal. Die ganze

Flasche. Kein Glas. Kein Eis. »Könnte nicht besser sein, und Sie?«

Sie antwortete nicht.

Er ging zu ihr zurück. Sie stand einfach mit hängenden Armen und schweren Lidern da.

»Soll ich Sie tragen?«, fragte er barsch.

»Ja.«

Jake staunte, wie schnell sie nachgab, und hob sie hoch. Sie war nicht so leichtgewichtig, wie sie aussah. Marnie legte ihm die Arme um den Hals und ließ ihren Kopf an seine Brust sinken.

»Ist Ihnen die Puste ausgegangen?«, fragte er. Aber das konnte nicht sein, sie quasselte vermutlich sogar im Tiefschlaf noch.

»Ja. Irgendwas zwischen Tod durch Ertrinken und Aufgefressenwerden.«

Er grummelte und ging weiter. Ihr Haar kitzelte seine Nase. Die schweren Bergschuhe schlugen bei jedem Schritt an seine Oberschenkel, und trotz der dicken Jacke konnte er ihre Brust fühlen.

»Mmm, das ist nett.«

Ja. Großartig. Zum Verrücktwerden gut.

Sie strich mit leichten Fingerspitzen die Narbe an seinem Hals entlang, und die elfenzarte Berührung schoss ihm messerscharf in die Lenden.

»Wer hat Ihnen das angetan?«, flüsterte sie. Ihr Atem streichelte warm und schikanös seinen Hals. »Einer von den Typen da draußen?«

»Nein.« *Aber danke, dass Sie mich erinnert haben.* »Jemand, der viel gefährlicher war. Eine Blondine mit süßem Gesicht, großen, unschuldigen Augen und einem gemeinen Messer mit ihren Initialen am Schaft.« Die Wunde war längst verheilt, aber der Betrug schmerzte immer noch.

»Das war eine *Frau*?«

Im Grunde war *ich* es. »Sie hat nur das Messer geführt. Aber der verdammte Vollidiot, der sie an sich herangelassen hat, war ich selber.«

»Das ist ja furchtbar.«

»Es ist einfach nur bodenlos dumm.«

»Nein, ich meinte doch –«

»Ruhe jetzt.« Sie steckten am Ende einer Sackgasse. Im unwahrscheinlichen Fall, dass es irgendwer bis hierher schaffte, ging ab hier nichts mehr weiter. Die Tür vor ihnen hatte ein undurchdringliches Titanschild.

Zum Glück arbeitete der Lift mit einem Netzhautscanner, denn Jake hatte alle Hände voll Frau. Er gab dem Scanner gerade genug Zeit, ihn zu erkennen. Die Tür ging lautlos auf und schloss sich sofort wieder hinter ihnen.

Er hatte gedacht, sie sei eingeschlafen, doch dann hörte er sie fragen: »Warum gehen wir nicht weiter?«

»Wir fahren nach unten.«

»Das ist doch so eine James-Bond-Sache, oder?« Marnies Stimme war undeutlich vor Erschöpfung, ihre Augen geschlossen. »Wie im Film?« Sie senkte die Stimme. »Es geht abwärts, Guido. Und es gibt nichts, was wir dagegen tun könnten.«

Jake konnte sich das Lachen nicht verbeißen. Verdammt. Ihr ging wirklich nie die Puste aus. »Wir fahren Aufzug.«

»Ah. Und wie weit run –«

»Phönix zwei zwei eins zwei null, klar zum Öffnen.« Jake musste noch ein wenig warten, dann ging die Tür auf, und er betrat sein Lager.

Er hatte noch nie jemanden hier hinunter gebracht. Außer ihm wusste niemand von seinem Versteck. Aber jetzt war es zu spät für einen Rückzieher.

Er ging ein Risiko ein. Ein enormes Risiko. Falls er sich irrte, würde am Ende einer von ihnen beiden tot sein.

Es war trocken und warm, es roch nach zu Hause und Jake war froh, in Sicherheit zu sein.

»Wir sind da«, sagte er überflüssigerweise.

Marnie schlug die Augen auf. »Heiliger Strohsack! Lassen Sie mich runter.«

Sie zappelte in seinen Armen wie ein hundertzwanzigpfündiger Blaumerlin, die Augen weit aufgerissen, die Neugier auf Hochdampf.

»Oh, wow. Das ist ja *unglaublich*.«

Jakes unterirdische Zuflucht war ein einziger riesiger Wohnraum mit Deckengewölbe, hellgrauen Wänden und gleichfarbigem Steinboden. Die indirekte Beleuchtung, deren Quelle nicht zu sehen war, wirkte natürlich wie Tageslicht und war hell genug zum Lesen. Mit den unzähligen Monitoren, der hypermodernen Technik und dem leisen elektrischen Hintergrundsummen erinnerte der Raum an die Brücke des Raumschiffs Enterprise.

Hinter ihnen ging flüsternd die Lifttür zu.

»Das sieht nicht gerade nach Hochgebirge aus«, sagte Marnie.

Sie drehte sich um die Achse und sah sich um. Jake schaltete derweil die Stereoanlage an und sanfte, bluesige Klänge ertönten. Die Musik überdeckte zwar das elektrische Summen, aber sie war leise genug, Marnie daran zu erinnern, wie attraktiv er war. Sie zog ihre Daunenjacke aus und die Augenbrauen hoch.

Jake sah ihren Gesichtsausdruck und legte härtere Töne mit viel Schlagzeug auf. Er übersah ihr Lächeln geflissentlich, lief quer durch den Raum und warf seine Jacke auf eine abgenutzte, braune Cordcouch.

Auf der Couch stapelten sich bunte Kissen, aber die Farben wollten partout nicht zu dem alten, wertvollen Perserteppich passen. Neben der Kaffeetasse und den Rosinencookies lag ein Cowboyroman auf der abgeschabten Seemannskiste, die als Kaffeetafel diente.

»Ziehen Sie Ihre nassen Sachen aus«, sagte Jake, ohne sich umzudrehen.

»Gleich.« Marnie schnappte sich ein paar von den Cookies und machte sich anhand der Behausung ein Bild von Jake Dolan. Der Raum war gleichermaßen funktional wie gemütlich. Es war angenehm warm, und Marnies Adrenalinpegel ebbte endgültig ab. Trotzdem war ihr im Moment nicht danach, sich vor Jake Dolan auszuziehen. »Haben Sie das alles eingerichtet?«

»Ja.« Er stellte an dem Schaltbrett oberhalb der langen, weißen Konsole irgendetwas ein.

Auf der linken Seite stand ein ungemachtes Kingsizebett mit einer zerwühlten, rot-gelben, chinesischen Seidendecke. Marnie begutachtete die Bücherregale und fand alles von Asimov bis Zane Grey. Die CD-Sammlung rangierte von Klassik bis Jazz und ähnelte ihrer eigenen. Der Mann hatte einen breit gefächerten Geschmack. Sie aß noch ein Cookie. Der Zucker half gegen die Erschöpfung.

Dann trat sie hinter Jake, der gerade dabei war, die Monitorphalanx über seiner futuristischen, L-förmigen Arbeitsplattform zu studieren. Die zwölf riesigen, in die Wand eingelassenen Flachbildschirme wirkten fast wie eine Fensterfront.

Jake sah müde und frustriert aus. Seine Miene war angespannt. Marnie konnte der Versuchung, ihm zärtlich übers Haar zu streichen, kaum widerstehen. Sie ballte schnell die Hände zur Faust. Sie hatte im Augenblick genug, worüber sie nachdenken musste. Jake musste nicht auch noch auf die Liste. Sie fühlte sich den Puls. Schnell, aber in Ordnung. Gerade recht.

»Infrarot?«, fragte sie beiläufig und versuchte, Genaueres zu erkennen. Jeder Bildschirm zeigte düster und rot flirrend einen anderen Abschnitt der Umgebung.

Marnie hoffte, irgendwo Duchess zu sehen, aber da draußen bewegten sich nur Blattwerk und Schneeflocken. Sie bemühte sich, jeden Abschnitt zu identifizieren, und lief dabei langsam die Arbeitsplattform entlang.

»Infrarot bei Nacht, tagsüber Tageslicht.«

»Hmm. Sie haben nicht zufällig irgendwo ein Aspirin?«

»Nein.« Er sah sie durchdringend an. »Tun Ihnen die Schultern weh?«

»Meinen Schultern geht's g… ein bisschen, ja.«

»Kann nicht so schlimm sein, wenn Sie sich nicht sicher sind.« Jake konzentrierte sich wieder auf den Monitor.

Marnie streckte ihm hinter seinem Rücken die Zunge heraus. »Was machen Sie denn, wenn Sie Kopfschmerzen haben? Auf eine Patrone beißen?«

»Ich habe nie Kopfschmerzen.«

Einer der Bildschirme zeigte das Innere seiner Hütte.

»Hmm.« Marnie versuchte, ihre Neugier zu kaschieren. Durchs Küchenfenster der Hütte fiel das Mondlicht und brach sich an den Kanten des Skizzenblocks mit der Nachricht an Jake. Der Block stand immer noch so auf der Theke, wie sie ihn am Vormittag hingestellt hatte. Eine Million Jahre war das her.

»Wie weit sind wir weg?«

Jake kam näher, um zu sehen, welchen Abschnitt sie meinte. »Die Hütte ist direkt über uns.«

Unter dem Monitor war eine Reihe flacher Knöpfe angebracht. Er ließ die Kamera langsam über das Innere der Hütte schwenken. »Sieht nicht so aus, als seien sie schon da gewesen.« Er schaute Marnie an. »Wenn wie Glück haben, kommt Duchess als Erste.«

»Aber der Zugang nach unten ist meilenweit weg.«

»Nicht so weit, wie es Ihnen vorkommt. Aber Duchess muss da gar nicht hinlaufen. Es reicht, wenn sie zur Hütte zurückkommt. Hinter der Speisekammer ist ein zweiter Aufzug.«

Marnie machte die Augen zu und war dankbar, die Hütte und ihre Sachen so nahe zu wissen. *Du wärst fast grundlos in Panik geraten,* sagte sie sich.

»Kann ich rauf und meinen Rucksack holen?«, fragte sie und bemühte sich, ihn nicht merken zu lassen, wie versessen sie darauf war. »Es sind ein paar Sachen drin, die ich gut brauchen könnte.«

Jake runzelte die Stirn. »Sie müssen schon ohne Ihre Cremes und Zaubermittel auskommen. Ich kann nicht riskieren, dass diese Typen schon eine Inventarliste von der Hütte gemacht haben … Ich sehe dich, du verdammtes Schwein«, sagte er atemlos und stierte in den Bildschirm.

Ein verschwommener Schatten lief geduckt auf die Hütte zu. »Kommt schon rein«, raunzte er, als eine zweite Gestalt dazukam. Er drehte an der Kameraeinstellung herum.

Aber der Zoom brachte nichts, und er ging wieder in die Totale zurück.

Die Männer hatten ungefähr hundert Meter vor der Hütte Halt gemacht.

»Was machen wir jetzt?«, flüsterte Marnie und lehnte sich so nah herüber, dass sie sein Haar an der Wange fühlte und den feuchten Geruch seiner Kleider. Dass die Männer da oben Jagd auf ihn machten, machte sie fast verrückt.

Jake rutschte ein Stück weg und ließ die beiden nicht aus den Augen. »Sie brauchen nicht zu flüstern. Sie können uns nicht hören.«

»Gut, mir ist nämlich nach Schreien zu Mute. Ob Sie nun wollen oder nicht, Sie müssen mir endlich sagen, in was ich da hineingeraten bin.«

Er starrte sie mit Röntgenblick an. Dann sagte er brüsk: »Ich habe Ihnen doch gesagt, Sie sollen sich umziehen. Sehen Sie zu, dass Ihnen warm wird. Dann können wir meinetwegen reden.«

Er lief quer durch den Raum zum dreieckigen Duschbecken in der Ecke und drehte beide Hähne auf. Es gab keine Trennwand, keinen Duschvorhang, nichts. Das Wasser lief diszipliniert in einen Abfluss in der Mitte des Beckens.

Marnie bückte sich und fingerte die nassen Schnürsenkel auf. Die zehn Minuten konnte sie auch noch auf eine Antwort warten. Erst brauchte sie diese heiße Dusche.

»Sie haben sicher einen Wandschirm, oder?«

Egal wie durchgefroren sie war, Marnie hatte nicht die geringste Lust, sich vor Jake Dolan auszuziehen und in diese Dusche zu hüpfen.

Jedenfalls nicht *jetzt*.

»Ich bin nicht auf Besuch eingestellt.« Jake holte ein paar

marineblaue Frotteetücher aus einem Wandschrank und legte sie auf den Deckel der Toilette. »Ich muss noch ein paar Sachen erledigen. In zwanzig Minuten bin ich zurück.«

»Warten Sie. Diese Männer werden schon nicht gleich verschwinden. Aber wenn Sie raus wollen, sollten Sie selber erst einmal heiß duschen und trockene Sachen anziehen.«

»Ich war schon nässer und durchgefrorener.«

Er nahm ein Bündel Fleece aus einem Schrank und legte es auf dem Bett ab. Dann ging er zu dem Aufzug, mit dem sie gerade gekommen waren.

»Würde es Ihnen etwas ausmachen, mir meinen Ruck – meine Sachen mitzubringen?«

»Ich gehe nicht in die Hütte. Duschen Sie sich warm.«

Er legte die Handfläche auf einen Sensor an der Wand. Die Tür glitt auf und schloss sich lautlos hinter ihm.

Auf dem Monitor über der Metalltür sah sie ihn im Aufzug stehen. Er schaute direkt in die Kamera.

»Benutzen Sie die sanitären Einrichtungen. Verbrauchen Sie nicht das ganze heiße Wasser. Fassen Sie nichts an. Bin in zwanzig Minuten zurück.«

Die Kälte hielt ihn wach. Er lief schnell den Tunnel hinunter und überprüfte unterwegs Feuerkraft und Sprengsätze. Vor Jahren, als er sich die Festung ins Bergwerk gebaut hatte, hatte er zwar im Geiste Krieg gespielt und Ernstfallszenarien entwickelt, aber er hatte dabei nie an seine eigene Sicherheit gedacht.

Er war zum Regenerieren auf den Berg gegangen. Um sich auf seine Menschlichkeit zurückzubesinnen. Sich der Freunde zu erinnern. Und neue Erfindungen zu testen. Das Versteck war sein Testlabor, in dem er seine Waffen auf Funktionalität und Praxistauglichkeit überprüfte. Er hatte den Traum von den Musketieren geträumt.

Schau den Tatsachen ins Gesicht. Er hatte das Lager gebaut, um eine klaffende Lücke im Leben zu füllen. Fünf Jahre Schweiß und harte Arbeit, um etwas zu schaffen, von dem er nie geglaubt hatte, dass er es einmal brauchen würde.

Jetzt war es so weit.

Er war als Kind die meiste Zeit allein gewesen. Alter und Umstände hatten ihn isoliert. Der einzige Platz, der ihm blieb, waren seine Träume gewesen. Große Träume. Erst hatten sie um Familie, Freunde, Wärme, Sicherheit und Stabilität gekreist. Aber bis er seinen Dienst in der Navy abgeleistet und zu T-FLAC gegangen war, hatte er nichts davon erlebt.

Er hatte die Gefahr geliebt, den Adrenalinschub, den Kampf für die gerechte Sache. Aber er hatte nicht nur seine Nische gefunden, sondern auch die besten drei Freunde, die ein Mann haben konnte.

Seine Stiefel knirschten über den Kies, er hatte die Biegung erreicht. Er legte den Schalter um, bevor seine Bestie ihn anknurren konnte, und deponierte Taschenlampe und Gewehr wieder an ihrem Platz.

Nun war er also hier. Er war wieder da, wo er angefangen hatte. Isoliert und der Träume beraubt, die ihn aufrecht gehalten hatten. Die Zeit der falschen Illusionen war vorüber. Er sah jeden Tag der grausamen Realität ins Gesicht. Einmal mehr hatte er erfahren, wie verhängnisvoll es war, den Menschen zu vertrauen. Es erschien ihm bedeutend leichter, von vorneherein auf sich selbst gestellt zu sein. Seine Freunde waren nicht mehr, und T-FLAC hatte sich von ihm abgewandt. Er war allein.

Keine Illusionen mehr.

Zurück zum Tagesgeschäft.

Wer waren diese Scheißkerle?

Nur weil sie T-FLAC-Kampfanzüge trugen, mussten sie noch nicht von T-FLAC sein. Dass Marnie sie nicht verstanden hatte, hieß noch lange nicht, dass sie sich der Codesprache bedienten, die er vor sechzehn Jahren im Ausbildungscamp von T-FLAC erlernt hatte.

Zur Hölle noch mal, er konnte einfach nicht glauben, dass sie ihm seine eigenen Leute auf den Hals geschickt hatten, um ihn zu eliminieren.

Die frische Luft am Ausgang des Schachts tat ihm gut.

Hatte das Ganze mit dem beruflichen Fiasko des letzten Jahres zu tun? Seiner Suspendierung? Oder mit dem eigentlichen Grund seines Zwangsurlaubs hier oben?

Es kotzte ihn an, dass seine Vorgesetzten ihn für einen Verräter hielten. Man hatte es ihm nie direkt gesagt, ihm aber zwingend geraten, Urlaub zu nehmen. Urlaub! Er war suspendiert. Auf unbestimmte Zeit.

Es *gab* einen Maulwurf bei T-FLAC. Aber *er* war es nicht.

Er hatte hier oben herausfinden wollen, wer ihm seine untadelige Akte ruiniert hatte. Und jetzt dieses schwachsinnige Killerkommando. Es erschien ihm unwahrscheinlich, dass beides miteinander zu tun hatte. Doch möglich war alles.

Verdammt.

Er war wieder da, wo er angefangen hatte.

Wer und weshalb?

Und wie hatten sie ihn gefunden? Niemand außer ihm kannte diesen Ort. Kein einziger. Jedenfalls nicht mehr.

Vor mehr als zehn Jahren hatten sie zu viert das Stück Land mit der alten Hütte für ein Butterbrot gekauft.

Sie waren hergekommen, um Bier zu trinken und einander

wilde Geschichten von den Frauen zu erzählen, die sie bei ihren Einsätzen kennen gelernt hatten. Die Festung war nur ein Luftschloss gewesen.

Er, Lurch, Brit und Skully hatte mit dem Gedanken gespielt, ein neues Sicherheitskonzept für Staatsoberhäupter und andere Personen, die von Terroristen bedroht wurden, zu entwickeln.

Die Welt retten. Und nebenbei ein paar Millionen machen.

Die vier Musketiere.

Nur dass drei von ihnen in Ausübung ihrer Pflicht ums Leben gekommen waren, bevor sie noch irgendetwas in die Tat umgesetzt hatten.

Er vermisste sie wie ein Beinamputierter sein Bein. Zu wissen, dass sie immer für ihn da sein würden, was er auch tat. Genau wie er für sie. Dieses Gefühl, nie nach hinten sehen zu müssen, weil ihm immer jemand Deckung gab.

Vier junge Männer, riesiger Idealismus und reichlich Adrenalin. Die guten Jungs, die die Welt ein Stück sicherer machten. Sie hatten sich unbesiegbar gefühlt, große Töne gespuckt und waren sich ihres rechtmäßigen Platzes im großen Spiel sicher gewesen.

Da war's nur noch einer.

Und der spuckte keine großen Töne mehr und war sich keiner Sache mehr sicher.

Adrenalin und Nervenkitzel verloren ihren Glanz. Ständig wuchsen neue Terrorgruppen nach, und der gerechte Kampf war die reinste Hölle, weil den bösen Jungs, wie dem Häschen in der *Energizer*-Werbung, nie der Saft ausging.

Verdammt noch mal, er war erst sechsunddreißig, doch er fühlte sich manchmal steinalt. Aber er hatte nichts anderes gelernt, als die Welt vor dem Terrorismus zu retten. Vielleicht war es jetzt an den jungen Haudegen, den Kampf weiterzufechten.

Er hatte in Wyoming ein Stück Weideland. Vielleicht sollte er hinfahren, das Haus herrichten, etwas Vieh kaufen…

Nicht jetzt. Er war noch nicht zum Rückzug bereit.

Er würde seinen guten Ruf wieder herstellen und ins Geschäft zurückkehren.

Als Erstes würde er eine Ratte namens Dancer stellen und ihn für Lurchs Tod bezahlen lassen.

Er musste nur noch ein wild entschlossenes Killerkommando, eine gleichermaßen wild entschlossene Frau und einen verschwundenen Hund loswerden.

Ein Kinderspiel.

Jake holte das Nachtsichtgerät aus seinem Versteck, setzte es auf und kletterte durch die V-förmige Spalte ins Freie.

Der Schnee fiel in großen, nassen Flocken. Durchs NSG waren keine ungewöhnlichen Aktivitäten zu erkennen. Er suchte nach Spuren, die von ihm und Marnie stammten, doch der Schnee hatte alle verschluckt und Jake kletterte zufrieden zum Schacht zurück.

Aber was in Gottes Namen, sollte er mit *ihr* machen?

Er prüfte zweimal das Magazin der Walther, legte das NSG zurück und vergewisserte sich, dass das Sichtglas nach hinten gedreht war, damit es, für den Fall, dass hier jemand mit einer Taschenlampe zugange war, nicht reflektierte.

Er blickte den dunklen Schacht hinunter, der zu seinem Verschlag führte.

Verdammt. Sie war da unten. Unter der Dusche. Nackt bis auf den transparenten Hauch aus Wasserdampf. Er stellte sich vor, wie sie die Arme hob, den nass glänzenden Körper drehte und die Hände über die Haut gleiten ließ.

Sie würde wieder diese verfluchten kleinen Geräusche machen.

Er erinnerte sich, wie er die Dusche eingebaut hatte. Er hatte Zement, Fliesen und einen riesigen Boiler drei Meilen den Berg hinaufgezerrt, nur weil er heiß duschen wollte, wann immer ihm danach war.

Ihre Haut würde weich sein, zart und warm.

Dieser blasse Körper vor den schwarzen Fliesen.

Jake blieb unvermittelt stehen und hätte am liebsten wieder kehrtgemacht. Er fühlte sich, als könne er mit einer Hand und verbundenen Augen vier oder fünf von diesen Typen außer Gefecht setzen.

Was einfacher war, als nach unten zu gehen und seine Seife auf ihrer Haut zu riechen.

7

Wenn sie sich beim Campen mit ihrer Familie in die Büsche geschlagen hatte, hatte sie sich nicht halb so exponiert gefühlt wie jetzt beim Duschen in Jakes Keller. Sie ließ die Monitore keine Sekunde aus den Augen und fühlte sich verletzlich und gehemmt, obwohl sie allein war. Sie hielt sich nicht für übermäßig prüde, doch so schnell wie hier war sie noch nie mit Duschen fertig gewesen.

Sie griff sich das flauschige Handtuch aus Beständen der US Navy und trocknete sich flugs ab. Ihr wurde immer klarer, wie raffiniert diese unterirdische Behausung funktionierte. Niemand konnte sich ungesehen nähern. Wo auch immer man war, erfasste einen eine Kamera.

Sofort nachdem Jake den Aufzug verlassen hatte, hatte sie sich ausgezogen. Während sie duschte und langsam auftaute, lief er den Tunnel hinauf. Die Kameras hatten jede Biegung des Schachts im Visier.

Mittlerweile war sie aufgewärmt und munter. Und am Verhungern.

Sie wickelte sich in ein Handtuch, schnappte sich ein Cookie und betrachtete sein ungemachtes Bett. Von *diesem* Lager hatte er sich also erhoben, um sie im Morgengrauen herzuholen. Ihr war, als seien seither Tage vergangen, nicht lediglich zwölf Stunden.

Ein Schauer lief ihr den Rücken hinunter. Sie war ihr Leben lang nicht so schnell gerannt. Todesangst macht einem Beine.

Zum Glück lief sie seit Jahren auf der Aschenbahn der High-School ihre Runden und war gut in Form. Als ihr die Kugeln um die Ohren gepfiffen waren und die unerbittliche Flutwelle hinter ihr herdonnerte, hatte sie Angst wie nie zuvor.

Sie schaute sich in Jakes gemütlicher Behausung um. Das alles war so unwirklich. Doch sie brauchte nur einen Blick auf die Bildschirme zu werfen, und die Realität hatte sie wieder. Eine riesige, rot flimmernde Gestalt bewegte sich oben durchs Unterholz.

Sie hatte Millionen von Fragen. Zum Beispiel, ob sie am Montag wieder zu Hause sein würde, bevor ihr Vater ausflippte.

Er rechnete damit, dass sie sich meldete, sobald sie morgens ins Büro kam. Er und die Jungs waren von ihrem spontanen Ausflug anfangs alles andere als begeistert gewesen. Sie machten sich ohnehin schon genug Sorgen. Hätten ihre Brüder geahnt, was hier oben los war, sie wären wie die Kavallerie wild um sich schießend herbeigestürmt.

Und Jake hätte als Erster dran glauben müssen.

Es sah nicht so aus, als ob das alles morgen Abend vorbei sein würde und sie heimgehen konnte. Ihr blieb nichts anderes übrig, als das Beste aus der Situation zu machen.

Und das Beste war immer noch, dass dieser rätselhafte Jake Dolan sie so magisch anzog.

Sie dachte an seinen Mund, seine Arme, die sich fest um sie legten. An seinen brennenden Blick, der seine Beteuerungen, immun gegen sie zu sein, Lügen strafte. Sie grinste hinterhältig vor sich hin und fragte sich, wie er wohl reagieren würde, falls er sie splitternackt unter seiner exotischen Seidendecke vorfand. Würde er auch dann noch immun sein?

Sie knabberte an einem Cookie herum und hätte sich beinahe die Zunge abgebissen, als ein schriller Summer losging.

Marnie studierte hektisch die Flachbildschirme, um herauszufinden, was den Alarm ausgelöst hatte. Mit dem Plätzchen in der einen Hand und dem vor der Brust verschlungenen Handtuch in der anderen lief sie von einem Monitor zum anderen.

Und wieder ging der Summer los.

»Verdammt, was hat das zu bedeuten? Jake, komm sofort zurück!«

Sie schaute nach dem Schachtmonitor. »Gott sei Dank.«

Er war auf dem Rückweg.

»Nun mach schon, Junge. Irgendwas ist hier los. Und ich hab keine Ahnung, was.«

Jake betrat den Aufzug und schaute ihr genau in die Augen. *Beziehungsweise in die Kamera*, musste Marnie zugeben.

Der Summton wollte nicht aufhören und übertönte die krachenden Bass- und Bongotrommeln der CD.

Marnie bemerkte aus den Augenwinkeln eine Bewegung auf einem der anderen Bildschirme. Sie lehnte sich an die

Rücklehne der Couch und kam sich vor, als sei sie bei einem Tennismatch.

Rechts sah sie Duchess, die sich rot flimmernd ins Gebüsch gedrückt hatte. Drei Männer, die miteinander redeten, standen ganz in der Nähe.

Auf dem linken Schirm zog Jake gerade seine Jacke aus. Sein Mund war ein einziger grimmiger Strich.

»Jetzt mach schon, Jake«, drängelte sie leise. Dann konzentrierte sie sich wieder auf ihre Dogge, die reglos im Unterholz lag. So nah und doch so unerreichbar.

Duchess war vermutlich zu Jakes Hütte unterwegs gewesen, als ihr die Männer den Weg abgeschnitten hatten. Die Typen schienen keine Eile zu haben. Glücklicherweise sah es nicht so aus, als hätten sie Duchess bemerkt. Noch nicht zumindest.

»Liegen bleiben, altes Mädchen«, flehte Marnie ihre Dogge mit klopfendem Herzen an.

»Na, haben Sie ein gutes Programm gefunden?«, fragte Jake und stand plötzlich neben ihr, bevor sie überhaupt bemerkt hatte, dass die Aufzugtür sich geöffnet hatte.

Marnie ließ den Keks fallen, unterdrückte einen Schrei und schnappte nach Luft. »Verflucht und zugenäht, Jake! Sie haben mich *schon wieder* zehn Jahre meines Lebens gekostet. Das nächste Mal husten oder pfeifen Sie bitte oder sonst was, wenn Sie hier reinkommen.« Sie wies auf den Monitor. »Duchess könnte längst dasein, aber diese Mistkerle rühren sich nicht von der Stelle.«

Verdammt. Das hätte er sich ja denken können.

Sie hatte ein Handtuch an.

Nur ein Handtuch, wie es aussah. Jake konnte nicht umhin,

die Kurve ihrer Schultern zu betrachten. Ihre Haut war zart und blass. Und sie duftete hinreißend wie der Sündenfall. Er hätte ihr am liebsten die kleinen Wassertröpfchen vom Hals geleckt.

»Jake, was machen wir denn jetzt?«

Sie hatte ein paar süße Sommersprossen auf den Schultern, einen gut definierten Bizeps und unendlich lange, schlanke Beine. Sie war weich, feminin und erotisch.

Eine tödliche Kombination.

»Gar nichts«, brachte er heraus und hatte schon wieder einen Kloß im Hals. »Ich hab Ihnen trockene Sachen hingelegt. Ziehen Sie sich an.«

»Ja, natürlich.«

Aber sie rührte sich nicht.

Er betrachtete ihren Mund, der ihn animierte, wilde Dinge zu tun. Hitzige, wilde Dinge, die nichts mit dem zu tun hatten, was jetzt eigentlich anstand.

Das nasse Flanellhemd klebte auf seinem Oberkörper, die Füße kochten in den Stiefeln, ein seltsamer Druck lag ihm auf der Brust, und seine Jeans war verdammt eng geworden.

»Ich hätte Sie in den Fluss werfen und rüberschwimmen lassen sollen.« Seine Stimme klang wie Sägemehl.

Ihre Augen mit den langen, geschwungenen Wimpern leuchteten, und sie schenkte ihm einen engelsgleichen Blick. »Ich wäre ertrunken und dann hätte mein Geist Sie heimgesucht.«

Sie war schon längst eine Heimsuchung.

»Ziehen Sie sich etwas an. Wir müssen reden.«

Sie hielt seinem Blick stand. »Und was ist mit Duchess?«

»Sie wird kaum etwas zur Unterhaltung beitragen können«, sagte er trocken.

»Sehr witzig.«

»Wir werden überhaupt nichts tun.« Womit seiner Ansicht nach wirklich *alles* gesagt war.

»Aber –«

»Sobald die Männer weg sind, hole ich sie«, knurrte er schroffer als beabsichtigt. »Dass Sie es gewohnt sind, Ihr süßes Köpfchen durchzusetzen, heißt noch lange nicht, dass ich sofort da raufgehe und riskiere, erschossen zu werden.«

»Ich wollte doch nur w –«

»Ich werde nicht hochgehen.«

Marnie hielt ihm den Mund zu. »Darum habe ich Sie auch nicht gebeten.«

Ihre Hand war weich und warm. Sie war ihm so nah, dass er den dunklen blauen Rand um ihre hellblaue Iris erkennen konnte, die Müdigkeit war ihr anzusehen, das feuchte Haar klebte an ihren zarten Schultern. Und der Duft seiner Seife auf ihrer Haut ließ ihn schon wieder hart werden. *Verflucht.*

Er legte ihr ganz sacht die Finger ums Handgelenk und zog ihren Arm weg. Dann ließ er los, als hätte er einen elektrischen Schlag bekommen.

»Wir bleiben erst mal hier. Sie haben den Hund nicht gesehen. Und sie wissen nicht, dass wir sie sehen. Duchess ist klug genug, in ihrem Versteck zu bleiben, und an uns kommt sowieso keiner heran. Also, beruhigen Sie sich.«

»Hmm, haben Sie sich deshalb diese Festung gebaut? Damit keiner an Sie herankommt?«

»Ich habe nicht mit Besuch gerechnet. Das Ganze ist ein Experiment. Ein Testgelände für meine Erfindungen, weit weg von neugierigen Zaungästen. Die Lage ist einfach perfekt. Hier kommt selten einer herauf, vor allem um diese Jahreszeit. Ich bin hauptsächlich im Winter und im Frühjahr hier. Keiner weiß von meiner Existenz.«

»Das verstehe ich nicht.« Marnie schaute ihn verwirrt an. »Wenn Sie sich gar nicht verstecken müssen und ohnehin niemand hier raufkommt, warum haben Sie dann all dieses Zeug?« Sie zeigte auf die Rechner und Bildschirme und runzelte die Stirn. »Ganz abgesehen davon kennen eben doch ein paar Leute die Hütte und kommen hier her.«

»Ist mir auch schon aufgefallen.« Er fror sich fast den Hintern ab und war auf eine heiße Dusche fast mehr aus als auf sie. Er hatte bemerkt, wie nervös sie atmete, sobald sie ihn sah. Ihre kornblumenblauen Augen konnten ihre Lust nicht verbergen. *Er* war glücklicherweise ein Meister darin, die wenigen Gefühle, die er noch hatte, zu verstecken.

Er reagierte kühl und distanziert. Er registrierte das kleine Rinnsal, das aufreizend langsam vom Schlüsselbein auf ihre wohlgerundete rechte Brust tröpfelte, ohne wirklich hinschauen zu müssen. »Diese Spielereien hier sind mein Hobby.«

»Soll das heißen, dass *das* ihre so genannten Erfindungen sind?« Sie hatte wieder diesen drolligen Gesichtsausdruck. »Unter einem Hobby stelle ich mir etwas anderes vor. Modellflugzeuge bauen, zum Beispiel. Das hier ist mehr als ein Hobby.«

»Ein paar von den Sachen habe ich auch schon verkauft. Das Geld habe ich gleich wieder in neue Überwachungs- und Abschreckungssysteme gesteckt.«

Sie war unglaublich anziehend, wenn sie lächelte. Zur Hölle, sie war einfach immer unglaublich anziehend. *Verflucht, warum ausgerechnet sie und ausgerechnet jetzt?*

»Spionagespielzeug also. Sie müssen Jahre gebraucht haben, dieses Lager herzurichten.«

»Fünf. Ziehen Sie sich um Gottes willen etwas an.« Wenn sie noch länger in diesem knappen Handtuch …

Marnie drehte sich barfüßig um und ging zum Bett. Sie nahm die Sachen, die er ihr hingelegt hatte, und sagte über die Schulter: »Was da draußen los ist, hat mit einem Hobby nichts mehr zu tun, und ich will endlich wissen, was los ist. Machen Sie die Augen zu.«

Sie ließ das Handtuch fallen.

Die Augen zumachen? Judas Priest! Eine Achtmillimeter an der Stirn hätte ihn nicht dazu gebracht, jetzt die Augen zu schließen.

Er heftete den Blick auf die süßen Kurven ihres Rückens, die schön geformten, endlosen Beine, den –

Er ging einen Schritt auf sie zu und irgendetwas knirschte unter seinem Schuh.

Ein Rosinenkeks hatte ihn gerettet.

Marnie machte Roastbeefsandwiches, während Jake duschte. Im Gegensatz zur Hütte gab es in der Festung alle erdenklichen Leckereien. Der Kühlschrank war voll frischer Früchte und Gemüse, die Kühltruhe randvoll mit verschiedenstem Fleisch, Hühnchen und literweise Eiskrem. Der Mann war ganz nach ihrem Geschmack.

Marnie schaffte es, sich ganz auf die Sandwiches zu konzentrieren. Meistens zumindest.

Sie hatte seine Augen wie Brenneisen auf ihrem Rücken gefühlt, nachdem sie sich des Handtuchs entledigt hatte. Also war es ja wohl ihr gutes Recht, ein paar verstohlene Blicke auf den nackten Jake Dolan zu erhaschen. Das war nur fair. Er schien kein Gramm Fett am Körper zu haben und war nahtlos braun. Er hatte die Beine eines Langstreckenläufers, einen knackigen, hübschen Hintern, schmale Hüften und breite Schultern. Jake, wie er sich die sehnigen Oberschenkel einseifte, der Anblick prägte sich unvergesslich in Marnies Gedächtnis ein. Die Lust, ihn zu berühren, tat fast schon weh. Sie biss sich auf die Unterlippe und wandte sich wieder den prosaischen Sandwiches zu, bevor sie ihn noch – in einem Anfall von Wahnsinn – unter der Dusche attackierte.

Sie hätte sich mit dem scharfen Messer fast den Finger abgeschnitten, als er hinter ihr auftauchte und sie aus ihren Träumen riss.

»Sie sollten doch husten!«, erinnerte sie ihn und hielt ihm mit errötenden Wangen einen Teller mit Sandwiches hin.

»Sieht gut aus, danke.«

Er trug schwarze Jeans, ein schwarzes Sweatshirt mit hochgeschobenen Ärmeln, die die muskulösen Unterarme sehen ließen, und war barfuß wie sie.

Jake schaute an ihren nackten Beinen hinunter. »Ich hatte Ihnen doch eine Jogginghose rausgelegt.«

Marnie verdrehte die Augen. »Sie sind dreimal so groß wie ich. Ich hätte mich fast umgebracht, weil ich ständig über die Hosenbeine gestolpert bin. Aber Sie brauchen sich keine Sorgen zu machen, ich bin züchtig bedeckt. Ich habe ein Paar von Ihren Boxershorts drunter, sehen Sie?«

Sie lüpfte den Saum des Sweatshirts, das ihr bis über die Oberschenkel reichte, und zeigte ihm die baumwollenen Shorts seiner Dienstunterwäsche. »Mir ist schon klar, wie intim es ist, Ihre Unterwäsche zu tragen, aber Not macht erfinderisch.«

»Sie haben meine Unterwäsche nicht *erfunden*, sondern einfach aus der Schublade genommen.« Er konnte die Augen kaum von ihren Beinen lösen. Zumindest kam es Marnie so vor.

Sie schaute ihn neugierig an. »Im Gegensatz zur Hütte

würde dieser Ort jahrelanger Belagerung standhalten. Wie in aller Welt haben Sie all diese Sachen hierher geschafft? Nicht nur die Lebensmittel, sondern die ganzen Geräte und diese riesigen Monitore. Irgendjemand muss Ihnen doch geholfen haben.«

»Nein. Ich bin nur jahrelang ständig hier raufgekommen. Das meiste habe ich in Einzelteile zerlegt und erst hier zusammengebaut. Was ich nicht auf meinem Rücken getragen habe, habe ich mit dem Hubschrauber hochgebracht.«

»Wie lange haben Sie –«

»Genug geplaudert«, unterbrach er sie. »Setzen wir uns. Wir müssen ein paar Dinge klären, sonst wird das noch eine haarige Angelegenheit. Und aufs Ohr hauen sollte ich mich auch noch.«

»Gut. Nehmen Sie die Teller, ich bringe den Kaffee.« Sie goss etwas Milch in ihren Becher und folgte ihm zur Couch. »Okay. Dann lassen Sie mal hören.« Sie stellte die Kaffeebecher auf der Seemannskiste ab, setzte sich auf die Couch und schob ihre Arme unter die hochgezogenen Knie. »Wer ist hier wer, und was ist hier los?«

Jake betrachtete ihren Mund, grummelte vor sich hin und drückte Daumen und Zeigefinger an die Nasenwurzel.

Marnie griff nach ihrem Kaffeebecher und warf ihm einen besorgten Blick zu. »Fehlt Ihnen etwas?«

»Ich glaube langsam an die heilsame Wirkung von Gnadenschüssen«, antwortete er mit erstickter Stimme.

Marnie schaute ihn verdutzt an, dann warf sie ein paar der Kissen von der Couch, um mehr Platz zu haben. Der Kaffee war stark und noch zu heiß zum Trinken. Sie drehte den Becher zwischen den Handflächen und wartete ab.

Im Hintergrund lief leise die Dave-Sanborn-CD, die Marnie aufgelegt hatte, während Jake unter der Dusche war.

Auf dem Monitor war eine reglose Duchess zu sehen und die drei Männer, die entweder weiter konferierten oder nur Schutz vor dem Schneesturm suchten. Heute Nacht ging keiner mehr irgendwohin.

Jake fuhr sich mit den Fingern durchs nasse Haar. »Sie sollten sich ausruhen.«

»Sie haben gesagt, wir müssten etwas bereden. Fangen wir an. Ich habe ein Recht zu erfahren, wo ich hineingeraten bin. Außerdem muss ich wissen, wer die bösen Buben sind. Schlafen kann ich später, mit vollem Mund reden kann ich auf der Stelle. Also los. Wer sind Sie wirklich, Jake Dolan? Doch nicht nur ein technikbesessener Maulwurf, der im Keller haust?«

»Im Keller?« Er lachte hämisch. »Okay, aber warum auch nicht? Wenn das hier so weitergeht, verrecke ich sowieso in meinem Zweimillionendollarkeller.«

Er strich sich mit der Hand über das Kinn und schien nicht willens, ihr irgendetwas mitzuteilen, aber hatte er eine Wahl?

»Die Typen sind hier, um mich zu eliminieren. Die Frage ist nur, wer sie geschickt hat.«

Marnie fröstelte, so locker ging ihm *eliminieren* über die Lippen.

»Und wen haben Sie in Verdacht?« Sie umklammerte den warmen Kaffeebecher. »Los, Jake, *reden* Sie mit mir. Ich sitze hier doch genauso fest. Und es macht mir auch nichts aus, zuzugeben, dass ich mich zu Tode fürchte. Ich bin es nicht gewohnt, von Killern beschossen und die Berge rauf- und runtergejagt zu werden. Sie könnten mir wenigstens sagen, wo ich mich da hineinmanövriert habe.«

»Ihnen ist doch klar«, sagte er einfach so, »dass ich Sie umbringen muss, wenn Sie nicht die sind, die Sie zu sein behaupten, und ich Sie enttarne?«

Marnie war nicht *hundertprozentig* sicher, ob er einen Scherz gemacht hatte.

»Ich *bin* Marnie Wright. Enttarnen Sie mich, bitte.« Marnie hatte die höchst unpassende Vision, er könne ihr die Navyboxershort herunterziehen, um sie zu »enttarnen«.

»Ich arbeite für eine verdeckt operierende Organisation namens T-FLAC. Terrorist Force Logistical Assault Command. Wir sind die, die dazwischengehen, wenn es irgendwo ein Terroristenproblem gibt.«

»Sie arbeiten für die Regierung? Gott sei Dank, ich –«

»Nicht offiziell und nicht nur für unsere Regierung«, sagte er trocken und brachte sie mit einem kalten Blick zum Schweigen. Er trank erst schweigend seinen Kaffee, dann sprach er grimmig weiter: »Terroristische Gruppierungen operieren weltweit und sind unglücklicherweise recht erfolgreich. Wir gehen da hin, wo wir gerade gebraucht werden.«

»Sie scheinen Ihren Job sehr gut zu machen.«

»Warum?«

»Die würden keine ganze Armee schicken, um einen einzigen Mann kaltzumachen, wenn er nicht gut wäre.«

Er war ein Mann, der seine Gefühle unter Kontrolle hatte, deshalb war er so gut. Marnie hatte das längst begriffen. Sie war für ihn nur eine lästige, neue Rechengröße. Ein Job, genau wie die Männer da draußen, wer auch immer sie geschickt hatte.

»Mein Tod wäre kein besonderer Verlust für T-FLAC. Unsere operativen Einsatzkräfte sind ausnahmslos gut.« Er rieb sich das Kinn. »Und alles deutet darauf hin, dass die Männer zu T-FLAC gehören und –«

»Ihr eigenes Team versucht Sie umzubringen?«, fiel ihm Marnie empört ins Wort.

»Ich bin nicht ganz sicher. Aber ich nehme es an – ja. Während der letzten Jahre ist einiges schief gelaufen. Und letzten Monat ist die Lage dann eskaliert. T-FLAC ist schon seit Jahren im Geschäft. Erstklassige Referenzen, absolute Spitzenkräfte. Vor zwei Monaten haben sie mich von einem wichtigen Auftrag im Mittleren Westen abgezogen und zu einer Säuberungsaktion in ein namenloses Nest im Mittleren Osten abkommandiert. Keine große Sache. Eine reine Gefälligkeit. Ich war, weiß Gott, nicht glücklich darüber – die Sache in Omaha stand kurz vorm Erfolg. Ich habe dann einen von unseren neuen Leuten mitgenommen. Kaum waren wir da, ging der Schlamassel schon los. Diese Ratten haben schon auf mich gewartet und meinen Mann erschossen. Von wegen Aufräumarbeiten. Es war die reinste Hölle. Ich habe getan, was ich konnte und mich aus dem Staub gemacht.

Marnie sah zu ihm auf. »Haben Sie jemals herausgefunden, wer Sie verpfiffen hat?«

Jake schaute finster drein. »Alle Anzeichen sprechen dafür, dass ich selbst der Maulwurf war.«

»Wie können Ihre Leute es *wagen*, so was anzunehmen!«

»Die Beweislage ist erdrückend. Keiner wusste, wo ich war und welchen Auftrag ich hatte.«

»Unsinn! Der Mann, den sie getötet haben, wusste es und die Person, die Sie abkommandiert hat, wusste es auch.«

»Der Mann, den ich mitgenommen habe, hatte eine niedrige Sicherheitsstufe. Er hatte keine Ahnung, wo es hinging, bis wir am Einsatzort waren. Und die Person, die mich abkommandiert hat, ist der Chef von T-FLAC. Ausgeschlossen, dass er zwei seiner Einsatzkräfte ins offene Messer laufen lässt. Ich bin der Einzige, der es gewesen sein kann.«

»Was für Beweise?«, fragte Marnie empört und wartete die

Antwort erst gar nicht ab. »Und wenn ich Sie dabei erwischen würde, wie Sie mit Erde auf dem Kopf und Wurzeln zwischen den Zähnen unter den Ringelblumen durch die Erde wühlten – Sie sind kein Maulwurf!«

Sie mochte wenig über Jake Dolan wissen, aber das wenige reichte, um zu wissen, dass er ein Ehrenmann war. Und ein Ehrenmann ließ nicht die eigenen Leute über die Klinge springen. Marnie war über alle Maßen empört und kniff die Augen zusammen, als sie ihn lachen hörte.

»Was gibt es da zu lachen? Sie wissen genau, was ich meine. Und was ist das für eine Organisation, die einem ihrer besten Männer misstraut, nachdem er soundso lang – wie lange eigentlich? – für sie gearbeitet hat.«

»Sechzehn Jahre«, murmelte Jake. »Aber das ist noch nicht alles. Bevor ich abgezogen wurde und nach Übersee gegangen bin, habe ich in Omaha eine laufende Operation überwacht. Als ich wieder zurück war, musste ich feststellen, dass irgendwer alle verdeckten Einsatzkräfte abgeschlachtet hatte. Sie hatten zwei Jahre lang undercover gearbeitet, und einen Monat vorm Ende der Operation war auch der Letzte tot. Und ich war derweil gemütlich außer Landes.«

»Aber man hat Sie doch hingeschickt.«

»Gute Leute. Es waren auch Frauen dabei.« Seine Stimme klang unverändert, aber er wirkte gespannt wie eine Violinsaite. »Zu viele Pleiten und eine nach der anderen. Und wir haben einen gepfefferten Preis gezahlt. Unsere Organisation ist nicht besonders groß, aber wir sind todsicher die Besten. Falls unsere Leute der Ansicht sind, dass *ich* für die Toten und die vermasselten Einsätze verantwortlich bin, dann ziehen sie mich in null Komma nichts aus dem Verkehr, darauf können Sie wetten.«

»Ich verstehe das nicht. Warum denken die so schlecht von Ihnen?«

Er machte eine lange Pause. »Sie wissen ganz genau, dass ich seit Jahren verbissen einem bestimmten Mann hinterherjage.« Jake sah Marnie mit dunklen, gefährlich ausdruckslosen Augen an. »Vielleicht hat mich die Rachsucht nachlässig werden lassen.«

»Wer ist dieser Mann?«

»Ein Terrorist namens Dancer. Ich jage dem Hundesohn seit sechs Jahren nach. Jeder weiß, dass ich erst Ruhe gebe, wenn ich ihn habe. Ich habe auf der Suche nach Dancer jeden Stein umgedreht, und sie glauben, dass mich das ablenkt und unvorsichtig werden lässt.«

»Und waren sie das?«

»Unvorsichtig? Vielleicht. Dancer ist die treibende Kraft hinter LPA, dem *Leuchtenden Pfad von Amerika.* In Omaha, wo letzten Monat meine Leute ermordet worden sind. Er war auch der Grund, warum man ausgerechnet mich in den Mittleren Osten geschickt hat. Ich bin derjenige, der Dancer am besten kennt. Aber seine Gefolgsleute, seine Armee und seine Chemiefabrik waren mir völlig egal«, sagte er verbittert. »Ich wollte nur Dancer haben. Und der hatte sich in den Mittleren Osten abgesetzt. Sonst hätten sie mich nie dazu gebracht, Omaha so kurz vor Abschluss der Operation zu verlassen. Mein Starrsinn hat meine Leute in Omaha und den Jungen, der mich begleitet hat, das Leben gekostet.«

Jake raufte sich die Haare. Sein Gesicht wirkte ausgemergelt, der Blick gehetzt. »Außerdem war Dancer vor sechs Jahren für den Tod eines meiner besten Freunde verantwortlich.«

Jake war erschöpft, frustriert und ausgepumpt. Marnie musste ihm unbedingt helfen.

Er lehnte sich vor, stützte die Ellenbogen auf die Knie und starrte das verschlungene Muster des Perserteppichs an. Die langen, dunklen Haare verdeckten sein Gesicht.

»Die Leute glauben, dass Terroristen irgendwelche Araber oder linksradikale Fanatiker sind, die ihre Ideologie durch Mord und Erpressung durchsetzen wollen und dass es gerade eine Hand voll von ihnen gibt. Aber die Terrorszene ist viel unübersichtlicher. Diese Fanatiker haben mitunter völlig undurchsichtige Zielsetzungen. Wahllose Gewalttaten sind noch der einzige gemeinsame Nenner. Manche tun es des Geldes wegen, andere haben politische Ambitionen oder ethnische Beweggründe. Wir haben nicht die geringste Ahnung, welche Ziele Dancer verfolgt. Das amerikanische Außenministerium führt ihn auf der Liste der ›Dreckigen Dreißig‹ jedenfalls auf Platz drei.«

Der Ausdruck seiner dunkelblauen Augen machte Marnie Angst.

»Auf meiner Liste ist er die Nummer eins. Und das wissen auch alle. Die Sache ist eskaliert. Wir haben Dancers Leute vor zwei Jahren mit vierzig Kilogramm Bakterienkulturen erwischt, Typhusbakterien. Die wollten sie in ein paar Großstädten im Mittleren Westen in die Wasserversorgung kippen. Damals haben wir sie aufhalten können. Aber wir wissen nicht, wo sie als Nächstes zuschlagen. Nach dem Massaker in Omaha hat sich Dancer praktisch in Luft aufgelöst. Wieder einmal. Und ich bin mittlerweile suspendiert und muss meine Anhörung abwarten. Und während ich wegen dieser Männer da oben hier festsitze, macht dieser Hurensohn Gott weiß was.«

Marnie leerte ihren Kaffeebecher und hätte sich gern nachgeschenkt, aber die Geschichte ließ sie wie angewurzelt sitzen bleiben. Marnie hätte das Ganze zwar lieber in einem Buch gelesen, anstatt selbst mittendrin zu stecken, aber sie hatte sich schließlich ein Abenteuer gewünscht. Und das hatte sie jetzt.

»Ich nehme an, die bösen Jungs da oben haben im Moment Vorrang. Können Sie feststellen, wer sie sind?«

Jake nahm sich ein Sandwich und schaute durch Marnie hindurch. »Den Letzten kriege ich dazu zu reden.«

Er hatte also vor, die Männer zu stellen, bevor sie ihn stellten. »So viel Selbstbewusstsein gefällt mir gut. Aber weil ich nun schon mal hier und zum Zuschauen verurteilt bin, sagen Sie mir vielleicht, wie ich helfen kann.«

Er schaute sie wieder direkt an. »Da fällt mir nichts ein. Bleiben Sie hier, flippen Sie nicht aus, und plappern Sie nicht.«

Na ja. »Nicht gerade das, was ich mir vorgestellt hatte.«

»Können Sie schießen?« Als sie den Kopf schüttelte, sagte er trocken: »Dann können Sie mir auch nicht helfen. Tun Sie einfach das, was Sie am besten können – herumliegen und hübsch aussehen.«

Hatte ich alles schon, dachte Marnie.

Sie lächelte und stupste ihn mit nackten Zehen an die Hüfte. »Sie sind ein Chauvinist, Jake Dolan. Mein Verstand funktioniert ziemlich gut, wissen Sie.« Sie ließ die Füße an seiner Hüfte.

»Lassen Sie das«, fauchte er und rutschte unruhig hin und her. Am Unterkiefer zuckte ein Muskel. »Ich bin kein Chauvinist. Wenn Sie träfen, worauf Sie zielen, würde ich Sie mitnehmen.«

Marnie zog die Füße ein Stück weg, lehnte sich bequem seitlich in die Kissen und schaute ihn über hochgezogene Knie an. »Lügner. Sie würden mich auf gar nichts schießen lassen. Sie mögen mich vielleicht nicht, aber Sie würden nie riskieren, dass ich eine Kugel abbekomme, die für Sie bestimmt ist.«

Er wandte ihr das Gesicht zu und schaute sie mit seltsamem Blick an. »Ach ja?« Er knurrte beinahe. »Wie zum Teufel kommen Sie auf diese Idee?« Dass er sie nicht mochte, bestritt er aber nicht.

»Das ist das Gesetz des Westens. Und Sie haben hier vielleicht hundert Cowboyromane.« Ihre Füße waren immer noch kalt. Sie grub sie ein bisschen weiter zwischen die Kissen und Jakes Hintern. »Ich gebe ja zu, dass ich noch nie ein Gewehr in der Hand hatte, und ich bin, offen gesagt, auch nicht scharf darauf, jetzt damit anzufangen. Aber ich will auch nicht untätig hier herumliegen.«

»Also gut. Dann behalten Sie für mich die Bildschirme im Auge.«

»Und was machen Sie?«

»Mich ums Geschäft kümmern.«

Sein Körper wärmte ihre nackten, kalten Füße. Ihre Augen brannten, als hätte das Sandmännchen Schlafsand gestreut. Marnie blinzelte und versuchte wach zu bleiben. »Wer weiß sonst noch von diesem Bunker?«

»Niemand.«

Sie rutschte ein bisschen tiefer in die Kissen. Sie schaute ihn gern an und ließ den Blick über sein Gesicht wandern, während er konzentriert die Monitore am anderen Ende des Raums studierte. Sie wünschte, sie hätte Skizzenblock und Stifte gehabt, um seinen grüblerischen, nachdenklichen Gesichtsausdruck festzuhalten. Sein Mund war zum Küssen gemacht, aber jetzt war er ein schmaler, grimmiger Strich. Er saß völlig reglos da und elektrisierte doch die Atmosphäre. Sie fragte sich, ob ihr Talent reichte, die unterdrückte Energie eines Mannes einzufangen, der so versteinert war.

Jake analysierte die Situation. Er würde verschwinden, sobald er eine Entscheidung gefällt hatte. Hinauf in die eisige, dunkle Nacht. Ein Mann gegen – viel zu viele.

Marnie fielen die brennenden Augen zu, und sie entspannte sich ein wenig. Als sie die Augen wieder aufschlug, sah sie, wie Jake sie betrachtete. Sie hätte am liebsten die Arme um ihn geschlungen und den Kopf an seine Schulter gelegt.

»Jeder, der Sie sucht, kann die lokalen Behörden kontaktieren und das Grundbuch durchforsten.« Sie redete, um wach zu bleiben, und musste doch gähnen.

»Ich habe die Eigentumsverhältnisse gut verschleiert, das würde nichts bringen. Mein Name taucht nirgendwo auf. Essen Sie das noch?« Er zeigte auf das halbe Sandwich.

»Ich habe keinen Hunger mehr. Bedienen Sie sich.« Mehr als die paar Cookies und das halbe Sandwich hatte sie seit dem morgendlichen Chili und der Suppe nicht gegessen. Aber ihr Magen vertrug gerade nichts.

Jake nahm sich das Roastbeefsandwich und halbierte es mit einem Biss.

»Vielleicht ist Ihnen jemand gefolgt«, spekulierte sie und kuschelte sich an die Rückenlehne des Sofas.

»Unmöglich.«

»Nicht unbedingt dieses Mal, sondern schon früher?«

»Ich habe nie dieselbe Route benutzt. Meine Wege waren so verschlungen, dass ich mir nicht einmal selbst hätte folgen können, und ich wusste immerhin, wohin es ging.« Er verputzte das Sandwich.

»Und Ihre Familie?«

Er schüttelte den Kopf.

»Freunde?«

»Wir schreiben einander keine verquasselten Briefe.«

»Warum erstaunt mich das jetzt nicht? Denken Sie nach, Jake, *irgendjemand* muss es wissen.«

»Abgesehen von mir und jetzt Ihnen ist jeder, der von dem Grundstück wusste, inzwischen tot. Wir haben vor mehr als zehn Jahren zu viert unsere Ersparnisse zusammengelegt und das Land und die Hütte gekauft. Ich bin als Einziger übrig geblieben. Daran ist nicht zu rütteln. Ich habe sie sterben sehen. Lange bevor ich diesen ›Keller‹ eingerichtet habe.«

»Aber sie wussten davon?« Sie machte einen Moment lang die trockenen Augen zu. Hmm. Das tat gut. Sie ließ die Augen zu.

»Natürlich wussten sie es, wir haben den Bunker zusammen geplant«, sagte er ungeduldig. »Aber sie haben niemandem davon erzählt. Genauso wenig wie ich. Schluss mit der Diskussion.«

»Haben Sie ein Telefon?« Marnie blinzelte und sah ihn nicken. »Eine sichere Leitung? Im Roam-Modus?«

Er schaute sie prüfend an. »Für eine Künstlerin verstehen Sie eine Menge von Computern und sicheren Telefonleitungen.«

Dann fiel es ihm, sehr zu seiner Freude, wieder ein. Marnie grinste.

»Ich bin Programmiererin. Wright Computers, die Firma meines Vaters im Silicon Valley, erinnern Sie sich? Ich verstehe viel von der Jagd auf Cracker, das ist die üblere Variante der Hacker. Diese Typen sind wirklich gut, aber ich habe schon ein paar dingfest gemacht. Wir arbeiten für hochkarätige Kunden mit den besten Sicherheitssystemen. Falls Ihnen irgendwer über Ihren Computer auf die Spur gekommen ist, kann ich feststellen, wie und möglicherweise auch wer. Hängt der Rechner auch an einer sicheren Leitung?«

»Ja.«

Sie konnte nicht anders und gähnte. »Haben Sie irgendwelche Nachrichten verschickt?«

»Ein paar ans Hauptquartier. Aber ich habe jedes Mal die Signatur geändert. Auf die Art konnte mich keiner finden.«

»Doch«, sagte sie grimmig. »Das kann man schon.« Ihre Mundwinkel zuckten ein wenig nach oben. »Sehen Sie, es gibt doch etwas, das ich tun kann. Und ich bin auch gut in meinem Job. Ich finde heraus, wer Ihre E-Mails zurückverfolgt hat. Und wenn Sie die Info haben, wissen Sie vielleicht, wer diese Männer sind und warum sie hinter Ihnen her sind. Es sieht jedenfalls ganz so aus, als könne man Sie nur über den Computer aufspüren. Und wenn ich von irgendetwas was verstehe, Jake, dann sind es Computer. Sie befassen sich oben mit diesen Typen, und ich finde hier unten heraus, wer die sind.«

8

Jake wollte nicht, dass sie *irgendwas* tat.

Genau genommen wollte er sie im Umkreis von einhundert Meilen nirgendwo haben. Er wollte nicht, dass sie Gott weiß *was* an seinem Computer machte und mit Gott weiß *wem* Kontakt aufnahm. Sie sollte ihm nicht so nahe kommen, dass er ihren einzigartigen Duft wahrnahm, und ihn verdammt noch mal nicht mit diesem schläfrigen, liebevollen Blick ansehen. Bis sie hier aufgetaucht war, hatte er gar nicht bemerkt, wie sehr ihm menschliche Wärme fehlte.

Er verfluchte sich dafür, die Jungs erwähnt zu haben. Sogar jetzt noch bohrte der Verlust seiner drei Musketiere – der besten Freunde, die ein Mann haben konnte – wie ein Stachel in seiner Brust.

»Ich halte das für keine gute Idee«, teilte er ihr entnervt mit. Worauf sie ihre babyblauen Augen zu Schlitzen zog. »Ich weiß Ihr Angebot zu schätzen, aber Sie werden dazu gar keine Zeit mehr haben. Ich bringe Sie oben über den Seitenarm, sobald der Pegel sinkt. Sie werden zwar eine Zeit lang zu Ihrem Wagen brauchen, aber morgen Abend sind Sie wieder daheim.«

Marnie bohrte ihre Zehen unter seinen Oberschenkel. Diese Frau konnte es einfach nicht lassen.

»Ich habe noch genug Zeit, um – Sie vertrauen mir nicht, deshalb wollen Sie sich nicht helfen lassen, stimmt's?« Sie hielt inne und sah ihn berechnend an. »Haben Sie ein scharfes Messer?«, fragte sie leichthin.

Jake rutschte auf der Couch herum, entging ihren Füßen aber nicht. »In der Küche. Warum?«

»Weil es eine Blondine war, die Ihnen die Kehle aufgeschlitzt hat, weswegen Sie jetzt alle Blonden verabscheuen, und weil ich es endlich hinter mich bringen will. Diese Warterei muss ja unerträglich für Sie sein.« Sie schaute ihn aus schönen, blauen Augen ernsthaft an.

»Ich muss Sie aber warnen«, ergänzte sie. »Wenn ich Blut sehe, falle ich gelegentlich in Ohnmacht. Und offen gestanden bin ich viel zu müde, um aufzustehen. Wollen Sie nicht aufstehen und ein passendes Messer aussuchen? Das bringen Sie mir dann, legen mir den Kopf auf den Schoß und zeigen mir, in welche Richtung ich Ihre Halsschlagader durchschneiden soll, von rechts nach links oder von links nach rechts.«

»Ich soll Ihnen also ein Messer bringen, damit Sie mir die Kehle aufschlitzen können?«

»Das ist es doch, worauf Sie die ganze Zeit warten.«

Jake gaffte sie an. Jemanden wie sie hatte er sein Lebtag nicht getroffen. »Plappern Sie immer alles heraus, was Ihnen gerade durch den Kopf geht?«

»Um den heißen Brei herumzureden ist doch nur Zeitverschwendung. Lassen Sie uns das Ganze doch abkürzen. Dann kommt wenigstens kein Missverständnis auf – Hui! Die Typen sind weg«, stellte sie fröhlich fest.

Das hatte er schon ein paar Minuten zuvor bemerkt. Diese Frau schoss so zackig wie eine Libelle von einem Thema zum anderen. Es war richtiggehend beunruhigend.

Jake stemmte sich von der Couch hoch, weg von diesem Duft, den unschuldigen Augen und den blassen, nackten Füßen.

»Ich hole den Hund.«

»Fabelhaft. Könnten Sie meinen Rucksack mitbringen, wenn Sie schon da sind? Jake? Seien Sie vorsichtig.«

Hundert Killer waren ihm lieber als Marnie mit ihrer verdrehten Logik. »Bin ich immer.«

Aller körperlichen und seelischen Müdigkeit zum Trotz stand Marnie viel zu sehr unter Strom, um zu schlafen. Kaum hatte Jake den Bunker verlassen, stand sie schon zwischen zwei Bildschirmen und beobachtete ihn, wie er die kurze Strecke im Aufzug nach oben fuhr. Von hier aus konnte sie sowohl die Hütte als auch Jake einigermaßen im Auge behalten. Falls die Männer zurückkamen, würde es ihr nicht entgehen.

Ein paar Sekunden später war es soweit.

»Oh, Scheibenkleister.«

Drei betraten durch die offene Eingangstür die Hütte. Marnie addierte aus der Erinnerung Farben und Details. Die schwarzen Kampfanzüge, die Gesichtsmasken, die Messer und die Uzis. Die infraroten Gestalten verteilten sich, nachdem sie die Hütte betreten hatten, sofort.

»Oh, mein Gott. *Jake*!«

Jake steckte immer noch in der engen Aufzugkabine. Dass sie ihn hier unten hören konnte, wusste sie. Aber *er* konnte sie nicht hören.

Sie suchte die Wände neben der metallenen Lifttür verzweifelt nach einer Art von Gegensprechanlage ab, wurde fündig und verdrehte die Augen. »Ja, klar.« Jake hatte die Sprechanlage natürlich mit diesem Hightechschnickschnack gesichert, der Handlinien las. *Ihr* würde das Ding nichts nutzen. Sie konnte ihn nicht wissen lassen, dass er drauf und dran war, in drei von den bösen Jungs hineinzulaufen. Das Mondlicht schnitt die Hütte in eine helle und eine dunkle Hälfte, was die Infrarotkameras durcheinander brachte und es Marnie erschwerte, etwas zu erkennen. Die Männer waren nur noch verschwommene, rote Schatten mit erstaunlicherweise scharf gezeichneten Waffen. Aber vielleicht spielte ihr ihre Fantasie einen Streich.

Einer sagte irgendwas und die anderen beiden reagierten sofort. Marnie hörte die Worte klar und deutlich – und verstand kein einziges. Sie runzelte die Stirn.

Ohnmächtig musste sie zusehen, wie einer der Männer quer durch die Hütte zur Küchentheke lief.

»Nein, nein, da musst du jetzt nicht nachsehen – verdammt.«

Er nahm den Skizzenblock in die Hand, der immer noch auf der Theke lehnte und voller Skizzen von Jake war. Marnie sank das Herz in die Boxershorts.

Es war immerhin *möglich*, dass sie nicht sicher gewesen waren, ob Jake überhaupt hier war. Ein Blick auf den Skizzenblock, und sie wussten es. Es sei denn, sie erkannten ihn nicht, so freundlich wie Jake Dolan auf den Zeichnungen aussah. Der Kerl sagte irgendwas und zeigte auf eine der Seiten.

Die Antwort kam im gleichen unverständlichen Idiom. Latein schien nicht die Basis zu sein, eher –

Aber Jake hatte jetzt andere Probleme. Marnie schlug das Herz bis zum Hals. So wie es aussah, konnte sie die Konfrontation nicht verhindern.

Sie schaute wieder in die andere Richtung. Jake hatte sich noch nicht von der Stelle gerührt. »Gut, bleib einfach, wo du bist«, drängte sie mit trockenem Mund und wartete darauf, dass oben die Aufzugtür aufging und er in die Falle lief. Mitten in die unausweichliche Konfrontation.

In der Hütte klingelte ein Telefon. *Ihr* Telefon.

Marnie starrte wie gelähmt auf den Monitor. »Verflucht, das ist Papa.«

Einer der Männer nahm das Handy von der Ecke der Küchentheke, wo Marnie es hatte liegen lassen.

»Nein, nein, nein.«

Das Telefon läutete weiter, während die Männer konferierten. Der Klingelton kreischte wie Fingernägel, die über eine Schiefertafel kratzten. Marnie konnte jetzt nicht wegschauen und hatte keine Ahnung, wie Jake auf die neue Lage reagierte.

Das Handy war mit einem Mal stumm.

Der Mann reichte das Telefon an die anderen weiter, und die setzten die Durchsuchung der Hütte fort.

Im Lift starrte Jake direkt in die Kamera.

»Fahr wieder runter, bitte.« Marnie stand dicht vor der glänzenden Lifttür in Jake Dolans Hightechkeller. Als ob allein ihr Wille den Aufzug öffnen und ihn in den Bunker zurückholen konnte, wo sie auf ihn wartete und praktisch schon Fingernägel biss.

Marnies Blick wanderte von einem Schirm zum anderen. Der eine zeigte die Männer, wie sie sich systematisch durch Schränke und Schubladen arbeiteten.

Der andere Jake, versteinert wie eine Statue.

Marnie schüttelte den Kopf. Jake hätte nie riskiert, in der Falle zu sitzen. Irgendwo in dieser Aufzugschachtel musste eine Alarmanlage sein.

»Da *muss* einfach eine sein«, murmelte sie grimmig und wandte sich wieder der Hütte zu.

»He!«, schrie sie den Monitor an, als einer der Männer den Rucksack fand und ihre Sachen inspizierte. »Das tut man nicht, die Handtasche einer Dame durchwühlen!«

Er zerrte etwas aus der Seitentasche des Rucksacks und zeigte seinem Kumpel die kleine, braune, handbeschriftete Plastikflasche mit den verschreibungspflichtigen Tabletten.

Marnie blieb fast das Herz stehen, und jede Farbe wich ihr aus dem Gesicht. »Verdammt noch mal, das wirst du nicht tun.«

Nach kurzer Beratung ließ er die Flasche in seiner Hosentasche verschwinden.

Marnie machte die Augen zu und stöhnte.

Dass sie Tabletten nehmen musste, war schlimm genug, aber jetzt wussten diese Männer auch noch, dass Marnie Christine Wright hier war.

Jake würde sie umbringen, weil sie ihm nicht von ihrer Krankheit erzählt hatte.

»Falls ich es ihm sage, was ich aber nicht tue«, entschied sie. Es hatte ohnehin keinen Sinn, und Jake hatte genügend andere

Probleme. Es reichte, wenn sich einer von ihnen wegen der Tabletten sorgte.

Aber, oh Gott – was, wenn sie einen Anfall hatte?

Sie musste es sagen.

Sie *musste*. Sie hatte keine Wahl.

Jake saß weiter unbeweglich in der schicken, silbernen Schachtel, die Männer waren immer noch mit Rucksack und Skizzenblock beschäftigt, und Marnie holte sich die Rosinencookies.

Kekse oder Panik, sie hatte die Wahl.

Auf einmal war ihr jeder Herzschlag bewusst wie schon lange nicht mehr. »Ver-dammt, ver-dammt, ver-dammt.«

Sie schob jeden Gedanken an den bevorstehenden Untergang beiseite, nahm die halb leere Schachtel und kauerte sich auf die Bettkante.

Sie fühlte sich wie beim Baseball. Wenn man die Heimmannschaft nicht anfeuerte, verlor sie unausweichlich. Egal wie erschöpft sie war, sie musste sich konzentrieren, falls Jake sie brauchte.

Die Zeit schlich. Es erschien ihr wie eine Ewigkeit, aber es war nur vier Cookies später, dass die Männer die Hütte verließen. Marnie beobachtete sie von Monitor zu Monitor, bis sie zwischen den Bäumen verschwunden waren.

»Okay, Jake. Sie sind weg. Sei vorsichtig und *bitte* mach schnell. Ich habe hier schon mächtig Herzflattern.«

Einen Keks später kam Jake durch die Tür der Speisekammer.

Kein Wunder, dass ihr die Regalbretter so schmal vorgekommen waren.

Er bewegte sich lautlos durch den Schatten zum Fenster. Draußen war anscheinend alles ruhig. Er ging zur Theke und blätterte schnell den Skizzenblock durch. Dann schaute er direkt in eine der Kameras und zog eine Braue hoch. Marnie wusste, dass er sie nicht sehen konnte, und winkte kurz.

Jake bewegte sich unauffällig quer durch den Raum und überprüfte, genau wie die Typen gerade eben, ihren Rucksack. Er hinterließ alles genau so, wie er es vorgefunden hatte. Marnie seufzte und biss in einen Keks.

Der Rucksack nützte ihr jetzt sowieso nichts mehr.

Dass Jake alles so lassen würde, wie die Männer es vorgefunden hatten, hätte ihr klar sein müssen, seit die Männer die Hütte inspiziert hatten. Sie sollten nicht wissen, dass er zurückgekehrt war.

Marnie kämpfte einen Anflug von Panik nieder.

Es würde ihr auch ohne ihre Medizin gut gehen.

Einfach gut.

Es hatte keinen Sinn, sich in Angstzustände zu verstricken, wenn sie ohnehin nichts tun konnte.

Sie schaute nach Duchess, die sich immer noch, rotschimmernd und geduckt, draußen im Unterholz versteckt hielt.

»Nun mach schon, Großer, sie wartet auf dein Okay.«

Jakes breiter Rücken kam in Sicht, und die Eingangstür knackte. Er pfiff leise. Marnie stellte sich vor, wie Duchess die Ohren spitzte, und schaute nach. Ja!

Wieder ein leiser Pfiff.

Duchess kroch vorsichtig aus ihrem Versteck, verwandelte sich in ein rasendes rotes Gespenst, schoss über die Lichtung, als sei der Teufel hinter ihr her, und nahm den umgestürzten Baum in einem langen, eleganten Satz.

Jake machte die Tür ein bisschen weiter auf. Duchess stürzte in die Hütte und die Tür ging wieder zu.

Marnie boxte mit der Faust in die Luft. »Ja!«

Und Duchess war glücklich. Ihre Krallen klapperten wie verrückt. Sie tobte mit hängender Zunge um Jake herum und erklärte ihm in Hundesprache, wie dankbar sie ihm für die Rettung war. Die beiden zu hören und nicht dabei sein zu können, war ziemlich frustrierend.

Marnie hätte nur zu gern Jakes Gesichtsausdruck gesehen, ob all dieser überschäumenden, tierischen Gunstbeweise.

Dann erregte eine Bewegung auf einem der anderen Monitore ihre Aufmerksamkeit. Sie drehte sich um und sah sich die rote Gestalt genauer an.

Marnie gefror das Lächeln. »Nein, nein, nein, nein, *nein*!«

Einer der Killer stand halb verdeckt an der Ecke der Hütte. »Seit wann bist *du* denn hier, du Ratte?«

Hatte er Duchess gesehen? Hatte er gesehen, wie Jake die Tür aufgemacht hatte?

Das Herz sank ihr in die Magengrube und blieb auch da.

Jake lief im trüben Mondlicht in der Hütte umher. Was um Himmels willen machte er denn jetzt?

Draußen stahl sich der Mann an der Wand entlang. Marnie konnte jeden Zoll der Vorderfront auf einem der Monitore sehen. Sie sah, wie er zwei Armlängen vom Fenster entfernt stehen blieb und realisierte, dass sie die Luft anhielt. Sie atmete zittrig aus und beugte sich vor.

In der Hütte hatte Jake Duchess zur Warnung die Hand auf den Kopf gelegt. Draußen tat der Typ mit dem Rücken zur Wand einen Schritt Richtung Fenster. Die erhobene Rechte hielt etwas, das eine Waffe sein musste.

»Machschonmachschonmachschon.«

Jake bückte sich und hielt, als er wieder aufstand, einen hundertfünf Pfund schweren Hund auf den Armen. Er bewegte sich langsam und würdevoll, als sei es fürs Ballett choreografiert, samt Hund zum hinteren Ende der Hütte.

Er hatte den Kerl gehört. »Stimmt doch, Jake? Du weißt, dass er da draußen ist, oder?«

Eine Diele knarrte unter seinen Stiefeln.

Marnie biss sich auf die Unterlippe und erstarrte.

Der Kerl verlagerte sein Gewicht, ging aber nicht weiter.

Drinnen verschwand die geballte Ladung Herr und Hund im Badezimmer und machte hinter sich die Tür zu.

Der Mann tat die letzten beiden Schritte und schaute durchs Fenster der Hütte. Marnie sah in einem Monitor seine Hinteransicht, in einem anderen von vorne Gesicht und Brust. Er war, genau wie die anderen, völlig vermummt.

Jake und Duchess saßen im Badezimmer fest.

»Uhh, Jake.« Marnie schüttelte den Kopf. »Was machst du denn bloß?«

Dass er auf einmal im Aufzug auftauchte, war fast schon langweilig. Cleverer Jake – Geheimtüren in Hülle und Fülle.

Sekunden später ging im Bunker die Lifttür auf. Duchess düste als Erste heraus. Marnie sprang von der Bettkante auf. »Hallo, schönes Mädchen«, schäkerte sie erleichtert mit der Dogge, schaute aber den Mann an.

Duchess sprang an ihr hoch und rammte ihr die Vorderpfoten an die Brust. Marnie wäre umgefallen, hätte sie nicht damit gerechnet. Die Dogge leckte ihr kreuz und quer durchs Gesicht, jaulte und wedelte mit dem Schwanz. Dann ließ sie von Marnie ab und stürzte sich auf ihren Helden.

Jake sah unverwandt Marnie an und gebot den Hundemätzchen mit einer Handbewegung Einhalt. Duchess drehte sich fröhlich zu ihrem Frauchen um und ging dann schnüffelnd auf Expedition.

Marnie ließ Jake nicht aus den Augen, ging zu ihm hin und schlug ihm die Faust in den Solarplexus. Nicht hart genug, um wirklich zu schmerzen, aber fest genug für einen Überraschungseffekt.

»Sie – *Blödmann*, Sie! Ich habe mich fast zu Tode geängstigt! Drei, *drei*, von diesen grässlichen Typen waren mitten in der Hütte und haben nur darauf gewartet, Sie – Ihnen *was auch immer* anzutun. Dann ist, kaum dass die drei zwischen den Bäumen verschwunden waren, noch einer aufgetaucht – direkt vor der Hütte. Wenn er ein bisschen schneller gewesen wäre, hätte er Sie gesehen. Und wenn er Sie gesehen hätte, dann hätte er Sie erschossen. Ich habe das Gewehr gesehen! Und ich saß hier unten fest und konnte Sie nicht warnen.«

»Holen Sie erst mal Luft.«

Marnie schlug noch einmal zu und ließ die geballte Faust auf seiner Brust liegen. »Sie müssen mir eine Möglichkeit geben, Sie zu warnen. Verdammt noch mal, Jake, Sie hätten umgebracht oder verletzt oder sonst was werden können.«

»Da boxen Sie dann doch lieber selber?«

Marnie machte die Faust auf und fühlte seinen gleichmäßigen Herzschlag mit ihrer Handfläche. »Genau. Und Sie können froh sein, dass ich es dabei belassen habe. Tun Sie mir so was nie mehr an.«

»Sonst?«, fragte Jake, ging ein paar Schritte und drängte sie an die Bettkante.

Marnie sah ihn verständnislos an. »Ach, ich soll die Sonstfrage beantworten, oder?«

»Das würde die Frage effektiver machen, ja.« Seine Mundwinkel zuckten.

Ihr Adrenalinspiegel hatte sich mittlerweile normalisiert, und sie ließ den Kopf auf seine Brust sinken. Er erstarrte zwar nicht gänzlich, doch er hielt sich sehr ruhig. Was war nur mit diesem Mann los? Was hatte ihn so herrisch werden lassen?

»Nur so aus Neugier«, sagte er über ihren Hinterkopf weg, »was wäre denn so entsetzlich daran, wenn sie mich erwischen würden?«

Marnie kniff die Augen zu, schlang die Arme unter der feuchten Jacke um ihn und drückte ihm die Wange auf die Brust. *Oh Jake.* »Ich habe doch gesagt, ich kann kein Blut sehen.«

»Sie müssen einfach quasseln, wenn Sie Angst haben, oder?«

Sie hätte schwören können, dass seine Lippen ihr Haar berührten. Sie schluckte den Frosch im Hals runter. »Sogar Superman, der Mann aus Stahl, ist verwundbar, wenn die bösen Jungs Kryptonit dabeihaben.«

»Im Aufzug gibt es ein stummes Alarmsystem«, sagte er. »Ich wusste, dass sie in der Hütte waren.«

Er legte die Wange an ihre Schläfe und schob ihr den linken Arm um die Taille. Ihre Waden drückten sich ans Bett. Sie brauchte sich nur ein bisschen nach hinten zu lehnen –

»Wenn sie mich erwischt hätten, wären Sie nie mehr aus dem Bunker rausgekommen. Haben Sie daran gedacht?«

»Nein, habe ich nicht. Ich habe mich um *Sie* gesorgt. Ich hätte fast nervöse Zuckungen bekommen.« Sie legte ihr Gesicht in seine Halsgrube. Er roch nach frischer Luft, nach Pinien, Schnee und Mann. Lebendig, aber nicht unzerstörbar. *Oh, Gott, was, wenn –*

»So funktioniert das also«, sagte er mit rauer Stimme. »Die Tränen in den Augen, die bebende Stimme –« Er küsste sie auf einen Augenwinkel.

Die kräftige, raue Hand streichelte ihren Hals. Marnie zitterte. Von ihrer Mitte aus ergriff die Lust in konzentrischen Kreisen ihren Körper.

»Ist das der Moment, in dem ich zu glauben beginne, dass Ihnen wirklich etwas an mir liegt?«, flüsterte er dicht neben ihr.

»Ist das der Moment, in dem wir unsere Sachen ausziehen und Sie mir zeigen, wie verrückt Sie nach mir sind?« Jake küsste sich quälend langsam zu ihrem Mund voran. Marnie drehte den Kopf und fing seine Lippen mit den ihren ein.

Einen halben Herzschlag lang versank er in ihrem Kuss. Dann wandte er sich abrupt ab und betrachtete sie mit so viel kalter Distanz, dass ihr vor Scham das Herz bis zum Hals klopfte.

»So funktioniert das also bei Ihnen, Miss Wright.« Seine Stimme war so hartherzig wie sein Blick.

Sie hatte ihm zuvor gar nicht richtig zugehört und nur seinen Tonfall wahrgenommen und der hatte nach Liebesgeflüster geklungen. *Idiotin.* Sie schüttelte den Kopf – über sich selbst, nicht über ihn – und schlängelte sich an ihm vorbei.

»Meinen Sie mich?«, fragte sie erschöpft. »Oder die Frau, die Sie betrogen hat und Ihnen an die Kehle gegangen ist?« Sie breitete die Arme aus. »Schauen Sie genau hin, Jake. Sie und ich sind *nicht* ein und dieselbe Person. Es ist allein Ihr Problem, wenn Sie ständig Äpfel und Birnen vergleichen.«

»Alles Obst für mich.«

»Okay, Jake. Gehen Sie wieder raus, oder bleiben Sie hier?«

»Warum? Haben Sie etwas Bestimmtes vor?«

»Ich dachte, Sie hätten gern etwas Heißes zu trinken, falls Sie wieder rauf müssen.«

Jake ging zur Monitorwand und setzte sich auf den Stuhl vor der Konsole. Duchess schaute von einem zum anderen, als könne sie sich nicht entscheiden. Marnie schickte sie mit einer Handbewegung zu Jake. Er war derjenige, der Zuwendung brauchte. Wenn er sie von ihr nicht annahm, dann vielleicht von Duchess. Duchess trottete hinüber und legte ihren Kopf auf seinen Oberschenkel, während er die Kameras justierte. Er kraulte ihr geistesabwesend die Ohren und studierte die Bildschirme.

Marnie lächelte und ging zur Küchenzeile, um frischen Kaffee zu machen. »Wo schlafen die wohl?«

Jake schaute sie mit grimmigem Zug um den Mund an. »Wer? Die bösen Jungs? Wer sind sie? Die Heilsarmee? Das Wetter macht denen nichts aus. Diese Anzüge halten einen trocken und warm.«

»Mir ist ganz egal, ob sie sich allesamt ihre Hintern abfrieren«, teilte sie ihm mit und schnitt für Duchess dicke Scheiben Roastbeef ab, die sie auf einen Teller legte und auf den Boden stellte. Dann säbelte sie sich selber eine Scheibe ab, biss hinein und lehnte sich an die Küchentheke.

Duchess schlang ihren Festschmaus hinunter und verdrückte sich in Anbetracht der gespannten Stimmung wieder auf den Perserteppich. Sie legte den Kopf auf die Pfoten und behielt die Lage im Auge.

Marnie brachte Jake einen Becher Kaffee. »Ich dachte nur, falls sie in der Hütte Unterschlupf suchen, könnten Sie sie in einem Aufwasch erledigen.«

Sein Lachen knarrte rostig. »Ja, genau. Gehen Sie doch hinauf, und bitten Sie die Herren auf einen Kaffee herein.«

Verdreht wie all ihre Einfälle, aber gar nicht so schlecht. Denn von hier unten ließ sich die Hütte praktisch hermetisch abriegeln.

Irgendwas bewegte sich bei Kamera 7. Jake zoomte das Bild, sah aber nur den Wind durch die Bäume fahren. Er zoomte wieder zurück. Sie war nah bei ihm. Viel zu nah. Wie schaffte sie es nur, nach Frühlingsblumen zu duften.

Er kippte den Kaffee hinunter und genoss das Brennen in der Kehle.

Marnie hockte auf der Arbeitsplatte neben der Kontrollkonsole, ließ die nackten Beine baumeln und schaute ihn an.

»Sie wissen, wer diese Männer sind, nicht wahr?«

»Die Anzüge waren aufschlussreich, aber als ich sie gehört habe, war alles klar. Wir lernen diese Sprache bei T-FLAC. Sie ist kompliziert und schwer zu decodieren. Aber im Einsatz sehr brauchbar, falls die Gefahr besteht, gehört zu werden. Ich habe genug mitbekommen, um zu wissen, dass sie hinter mir her sind.«

Marnie legte ihm die Hand auf den Arm. Die Berührung durchzuckte seine Muskeln wie ein elektrischer Schlag.

»Es tut mit so Leid, Jake.«

Er zog den Arm weg, aber das Kribbeln blieb. »Es macht verdammt noch mal keinen Unterschied, welche Seite mich am Ende erwischt. Tot ist tot.«

»Trotzdem muss es wehtun, wenn Menschen, denen man vertraut hat, einen verletzen wollen.«

»Die versuchen nicht, mich zu verletzen. Die wollen mich *töten*. Und seit Lurch, Skully und Brit tot sind, habe ich ohnehin keinem mehr vertraut. Für mich macht es keinen Unterschied, wer zur Hölle die sind.«

Marnie sprang von der Tischkante herunter und stellte sich hinter ihn. Jake erstarrte, als sie ihm von hinten die Arme um den Hals legte und ihr Kinn auf seinen Scheitel stützte.

Was hatte diese Frau bloß? Sie liebte es einfach, ihn anzufassen. Er saß kerzengerade und war bereit, sich ihr zu entziehen. Aber was sollte es, es fühlte sich ganz in Ordnung an, so wie sie anfasste. Solange es nur Sekunden waren. Er mochte es eben nicht, war es nicht gewohnt, geknuddelt zu werden. Er war nicht der warme, kuschelige Typ. War es nie gewesen.

Nein.

Er konnte sie nicht mögen. Und würde es auch nicht.

Jake kniff die Augen zu und fühlte sich in ihren schlanken, kräftigen Armen wie unter einer Kaschmirdecke in einer kalten Winternacht. Sie war der Frühlingsregen auf ausgedörrte Wiesen, der Balsam auf offene Wunden.

Judas Priest.

Mit Lust konnte er umgehen. Lust ließ sich kontrollieren.

Es war die Zärtlichkeit, mit der er nicht klarkam.

Sex mit ihr zu haben war keine Option. Sie neigte dazu, Dinge durcheinander zu bringen. Machte Logisches unlogisch. Ließ das, was er für richtig hielt, falsch erscheinen. Machte aus Sinn blanken Unsinn.

Alles, was er brauchte, war Schlaf, versicherte er sich, doch schüttelte sie deshalb noch lange nicht ab. Morgen würde er sie über dem Fluss haben. Und wenn er sie *hinüberwerfen* musste. Er würde sie in Sicherheit bringen. Bis dahin brauchte er nur etwas Abstand zu halten.

Er entwirrte sachte ihre Arme. Ein Schauer, wie er ihn nie zuvor gefühlt hatte, überkam ihn. Er beachtete ihn nicht weiter und korrigierte von der Konsole aus den Winkel einer Kamera.

»Nur für den Fall, dass die Typen Erfolg haben – Ich zeige Ihnen, wie Sie im Notfall hier rauskommen.«

Er las mit einem Spezialscanner Marnies Handabdrücke, ihre Netzhaut und ihre Stimme ein. Als geübter Tiefseetaucher war er glücklicherweise in der Lage, lange Zeit die Luft anzuhalten. Was im Augenblick die einzige Möglichkeit war, ihrem Duft zu entkommen.

Er erklärte ihr, wann und wie sie den Bunker verlassen konnte, und tat alles, was in seiner Macht stand, ihr nicht zu nahe zu kommen.

Seltsam, dass sie nicht durchgedreht war, weil sie ohne ihn hier unten festgesessen wäre. Was war das für eine Frau, die sich mehr um ihren Hund als um sich selbst sorgte?

»Ruhen Sie sich aus. Ich muss oben noch ein paar geschäftliche Angelegenheiten erledigen.«

»Ich falle sowieso demnächst ins Koma«, versicherte sie von einem kieferverrenkenden Gähnen begleitet, das sie wie ein müdes Kätzchen aussehen ließ. »Und Sie?«

»Ich ruhe mich aus, während die Jungs morgen nach mir suchen.«

»Jake?« Sie lief ihm zum Lift nach.

Er drehte sich halb um. »Was ist denn jetzt schon wieder?«

Sie ließ sich von seinem ärgerlichen Tonfall nicht irritieren und kam auf ihn zu. Sie stellte sich auf Zehenspitzen und zupfte an seinem Kragen herum. »Danke, dass Sie Duchess heimgebracht haben.«

»Von *Daheim* kann keine Rede sein«, informierte er sie in einem Tonfall, der jeden einigermaßen vernünftigen Terroristen in die Flucht geschlagen hätte.

Sie schaute ihn ernst an. »Ich möchte einen Abschiedskuss.«

»Sie geben wohl nie auf.«

Sie hatte schöne Augen. Hypnotische Augen, deren Leidenschaft und Klarheit ihn faszinierte. Er versuchte sich aus ihrem Bann zu lösen und seinen Blick von dieser bezaubernden Erscheinung zu reißen.

Doch dann gerieten seine Arme irgendwie um ihre schlanke Taille. Sie legte ihm die Arme um den Hals. Ihre Lippen berührten seine.

Sacht.

Sanft.

Süß.

Tief in seinem Inneren wurde aus der Glut der letzten Tage und Stunden ein Inferno.

Wahnsinn oder Hexerei? Es scherte ihn nicht länger. Er seufzte in Agonie, presste ihr die Lippen auf den Mund und ließ sie seine Zunge fühlen.

Judas Priest. Die Frau machte Gefangene.

Nur eine Sekunde noch, schwor er sich, und dann nichts wie weg.

Noch einmal ihre Lippen lecken. Noch einmal an ihr knabbern.

Ganze zwei Minuten später riss er sich aus ihrer Umarmung. Jetzt aber schnell.

»Licht. Aus. Fünfundneunzig Prozent.« Er hörte sich lächerlich heiser an.

Er betrat den Lift, drehte sich um und sah sie reglos im Dämmerlicht stehen.

»Passen Sie auf sich auf«, sagte sie leise.

Die Tür ging zu.

Jake machte die Augen zu, lehnte sich vor und schlug seinen Kopf *heftig* gegen die Metallwand.

Als er Stunden später zurückkam, hing Marnie, mit der schnarchenden Duchess zu ihren Füßen, über der Computertastatur.

»Was zur Hölle machen Sie da?«, blaffte er sie an. Gesicht

und Hände prickelten vor Wärme. Sie hatte die Heizung hochgedreht.

»Temperatur. Vierundsechzig Fahrenheit«, sagte er knapp.

Vollidiot. Er hatte ihr die Schlüssel zu seiner Festung schließlich selbst gegeben. Also brauchte es ihn nicht zu wundern, wenn sie sie benutzte.

Die Dogge machte die Augen auf, grinste ihr Hundegrinsen, ließ das Kinn wieder auf die Pfoten sinken und schnarchte zufrieden weiter.

»Das sollte ›hallo‹ heißen«, übersetzte Marnie unnötigerweise, ohne den Monitor aus den Augen zu lassen. »Ich habe Gemüsesuppe gemacht. Steht auf dem Herd. Und Brot«, murmelte sie, ohne aufzublicken.

»Sie haben ihre Spuren gut verwischt. Ich laufe hier ständig in irgendwelche Sackgassen. Aber ich muss noch eine – letzte – Sache versuchen.« Ihre Finger klapperten über die Tastatur.

Der pikante Duft der Suppe ließ ihm das Wasser im Mund zusammenlaufen. Und Marnies Anblick ließ ihm fast das Herz stehen bleiben.

Sie hatte die Heizung hochgedreht und – weil es ihr wohl zu warm wurde – das Sweatshirt gegen das alte, ärmellose T-Shirt getauscht, das er immer zum Laufen trug. Weich vom ständigen Waschen hing es an ihrem schlanken Körper hinunter, betonte ihre Kurven und ließ die Haut wie Seide erscheinen. Zusammen mit den blauen Boxershorts eine atemberaubende Aufmachung.

Sie hatte die Regeln der freien Wirtschaft verstanden. *Solang es funktioniert, ist alles erlaubt.*

Sie fuhr sich mit den Fingern durch die Haare, die zu weichen, honigfarbenen Locken getrocknet waren. Er brauchte nur einen Schritt zu machen, um sie anfassen zu können. Er blieb, wo er war.

Marnie hatte keinen Sinn für den Eindruck, den sie auf ihn machte, und konzentrierte sich wieder auf den Computer. »Ich habe ein Datensuchprogramm mit Ihren Verschlüsselungsalgorithmen kodiert, um festzustellen, ob ich eine Rückmeldung vom Satelliten bekomme. Vielleicht sind die bösen Buben ja durch die Hintertür gekommen.« Ihre Finger flogen über die Tastatur. »Jetzt noch die Satellitenkoordinaten – okay. Mal sehen, was passiert.« Sie drückte noch eine Taste, dann lehnte sie sich zurück und verschränkte die Arme vor der Brust.

Sie drehte sich über die Schulter um und zwinkerte ihn mit blauen Augen an. »Wie war es in der Arbeit, Schatz?«

Jake schnaubte.

Mit einer Geschwindigkeit, der das Auge kaum noch folgen konnte, rasten Zahlenreihen über den Bildschirm. Marnie wirbelte herum und studierte begeistert den Monitor. Sie tippte schnell ein paar Ziffern ein.

Jake stellte sich hinter sie.

»Verdammt.« Sie biss sich auf die Unterlippe.

»Was ist?«

»Nichts. Nicht das Geringste.« Sie wischte sich eine Locke aus der Stirn und schaut griesgrämig drein. »Ich weiß einfach nicht, wie sie es angestellt haben. Aber ein Cracker war es jedenfalls nicht. Ich habe alle offiziellen Tricks ausprobiert und ein paar inoffizielle. Und habe nur Trallala gefunden. Vielleicht sollte ich meinen Vater anrufen –«

»Nichts da. Keine Anrufe«, sagte Jake. »Es spielt auch keine Rolle. Außerdem habe ich Ihnen gesagt, dass ich Ihre Hilfe nicht brauche. Wir haben halb zwei Uhr nachts, und Sie sind seit sechs Uhr morgens auf den Beinen. Warum schlafen Sie nicht längst?«

»Ist ja nicht so, dass ich morgen früh aufstehen müsste«, sagte sie trocken und warf noch einen letzten Blick auf den Monitor. »Dank des Kaffees und der Kekse habe ich den toten Punkt überwunden. Abgesehen davon, wollte ich auf Sie warten.«

Jake zog seinen Parka aus und warf ihn auf die Seemannskiste. Er ging zum Herd und rührte mit einem Löffel in der Suppe herum. »Weshalb?«

»Weil ich wissen wollte, ob Sie noch an einem Stück sind.«

»Bin ich.«

Die Suppe war reich an Gemüse und duftete nach vielerlei Gewürzen. Er schnappte sich einen Kaffeebecher und nahm sich eine Portion. »Gehen Sie ins Bett.«

Sie fuhr den Computer herunter und drehte sich auf dem Drehstuhl zu ihm herum. Ihre nackten, hellhäutigen Beine wirkten zerbrechlich. »Sie haben Schlaf noch viel nötiger als ich.« Jake machte die Augen zu und erinnerte sich eines lang vergessenen Nachtgebets. »Sie sind nicht meine Mutter. Schlafen Sie, oder schlafen Sie meinetwegen nicht, ist mir völlig egal. Aber falls doch, lassen Sie mir etwas Platz.«

»Sie sind nur verärgert, weil ich Sie geküsst habe und es Ihnen gefallen hat.«

Jake entdeckte die warmen Vollkornbrötchen, die vor Butter trieften. Er trank etwas Suppe. »Küsse gibt's für zehn Cent im Dutzend. Die Ihren waren in Ordnung, aber nichts Besonderes. Ich hatte Sie gewarnt. Ich bin immun.«

Sie wand sich vom Stuhl herunter und kam wie eine Scharfschützin, die ihr Opfer ins Visier nimmt, auf ihn zu.

»Und wenn Sie der König der Spione sind, Jake Dolan, ein

großer Lügner sind Sie trotzdem. Sie begehren mich doch. Sie begehren mich unglaublich. Sie sind ganz einfach *emotionsunabhörbar.*« Jake stellte widerstrebend den Becher ab und legte das Brötchen weg. Nur für den Fall, dass er sich verteidigen musste.

»Nicht vom Thema abkommen.«

»Ich hatte die Wahl, Sie zu küssen oder umzubringen.« Er lehnte sich an die Küchentheke. »Ich hoffe, ich habe mich nicht falsch entschieden.«

Marnie kicherte.

Jake machte die Augen zu. *Oh Mann. Das war einfach nicht fair.*

»Haben Sie denn kein bisschen Verstand, Lady. Den meisten Menschen jage ich Angst ein.«

Marnie bemühte sich, ein ernstes Gesicht zu machen, und musste ihr Lächeln am Ende durch einen Biss auf die Unterlippe kaschieren. »Das glaube ich Ihnen gern.«

»Sind Sie so zu Ihren beiden Verlobten gekommen, Marnie? Nerven, bis sie nachgeben?«

»Wenn Sie irgendetwas über meine Verflossenen wissen wollen, brauchen Sie nur zu fragen«, sagte sie leise und blieb ein Stück entfernt stehen.

Jake griff zu seinem Suppenbecher und nahm einen Schluck. Gute Suppe. Sie konnte kochen. *Verflucht.* Aber wen störte das schon. »Und wenn Sie die bevorzugte Gespielin des Sultans von Brunei wären. Merken Sie sich das endlich: Sie sind eine Gefangene. Meine Gefangene. Und je eher ich Sie über den Fluss kriege, desto besser.«

»Auch wenn Winkie mich hier behalten will?«

»Wer zum Teufel ist Winkie?«

Die Antwort war ein Blick auf seinen Schritt.

»Mein Gott«, fauchte Jake. »Haben Sie so etwas wie Todessehnsucht? Gehen Sie ins Bett, ziehen Sie sich die Decke über den Kopf, und schlafen Sie, bevor ich noch etwas tue, das wir beide bereuen.«

Sie ging tatsächlich.

»Licht. Aus. Hundert Prozent.«

Bis auf die Monitore mit den Infrarotbildern wurde es augenblicklich dunkel im Bunker.

Eine Sekunde später war Marnie eine reglose Beule unter der seidenen Decke, die er letztes Jahr aus China mitgebracht hatte.

Jake wünschte sich ein Verlies, um sie die nächsten paar Tage anzuketten. Er wünschte, er hätte sie in der Hütte ihrer Großmutter mit dem Baum durchs Dach gelassen. Er wünschte, er hätte sie dazu gebracht, sich vom Fluss ins Tal schwemmen zu lassen.

Doch am meisten wünschte er sich, sie wäre nicht so anziehend.

Lurch hatte ihn wegen seiner phänomenalen Willensstärke den »Mann aus Stahl« genannt. Jake fragte sich verdrießlich, ob ihn sein Kumpel wohl von einer Wolke aus beobachtete und am Ende doch zuletzt lachte.

9

Marnie schlief, wie sie alles machte, mit einhundertprozentigem Engagement. Jake erwachte nach sechs Stunden tiefen Schlafs ausgeruht und frisch.

Er hätte die Couch nehmen sollen – sie war bequem, und er

hatte sie schon gelegentlich zum Schlafen benutzt. Aber sich neben ihr unter die Decke zu schieben, hatte einen gefährlichen Reiz auf ihn ausgeübt, auch wenn er reichlich Abstand gehalten hatte. Es war eine Form des Wahnsinns, aber er hatte nicht widerstehen können. Marnie hatte die Distanz innerhalb weniger Minuten überwunden und war an seine Seite gerutscht, als gehöre sie dorthin.

Er war sofort eingeschlafen.

Dass sie irgendwann des Nachts ein Bein um seines schlang und sich das Kissen mit ihm teilte, überraschte ihn schon nicht mehr.

Er betrachtete sie missmutig.

Sie hätte ihn nicht bitten sollen, vorsichtig zu sein. Als läge ihr etwas an ihm.

Diese Navyhotpants wären ja noch erträglich gewesen. Aber dieser ungekünstelten Naivität und dem sirenenhaften, tödlichen Sexappeal, der ihm gar nicht gelegen kam, war schwer zu widerstehen.

Diese Frau hatte sich sogar einen Kosenamen für eines seiner Körperteile ausgedacht. Er bekam ja schon einen Ständer, wenn er sie nur ansah. Biologisch, alles nur Biologie. Das hieß ja nicht, dass er dem nachgeben musste.

Ausgerechnet jetzt.

Er schaute zur Monitorwand hinüber. *Bringt euch doch gegenseitig um,* dachte er, als er bei Kamera 9, ungefähr eine halbe Meile entfernt, vier Männer im grauen Morgenlicht durchs Unterholz schleichen sah.

Er konnte problemlos bleiben, wo er war, unauffindbar zwei Stockwerke unter der Erdoberfläche. Er hatte genügend Vorräte, um den kommenden Winter zu überstehen. Nach ein paar Wochen würden die Männer verschwinden, überzeugt, einer Fehlinformation aufgesessen zu sein, oder in dem Glauben, dass er in der Flutwelle ertrunken war.

Die Frau neben ihm ließ es gefährlich reizvoll erscheinen, im Bunker zu bleiben. Aber so verführerisch die Idee auch war, er würde es nicht tun.

Geduldig genug war er. Aber er musste herausfinden, wer dieses Killerkommando geschickt hatte. Es musste sich um dieselbe Person oder dieselbe Personengruppe handeln, die während der letzten paar Monate ganze Arbeit geleistet hatte, ihn bei T-FLAC als Maulwurf zu diskreditieren.

Hier unten abzuwarten, während ein paar Schurken seinen guten Ruf ruinierten und auf seinem Berg herumtrampelten, würde den Schaden nur vergrößern.

Er hatte Heimvorteil. Die Typen waren auf *seinem* Spielfeld.

Aber Grund zur Eile bestand nicht. Die Zeit arbeitete für ihn.

Marnie hatte ihn präzise durchschaut, als sie ihn wegen seiner Defensivtaktik hochgenommen und um ein Messer gebeten hatte. Wie immer fing jetzt auch die Narbe an seinem Hals wieder zu jucken an.

Natürlich war er nicht mehr so naiv, sich von einer Frau hinters Licht führen zu lassen. Auch wenn sie so unschuldig aussah wie Marnie. Trotzdem musste er zugeben, dass sie ihn reizte wie seit Jahren keine mehr. Sie war einzigartig.

Er war froh gewesen, allein zu sein und sich nur um seine eigene Haut sorgen zu müssen. Doch jetzt reizte ihn der Gedanke, mit ihr hier unten zu bleiben.

Zum Teufel, was denke ich da? Er musste sie von diesem Berg herunterschaffen und sich auf seine Angelegenheiten konzentrieren.

Er hatte sich seit Jahren um niemanden mehr sorgen müssen. Nach Soledad hatte er Geschmack daran gefunden, keine Gefühle mehr zu haben. Es machte das Leben leichter. Er hatte sich nicht die Bohne darum geschert, ob er im Stück oder im Leichensack von einem Einsatz zurückkam. Es war Jacke wie Hose.

Vor Soledad war er ein verdammt guter Kämpfer gewesen. Nach Soledad war er zu einem der gefürchtetsten Männer bei T-FLAC geworden. Immun gegen jedes Gefühl, eine todbringende Waffe.

Gut für ihn. Schlecht für die bösen Jungs.

Er war stolz darauf, ein kaltschnäuziger Bastard genannt zu werden.

Er brauchte keine Gefühle mehr. Er konnte auf all die Scherereien verzichten.

Er war mit seinem Leben zufrieden und würde alles tun, den Status quo zu erhalten.

Um einer Frau willen würde er nicht mehr aus dem Häuschen geraten. Und seit Soledad hatte ihn auch keine mehr gereizt.

Er betrachtete die Frau, die schlafend neben ihm lag.

Ihre Wimpern warfen niedliche, gefächerte Schatten auf ihre cremeweißen Wangen. Sie schlief den Schlaf der Gerechten. Die Nachtruhe hatte Farbe auf ihre Wangen gezaubert, ihre Lippen waren leicht geöffnet, sie wirkte sinnlich und gleichzeitig verletzlich. Er streckte vorsichtig die Hand aus und strich ihr eine Locke aus dem Gesicht. Er rieb die seidige Strähne zwischen den Fingern und fühlte einen Stich in der Brust. Ein seltsames, höchst ärgerliches Gefühl.

Jake musste sich abwenden, um diesen eigenartigen Hunger in den Griff zu bekommen.

Er hatte vergessen, wie es sich anfühlte, eine Frau zu begehren. Er wollte seine Lippen über ihre warmen, vollen Brüste wandern lassen. Er wollte mit Händen, Mund und Zähnen ihren Körper erkunden. Er wollte sie schmecken, ausprobieren und reizen. Er wollte, dass sie für ihn das Gleiche empfand. *Verdammt und zugenäht!*

Er fühlte sich beobachtet und schaute in die braunen, vorwurfsvollen Augen der Dogge. »Willst du raus, mein Mädchen?«, fragte er und war für die Ablenkung dankbar.

»Lieber nicht«, gähnte Marnie und blinzelte verschlafen. »Aber Duchess vermutlich.« Sie streckte sich genüsslich. »Wow, ich fühl mich wunderbar. Und Sie?«

Zur Hölle. Ja, du fühlst dich wunderbar, dachte Jake, während Marnie ihre seidigen, nackten Beine über seine streckte. Jake war plötzlich hellwach. Marnies Stimme war heiser und sexy und brachte sein ganzes Nervensystem durcheinander.

»Ich gehe mit dem Hund raus«, sagte er schnell, rührte sich aber nicht von der Stelle.

Marnie sah atemberaubend aus, mit ihren wirren Locken und den strahlenden Augen. Ihr Körper war warm vom Schlaf.

Vom Schlaf an *seiner* Seite.

»Wissen Sie, was fabelhaft wäre?«, fragte sie.

Gott, ja, ich weiß.

»Pfannkuchen.«

Pfannkuchen?

Sie war die einzige Süßspeise, die er sich vorstellen konnte. Sie, flach auf dem Rücken unter ihm, während er sich immer wieder tief in sie hineinstieß.

Sie rollte zur Seite, als hätte sie ihr Leben lang mit ihm das Bett geteilt, stützte sich auf einem Ellenbogen ab und blickte auf ihn herab. Dass ihre Beine quer über seinen lagen, dass ihre Locken ihm übers Gesicht gestreichelt hatten, dass sie ihn vor einer Woche noch nicht gekannt hatte. Es schien sie gar nicht zu interessieren.

»Ja, genau. Pfannkuchen. Mit ganz viel Ahornsirup. Oder, was meinen Sie?«

»Genau, ja. Pfannkuchen.« Er schlug die Seidendecke zurück. »Ich gehe jetzt mit dem Hund raus.« Duchess wedelte mit dem Schwanz und lief um das Bett herum.

»Oh! Sie haben tolle Beine.«

Jake zog gerade die Jeans über die Boxershorts hoch und erstarrte auf halbem Weg. Er fühlte seine Ohren rot werden und warf über die Schulter einen Blick auf Marnie. »Ich habe *was*?«

Marnie stützte sich auf beiden Ellenbogen ab – was ihre Brüste unter dem ärmellosen T-Shirt schön zur Geltung brachte. »Tolle Beine. Hat Ihnen das noch niemand gesagt?«

Sie hatten ihn einen Hundesohn geschimpft. Sie hatten ihn herzlos genannt. Sie hatten ihn als brutal bezeichnet. Aber niemand hatte jemals seine Beine erwähnt. »Nein.«

Duchess stupste ihn alles andere als sanft mit dem Kopf an. Er riss den Blick los von dem verlockenden Obsttörtchen in seinem Bett und wandte sich diesem Pferd von einem Hund zu. »Diesmal komme ich zurück.«

»Kann ich mitkommen?«

»Nein.«

Marnie ließ sich auf den Rücken fallen. »Diesmal bleibe ich hier.«

»Erzählen Sie mir von den Kerlen, mit denen Sie verlobt waren.«

»Wissen Sie was, Sie brauchen eine Spülmaschine«, grummelte Marnie und wusch die paar Teller vom Frühstück ab.

»Ich hab doch eine. Sie.« Jake verschränkte die Arme hinter dem Kopf und streckte sich auf der Couch aus. Er war barfuß, trug Jeans und ein schwarz-rot kariertes Holzfällerhemd. Während er mit Duchess draußen war, hatte Marnie sich frische Boxershorts und eines seiner Flanellhemden unter den Nagel gerissen. Sie fühlte Jakes heißen Blick auf ihren nackten Beinen.

»Ihre Verlobten?«

Sie nahm einen Teller, tauchte ihn umständlich ein und fuhrwerkte mit dem Spültuch herum.

Sie hätte darauf gewettet, dass Jake die Nacht auf der Couch verbringen würde. Stattdessen war sie mitten in der Nacht aufgewacht und hatte ihre Nasenspitze an seiner Brust, seine Finger in ihrem Haar und seine Beine in ihre verknotet gefunden.

Zu dumm, dass sie nicht richtig aufgewacht, sondern sofort wieder in Tiefschlaf gefallen war. Sie wäre gern in seinen Armen gelegen. Aber was brachte die Horizontale, wenn sie beide nichts davon mitbekamen? Sie fragte sich, wie er wohl reagieren würde, wenn sie sich zu ihm auf die Couch legte, und konnte sich kaum das Lachen verkneifen.

Das Problem war nur, dass er sie langsam richtig verrückt machte, und wenn das passierte, war sie erfahrungsgemäß bald in Schwierigkeiten. Dazu noch die fatale Anziehung, die er auf sie ausübte – und sie war, genau betrachtet, längst in großen, *großen* Schwierigkeiten.

Man musste seine Selbstbeherrschung einfach bewundern.

Was faszinierte sie nur so an diesem Mann? Dass er sie erklärtermaßen nicht begehrte?

Sie hatte diese Möglichkeit die letzten vierundzwanzig

Stunden ernsthaft erwogen. Sie gestand sich ehrlicherweise ein, dass das eine Rolle spielte. Aber nicht die größte.

In Anbetracht der Umstände schien es nur normal, dass er sie faszinierte und neugierig machte. Aber das war nicht alles.

Sie mochte seine Art, sich zu bewegen, elegant für einen Mann seiner Größe. Er agierte mit größtmöglicher Effizienz und Sicherheit. Er lehnte jede Hilfe ab und schien es gewohnt, allein zurechtzukommen.

Der Schatten in seinem Blick erinnerte Marnie an eine Dokumentation, die sie vor langer Zeit gesehen hatte. Ein Jaguar war mit seiner Pranke in die grausamen Metallzähne einer Falle geraten. Die gelben Augen ahnten den nahenden Tod. Und doch hatte die Großkatze ihrem Retter fast die Kehle herausgerissen, bevor eine Betäubungsspritze den Glanz ihrer Augen verwischte.

Marnie hatte den Blick des Jaguars nie vergessen können.

Jake hatte denselben Blick: hintergangen und betrogen. Ein Mann, der nur schwer Zutrauen fasste, wenn überhaupt.

Sie mochte es, wie er große Töne spuckte und in seinen Berührungen doch sanft war. Sie mochte, wie er ihr auf der Flucht durch die Schlucht Deckung gegeben hatte und wie er sich um Duchess kümmerte. Sie mochte die Lachfalten an seinen Augenwinkeln, die den harten Zug um seinen Mund Lügen straften.

Sie mochte, wie er mit sich selbst kämpfte.

Es machte sie selbst nur noch entschlossener.

Die hunderte von Cowboyromanen, die die Regale füllten. Der Ehrenkodex des Westens. Jake Dolan war der Mann mit dem weißen Stetson und zum Anbeißen sexy.

Ein Mann von Ehre und Integrität.

Ein Mann, der nicht leicht zu lieben war.

Und wenn sie nicht aufpasste, ein Mann, in den sie sich leicht verliebte.

»Ich wusste gar nicht, dass ein bisschen Abwasch solche Konzentration erfordert«, kommentierte Jake von seinem Lager aus. »Oder weichen Sie nur dem Thema aus?«

Marnie seufzte. »Ist eine lange Geschichte.«

»Kann es gar nicht erwarten, sie zu hören.«

»Gibt es keine Bösewichte, die Sie jagen könnten?«

»Wir haben Sturmwarnung. Es schneit, und die Brücke ist immer noch nicht passierbar.«

Jake legte die Füße auf die Armlehne der Couch und griff nach dem Kaffeebecher, den er auf seinem flachen Bauch abgestellt hatte. »Während die Typen sich oben in der Kälte die Füße ablaufen und nach mir suchen, liege ich mit Pfannkuchen und Ahornsirup voll gestopft hier rum und trinke meinen Kaffee. Und Sie erzählen mir Ihre Geschichte.«

Marnie legte das Küchentuch zusammen und hängte es zum Trocknen neben das Spülbecken. Mehr gab es beim besten Willen nicht zu tun.

Sie begutachtete Jakes lang gestreckten Körper, der die ganze Couch beanspruchte, und suchte nach einem Stift. Sie nahm einen dünnen Stapel Papier aus dem Drucker und rollte den Schreibtischstuhl heran. Sie setzte sich, legte die nackten Füße auf die Seemannstruhe, das Papier auf den Schoß und fing zu stricheln an.

»Haben Sie Geschwister?«, fragte sie geistesabwesend. Sie hatte noch nie Männerfüße gezeichnet.

»Nein.«

»Und Eltern?«

»Davon habe ich ein Paar.«

Marnie schaute auf. »Wo leben sie?«

»In Chicago, soweit ich weiß.«

»Sie stehen sich wohl nicht sonderlich nah?«

»Nicht sonderlich, nein. Aber wir haben von Ihnen und *Ihrer* Familie gesprochen, Miss Wright. Und von Ihrer Beziehungsunfähigkeit.«

»He! Ich bin beziehungsfähig, ist ja keine große Sache. Es hat eben nicht funktioniert. Ende der Geschichte.« Sie schattierte seinen großen Zeh.

»Das ist eine ziemlich kurze Geschichte. Lassen Sie mal die ungekürzte Fassung hören.«

»Jaaake.«

»Oder haben Sie was Besseres vor?«

»Wir könnten die Cookies aus der Tiefkühltruhe aufbacken.«

Duchess hob interessiert den Kopf.

»Wir haben gerade gefrühstückt«, beschied Jake die beiden. Duchess ließ sich wieder auf den Perser sinken und legte mit vorwurfsvoller Miene den Kopf auf die Pfoten.

Marnie hatte keine besondere Lust, für Unterhaltung zu sorgen. Dass ihr Jake Dolans ungeteilte Aufmerksamkeit gehören sollte, war ihr ein wenig zu viel. Sie beugte sich vor, nahm ihm den Kaffeebecher aus der Hand und trank die letzten beiden Schlucke.

»An meinen Verlobten war eigentlich nichts auszusetzen. Ich mochte sie wirklich. Es ist nur –« Sie schob den Stuhl in Richtung Kiste, bis sie die Arme um die Knie legen konnte, und starrte seine Zehen an. Sie hätte zu gerne ihre Lieblingsstifte gehabt.

Jakes Füße waren sexy. Sie ließ ihren Blick genüsslich an ihm entlangwandern. Eigentlich war *alles* an ihm sexy. Und da war jede Menge Jake. Wie kam sie nur am schnellsten zu einem Kuss? Er sah verflucht verführerisch aus, wie er so dalag.

»Sie waren gerade mitten in einem Satz«, stachelte Jake sie an. »Wollen Sie ihn vielleicht beenden?«

»Meine Brüder waren der Ansicht, dass der ideale Mann für mich ein – ein –«

»Ein *was* ist? Ein Löwenbändiger?«

»Ein zurückhaltender Mann«, sagte sie sanft. »Und jemand, den zumindest einer meiner Brüder schon kennt. Die Jungs wollten mich vor Kerlen beschützen, denen es nur um mein Geld ging.« *Und um meine Lebensversicherung,* setzte sie in Gedanken hinzu.

Sie legte ihr Kinn auf die gelungene Zeichnung eines halben linken Männerfußes. »Nicht dass ich nicht fähig wäre, selbst auf mich aufzupassen. Aber sie konnten nicht anders. Und um die Wahrheit zu sagen, ich habe die schlechte Angewohnheit, den Weg des geringsten Widerstands zu gehen. Es war einfach, ihre Fürsorge anzunehmen. Gott, ich war ein solcher Trottel«, sagte sie gequält.

»Aber ich vertraue meinen Brüdern, und ich habe ihre Freunde immer gemocht. Und damals wollte ich unbedingt heiraten – Quatsch, sie haben von mir *erwartet*, dass ich heirate. *Und sie waren glücklich bis ans Ende ihrer Tage,* verstehen Sie?

Es war auch nichts verkehrt an den beiden. Meine Brüder kennen mich schließlich. Sie hätten niemals irgendeinen Vollidioten an den Haaren zum Altar geschleift, nur um mich zu verheiraten. Na ja, Michael vielleicht schon. Wie auch immer. Jedenfalls haben die Verlobungen nicht gehalten.«

Marnies Beine juckten. »Haben Sie vielleicht eine Bodylotion?«

»Nein. Was hatten Ihre Brüder denn mit Ihnen vor? Sie loswerden?« Jake hatte gar nicht diesen grimmigen Unterton. Er sah sie vielmehr an, als – Marnie hatte keine Ahnung, wie sie seine Miene deuten sollte. Eine Kombination aus Resignation und Angst, aber das konnte nicht stimmen.

»Nein. Meine Brüder lieben mich. Manchmal viel zu sehr, aber sie lieben mich. Ich glaube, es liegt daran, dass ich eine solche Spätzünderin war. Sie wollten mir auf ihre Weise helfen. Schon lustig, das Ganze.« Sie rieb ihre Hände die Oberschenkel entlang und sah fasziniert, wie Jake der Bewegung folgte.

Rauf. Runter. Rauf. Runter. Hmm.

»Sie dachten, es sei an der Zeit. Ich war im heiratsfähigen Alter, aber noch formbar und willig, um es mal so zu sagen. Ich habe nur nicht den Richtigen gefunden. Jedenfalls haben die Jungs sich zusammengetan und festgestellt, dass ich zu lange brauchte. Was schon amüsant ist, weil sie alle über dreißig sind und immer noch Single. Aber das ist ein anderes Thema. Sie waren sich einig, dass ich einen netten, ausgeglichenen Mann brauchte. Kein ständiges Auf und Ab, keine Krisen.«

Also genau das Gegenteil von ihnen selbst.

»Ihre Brüder dachten wohl, dass Sie alleine schon aufregend genug sind, oder?«

»Ich?« Sie gaffte ihn an. Hatte er den Verstand verloren? »Jake, ich bin die langweiligste Person, die ich kenne! Eine Möchtegernkünstlerin, die als Programmiererin in der Firma ihres Vaters arbeitet. Fader geht es nicht. Ich arbeite seit der High-School für meinen Vater. Während der gesamten Collegezeit. Und schließlich Vollzeit. Ich habe genug vom Bravsein. Das ist einer der Gründe, warum ich hier raufgekommen bin.

Um zu entscheiden, was ich unternehme, um die Dinge zu ändern.«

»Welche Dinge?«

»Mein Leben. Ich möchte Künstlerin werden. Ich *bin* Künstlerin.« Sie zeigte ihm die Skizze. »Sehen Sie sich diesen Fuß an. Er ist fabelhaft. Ich *kann* zeichnen. Ich bin wirklich gut. Ich liebe es. Was mache ich von neun bis fünf in der Firma meines Vaters?«

»Was *machen* Sie von neun bis fünf in der Firma Ihres Vaters?«, fragte Jake folgsam.

»Den Weg des geringsten Widerstands gehen. Nur ja keine Wellen schlagen. Ein braves Mädchen sein. Schauen Sie mich nicht so an. Ich kann nichts dagegen tun, in Ihrer Gegenwart benehme ich mich einfach seltsam. Nach diesem Wochenende werde ich jedenfalls wissen, wohin die Reise geht. So wie der ängstliche Löwe. Ich werde meinen Mut finden und mich entsprechend benehmen.«

Jake zog die Brauen hoch. »Der ängstliche Löwe?«

Dem armen Mann fiel es nicht leicht, ihrem Geplapper zu folgen. Marnie nahm die Zeichnung zur Hand und skizzierte seinen gekrümmten kleinen Zeh. Eine niedliche Zehe. Ob seine Kinder wohl gekrümmte kleine Zehen haben würden?

»*Der Zauberer von Oz*. Erinnern Sie sich? Der ängstliche Löwe ist auf der Suche nach seinem Löwenmut, der Mann aus Blech sucht sein Herz und dieser Bursche aus Stroh sein Gehirn.«

Seine Mundwinkel zuckten und die Augen blitzten amüsiert. »Ach. Und was wollen Sie mit all dem Löwenmut anfangen? Sie haben doch jetzt schon Mut im Überfluss.«

»Habe ich nicht. Ich bin ein schrecklicher Hasenfuß. Fragen Sie meinen Vater. Fragen Sie meine Brüder. Nein, doch lieber nicht. Die würden Ihnen meine Lebensgeschichte erzählen, und Sie würden sich zu Tode langweilen.«

Duchess trottete herüber und legte Marnie den Kopf auf die Schulter. Sie streichelte Duchess die Stirn. »Ich liebe sie wirklich, aber die vier Musketiere haben mich immer wie –«

Jake zwinkerte. »Die *wer*?«

»Meine Brüder. Wir nennen sie so. Warum? Was ist los?«

»Ich hatte ein paar Fr –, äh Kollegen. Wir waren als die vier Musketiere bekannt.«

»Wow, das nenne ich einen Zufall. Wo sind –«

»Sie wollten gerade etwas sagen.«

Marnie schüttelte den Kopf, legte das Papier auf die Truhe und schob Duchess weg. Sie ging zur Küchentheke, goss ihm frischen Kaffee ein und setzte sich mit dem dampfenden Becher in der Hand wieder hin.

»Meine Brüder s –«

»Ist das mein Kaffee?«

Marnie nahm schnell einen Schluck und reichte ihm den Becher. Ihre Finger berührten einander, und Marnies Herz tat einen dumpfen Schlag. »Würden Sie –«

Er betrachtete erst eine Ewigkeit lang ihren Mund und hob dann langsam den Blick.

»Soll ich Ihnen nachgießen?«, fragte Marnie verwirrt und sah seine Pupillen weiter werden. Ihr Herzschlag hüpfte und fing zu rasen an. Die intimsten Körperstellen prickelten. Wow, war dieser Mann potent.

»Die Frage erübrigt sich, weil Sie diejenige sind, die meinen Kaffee trinkt«, antwortete er kurz angebunden und stellte den Becher auf der Kaffeetischkiste ab. An seinem Unterkiefer zuckte ein Muskel. »Erzählen Sie weiter.«

Die Prinzessin hatte einhundert Jahre lang tief geschlafen, dann küsste sie der Prinz und – »Meine Brüder behandeln mich wie ein rohes Ei.« Marnie lehnte sich zurück und versuchte vergeblich, seinem Kraftfeld zu entgehen. *Lass alle Hoffnung fahren* – »Wie ein kleines, zerbrechliches Mädchen. Ich liebe sie wie verrückt. Aber sie treiben mich zum Wahnsinn.«

Er starrte ihr auf den Mund und sagte zerfahren: »Sie mussten wohl ein paar Frösche küssen, bevor Sie den Prinzen gefunden haben.«

Marnie sehnte sich so nach seinem Mund, dass ihre Lippen juckten. Sie rieb sich mit dem Handrücken über den Mund und rutschte unruhig auf ihrem Stuhl herum. Das war ja wohl die lächerlichste Situation –

Wie eine Fliege, die ständig ans Fenster flog. Peng. Peng. Peng.

War sie dazu verdammt, einen Mann zu begehren, der nichts von ihr wollte? Wie abartig sollte das noch werden? Spielte das Schicksal ihr einen Streich? Jetzt, wo sie wusste, dass sie keinen Mann *brauchte*, jetzt *wollte* sie plötzlich einen.

Denk doch mal nach, Mädchen. Der Typ ist aus Stahl. Ihr Herz raste wie ein Zug, dessen Bremsen versagten. Er mochte einen eisernen Willen haben, aber seine Augen brannten heiß wie Laser. Ihre Kehle war völlig ausgedörrt. »Ziemlich warm hier drin.«

»Die Temperatur liegt konstant bei vierundsechzig Fahrenheit. Erzählen Sie weiter.«

»Ja, also – Ich mag Märchen wirklich gern, aber in Wirklichkeit waren die meisten Kerle hinter Papas Vermögen her, und meine Brüder haben sie *sehr* nervös werden lassen. Ich habe mich mit Männern verabredet, die ich für Märchenprinzen hielt – ein paar waren ganz nett, ein paar waren Frösche.

Meine Brüder haben so ihre eigenen Vorstellungen, was einen Prinzen ausmacht. Mir waren sie meist noch zu grün und zu schmierig.«

»Sie machen einen ziemlich unabhängigen Eindruck auf mich. Warum machen sich Ihre Brüder solche Sorgen um Sie?«

Ups. Er war der Letzte, dem sie es erzählen wollte. Zu spät, sie hatte sich in eine Sackgasse manövriert.

»Uhh … ich hatte, als ich klein war, diese Herzsache.«

Jake setzte sich auf. *»Herz*sache?«

»Eine kleine Herzsache. Nichts Schlimmes. Ich war nur ziemlich schwächlich, bis ich fünfzehn war.«

»Und diese kleine Herzsache ist jetzt in Ordnung?«

Marnie machte eine abwertende Handbewegung. »Ja, klar. An meinem fünfzehnten Geburtstag war Schluss mit den Operationen.«

»Den *Operationen*?«

»Ich hatte Stenosis, und man musste mir ein paar Mal die Herzklappe austauschen.«

Jake wurde blass, und Marnie bereute schon, es ihm erzählt zu haben. Die Leute reagierten *immer* schockiert. Sie setzte ein Grinsen auf.

»Wollen Sie die Narbe sehen?«

»Ja«, sagte er leise. »Will ich.«

Marnie zog eine Grimasse. »Das sollte ein Scherz sein, Jake.« *Na ja.* »Jedenfalls sind die vier Musketiere nie richtig darüber hinweggekommen. Die vielen Wochen, die ich im Kranken –« Jake erhob sich von der Couch und kam auf sie zu. Marnie war etwas verunsichert, eine Mischung aus Angst und Vorfreude.

»Was haben Sie denn vor?«

»Ich muss etwas überprüfen.«

»Und was?« Sie rutschte mit quietschenden Rollen auf ihrem Bürostuhl nach hinten und schaute ihn argwöhnisch an. »Küssen Sie mich jetzt?«

Und falls ja, mach bitte schnell. Dieses Warten bringt mich um.

»Hmm«, sagte Jake und ging mit Augen, die fast schon schwarz waren, um die Truhe zu ihr herum. »Mal sehen.«

Großmama hatte sie immer gewarnt, mit ihren Wünschen vorsichtig zu sein, weil sie ihr vielleicht erfüllt wurden. Sie schluckte. »Hätten Sie einen Schnurrbart, würden Sie ihn jetzt zwirbeln.«

»Ich habe aber keinen.«

Marnie machte die Augen zu. »Ja, ich weiß, aber –«

Als ihr Drehstuhl in die lange Konsole zu krachen drohte, packte er sie am Fuß. Marnie prustete.

»Wir haben aber von Ihnen gesprochen, nicht von mir.« Seine Finger wanderten zu ihrem Knöchel hinauf, und der Rückzug hatte ein Ende gefunden. »Ihre Brüder passen also gut auf Sie auf?« Die Hand rutschte ihre nackte Wade hinauf.

»Ja.«

»Sie haben meinen Rasierapparat benutzt.«

Ein flatteriges Gefühl kroch ihren Rücken hinauf. »Ja, deshalb ist meine Haut auch so tro–. Was machen Sie denn da?«

Er fing langsam zu lächeln an, gefährlich und umwerfend sexy. »Ich will die Narbe sehen.«

»Die ist auf der Brust«

»Da will ich auch hin.« Er schob ihr die Hände unter die Achseln, holte sie schwungvoll aus dem Stuhl, als sei sie eine Puppe.

Marnie klammerte sich an seinen Schultern fest. Er legte sie so vorsichtig auf der Couch ab, als sei sie eine Landmine, die jeden Moment detonieren konnte. Und so wie ihr Herz die Sekunden im Zeitzündertakt herunterpochte, war sie wohl eine.

Der weiche Bezug der Couch war immer noch von seinem Körper warm. Sie fand die Kuhle, die sein Kopf ins Polster gedrückt hatte. Sie leckte sich die Lippen und sah ihn ihre Geste beobachten.

Er setzte sich neben sie und begann ihr Hemd aufzuknöpfen. Langsam, unendlich langsam, und ohne ihr Gesicht aus den Augen zu lassen.

»Sie bestehen also darauf, sich um Sie zu kümmern und mögen die Männer, die Sie anschleppen, nicht besonders.«

»So in e-etwa.«

Kühle Luft strich über ihre Brust, als er ihr Hemd mit beiden Händen ein klein wenig auseinander schob. Marnie spürte einen lachhaften, viktorianischen Drang, hysterisch das Hemd zuzuhalten. Stattdessen machte sie die Augen zu und ließ sich in die Kissen sinken. Ihre Muskeln zuckten, sie schnappte nach Luft, und ihr Körper vibrierte vor Lust, während Jake sich aufreizend Zeit ließ.

Als er endlich das Hemd auseinander geschoben hatte, kochte ihr das Blut in den Adern, und seine streichelnden Hände machten sie mit ihrer Langsamkeit noch verrückt. Ihre Brüste spannten und schmerzten, und sein Blick schien eine Brandspur auf ihre Haut zu zeichnen.

Als er ihre harten Nippel berührte, machte sie sich nicht mehr die Mühe, ihr Stöhnen zu unterdrücken.

Ihre Hände wanderten seine warmen, glatten Oberarme hinauf. Harte Muskeln. Unglaublich belastbar. Ihre Finger kneteten hungrig und lustvoll.

Er war ein Hüne von einem Mann. Muskelbepackt und stark. In seinen Armen war sie vollkommen sicher. Er fraß sie mit seinen Blicken auf und ließ ihre Sinne brodeln vor Lust. Sein Moschusduft hielt sie gefangen. Sie jammerte leise und machte die Augen zu. Sein Duft genügte, sie wahnsinnig zu machen.

»Jaaake«, stöhnte sie.

Er zog ihr Hemd sorgsam um ihre nackten Brüste. Sie hatte einen wunderschönen Busen. Cremeweiße Haut, klein, prall und rund. Die Narbe war ein schneeweißer Strich auf seidigem Grund.

»Und unter dieser zarten Haut arbeitet eine künstliche Herzklappe aus Metall?«

»Wie?« Marnie war nicht ganz da. »Ja, aus Metall. Sie haben es zuerst mit der anderen probiert. Hat nicht f-funktioniert.«

»Man hat Ihr Herz angehalten.« Judas Priest. Sie hatten das Herz, das unter seinen Fingerspitzen schlug, gestoppt. Und hatten ihr ein seltsames, Leben spendendes Stück Metall eingesetzt.

»Können wir bitte das Thema wechseln.«

»Natürlich.«

Zur Hölle, ja. Irgendetwas Lebendiges, um dieses Bild von Marnie zu vertreiben, wie sie in einem sterilen Raum auf einem OP-Tisch lag. »Mein Gott, Lady. Und ich habe Sie kreuz und quer durch die Natur gejagt, mitten in die Hölle und weiter. Warum in drei Teufels Namen haben Sie mir nichts gesagt – Ich hätte das wissen müssen. Verdammt.«

»Beruhigen Sie sich. Ich trainiere und laufe seit Jahren. Ich bin fit wie ein Turnschuh, wirklich.«

Er fuhr mit dem Finger zwischen ihren Brüsten entlang. Er wollte sie so sehr, dass er fast explodierte, aber er bekam nicht genug davon, sie zu berühren. Er *musste* sie einfach anfassen, sie absorbieren, ihren Herzschlag fühlen, das Pumpen ihres Bluts spüren.

Er hatte lange keine Frau mehr gehabt und war auf einmal so froh darüber, genau diese Marnie Wright an seiner Seite zu haben. Er legte die Handfläche flach zwischen ihre Brüste und schaute ihr in die Augen.

Ihre Pupillen weiteten sich, ihre Lippen waren leicht geöffnet, ihre Finger dehnten und spannten sich auf seinem Arm.

Die müde Mittagssonne, die über die Bildschirme zu ihnen herunterdrang, badete sie in blassem, goldenem Licht. Ihre Nippel waren hart. Sie atmete irgendwo zwischen lustvollen Seufzern und Gestöhn.

Sie war so zugänglich, wie er es sich erhofft hatte. Jake konzentrierte sich ganz auf sie. Marnie. Weiches, leidenschaftliches Wesen. Er strich mit der Hand die sanfte Rundung ihrer Brust hinauf, bis er an ihrer Kehle ihren Pulsschlag unter den Fingerspitzen fühlte.

Pulsierendes Leben.

»Das erste Gebot, wenn es nach Michael, Derek, Kane und Kyle geht: Du sollst deine Finger von ihrer kleinen Schwester lassen, sonst falten, stapeln, spindeln und verstümmeln sie d-dich«, keuchte Marnie atemlos.

»Tatsächlich?«, fragte er gedehnt.

»Tatsächlich, ja«, plapperte sie mit glasigem Blick nach. Sie leckte sich die Lippen. »So weit meine Lebensgeschichte. Und jetzt Ihre!«

Ihre Nippel waren genauso blassrosa wie ihre Lippen. Jake beugte sich hinunter und berührte einen der harten, kleinen

Gipfel mit der Zungenspitze. Marnie zuckte zusammen und stöhnte seinen Namen. Ihm wurde schlagartig heiß.

Er fühlte, wie ihre Finger sich durch sein Haar gruben.

»Sechsunddreißig Jahre.«

Er fuhr mit der Hand ihren schmalen Oberkörper hinauf und fühlte, wie sie Gänsehaut bekam.

»Geboren in Chicago. Mit sechzehn zur Navy.«

Mein Gott, ja. Sie machte diese niedlichen kleinen Geräusche. Er füllte seine Hand mit einer süßen, prallen Brust, während sein Mund die andere liebkoste, und Marnie wimmerte und stöhnte.

»T-FLAC ab dem einundzwanzigsten Lebensjahr.« Ihr Körper zitterte unter seinen Lippen. »Nie verlobt gewesen, nie verheiratet gewesen. So – Schluss damit.«

Marnie krallte ihre Finger in sein Haar. »Nein!«

Jake musste unwillkürlich lachen. *Schluss mit der Lebensgeschichte,* hatte er gemeint. Er streichelte mit den Knöcheln ihre heiße Wange. Marnie antwortete mit einer Mischung aus Schluchzen und Jammern.

Sein Herz jagte wie verrückt. »Sie wollen nicht, dass ich aufhöre?«

»Können Meerjungfrauen Spagat?«, fragte Marnie.

Halb lachte, halb stöhnte er. Er beugte sich zu ihr hinunter und küsste sie auf den Mund.

Dann schoss ihm ein Gedanke durch den Kopf. *Zur Hölle, noch mal.*

»Ich habe keine Gummis da.«

»Das macht nichts. Ist mir egal. Oh«, sagte sie sanft, machte die Augen zu und krallte die Finger in sein Haar, als er ihren Busen streichelte.

»Es fühlt sich so gut an, so gestreichelt zu werden«, sagte sie.

Er küsste sie leidenschaftlich. Es gab keinen besseren Weg, sie am Reden zu hindern.

Er würde aufpassen müssen. Keine perfekte Verhütungsmethode. Aber die Alternative hieß Abstinenz. Sich enthalten? Er hätte genauso gut versuchen können, die Schleusen des Staudamms per Hand zu schließen.

Marnie schlang ihm die Arme um den Hals, hielt ihn fest und küsste ihn.

Sie schien unersättlich zu sein. Ihr Kuss, die offenkundige Imitation eines viel intimeren Akts. Sie küsste ihn voll heißer, süßer Hingabe. Bar jeder Zurückhaltung, bar aller Künstlichkeit und voller Heißhunger. Ihre Hände rasten über seinen Rücken und seine Schultern, als hätten sie die Brailleschrift seines Körpers zu entziffern. Und sie schafften es, ihm das Hemd aus der Hose zu zerren.

Ihre Hände waren auf seinem Rücken, seinen Hüften, seiner Brust, zerwühlten sein Haar und packten seine Schultern. Wo immer sie ihn berührte, brach ein Flächenbrand los. Sein Mund verließ ihre Lippen und wanderte in das süße, seidige Tal zwischen ihren Brüsten hinunter.

Er nahm einen Nippel zwischen die Lippen. Sie bog sich ihm entgegen, schrie laut auf und keuchte heftig.

Als sie anfing, sein Hemd aufzuknöpfen, wurde ihm fast schwarz vor Augen, und jeder Brustmuskel zuckte. Sie streichelte seine Brust und tastete sich zu seinen Brustwarzen hinab. Er schauderte am ganzen Körper.

Der nächste Knopf. Sie fuhr ein Stück weit mit den Fingerspitzen sein Brustbein entlang.

Wieder ein Knopf. Ihre zärtlichen Finger hatten seine Bauchmuskeln erreicht.

Der letzte Knopf.

Zwei Fingerspitzen schoben sich unter den Bund seiner Jeans. Er holte tief Luft und gestattete ihr, tiefer zu wandern, bis ihre Fingerspitzen seine intimste Stelle erreichten.

Er legte ihr die Hand zwischen die Oberschenkel und fühlte ihre feuchte, heiße Lust durch den dünnen Stoff der Boxershorts. Sie stöhnte und hob ihm ihr Becken entgegen. Ihr Duft umgab ihn, ließ ihn nicht los und machte ihn immer heißer. Und härter. Er konnte nicht genug von ihr bekommen.

Er wollte alles schmecken, alles riechen, alles probieren, alles genießen, als sei sie ein Frau gewordenes Festbankett.

Seine Hände glitten fordernd, suchend und forschend über ihren Körper. Er war außer sich und roh vor Begierde. Und auch ihre Leidenschaft hatte jede Vorsicht und Sanftmut verloren.

Sie packte ihn am Bund der Jeans. »Jake. Jake. Jake. Komm zu mir, Jake.«

Er küsste sie und bekam endlich den Reißverschluss der Jeans auf. Er war hart. Er pochte und pulsierte und wollte alles haben. Die Lust und den Schmerz. Jetzt.

Ihre Finger fanden sein mächtiges Glied und legten sich kühl um sein heißes Fleisch.

Judas Priest.

Er machte die Augen zu. Seine Bauchmuskeln spannten sich bis zur Unerträglichkeit, als sie ihn mit ihrer geschickten, einfühlsamen Hand noch härter werden ließ.

»Hör auf –« Er schnappte nach Luft, als ihre Finger die Spitze seiner Eichel berührten und den feuchten Tropfen verrieben.

Er wollte alles an ihr berühren. Ihre harten Nippel an seiner Brust spüren. Die feuchte Hitze, wie sie sich gegen ihn presste und sich ihm öffnete. Er wollte alles. Die Couch war breit genug, das Bett viel zu weit weg.

Er entdeckte ihre sensibelste, erregbarste Stelle und brachte sie an den Rand des Höhepunkts. Sie ließ ihn ihre Lust in unartikulierten Lauten hören, die ihn, wie der süße Klang einer Geige, direkt ins Herz trafen. Er ließ seine Finger an ihr spielen, in ihr spielen, bis sie ihn um Erlösung anflehte.

»Bitte, Jake. Bitte, komm zu mir.«

Er stützte sich auf einer Hand ab und zog ihr die baumwollenen Boxershorts aus. »Ich wusste, dass mir diese Art Bodycheck gefallen würde.« Sie rutschte mit geschlossenen Augen an ihm hinunter und schlug die Augen wieder auf, als sie auf Leistenhöhe war.

»Hmm.« Sie leckte sich aufreizend und heißhungrig die Lippen. »Ist das alles für mich?«

»Willst du es denn? Glaubst du, du kannst damit umgehen?« Er drückte sich an ihre Lippen.

»Später.« Das war ein Versprechen. Sie rutschte an ihm hoch. »Ich will dich ja nicht drängen, aber kannst du jetzt *bitte* schnell machen. Bitte, Jake.«

Die Jeans hing ihm noch um die Füße herum, als er sich in ihre nasse Hitze senkte und mit einem langen, tiefen Stoß ganz in sie eindrang. Er sah ihren Blick den Fixpunkt verlieren, hörte ihren Atem stoßweise gehen, fühlte die Muskeln in ihrem Inneren kontrahieren und ihn wie eine Faust umklammern.

Ihre Fersen bohrten sich in seine Flanken. Jeder Schwung seiner Hüften, jeder Stoß und jeder zuckende Muskel sagten ihr, dass sie wirklich lebte.

»Ja«, zischte er mit zusammengebissenen Zähnen, der Agonie nah. »So ist es gut, nimm es. Nimm alles. Nimm einfach alles.«

Sie kam ihm so nah, als wolle sie mit ihm verwachsen. So nah, dass er sie kaum noch wahrnahm.

Sie schluchzte erstickt, als sie den Höhepunkt erreichte. Jake folgte ihr ein paar Sekunden später mit lautlosem Schrei.

10

Irgendwann schafften sie es ins Bett. Jake hatte Marnie in Sekundenbruchteilen die Kleider vom Leib gerissen. Und so erotisch es auch war, mit Jeans um die Knöchel Liebe zu machen, Marnie wollte es mit nackter Haut versuchen. Sie machte kurzen Prozess mit seinen Klamotten.

Sie liebten einander noch einmal, bis Marnie sich kaum noch bewegen konnte. Jake lag neben ihr, lang ausgestreckt und scheinbar entspannt, und doch nahm sie seine Rastlosigkeit wahr. Er hatte sich beide Male im letzten Moment aus ihr gelöst, und sie hätte froh darüber sein müssen. Doch sie fühlte sich irgendwie betrogen. Die Idee, ein Kind von ihm zu bekommen, hatte nichts Erschreckendes. Im Gegenteil.

Aber sie würde den Teufel tun, ihm das zu sagen.

»Ich wünschte, ich würde rauchen.« Sie streckte sich über seinen massiven, durchtrainierten Körper und lächelte zu ihm hinunter. Er lag mit verschränkten Armen da, und die Härchen kitzelten angenehm ihre Brust. »Im Film sieht es immer so sexy aus.«

Jake strich ihr eine Locke aus dem Gesicht. »Aber es *riecht* nicht sexy.« Er schnupperte an ihrem Hals, und Marnie fühlte seinen heißen, feuchten Atem. »Du riechst wie –«

Sie strich mit der Fingerspitze über sein Ohrläppchen. »Wie

was?«, fragte sie leise und spürte seine Brustmuskulatur unter ihrem Busen arbeiten. Er schaute sie mit verschleiertem Blick an.

»Wie ein Versprechen. Du riechst wie ein Versprechen.« Er legte die Stirn in Falten.

Für jemanden wie Jake musste ein solches Versprechen nach Stinktier riechen. Das Wort allein war ihm vermutlich schon unangenehm. Marnies Herz stockte einen Augenblick lang, als er sich in den Jake zurückverwandelte, der sie von seinem Land verjagt hatte. War das wirklich erst vorgestern gewesen?

Er machte kurz die Augen zu, kurze schwarze Wimpern anstelle des Eisblaus. Dann schaute er zur Monitorwand hinüber, wo die Wolken sich wieder anschickten, die Sonne zu verbergen, und der Wind zwischen Bäumen hindurchpeitschte, die einer Gruppe von Killern als Versteck dienten.

Er rührte sich nicht, aber Marnie fühlte die Aufbruchstimmung.

Versprechen? Oh Gott. Ich will dir ein Versprechen geben, Jake Dolan. Alle möglichen Versprechen. Aber sie würden dir nichts bedeuten, oder?

Ihre Hand glitt sachte seine sehnige Flanke hinauf und blieb auf einer harten Hinterbacke liegen. Sie wollte diesen Moment der Nähe, so lange es nur ging, auskosten. Jeden Augenblick konnte er sich wegrollen und erklären, dass er gehen müsse – noch bevor Versprechungen und Lügen ausgetauscht würden.

»Ich würde lieber nach Seidenlaken und Kerzenlicht duften.« Sie senkte ihre Stimme und klapperte verführerisch mit den Wimpern. »Wie eine Liebesnacht in Paris.« Sie strich ihm das Haar zurück und wackelte mit den Hüften. Er drückte sich an ihr Delta und gab Marnie das Gefühl, Macht zu haben.

Ein Hoffnungsschimmer. »Oder wie eine tropische Brise.« Ihr Mund war hautnah an seinem. »Oder eine Gespielin aus Tausendundeiner Nacht. Würdest du einen Drachen für mich töten?«

»Du brauchst keinen Ritter, der deine Drachen für dich umbringt.« Er streichelte ihr mit dem Handrücken die Wange hinunter, die Augen ausdruckslos und kalt. »Das kannst du schon allein. Du fängst sie ein und reißt ihnen das Herz heraus, bevor sie es noch mitbekommen.«

Er schien so überzeugt von dem, was er sagte, dass sie fröstelte. Sie spielte die Beleidigte. »Hmm.«

Er ächzte.

»Was ist los?«

»Wenn man diese verdammten kleinen Geräusche, die du immer machst, in Flaschen abfüllen und verkaufen würde, könnte man ein Vermögen machen.«

Und *er* duftete so hinreißend, dass sie ihn am liebsten mit dem Löffel gegessen hätte. Und für keinen Preis der Welt einen Bissen hergegeben hätte. Eine Mischung aus Seife, Wildnis, Sex und Jake. Sie hätte ihn mit verbundenen Augen an seinem einzigartigen Duft erkannt.

Dieser Mann würde ihr *gar nichts* versprechen.

Sie glitt mit den Händen seine Hüften hinauf, küsste ihn zärtlich und knabberte an seinem stoischen Mund und den Muskeln, die seine Mundwinkel im Zaum hielten.

Sie hatte von chemischen Reaktionen gehört, über magnetische Anziehungskräfte gelesen, aber niemals etwas Derartiges erlebt. Als wolle ihr Körper ihn absorbieren. Als bräuchte sie nur die Augen zu schließen, um in ihn hineinzuschmelzen. Sie wollte ihn ausprobieren, kennen lernen und alles über ihn wissen, das es zu wissen gab.

Aber sie war nicht so dumm, ihm das zu sagen. Sie zerbrach sich den Kopf, was sie sagen konnte, um ihn ein klein wenig länger bei sich im Bett zu behalten.

»Erzähl mir von deinen Freunden, den anderen Musketieren. Wie hießen sie?«

Jake ließ sich so lange mit der Antwort Zeit, dass Marnie schon fürchtete, er werde aufspringen und verschwinden.

»Paul Britton, wir nannten ihn Brit. Typ großer Blonder, gut aussehend.« Er strich ihr so sanft über den Rücken, dass sie schauderte. »Die Frauen liefen ihm nach wie einem Filmstar. Was ihn immer höllisch verlegen werden ließ. Wir haben ihn ständig wegen seines Aussehens aufgezogen.«

»Und die anderen beiden?«

»Ross. Ross Lerma.« Jake lachte wieder leise in sich hinein, was Marnie schon so vertraut war. »Genannt Lurch. Ein Traum von einem Partner. Sah aus wie Gene Kelly und bewegte sich auch so. Er hat sich in die ausweglosesten Situationen manövriert – und wieder raus. Hat ein-, zweimal meinen Hintern gerettet. Wir kannten einander so gut, wussten genau, was der andere dachte. Gemeinsam einen Auftrag durchzuziehen, war wie reinste Zauberei. Die perfekte Abstimmung, verstehst du?« Er hatte einen seltsamen Ausdruck im Gesicht, eine Mischung aus Trauer und Wut.

»Und der Dritte?«, fragte sie leise und strich ihm über das widerspenstige Brusthaar.

»Joe Skullestad. Groß. Schwarz. Furcht einflößend.« Jake lächelte. »Der Typ, dem man nicht nachts im Wald begegnen möchte. Skully und ich haben eine Menge mitgemacht. Er war es auch, der mich gerettet hat, als das da passiert ist.« Er legte die Hand an die Kehle, und Marnie schob sie wieder weg.

»Was ist mit den dreien passiert?«

»Brit ist vor sechs Jahren ums Leben gekommen, als er in einer Linienmaschine in Orly eine Bombe entschärft hat. Er war ein berühmt-berüchtigter T-FLAC-Mann. Diese Ratten wussten genau, wer er war. Haben im Austausch gegen ihn die Passagiere freigelassen. Hat dreihundert Menschen das Leben gerettet. Die Typen sind entkommen und haben seine Leiche mitgenommen.

Lurch ist fast genau einen Monat nach Brit draufgegangen. In Südamerika.« Jake starrte durch Marnie hindurch. »Er hat die Frau, die mir dieses Andenken hier verpasst hat, aus dem Weg geräumt. Aber bevor sie selber auf Zimmertemperatur runtergekühlt ist, hat sie ihm noch eine Kugel verpasst. Er ist in meinen Armen gestorben. Skully hat es geschafft, mich nach Hause zu kriegen. *Er* ist vor fünf Jahren gestorben. Als sie in Beirut die Botschaft bombardiert haben.«

»Und wie haben sie dich genannt?«

»Was ihnen gerade so einfiel.«

»Komm schon, Jake. Du musst einen Spitznamen gehabt haben.«

»Den Mann aus Blech. Sie nannten mich den Mann aus Blech.«

»Warum?«, fragte Marnie, obwohl sie die Antwort kannte.

»Das kannst du dir doch denken«, sagte er. »Sie haben mich den Mann aus Blech genannt, weil ich kein Herz habe.«

Oh Jake. Marnie schmiegte sich an ihn, legte ihm die Arme um den Hals und vergrub ihr Gesicht an seinem Hals.

»Doch, du hast eins«, sagte sie liebevoll. »Du würdest nicht wie ein Wahnsinniger hinter diesem Dancer herjagen, um deine Freunde zu rächen, wenn du keines hättest.« *Du würdest mich nicht so leidenschaftlich lieben, wenn du kein Herz hättest.* Ihr eigenes schmerzte bittersüß.

Sie wünschte schon fast, sie hätte kein Thema gefunden, ihn bei sich im Bett zu behalten. Andererseits war sie dankbar, ein wenig von dem zu wissen, das ihn geprägt hatte. Was immer Jake auch behauptete, er war ein Held mit Herz.

Und es war nicht die Kampfeslust, die einen Helden ausmachte, sondern die unerschütterliche Entschlossenheit, das Gute gegen das Böse zu verteidigen, den Schwachen gegen den Starken, Recht gegen Unrecht. Kein herzloser Mensch würde das je tun.

Er rutschte unruhig hin und her. Marnie machte ihm Platz. Ein Schatten flackerte über die versteinerte Miene. Er bereute es, so viel preisgegeben zu haben. Marnie sah es ihm an.

Sie wollte ihm Trost spenden, ihm versichern, dass alles gut werden würde. Aber sie wusste nicht, wie sie das anstellen sollte, und sie glaubte auch nicht daran. Sie wusste nicht, welche Dämonen ihn heimsuchten, und würde es vermutlich auch niemals wissen.

Sie konnte Jake ihre Anwesenheit erträglicher machen. Das war auch schon alles.

»Danke, dass du mir von den Musketieren erzählt hast. Sie müssen etwas ganz Besonderes gewesen sein. Und sie hatten Glück, einen Freund wie dich zu haben.«

»Sicher.«

Marnie rutschte betont ungezwungen an die Bettkante und setzte sich auf. »Ich dusche mal eben.« Sie versuchte, nett über die Schulter zu lächeln. »Oder willst du zuerst, falls du gleich rauf willst?«

Seine Augen waren dunkel, sein Mund hart. Er rollte sich auf die andere Seite des Betts und stand auf. Marnie sah ihn zum ersten Mal wirklich in all seiner nackten Herrlichkeit.

Er hatte sich unglaublich angefühlt, und er sah hinreißend

aus. Er war ein Riese, alles an ihm war prächtig proportioniert. Das hatte sie ja gewusst, aber ihn so zu sehen –

Sie widerstand der Versuchung, sich ans Herz zu greifen oder sich Luft zuzufächeln. *Tolle Beine, eine fabelhafte Brust* – Ihr Blick wanderte nach unten. *Und andere atemberaubende Körperteile.* Sogar in Ruhestellung.

Es fiel ihr nicht leicht, zwanglos zu lächeln. Es wäre ihr nie in den Sinn gekommen, ihren Körper vor ihm zu bedecken. Den Körper, den er stundenlang geliebt, geleckt und liebkost hatte. Sein Blick wanderte gemächlich von ihrer Nasenspitze zu den Zehen und wieder zurück. Ihre Brustwarzen wurden hart.

Sie wusste, er hatte es bemerkt, so wie sein Blick flackerte, doch er erstickte das Flackern schnell.

»Das war es also«, sagte er kühl. »Bist du sicher, dass du nicht doch ein wenig schlafen möchtest?«

Uh, oh. Schon wieder falsch.

Mach es unkompliziert. Bleib ganz locker. Aber sie wusste, es würde schief gehen. »Wir hatten fabelhaften Sex. Du bist ein unglaublicher Liebhaber. Da muss duschen doch politisch korrekt sein.«

Auf seiner Wange zuckte ein Muskel. »Wir hätten auch zusammen duschen können.«

Marnie bemerkte die Vergangenheitsform durchaus. »Wenn du nicht so dringend nach oben müsstest. Habe ich Recht?«

»Natürlich«, sagte er schmallippig.

Marnie stand, einem Impuls folgend, auf und lief um das Bett herum. Sie nahm sein Gesicht in die Hände. Sein Kiefer war starr und dunkel vor Bartstoppeln. Marnie wollte nicht, dass der beste Nachmittag ihres Lebens zum schlimmsten wurde. Sie glaubte, ihn lässig und elegant aus dieser Situation entlassen zu müssen.

»Ich habe es sehr genossen, mit dir zu schlafen, Jake. Ich habe so etwas noch nie erlebt und werde es vermutlich auch nicht mehr erleben.« Ihr Hals tat weh, aber sie setzte ein munteres Lächeln auf. Er brauchte nicht zu wissen, dass sie drauf und dran war, sich zu verlieben. Sollte er sie lieber für abgeklärt halten. »Wir wollen ja schließlich nicht heiraten. Es war einfach nur Sex.«

»War es das?«, fauchte er, die Augen dunkel und hartherzig. »Du hast wohl jede Menge sexuelle Erfahrung.«

»Eigentlich nicht«, stammelte sie. *Bist du eifersüchtig, Jake?* Sie schaute ihn an. *Nein, bist du nicht!* »Da war nur das eine Mal. Als ich neunzehn war, haben Tommy Bishop und ich ein Motelzimmer gemietet. Offen gesagt, so toll war es nicht. Eher so wie ›Stecken Sie Rohr A in Öffnung B‹. Nicht gerade romantisch, aber wir hatten es beide satt, jungfräulich zu sein. Also haben wir uns entschlossen, der Sache auf den Grund zu gehen. Keine große Sache, wie wir feststellen mussten.«

»Und was war mit deinen Verlobten?«

»Ehrlich gesagt – ich habe nicht mit ihnen geschlafen«, druckste sie und legte den Kopf schief. »Wirst du mir von all deinen Frauen erzählen, oder würde das zu lange dauern?«

»Wir reden aber gerade von dir.«

»Ah – hmm.«

Er kniff die Augen zu und blinzelte vorsichtig. »Ich *hasse* es, wenn du diese Geräusche machst.«

Dieselben Geräusche, die er vor zwei Minuten noch in Flaschen abfüllen wollte? Marnie stellte sich auf Zehenspitzen und küsste ihn auf den Mund. »Wir hatten großartigen Sex, Jake«, murmelte sie. »Ich hoffe, wir machen das bald wieder.«

»Wie wäre es mit jetzt?«, fragte er trocken und packte sie an den Oberarmen. »Wir sind sowieso schon nackt, und die Stimmung passt auch noch. Wie wäre es, wenn ich dich mir von der Seele rammle? Mich tief in dich bohre, bis du schreist und ich das Bewusstsein verliere?«

»Uh – sicher – ja«, flüsterte sie verunsichert. Emotionen durchzuckten wie Blitze seinen Blick, doch Marnie verstand sie nicht zu deuten. Er schien unter Strom zu stehen und schaute sie prüfend an.

Verflucht, dachte Marnie panisch. *Was jetzt?* Sie hatte geglaubt, nur Frauen hätten ein Der-Morgen-danach-Syndrom.

Er schob sie rücklings an die Bettkante. »Ein klein wenig entspannender Sex, um die Spannung abzubauen. Ist es das, was du willst, Marnie?« Er knurrte jetzt förmlich und kippte sie nach hinten auf das zerwühlte Bett.

Marnie unterdrückte einen hysterischen Lachkrampf, packte mit beiden Händen seinen dunklen Schopf und zog ihn zu sich hinab. »Du findest mich widerstehlich, hast du das vergessen?«

Jake lachte ein humorloses Lachen, schob ihr die Hände unter die Hüften und zog sie an sich. »Dir ist aber vielleicht aufgefallen, dass ich nicht immun gegen dich bin. Du bist weich und schön. Schon als ich dich zum ersten Mal gesehen habe, hätte ich meinen rechten Arm gegeben, um Sex mit dir zu haben.«

»Was für ein Glück –«, sagte Marnie, stellte sich mit beiden Füßen fest auf den Boden und öffnete ihm ihre Schenkel. »Was für ein Glück, dass du mich haben kannst, ohne eines deiner gewaltigen Körperteile hergeben zu müssen.«

Ihre Lippen trafen einander, hungrig wie schon eine Stunde zuvor. Sie saugte seine Zunge. Er drang in sie ein. Sie biss ihn in die Schulter und er sie heftig in den Hals. Seine Unterarme hielten wie ein Schraubstock ihren Kopf fest, seine Finger waren in ihre verschlungen. Seine Sehnen standen unter Spannung, seine Muskeln pumpten, seine Hüften stießen gnadenlos zu.

Primitiv und auf das Wesentliche reduziert, keine Spur von der Finesse, die er zuvor an den Tag gelegt hatte.

Meiner. Meiner. Meiner. Meiner, dachte Marnie bei jedem Stoß. Sie stemmte die Füße auf den Fußboden und kam ihm entgegen.

Sie hatte eine barbarische Freude an seinem unartikulierten Ächzen, dem Schweiß, der ihm glänzend über Gesicht und Brust lief, und den unablässig pumpenden Muskeln. Sie schob die Hände seinen Rücken hinunter, ihre kurzen Fingernägel bohrten sich in seinen Hintern und zwangen ihn, schneller zu machen. Er hämmerte sich in sie hinein, fletschte die Zähne und starrte sie mit wildem, wütendem Blick an.

Krieg. *Oh Jake.*

Marnie konnte nichts gegen das Lächeln tun, das heftiger an ihren Mundwinkeln zupfte, je stärker tief in ihr der Druck wurde. Sie schlang ihre Arme um ihn und hielt sich fest.

Jake zog eine finstere Miene und biss ihr mit den Zähnen das Lächeln fort.

Worauf aus dem Lächeln ein breites Grinsen wurde.

Der Lachkrampf kam Hand in Hand mit der Klimax. Jeder Nerv und jede Pore ihrer Haut jubelten vor Glück, als Jake seinen Claim absteckte.

»Verrückte«, keuchte er atemlos. »Verrückte Frau.«

Verrückt nach dir.

Sie legte ihm die Beine um die Hüften und drückte ihn mit

den Fersen noch tiefer. Sie trieb ihn in den Wahnsinn, und sie wusste es.

Er machte keine Gefangenen.

Sie aber auch nicht.

»Also, was haben sie aus deinem Rucksack herausgenommen?«

»Meinem Rucksack?«, gähnte sie, um Zeit zu gewinnen.

Jake hatte sich auf die Ellenbogen gestützt und fuhr mit den Fingerspitzen von ihrer feuchten Scham zur Kehle hinauf.

»Das kitzelt.«

Er legte ihr die Hand ans Kinn und drehte ihr Gesicht zu sich herum. Viel zu ernsthaft für einen Mann, der gerade fabelhaften Sex gehabt hatte. Der Schweiß klebte ihre Hüften aneinander. Es fühlte sich großartig an.

»Haben sie deine Medikamente mitgenommen, Marnie? Was nimmst du? Einen Blutverdünner?«

»Coumadin.« Sie seufzte. »Mir kann nichts passieren die nächsten Ta – die nächste Zeit. Du brauchst dir keine Sorge zu machen. Ich habe schon oft vergessen, das Zeug zu nehmen.« Was eine Lüge war. »Ich bin völlig in Ordnung.«

»Bis sich ein Blutgerinnsel bildet.«

»Das passiert schon nicht. Können wir über etwas anderes reden? Da, fühl mal.« Sie presste sich seine Hand flach auf die linke Brust. »Ich vergesse die meiste Zeit, dass da ein kleines Stück Metall drin steckt.«

Er schob seine Finger um ihren Busen, beugte sich hinunter und drückte ihr sacht die Lippen auf die Haut überm pochenden Herzen, ließ es galoppieren und Purzelbäume schlagen.

Er blickte zornig auf. »Ich muss dich über diesen verfluchten Fluss kriegen.«

Marnie fuhr ihm mit den Fingern durch die langen, dunklen Haare. »Ich halte es schon aus bis dahin.«

»Ich werde dafür sorgen.«

Marnie lag gemütlich auf der Couch. Sie hatte ein paar Stunden geschlafen und war frisch, energiegeladen und übermütig. Jake hatte schon geduscht, als sie endlich aufgewacht war. Schade, dass sie die Vorstellung verpasst hatte. Das nächste Mal würde sie sich einen Logenplatz sichern.

Sie hatte geduscht und eine frische Garnitur Boxershorts und Flanellhemd angezogen, während er am Computer beschäftigt war. Sie hatte ihn beim Duschen die ganze Zeit beobachtet. Er hatte sich kein einziges Mal nach ihr umgedreht. *Verflixt.*

Dann hatte sie ein paar Zeichnungen gemacht. Jakes Füße, Jakes Hände und – insgeheim – Jakes intimere Partien. Und jetzt war ihr langweilig, langweilig, langweilig.

»Kann ich mitkommen, wenn du mit Duchess rausgehst? Ich werde noch verrückt hier unten. Ich brauche Licht und frische Luft.«

»Es wird sowieso schon wieder dunkel, und wir haben gute Luft hier unten und jede Menge Licht. Du musst durchhalten. Sobald der Pegel sinkt, kriegst du deine Freiheit wieder. Lies ein Buch oder beschäftige dich irgendwie.«

»Hast du irgendwelche Liebesromane da?«, fragte sie trocken, während Jake über der Konsole hing und an einer Kamera herumstellte. Er hatte einen wirklich hübschen Hintern in diesen abgetragenen Jeans, *sehr* hübsch.

»In all diesen Büchern kommt auch Liebe mit vor«, sagte er und holte ein Bündel schwarzer Sachen aus einem Schrank.

»Ich hatte dabei nicht an einen Cowboy gedacht, der seine Stute knutscht, Jake.«

Er zog sein Hemd aus. Und ein hautenges, schwarzes Etwas aus Elasthan oder einer Art Neopren. Das Oberteil akzentuierte jeden Muskel und jede Sehne. Er sah genau wie die Killer aus. Eine düstere Vorahnung lief Marnie eiskalt den Rücken hinunter. *Das* also war Jake Dolan.

Er machte den Gürtel der Jeans auf. Marnie beobachtete hingerissen jede kleine Bewegung.

Jake schaute amüsiert auf. »Du gaffst.«

Ohne den Gürtel aus den Augen zu lassen, sagte sie: »Lohnt sich auch.«

Jake schüttelte den Kopf und zog den Rest der schwarzen Montur an.

Er marschierte mit knirschenden Stiefeln den Schacht hinauf, überprüfte im Gehen seine Bewaffnung und fluchte leise vor sich hin. Die Frau weichte sein Gehirn auf.

»Einfach nur Sex«, wiederholte er noch einmal laut. Marnies Worte wollten ihm einfach nicht aus dem Kopf gehen. Einfach nur Sex? Judas Priest. Aus unerfindlichen Gründen fühlte er sich hintergangen. Keine Ahnung, wieso oder warum.

Es würde keine Rolle spielen, wie oft er sie nahm. Er war unersättlich, sobald sie nur in seiner Nähe war.

Einfach nur Sex. Judas.

Er hielt die Dinge gern fein säuberlich getrennt.

Es *war* einfach nur Sex. Natürlich. Was sonst? Sie waren zwei gesunde Kreaturen, bei denen ordentlich die Chemie abging. Kein Grund, das abzustreiten.

Langsam beruhigte er sich wieder. Er war nur deshalb verschnupft, weil sie ihm zuvorgekommen und es zuerst gesagt hatte.

Er hatte ihr ein Versprechen gegeben. Das einzige Versprechen, das ein Mann wie er einer Frau wie ihr geben konnte. Und er würde dieses Versprechen halten und wenn es ihn umbrachte. Wenn es sein musste, würde er mit Marnie auf dem Rücken durch den tosenden Fluss schwimmen. Er würde es tun. Er fluchte noch mal. Er hatte gedacht, alle Zeit der Welt zu haben, um diese Fieslinge fertig zu machen.

Mit ihrer Herzerkrankung hatte Marnie den Zeitplan auf den Kopf gestellt.

Er war kein Mediziner, aber er wusste genau, dass man einen Patienten nicht grundlos lebenslang auf Antigerinnungsmittel setzte. Ein Gerinnsel konnte sie das Leben kosten.

Wie viel Zeit würde ihm bleiben? Stunden? Tage? Er wusste es nicht. Aber mit jedem Schritt, den er tat, hörte er die Uhr ticken wie den Zeitzünder einer Bombe.

Es war Sonntagabend. Sie war seit mindestens Freitagabend ohne ihre Medikamente. Und wie lange noch?

Die obere Brücke war weg. Die untere – das hatte er auf dem Monitor gesehen – immer noch überflutet.

Wut und Frustration fraßen ihn auf.

Wem konnte er noch vertrauen?

Wen kontakten, um sie zu evakuieren? Wer, der noch einigermaßen bei Verstand war, würde riskieren, bei diesem Wetter auf diesem Terrain zu landen?

Ein Stück flussaufwärts gab es eine Lichtung. Er hatte sie ein paar Mal als Landeplatz benutzt, als er die Sachen für den Bunker heraufgebracht hatte. Ein wirklich guter Pilot konnte dort relativ sicher landen und starten.

Relativ sicher musste ihm genügen. Er hatte keine Wahl. Jake dachte schweren Herzens an Skully, diesen Draufgänger, der ohne mit der Wimper zu zucken hier heraufgeflogen wäre.

Er wusste nicht, wer diese Männer waren. Aber er musste es herausfinden, und zwar schnell. Die reguläre Spielzeit neigte sich dem Ende zu. Es war nicht das erste Mal, dass er seine drei Freunde schmerzlich vermisste.

Mittlerweile zog er es vor, alleine zu arbeiten, obwohl er gelegentlich auch mit einem kompletten 9-Mann-Team operiert hatte. Er hatte seine Mitstreiter immer vorbehaltlos unterstützt, aber es war ihm unmöglich, sein eigenes Leben einem anderen anzuvertrauen.

Es war alles eine Frage des Vertrauens. Und es gab niemanden mehr, dem er vertraut hätte.

Er hoffte inständig, dass diese Typen irgendwelche Terroristen waren. Aber es sah ganz danach aus, als seien sie T-FLAC. Was bedeutete, dass er – um Marnie herauszubringen – nicht nach der Kavallerie rufen konnte.

Jake fragte sich, ob er wohl mit diesen Männern schon Seite an Seite gearbeitet hatte. Ob er ihnen an irgendeinem gottverlassenen Kriegsschauplatz Rückendeckung gegeben hatte. Ob sie ihm ins Gesicht gesehen und ihn einen Freund genannt hatten, um ihn dann ans Messer zu liefern.

Und wofür?

Er schüttelte den Kopf. Spielte das noch eine Rolle?

Wer immer sie waren, sie waren den Elementen ausgesetzt gewesen, er nicht. Jake hatte das Ende des Schachts erreicht und kletterte zwischen den Felsen hindurch, die den Zugang blockierten. Aus düsterem Himmel schlug ihm ein Graupelschauer entgegen, die riesigen, dunklen Wolken hingen bedrückend tief.

Jake war auf zahllosen Missionen gewesen, wo er und seine Männer mit knappem Marschgepäck hatten auskommen müssen. Es war machbar, aber unbequem.

Er zählte darauf, dass Frust und Erfolglosigkeit die Männer unachtsam machten. Sie hatten die ganze letzte Nacht und den heutigen Tag damit verbracht, kreuz und quer ihr Planquadrat abzusuchen.

Jake sprang leichtfüßig einen Felsbrocken hinunter, suchte mit den Augen das Gelände ab und schlug sich lautlos zwischen die Bäume. Er bewegte sich von Schatten zu Schatten. Auf dem weichen, nassen Boden, der mit Piniennadeln bedeckt war, waren seine Stiefel kaum zu hören. Der Sturm hatte sein Versprechen eingelöst und das ohnehin schon feuchte Terrain vollends unter Wasser gesetzt. Jake fühlte den Wind um Kopf und Schultern wirbeln, obwohl er sich im Schutz der Bäume bewegte.

Dass die Männer so nahe am Bunker nach ihm suchten, bedeutete, dass sie wussten, wo er zu finden war. Sie wussten nur nicht, wie sie an ihn herankamen.

Er scherte sich nicht die Bohne um sich selbst, doch Marnie hatte ohne ihn keine Chance.

Er musste diesen Typen klar machen, dass ihr Zeitplan außer Kraft gesetzt war.

Ein paar Stunden später entdeckte er zwei der Attentäter in der Nähe der Hütte. Er sicherte kurz seinen Standort, dann beobachtete er sie bei ihrer systematischen Suche. Sie ließen kein einziges Brett aus. Jake hielt sich im Schatten verborgen. Er bemerkte den Regen, der ihm über Gesicht und Schultern lief, gar nicht und sah nur die Männer, die sorgsam die Front der kleinen Hütte untersuchten. Sie wussten genau, wo die Büchse aufging, nur nicht wie.

Es bestand eine gewisse Gefahr, dass sie die Zugänge zum Aufzug entdeckten. Aber sie kamen nur am Netzhautscanner vorbei, wenn Jake kooperierte. Und für diesen Fall gab es einen Notfallplan.

Jake zog die schwarze Gesichtsmaske über. Dann betrat er die Lichtung.

Einer der Männer drehte sich um und griff an das Heft des Messers an seinem Oberschenkel, der andere setzte die Suche fort.

Jake probierte ein Handzeichen aus, das T-FLAC zur Identifikation benutzte. Der Mann war sichtlich beruhigt und kam auf ihn zu.

»Ich löse euch ab. Ihr könnt ins Camp gehen«, sagte er im T-FLAC-Code.

»Wir sind erst seit drei Stunden hier.«

»Wie ihr meint.« Jake gab seiner Stimme einen Anstrich von Unmut. »Dann gehe ich zurück und trinke den Kaffee eben selber.« Er wandte sich zum Gehen.

»Halt. Ich mache gerne eine Pause.« Der Kleinere der beiden nickte Jake zu und ging zum Waldrand. Die Montur machte ihn unkenntlich. Und Jake kam nichts an ihm bekannt vor. Jake schaute ihm nach, wie er zwischen den Bäumen verschwand, und dann lief er durch das nasse, hohe Gras zur Hütte.

Sein Blick wanderte zu dem Pünktchen am Dachrand hinauf, das als glitzernder Regentropfen hätte durchgehen können. Er hatte ganz vergessen, dass Marnie jeden Zoll der Hütte sehen konnte. Er überlegte einen Augenblick lang, die Kamera, die er so kunstvoll unterm Dachsims versteckt hatte, unbrauchbar zu machen. Dann entschied er sich, nicht weiter an Marnie zu denken und an die Arbeit zu gehen.

Der zweite Mann stand rechts an der Ecke der Hütte und untersuchte penibel die Holzbretter. Jake lief an der offenen Tür vorbei und riskierte einen schnellen Blick. Niemand drin.

Er stellte sich neben seine Beute, legte dem Mann den Arm

um den Hals, nutzte das Überraschungsmoment und brach ihm das Genick.

Sekunden später hatte er den Körper schon von der Hütte weggezerrt und unter einem dichten Haufen Windbruch verborgen.

Dann lief er bergauf dem Mann hinterher, den er Kaffee trinken geschickt hatte.

Der Mann war gut.

Jake war besser.

Sobald er das Camp gefunden und die Größe der Einheit überschlagen hatte, würde er wissen, was zu tun war. Er brauchte dem Kerl nur zu folgen.

Sie sahen aus wie T-FLAC, sie rochen und sprachen wie T-FLAC, aber irgendetwas stimmte hier nicht. Aber was machte das für einen Unterschied? Ein Killer war ein Killer war ein Killer.

Jake ließ den Mann ein Stück weiterlaufen, bevor er sich selbst wieder in Bewegung setzte.

Plötzlich stand er von Angesicht zu Angesicht einem anderen Kerl gegenüber, der aus der Gegenrichtung gekommen war. Falls der Typ bis drei zählen konnte, hatte Jake ein Problem.

Der Mann war vorsichtig, aber nicht vorsichtig genug. Bevor er Jake noch richtig wahrgenommen hatte, war es schon vorbei. Jake brauchte nur ein paar Sekunden, um die Leiche zu durchsuchen und zu verstecken. Wieder zwei weniger. Wie viele noch?

Er musste ihr Lager finden, aber der Mann, dem er gefolgt war, war mittlerweile zwischen den Bäumen verschwunden. *Verflucht.*

Das Einsatzkommando musste per Hubschrauber auf diesen Teil des Berges gekommen sein. Die Brücken waren längst unpassierbar gewesen. Er musste zu ihrem Ausgangspunkt, die restlichen Männer festsetzen und per Funk Hilfe holen.

Wenn er nur gewusst hätte, wen.

Jake ging wieder in die Richtung, die er vor dem Zwischenfall eingeschlagen hatte. Diesmal war er vorsichtiger. Dieser Anfängerfehler hätte ihn das Leben kosten können und Marnie damit auch.

Er durfte sich nicht mehr gestatten, derartige Risiken einzugehen. Nicht bevor er Marnie sicher den Berg herunter hatte.

Eine halbe Stunde später stieß er auf einen weiteren Mann, der offensichtlich gerade vom Pinkeln kam und eilig seine Montur in Ordnung brachte. Er war in die richtige Richtung unterwegs. Jake überlegte kurz. Sollte er ihn heim zu Mama lassen oder lieber auf der Stelle kalt machen? Einer weniger, um den er sich später Sorgen machen musste.

Jake trat in einiger Entfernung zwischen den Bäumen heraus. Der Kerl schaute verwirrt hoch und hatte die Hände noch nicht frei. Jake zog das kurze Messer aus der Halterung am Knöchel – eine perfekte Flugbahn. Der Mann kam kaum noch zum Luftholen, da steckte ihm schon das Messer in der Kehle. Er krümmte sich mit schreckgeweiteten Augen zusammen und stürzte auf eine hart gefrorene Schneewehe am Fuße einer Ponderosapinie. Nicht dass seine letzte Ruhestätte in der Sache einen Unterschied gemacht hätte.

Die Uhr in Jakes Unterbewusstsein tickte unbarmherzig weiter, während er arbeitete. Wo zur Hölle waren die restlichen Männer? Wie viele dieser Hundesöhne waren es überhaupt? Der leblose Körper des Kerls hing schwer in seinen Armen, als er ihn von der winzigen Lichtung ins Unterholz zerrte. Aufräumarbeiten waren seine Sache nicht, aber sie gehörten eben zum Job.

Alles war still, aber die Luft fühlte sich irgendwie anders an.

Jake schoss herum.

Mit einem Schinkensandwich auf halbem Weg zum Mund starrte Marnie unten im Bunker die Bildschirme an. »Verdammt, Jake, da ist noch einer – Uff, du hast ihn gesehen. Nein, warte, er –«

Neben ihr bellte Duchess ihr eigenes Warnsignal.

Marnie hatte es sich eigentlich mit einem Sandwich und einem Becher Kaffee im Bett bequem gemacht. Jetzt sah sie sich gezwungen, ihr Sandwich liegen zu lassen und, ohne die Monitore aus den Augen zu lassen, zum Bettrand zu kriechen. Der erste Bissen Sandwich klebte wie Tapetenkleister an ihrem Gaumen, und sie gaffte nur noch entsetzt.

Jake und dieser Mann umkreisten einander. Sie befanden sich auf einem flachen Abhang. In kleinen Bächen lief Wasser über die schwere Schneedecke und machte den Boden rutschig und gefährlich. Marnie schrie auf, als Jake mit dem Fuß wegrutschte. Jake packte seinen Gegner am Arm, um wieder Halt zu finden oder ihn wenigstens mit zu Boden zu reißen. Letzteres war der Fall. Die beiden rollten und schlitterten miteinander den Abhang hinunter und kamen erst am Fuß eines riesigen Baums zum Halten.

Und standen schon wieder, umkreisten einander, täuschten an.

»Warum nimmt er denn seine Pistole nicht her?« Marnie sprang vom Bett auf und rannte zur Bildschirmwand, um besser zu sehen.

Sie sahen wie zwei gut durchchoreografierte Tänzer aus.

Der Regen prallte von ihren wasserundurchlässigen Kampfanzügen ab, nicht aber von den Linsen der Kameras, wo er das Zusehen zu einer Herausforderung machte.

Welcher war Jake?

»Ah. Schau, altes Mädchen, unser Mann ist größer.«

Jake landete einen Schlag, der andere fiel vornüber.

»Gut gemacht, Jake!«

Duchess lehnte sich an Marnie und grummelte leise.

Der Böse traf Jake mit einem Kick an den Oberschenkel. Marnie jammerte. »Au! Gib's ihm, Großer. Ja, ganz genau so. So und so und *so*!« Ihr Herz raste wie verrückt. Die beiden waren einander ebenbürtig. Ein paar Minuten lang gerieten sie zwischen den Bäumen außer Sicht.

»Verflixt!«, schrie Marnie. Duchess winselte und knurrte. »Was ist denn, altes Mädchen?«

Duchess lief zum Aufzug, der zum Schacht hinaufführte, wedelte mit dem Schwanz und drehte sich zu ihrem Frauchen um.

»Er ist gerade beschäftigt, Dummerchen. Er kommt wieder, sobald er mit der Arbeit fertig ist«, setzte sie gequält hinzu und suchte in der grauen Suppe nach einer Spur der beiden Männer.

Duchess knurrte tief und kam an Marnies Seite zurück. Sie stupste ihr Frauchen mit dem Kopf.

»Mitkommen? Wohin denn?« Von den beiden war nichts zu sehen. Marnie probierte erfolglos eine andere Kameraeinstellung aus.

Der Hund gab keine Ruhe, stupste sie und lief los, stupste wieder, rannte wieder los.

Marnie ließ einen Moment lang die düsteren Bildschirme aus den Augen und sah Duchess an. »Du meinst doch nicht etwa, dass wir raufgehen sollen? Bist du übergeschnappt? Ich könnte nie – hör zu, verdammt noch mal. Ich könnte ihm doch gar nicht helfen, ich könnte es nicht!«

Sie drehte sich wieder um. Sie hatte jetzt keine Zeit, mit einem Hund zu streiten. Zwischen den Bäumen tauchte ein Mann auf und kam ins Blickfeld von Kamera 7. Marnie stützte sich mit verschwitzten Handflächen auf die kühle Konsole und versuchte festzustellen, um wen es sich handelte. Aber der Himmel hatte seine Schleusen geöffnet, es wurde langsam dunkel, und sie wusste nicht mehr, wer wer war.

Die Angst machte ihr eine Gänsehaut. »Jake –?«

Duchess bellte zur Warnung, als plötzlich ein Mann ins Bild geflogen kam und den anderen zu Boden riss. Marnie hatte keine Ahnung, welcher von den beiden Jake war. Es war ein Kampf auf Leben und Tod. Während die beiden im strömenden Regen miteinander kämpften, wich alle Farbe aus Marnies Gesicht. Sie sah nur noch Fäuste und Tritte fliegen und zitterte so atemlos, als sei sie selbst in den Kampf verwickelt.

Ein Ellenbogen rammte gegen ein Kinn. Marnie zuckte zusammen und jammerte. Jeder Schlag ließ sie zusammenzucken und schien sie selbst in den Magen zu treffen.

Einer der Männer griff sich ans Kreuz und zog ein lächerlich kleines Pistölchen. Der andere war gerade dabei aufzustehen und hatte es nicht gesehen. »Hatte Jake da eine Waffe, altes Mädchen? Oder nicht? Oh Gott, Jake –«

Duchess heulte und jagte Marnie damit einen Schauer den Rücken hinunter.

Ein Schuss fiel.

Doch es war der Mann mit der winzigen Pistole, der jetzt rückwärts gegen einen Baumstamm taumelte.

Marnie bohrte die Fingernägel in die Handflächen und

schaute von einem zum anderen. Welcher war Jake? Sie hatte keine Ahnung. Ihr Herz schlug so schnell, dass sie kaum noch Luft bekam.

Duchess lief aufgeregt hin und her. Zum Aufzug und wieder zurück zu Marnie. Wieder zum Aufzug und wieder zurück. Marnie sollte mit nach oben kommen und ihren Helden retten.

Marnie war hin- und hergerissen und schaute unschlüssig zum Monitor. Wer hatte die Kugel abbekommen?

Dann fiel ein zweiter Schuss.

Der andere taumelte und fiel auf die Knie. Er kam aber wieder hoch und feuerte den dritten Schuss ab. Der Mann, der die kleine Pistole gezogen hatte, schien einen Augenblick wie gelähmt, dann rutschte er langsam einen Baumstamm hinunter, bis er mit hängendem Kopf und gestreckten Beinen zum Sitzen kam. Im Schnee neben ihm wuchs ein tiefroter Fleck.

Marnie schrie auf und wollte es nicht wahrhaben. Sie presste die Hände rechts und links an den Bildschirmrand und versuchte verzweifelt durch die wirbelnden Flocken hindurch Jake zu identifizieren.

»Verdammt noch mal, Jake. Ich bringe dich um, wenn du tot bist!«

Sie starrte das Bild ein paar Sekunden lang an, dann wurde sie schlagartig aktiv und stürzte los, um ihre warmen Sachen zusammenzusuchen.

11

Marnie hüpfte im Aufzug von einem Bein aufs andere und schnürte ihre Stiefel zu. Die Angst ließ sie fahrig werden, ihre Finger machten nicht recht mit.

»Los jetzt. Los jetzt.«

Sie stürmte zur Aufzugtür hinaus. Im Tunnel gingen die Lichter an. Marnie lief keuchend weiter und versuchte, die Panik in den Griff zu bekommen.

»Es geht ihm sicher gut«, redete sie sich ein. *»Gut.«*

Sie knöpfte sich im Laufen eines von Jakes riesigen Hemden zu und zog an Jeans und Daunenjacke die Reißverschlüsse zu. »Jake weiß genau, was er tut. Er ist bestimmt in Ordnung.« *Bitte sei in Ordnung.*

Jake. Jake. Jake.

Duchess lief voraus und kam wieder zurück. Voraus. Zurück. *Schnell. Schnell. Schnell.*

»Bitte, sei am Leben.«

Eine Tür versperrte ihr den Weg.

Handabdruck.

Sie legte die Handfläche auf den Scanner, wie Jake es ihr gezeigt hatte.

»Geh auf. Geh auf. Geh – auf.«

Sie fiel fast durch die Tür und in den langen Schacht, der nach draußen führte. Es war merklich kälter. Sie brauchte nur der frischen Luft entgegenzulaufen.

Aber sie konnte nicht völlig planlos draußen herumlaufen. Doch ihr Verstand weigerte sich, über irgendetwas anderes nachzudenken als über den Mann, der blutend im Schnee lag.

Sterbend im Schnee lag.

Auch wenn es nicht Jake sein sollte – *bitte, lieber Gott, lass es nicht Jake sein* –, der andere hatte auch eine Kugel abbekommen. *Lass es eine Fleischwunde sein, einen Kratzer, ja?*

Sie wusste in etwa, wo der Kampf stattgefunden hatte. Ganz in der Nähe des Eingangs zum Schacht. Aber sie hatte von unten gesehen, dass es draußen langsam dunkel wurde und das Schneegestöber immer heftiger.

Sie musste sich beeilen.

Denk nach. Mach einen Plan. Und dann nichts wie los.

Sie würde ihm keine große Hilfe sein, wenn die Typen sie umbrachten. Der Gedanke ließ sie schaudern. Plötzlich war alles so furchtbar real. Die Bildschirme hatten sie in trügerischer Sicherheit gewiegt. Alles war weit weg gewesen, als säße sie vorm Fernseher. Aber das hier war kein Film. Es war Zum-vor-Angst-ins-Höschen-Machen real, und es hatte Tote gegeben.

»Aber Jake ist keiner davon. Bitte, lieber Gott, bitte nicht Jake.«

Der Schacht schien kein Ende zu nehmen. War sie mit Jake hier entlanggekommen? Oder war sie irgendwo falsch abgebogen? Nein, da drüben war der Sims, wo das Gewehr und die Taschenlampe gelegen hatten.

Um die nächste Ecke herum. Plötzlich ein wütendes, tiefes Knurren. Sie schrak zusammen und erinnerte sich wieder. »Dieser verfluchte elektronische Wachhund.«

Schnell. Schnell. Schnell.

Nicht mehr weit.

Dann schlug ihr eisige Luft entgegen, und sie stand mit Duchess am Ende des Schachts. Marnie war vor Angst völlig verkrampft. Sie keuchte, drückte sich die Hand in die stechende Seite und lehnte sich an einen der hölzernen Balken, bis sie wieder zu Atem kam.

»Verdammt noch mal, Jake, ich habe mich hier rauf gearbeitet, um dir zu sagen, dass ich dich liebe. Und ich werde verrückt, wenn du –« Sie ertrug es nicht, den Satz zu Ende zu bringen.

Du musst Jake finden, dachte sie zornig. *Und in den Bunker zerren. Wenn es sein muss, an den Haaren.* Zur Hölle mit diesen Männern. Marnie war so wütend, dass sie ihnen am liebsten selbst an den Kragen gegangen wäre.

Duchess war neben ihr stehen geblieben. »Wenn einer von den bösen Jungs auftaucht, reißt du ihm die Kehle raus, verstanden?«, flüsterte sie zornig. Sie war dankbar, die Wärme und das Gewicht ihrer Dogge zu spüren. Sie legte Duchess den Arm um den Hals und verdrängte den Gedanken, die schützenden Felsen hinter sich zu lassen. Und draußen im Freien zu sein –

»Wir werden ihn fi – Oh Gott, Jake!« Marnie war erleichtert wie nie, als sie ihn durch die schmale Felsspalte kommen sah. Die hautenge, glänzende Montur sah fast wie ein Taucheranzug aus. Er war gerade dabei, die Gesichtsmaske herunterzuziehen.

Marnie lief ihm entgegen und hob geistesgegenwärtig die Arme, als er das Gewehr auf sie richtete.

»He. Ich bin unbewaffnet!«

Er ließ den Lauf sinken. Er wirkte blasser als sonst. Die Furchen an seinem Mund waren mit einem Mal sehr ausgeprägt. Das nasse Haar klebte ihm am Kopf. Die Maske hatte kleine, rote Abdrücke im Gesicht hinterlassen. Er war der schönste Mann, den Marnie je gesehen hatte.

»Heiliger Judas, Mädchen, was soll dieser Quatsch? Ich hätte dich fast erschossen. Was machst du hier draußen?«

»Ich habe gesehen, wie der Kerl auf dich geschossen hat. Ich wollte dir in den Bunker zurückhelfen.« *Er ist nicht tot. Danke, lieber Gott, er ist nicht tot.*

»Es ist nur ein Kratzer.«

Marnie kam an seine Seite und schaute zu ihm auf. Sie hätte ihm gerne eine geknallt, weil er sie so zu Tode erschreckt hatte. Sie hätte ihn umbringen können. Sie hätte sich am liebsten in seine Arme geworfen und wie ein Baby geweint. Sie holte tief Luft und dehnte ihre verspannten Schultern.

»Hm. Wirklich? Ein Kratzer? Lass uns heimgehen, Großer, dann schauen wir uns das an. Geh auf die andere Seite, Duchess.« Die Dogge schien sich nicht sicher zu sein, ob das hier draußen ein spaßiges Spiel sein sollte oder bitterer Ernst. Schließlich lief sie um ihn herum und sah ihn hoffnungsvoll an. Marnie ging an Jakes heile Seite und legte sich vorsichtig seinen Arm um die Schultern.

»Ich habe alles gesehen. Ich kann dir gar nicht sagen, wie *wahnsinnig* es mich macht, dich nicht warnen zu können, wenn ich etwas sehe.« Jakes Hand auf ihrer Schulter war eiskalt. Dieser Wahnsinnige. Sie nahm seine Finger fest in ihre warme Hand.

»Hattest du etwa vor, mich runterzutragen?«, fragte er leicht amüsiert, als sie zurück in den Schacht liefen.

»Wenn ich gemusst hätte, ja.« Marnie setzte konzentriert einen Fuß vor den anderen. Macho, der er war – den Arm nahm er nicht von ihrer Schulter. Der süßlich-metallische Blutgeruch ließ Marnie krampfhaft schlucken.

»Wie schlimm ist es, was glaubst du?«

»Ich habe doch gesagt, nur ein Kratzer. Ich habe alles, was ich brauche, unten. Mach dir keine Sorgen.«

»Oh, ich mache mir keine Sorgen«, sagte Marnie vergnügt, aber das Herz war ihr schwer, und sie stützte ihn kräftiger.

Wie sollte sie ihn in den Bunker schaffen, falls er hier im Tunnel zusammenbrach? Sie verdrängte die Frage schnell. Jake war schließlich noch auf den Beinen. Und sie hatte schon genug Sorgen.

Jake überließ es Marnie, Handabdruck und Netzhaut zu scannen. Als sich unten im Bunker endlich die Aufzugtür vor ihnen öffnete, waren sie beide schweißgebadet. Jake stürzte sofort zur Couch und ließ sich fallen. Er legte die Beine auf die Seemannskiste und machte die Augen zu. Duchess setzte sich, so nah sie sich traute, zu ihm und ließ sein Gesicht nicht aus den Augen.

Aus der Stereoanlage kamen Blood, Sweat and Tears mit »And When I die«. Es war grauslig. Marnie hörte weg.

»Wo finde ich das Verbandszeug?«

Jake machte die Augen auf. Sein Blick war rätselhaft dunkel. »Drüben in der Schublade ist ein Erste-Hilfe-Kasten – nein, eine weiter, ja. Bring ihn her. Mal sehen, was wir brauchen.«

Marnie fand den Kasten und goss erst mal einen Becher Kaffee ein. Sie löffelte mit zittriger Hand Zucker hinein – gegen den Schock – und verstreute dabei jede Menge auf die Theke.

Sie hätte den zuckrigen Kaffee selber brauchen können, gab ihn aber Jake. »Hier – du musst dich aufwärmen.«

Sie stellte den großen Kasten vor ihm auf die Seemannskiste und sah, dass er sich etwas gegen die Wunde presste. Dann rannte sie zum Bett, griff sich die Seidendecke und legte sie ihm über die Beine. Er zog eine Braue hoch, hielt aber den Mund.

Marnie lief in die Küche und setzte Wasser auf. Ihr graute vor dem, was ihr bevorstand. Dass Jake verletzt war, machte sie rasend. Dass es an ihr lag, ihn zu versorgen, machte ihr Angst. Sie bezweifelte, dass sie das konnte.

Er hatte sich eines seiner Flanellhemden an die Schulter gedrückt. Marnie nahm ihm den durchgeweichten Klumpen weg und warf ihn auf den Küchentisch. Er zog eine schmierige Blutspur über das Holz. Sie schluckte heftig, zog die Jacke aus und ließ sie einfach fallen.

Jake versuchte die hautenge Kluft über den Kopf zu ziehen und verzog das Gesicht.

Marnie fühlte sich blutleer und schwummerig, als werde ihr übel.

»Um Gottes willen, Jake, lass mich das machen.« Sie stieg über eins seiner Beine und setzte sich zwischen seine Knie auf die Kaffeetischkiste.

Duchess rutschte unruhig herum. Dann legte sie die Stirn in Falten und den Kopf auf ein Sofakissen und beobachtete die Prozedur mit besorgtem Hundeblick.

Marnie zog vorsichtig das schwarze Gewebe über seine Brust hoch. Das feste Material fühlte sich glatt und glitschig an.

Blutig.

Vor Marnies Augen tanzten kleine schwarze Pünktchen herum. Sie ignorierte das Geflimmer.

»Du blutest ziemlich stark«, sagte sie gelassen und schaute ihn ruhig an. Der rostige Geschmack der Angst lag ihr beißend auf der Zunge.

»Ich habe schon schlimmer geblutet.«

Er versuchte ihr zu helfen, doch sie schob seine Hand weg. »Lass mich das machen, bleib ruhig sitzen, mal sehen, ob da –« Sie durchwühlte den Metallkasten und fand eine Schere. »Perfekt. Ich hoffe, das ist nicht dein liebster Spionageanzug!« Das straffe Gewebe schnellte auseinander, als sie hineinschnitt. Die Haut unter Marnies eiskalten Händen fühlte sich warm an.

»Was ist das überhaupt für ein Zeug?« Es war keine Seide, sondern eher gummiartig. Nass und kalt auf der Außenseite, aber innen trocken und warm.

»Ich nenne es LockOut.«

»*Du* nennst es –« Sie starrte ihn an. »Hast *du* das erfunden?«

Seine Wangen färbten sich etwas dunkler. »Ich habe dir doch gesagt, dass ich mit allerlei Sachen herumexperimentiere. Das ist eine von den besseren Ideen. Das Zeug ist wie eine zweite Haut. Es hält die Körperwärme und wirkt außerdem als Schutzschild.«

Marnie schnaubte. »Was aber nicht recht funktioniert hat.«

»Ich wäre tot, wenn ich es nicht getragen hätte. LockOut ist nicht undurchdringlich, aber es hat getan, wozu es entwickelt wurde – den Schuss abgefälscht.«

Marnie schauderte. »Nicht genug abgefälscht, für meine Begriffe. Ich will mein Geld zurück. Und wie ist dieses Killerkommando überhaupt an deine Erfindung herangekommen? Die tragen doch dasselbe Zeug?«

»Ja, tun sie. Aber das ist nicht verwunderlich. Alle Spezialeinheiten haben Zugang zu LockOut. Es wird mittlerweile weltweit verkauft.«

»Ist ja toll. In Spionagefachgeschäften?«, sagte Marnie leise.

Sie vermied es so lange wie möglich, das blutige Loch an seiner Schulter anzuschauen. Was hatte sie als Nächstes zu tun? Da war so viel Blut. Rot. Dickflüssig und pulsierend. Es pumpte aus dem gezackten Krater heraus und lief in einzelnen Rinnsalen Arm und Brust hinunter.

Ein paar Sekunden war ihr, als müsse sie jeden Moment umfallen. Weil sie zwischen seinen Knien saß, wäre sie unweigerlich – Nase voraus! – auf seiner Brust gelandet. Seiner schmerzenden, *blutverschmierten* Brust.

»Was soll ich jetzt machen?« Wie konnte ihr Mund nur so trocken sein, wo sie doch andauernd schlucken musste?

Er lehnte sich ächzend nach vorn. »Schau dir mal die Rückseite an.« Marnie begutachtete die blutverschmierte Wunde auf der Hinterseite seiner gebräunten, muskulösen Schulter. »Wie sieht es aus?«

Wie Katzenfutter. Marnie schluckte und sagte ruhig: »Scheußlich.« Es war kein Durchschuss, aber ein tiefer, klaffender Krater, der sich von vorne nach hinten über die Schulter zog.

»Tatsächlich? Es kann doch wohl nicht schlimmer aussehen als es sich anfühlt, und es ist nur eine Schramme.«

Ihr war plötzlich schwindlig; sie umklammerte mit klammen Fingern den Rand der Truhe. »Dann ist es ja gut.«

»Zur Hölle, ja. Und du musst keine Kugel herausholen.«

Dem Himmel sei Dank. »Und jetzt?«

»Nimm die braune Flasche – ja, die da. Ist ein Antiseptikum. Nimm die sterilen Gazestreifen und mach das Ding so sauber wie möglich. Vorne und hinten.«

Jake gab ihr weiter gelassen Instruktionen, und Marnie befolgte sie blind.

»Rede mit mir, Marnie.«

Marnie tupfte sorgfältig um die Wunde herum. »Worüber denn?«

»Erzähl mir von deiner Familie.«

Sie schaute mit dem blutigen Tuch in der Hand zu ihm auf. »Nicht jetzt. Ich muss mich konzentrieren.«

»Ganz wie du möchtest, Marnie. Ich will dich nicht stören.« Er führte ihr mit Nachdruck die Hand. »Du kannst aber genauso gut dabei reden.« Jake leerte den Kaffee halb und drehte den Becher in einer Hand. »Na komm schon, ich brauche ein bisschen Ablenkung. Erzähl mir von deiner Großmutter.«

Marnie hegte den Verdacht, dass Jake in Wirklichkeit *ihr* die Ablenkung verschaffen wollte. Sie schluckte den metallischen Geschmack hinunter und tupfte die Wunde gründlicher ab.

Jetzt noch vorne.

Nicht würgen.

Großmama, hilf mir bitte.

»Ich habe sie sehr geliebt. Großmama war gerade mal einsfünfzig groß, aber sie hatte ein breites, starkes Kreuz und ein Herz, das die ganze Welt beschützen konnte.«

Nicht weinen jetzt. Abtupfen. Desinfizieren.

Wie viel Blut er wohl in seinen Adern hatte? Fünfzig Gallonen? Es war zum Verzweifeln. Das Blut lief und lief, und Marnie tupfte und tupfte. Das meiste davon landete auf den Gazestreifen, die sie ständig wechselte. Marnie leckte sich die trockenen Lippen.

»So lange – so lange ich denken kann, waren ihre Haare immer weiß«, erzählte sie mit vor Anspannung trockener Kehle weiter. »Sie hat nach Pond's Gesichtscreme gerochen und nach Lavendelwasser von Yardley. Sie hatte die weichsten, liebevollsten Hände der Welt. Immer wenn ich traurig war, habe ich meinen Kopf in ihren Schoß gelegt, und sie hat mir übers Haar gestreichelt.« Marnie bemühte sich weiter, die Blutung zu stillen. Unter ihren Fingernägeln hatten sich rote Krusten gebildet. Sie würgte Galle hinunter und machte verbissen weiter.

Atmen nicht vergessen.

»Nimm mehr von dem Antiseptikum. Ja, gut so. Okay. Und bitte sprich weiter.«

»Ich werde dich eines Tages daran erinnern, dass du das gesagt hast.« Marnie zwang sich zu lächeln. »Großmama war eine gutherzige Despotin. Sie regierte das Haus mit harter Hand und Chocolate Chip Cookies. Alle Nachbarskinder wollten immer nur bei uns sein.«

»Drück ein bisschen fester. Und noch ein bisschen weiter rauf.« Er verschob ihre Hand ein bisschen. »Ja, genau da. Und von ihr hast du auch das Kochen gelernt, oder? Auf Großmamas Knien sitzend?«

»Halt ruhig. Ich muss mich konzentrieren. Ja, sie hat es mir beigebracht.« Marnie hielt kurz inne und lächelte. Dann machte sie weiter. »Sie war eine begnadete Lehrerin. Ich musste so viel Zeit im Haus verbringen, und sie machte aus den Kochlektionen einen Riesenspaß. Ich wäre natürlich viel lieber mit den Jungs draußen gewesen, aber schließlich habe ich dann doch eine Menge von ihr gelernt. Wie man einen Schmorbraten macht oder wie man bei einem Strang mit Knoblauch die verdorbenen Zehen findet. Und sie hatte jede Menge Ratschläge zu verteilen.«

»Zum Beispiel?«

»So etwas wie: Lauf nie einem Mann oder einem Bus hinterher, in fünf Minuten kommt schon der Nächste.« Marnie lächelte ohne aufzuschauen. »Oder: Lebe aus vollem Herzen. Sie hatte für jede Gelegenheit den passenden Spruch.«

»Wie wäre es mit: Keine gute Tat bleibt unbestraft?«

»Zynisch.«

»Du bist unbelehrbar optimistisch«, erwiderte er gelassen. »Und höllisch verzogen, versteht sich.«

»Was *nicht* an Großmutter liegt. Sie hat wegen meines Herzfehlers kaum Zugeständnisse gemacht und mir Sachen erlaubt, die meinem Vater hinterher noch den Angstschweiß auf die Stirn getrieben haben. Sie hat mir das Radfahren beigebracht, obwohl alle anderen dagegen waren. Sie hat mich ermuntert, auf Bäume zu klettern – Wie fühlt sich das an?«

»Gut. Und um deine Brüder hat sie sich auch gekümmert?«

»Natürlich.« Sie blickte auf. Jake betrachtete sie konzentriert. Marnie versuchte sich an einem aufmunternden Lächeln, schluckte und beugte sich wieder über die Wunde.

»Manchmal war es wirklich zum Schreien. Da stand diese kleine, alte Lady und schimpfte meine riesengroßen Brüder aus. Die Jungs bekamen rote Köpfe und schlotterten vor Angst, du hättest das sehen sollen. Sie brauchte noch nicht einmal die Stimme zu heben.«

Marnie wischte sich mit der Schulter den Schweiß von der Wange. »Sie fehlt mir so.« Eintauchen. Auswinden. Abtupfen. »Ich würde am liebsten eine ganze Woche lang durchheulen, um diesen dumpfen Druck loszuwerden.«

»Hast du noch nicht geweint?«

»Nicht richtig. Aber da ist eine ganze Flut von Tränen, die endlich heraus will.«

»Als deine Mutter gestorben ist, hast du da geweint?«

»Und wie. Aber damals war ich sechs Jahre alt. Sie hat mich an meinem ersten Schultag zur Schule gefahren und hatte auf der Heimfahrt den Unfall.« Marnie schaute hoch und sah Jake sie ansehen. »Der andere Fahrer war betrunken. Sie war auf der Stelle tot.«

»Scheiße.«

»Ich würde nicht sagen, dass es leicht war, keine Mutter zu

haben, aber es hat mir an nichts gefehlt. Dafür haben Papa, Großmama und die Musketiere schon gesorgt.«

»Kein Wunder, dass dein Vater und deine Brüder sich so um dich sorgen. Ein Herzfehler, all die Operationen und die Mutter verloren. Ich kann schon verstehen, warum sie möchten, dass du möglichst stressfrei lebst.«

»Die Sorge um mich hat ihnen, glaube ich, auch über Mutters Tod hinweggeholfen. Und ich habe sie immer in dem Glauben gelassen, ihre Hilfe zu brauchen. Auch als das schon nicht mehr stimmte. Nicht dass ich mich verstellt hätte. Aber ich habe ihre Ratschläge immer befolgt, weil ich wusste, dass sie dann beruhigt sind. Es wurde mir zur Gewohnheit. Zur schlechten Gewohnheit. Deswegen will ich mich auch unbedingt – verändern – Na ja.«

Ihr Stimme war belegt. Sie quasselte wie eine Idiotin. Ausgerechnet jetzt von Großmutter zu erzählen. Jake hätte da draußen sterben können.

Das Letzte, worüber sie jetzt reden wollte, war der Tod. Wessen Tod auch immer. Der Kummer drückte ihr das Herz ab und wollte freien Lauf. Ihre Augen brannten, ihre Haut prickelte, und sie musste wieder schlucken.

»Wie geht es jetzt weiter?«, fragte sie mit rauer Stimme. Die Wunde sah sauber aus. Schlimm, aber sauber. Marnie zerfloss beinahe vor Mitleid, aber die Tränen wollten nicht heraus. Jetzt war ohnehin nicht der richtige Zeitpunkt.

Jake erklärte ihr geduldig, was sie mit den neunundneunzig Meilen Verbandstoff anfangen sollte, die sie mit nervösen Fingern abgewickelt hatte. Sie entwirrte zittrig das Wirrwarr, rollte das meiste wieder auf und hielt sich an seine Instruktionen.

Sie senkte den Kopf und schluckte die Tränen hinunter. »Jetzt bist du dran mit Erzählen.«

»Ich fürchte, ich bin nicht sehr unterhaltsam.«

»Das ist mir egal. Fang einfach an. Wo bist du aufgewachsen?«

»Stadtrand von Chicago. Arbeiterviertel.«

»Jake, muss man dir alles aus der Nase ziehen? Was hat dein Vater getan?«

»Mir? Nichts. Er hat mir absolut nichts getan.«

»Nein. Ich meine *beruflich*«, sagte Marnie liebevoll.

»Er hat von der Sozialhilfe gelebt. Er war arbeitsunfähig wegen eines Unfalls, den er auf einer Baustelle hatte. In Wirklichkeit war er gesund wie ein Pferd, wenn man davon absieht, dass er Kettenraucher war und sich um den Verstand gesoffen hat. Er saß den ganzen Tag vor dem Fernseher und hat Gameshows geschaut. Und hat dafür seinen Scheck bekommen. Etwas anderes hat er nie getan.«

Das Ganze erschien Marnie wie ein schlechter Film. Der Druck auf ihrer Brust nahm ständig zu. »Und deine Mutter?« *Bitte sag mir, sie hat dich geliebt und gutgemacht, was dein Vater an dir versäumt hat.*

»Sie hat keine Sozialhilfe bekommen.«

»Was soll das heißen?«

»Sie war genau wie er. Sie hat nur nicht jede Woche einen Scheck dafür bekommen.«

»Das ist Kindsmissbrauch!«

»Sie haben nie die Hand gegen mich erhoben.«

»Aber sie haben sich nicht um dich gekümmert. Das ist eine Form des Missbrauchs, Jake.« Sie musste ihm einfach übers Gesicht streicheln. Seine Wange war warm und stoppelig. Sie hätte ihn gerne geküsst, aber sie musste ihn noch verbinden. Und Jake sah nicht gerade aus, als wolle er bemitleidet werden.

»Du bist also von zu Hause fortgegangen und zur Navy. Du hast gesagt, du warst erst sechzehn damals.«

»Ich war groß für mein Alter und gerissen genug, meine Papiere zu fälschen. Du musst ordentlich stramm ziehen.«

»Kannst du deinen Arm etwas heben? Tut das weh? Dumme Frage. Entschuldigung. Was haben deine Eltern dazu gesagt?«

Jake beugte sich vor, damit sie ihm die elastische Binde um Oberkörper und Schulter wickeln konnte.

»Keine Ahnung, ich war ja nicht dabei.« Jake zuckte mit keiner Wimper, während sie ihn verband. »Sie haben wahrscheinlich ein paar Wochen gebraucht, bis sie gemerkt haben, dass ich weg war. Und bevor du etwas falsch verstehst, meine Eltern waren beide Alkoholiker. Dass sie einen Sohn haben, ist ihnen nur dann eingefallen, wenn sie jemanden zum Schnapsholen brauchten.«

»Waren sie wenigstens *miteinander* glücklich?«

Jake schnaubte. »Das Einzige, was sie glücklich gemacht hat, war der Alkohol. Meine Mutter war sechzehn Jahre alt, als sie heiraten musste. Und sie hat keine Gelegenheit ausgelassen, meinen Vater und mich spüren zu lassen, dass sie nicht freiwillig bei uns war. Sie saß mit einem Kind fest und war selbst noch ein Kind.«

»Mein Alter war ein ruhiger, langmütiger Griesgram. Er hat getrunken, um Mutters Gejammer nicht hören zu müssen. Sie hat aus Selbstmitleid gesoffen. Um zu vergessen, wie nutzlos ihr Leben war. Ich kann mich nicht erinnern, dass sie jemals irgendetwas unternommen hätten, ihr Leben zu ändern. Sie haben gejammert, sie haben sich beschwert, und sie haben gesoffen.

Sie waren ständig zornig aufeinander oder wütend auf

mich, wenn ich ihnen einmal in die Quere kam. Es war ein Glück, da herauszukommen. Ich bin gegangen, ohne mich ein einziges Mal umzudrehen.«

»Das ist ja furchtbar. Gab es denn keine Erwachsenen, die du um Hilfe bitten konntest?«

»Nein.«

»Freunde?«

»Ich hatte keine Lust, mir ständig neue Entschuldigungen auszudenken, warum mich keiner zu Hause besuchen konnte. Es war einfacher so. Nein, keine Freunde.«

Marnie fragte sich, was es mit der Flasche Scotch oben in der Hütte auf sich hatte. Dem *versiegelten* Scotch. Wollte er sich einmal mehr beweisen, wie unverletzlich und willensstark er war?

»Bevor du fragst – ich trinke nicht. Aus nahe liegenden Gründen. Das heißt aber nicht, dass die Veranlagung nicht da wäre.«

Wieder so ein Gespräch, das sie besser nicht geführt hätte. Er hatte gerade einen Streifschuss abbekommen, und sie fragte ihn über seine schmerzhafte Vergangenheit aus.

»Du hast dir trotz allem ein wunderbares eigenes Leben aufgebaut.«

Jake lachte. »Ja, habe ich das? Die Organisation, für die ich mein halbes Leben lang gearbeitet habe, hat mich zum Teufel gejagt. Ich sitze auf diesem verdammten Berg fest, eine Horde von Killern ist hinter mir her, und kein Schwein kümmert es, was mit mir passiert. Ich habe mir wirklich ein verdammt wunderbares Leben aufgebaut.«

»Mich kümmert aber, was mit dir passiert.«

»Ach? Und wie lange täte es das im *wirklichen* Leben?«

»So lange du willst.«

»Kein Interesse, Süße. Gut so, du kannst den Verband festmachen.«

»Es tut mir Leid, Jake. Wir sollten das Thema wechseln.«

»Ja.« Aus den Lautsprechern kam gerade »Spinning Wheel«, als wolle es ihn eines Besseren belehren. Zumindest *das* passte irgendwie.

Verband fertig machen. *Und das Atmen nicht vergessen.*

Wie konnte er eine derartige Geschichte so ungerührt zum Besten geben? Wie schaffte er es, so teilnahmslos zu wirken, wenn er von seinen Eltern erzählte, die ihn wie ein kleines Phantom behandelt hatten, statt sich um ihn zu kümmern?

Was wäre aus Jake Dolan geworden, hätte er jemanden wie Großmama gehabt, die ihn mit Liebe überschüttet und an ihn geglaubt hätte?

Sie machte den Verband fertig und biss sich in die Wange, bis sie Blut schmeckte. »Ich bin fertig. Wie fühlt es sich an?«

Jake bewegte den Arm. »Perfekt. Danke.«

Marnie tauchte einen Lappen ins Wasser, wand ihn aus und wusch ihm das verschmierte Blut von Arm und Brust.

Sie schluckte heftig. *Würde dieses Blutbad denn nie enden?*

Eintauchen. Auswinden.

Die Blutspur am Nabel wegreiben.

Eintauchen. Auswinden.

Was, wenn sie die Verletzung noch schlimmer gemacht hatte? Was, wenn sie die Wunde nicht gründlich genug gesäubert hatte? Was, wenn –

Sie war fertig.

Sie hatte ihr Bestes gegeben.

Ihr war schwindlig. Sie legte den Lappen in die Schüssel voller roten Wassers und trocknete sich die Hände an der Jeans.

Jake machte einen Moment lang die Augen zu.

Marnie stand auf. Sie wollte raus. Sie wollte loslaufen, schnell und möglichst weit weg. Sie wollte den Wind im Gesicht spüren. Sie wollte an einen warmen, dunklen Ort, wo keiner sie finden würde und sie sich ein für alle Mal das Herz aus dem Leib weinen konnte. Um Jake weinen, um Großmama und um sich selbst. Die Trauer brodelte wie Lava unter ihrer Haut, und ihre Haut war nasskalt vor Erschöpfung.

»Fertig«, sagte sie. *Und ich habe mich noch nicht einmal übergeben.*

Er schaute hoch und lächelte sie an. »Ordentliche Arbeit.«

Sie packte die blutigen Gazestreifen zusammen, die Schüssel und den Erste-Hilfe-Kasten und stieg über sein Bein.

»Ich hätte ja Duchess gefragt, aber sie geht mit Verbandsstoff nicht so geschickt um wie ich.«

Duchess, die jeden Handgriff ihres Frauchens besorgt beobachtet hatte, gab Jake einen liebevollen Stups ans Knie. Er kraulte die Dogge hinter den Ohren, aber er schaute seine Krankenschwester an. »Und wie geht es dir, Florence?«

»Ganz prima!«

Und dann wurde alles schwarz.

Jake hörte den Ausführungen am anderen Ende der Leitung zu. »Hör zu, Leon«, sagte er dann. »Wenn du zu feige bist, es selber zu machen, dann suche mir wenigstens jemand anderen, der es macht. Mir ist das egal. Ich zahle hundert Riesen. *Bar auf die Hand.*«

Das interessiert dich jetzt, Leon, dachte er zufrieden. Sein Herz klopfte bis zum Hals, als er den Handel unter Dach und Fach brachte. Er machte alle notwendigen Angaben und gab dem Piloten eine Telefonnummer, damit er ihm die Landezeit durchgeben konnte.

Ticktack, ticktack. Die Zeitbombe wartete darauf hochzugehen.

Er legte auf und stellte das Telefon auf die Truhe. Marnies Puls flatterte unter seinen Fingern. Er sah sie prüfend an. Marnie machte die Augen auf.

»Wie fühlst du dich?«

»Wie eine Idiotin, danke.« Ihre blasse Gesichtsfarbe ließ ihre Augen ungewöhnlich blau leuchten. Sie schenkte ihm ein kleinlautes Lächeln. »Ich habe dir doch gesagt, ich kann kein Blut sehen.«

Jake konnte nicht anders. Er nahm ihr Gesicht in die Hände und streichelte mit dem Daumen ihre zarten, weichen Wangen. Er hätte sie am liebsten in Watte gepackt und in ein Regal verstaut.

»Du hast mir einen höllischen Schreck eingejagt. Ich habe gedacht –« Er hatte gedacht, sie habe eine Herzattacke. Es war so plötzlich und unerwartet passiert. Sicher, sie war sehr blass gewesen, aber das war ihm nicht ungewöhnlich erschienen. Sie hatte höchstwahrscheinlich noch nie eine Schusswunde gesehen, ganz zu schweigen, eine versorgt. Sie war munter, gesprächig und zum Philosophieren aufgelegt gewesen. Ganz sie selbst. Als sie zusammengebrochen war, hätte er selbst fast einen Herzinfarkt bekommen.

Er hatte sein Leben lang nicht so schnell reagiert. Trotzdem war sie zu Boden gegangen. Das Wasser war in alle Himmelsrichtungen gespritzt, die Dogge war herumgeschossen, er hatte jeden Fluch, den er kannte, benutzt, und Marnie war wie eine Kerze im Wind ausgegangen.

Dass er seine Wunde aufgerissen hatte, spielte keine Rolle. Marnie war bewusstlos.

Jetzt flackerte ihr Blick von seinem Gesicht zum Verband

und wieder zurück. Sie ächzte und versuchte, sich aufzusetzen. »Jetzt sieh dir an, was du gemacht hast. Du blutest wieder.«

»Das macht nichts«, sagte Jake schnell. »Schau einfach nicht hin.«

Duchess, die um die Couch gekreist war, seit Jake ihr Frauchen auf die Polster gelegt hatte, legte ihren Kopf auf die Rücklehne.

Marnie setzte sich auf und lehnte sich mit dem Rücken an die Armlehne. Sie kraulte die Dogge hinter dem Ohr und schaute Jake an.

»Entschuldige, bitte. Für deine Unterlagen: Nicht bluten, nicht kotzen, nicht weinen«, sagte sie erschöpft. »Ich falle sonst entweder in Ohnmacht oder ich mache mit. Das ist diese Empathiegeschichte. Ich wäre bestimmt eine tolle Krankenschwester, wenn ich das nicht hätte.«

»Ich werde daran denken.« Seine Finger wollten ihr die Locken aus dem Gesicht streichen, ihre weiche Haut berühren und ihr immer wieder den Puls fühlen.

Jake war, trotz Marnies Ohnmacht, zu einer erstaunlichen Erkenntnis gekommen: Unter der zarten Oberfläche dieser Frau schlummerte eine unglaubliche Kraft.

»Erst bewahrst du mich davor, einen Kopfsprung vom Wasserfall zu machen, dann flickst du mich zusammen wie ein Profi. Du steckst voller Überraschungen, weißt du das?«

Marnie schaute ihn mit seltsamem Blick an. »Ich konnte dich wohl kaum fallen lassen.« Sie sah den Fußboden und zog die Nasenspitze kraus. »Ich räume besser auf.«

»Du bleibst, wo du bist«, sagte er. »Ich mache das.« Er wollte an ihrer Seite bleiben und seine Finger auf ihre pulsierende Halsschlagader legen, um sicher zu sein, dass es ihr wirklich gut ging.

Er erhob sich. »Möchtest du einen Kaffee?«

»Nein danke. Es geht mir gut, wirklich. Mit wem hast du da gesprochen?« Sie legte die Arme um die hochgezogenen Knie und schaute ihm zu, wie er die blutigen Stoffstreifen in den Müll warf.

»Mit einem Helikopterdienst aus Sacramento. Ich habe ihn ein paar Mal benutzt – für private Angelegenheiten. Sie haben nichts mit T-FLAC zu tun. Sobald das Wetter aufklart, kommt jemand hoch und fliegt dich raus.«

Er holte ein paar Handtücher und wischte auf. Auch Marnies Daunenjacke, die sie auf den Boden hatte fallen lassen, hatte etwas abbekommen. Jake legte sie über das Spülbecken und machte weiter.

Noch nie hatte sich jemand so um ihn gekümmert wie Marnie. Es machte ihn nervös. Und süchtig.

Er war ein Einzelgänger, der die Einsamkeit liebte. Nicht einmal die Musketiere waren ihm so nahe gekommen wie jetzt dieses zarte, zähe Bündel von einer Frau. Er war immer allein gewesen und hatte nie geglaubt, eine andere Wahl zu haben. Es war einfach so. Doch Marnie brachte ihn dazu, sich als einen anderen Menschen zu sehen.

Er mochte den Jake, der er an ihrer Seite war.

Aber jeder Mann, der gerade einen Streifschuss abbekommen hatte, hätte so gedacht. Es ging doch nichts über die *Ohhs!* und *Ahhs!* einer attraktiven Frau.

»Hat sich nicht gerade so angehört, als sei er begeistert, hier raufzukommen«, sagte sie und legte das Kinn auf die Knie.

Sie war längst nicht mehr so blass. Ihr Wangen waren rosig, und ihre Augen leuchteten. Sie sah ganz normal aus. Schön und zerbrechlich.

Jake schauderte.

»Habe ich das richtig verstanden? Hast du gesagt, du zahlst ihm hunderttausend Dollar?«

Jake zuckte die Achseln und warf Marnies Jacke zusammen mit den Handtüchern in die kleine Waschmaschine. »Die Landung ist gefährlich und das Wetter hier in den Bergen unberechenbar.«

Er füllte Waschmittel ein und stellte die Maschine an. Geld war mehr als genug da. Seine Erfindungen brachten derart irrwitzige Summen ein, dass es schon fast peinlich war.

Er hätte jeden Preis bezahlt, um Marnie so schnell wie möglich hier herauszubekommen.

»Jake –«

Er wollte nicht hören, was sie zu sagen hatte. »Der Pilot meldet sich, sobald die Sturmfront abzieht.«

Marnie nahm den halb vollen Becher von der Truhe, kippte den kalten Kaffee hinunter und schüttelte sich. »Und du kommst mit, richtig?«

»Falsch.« Jake ging zur Stereoanlage, um die CD zu wechseln. »Aerosmith oder Beatles?«

»Aerosmith. Und warum nicht? Du kannst diese Typen doch hier oben herumlaufen lassen, bis die Hölle zufriert.«

»Und ich würde nie herausfinden, wer sie sind und warum sie hergekommen sind.«

Marnies hübsches Gesicht nahm widerborstige Züge an. »Ich will aber, dass du mitkommst.«

»Ist völlig in Ordnung zu wissen, was man will«, antwortete Jake kurz angebunden und machte frischen Kaffee. Ihm war nie aufgefallen, wie klein und wie voll gestopft sein Bunker war. »Nur bekommst du es in diesem Fall nicht.«

Marnie warf ihm einen ärgerlichen Blick zu und stand auf, um das Bett zu machen. Das Bett, das sie zusammen zerwühlt hatten. Aber daran wollte Jake im Augenblick nicht denken. Er hatte sowieso schon ständig eine Erektion. *Verfluchtes Weib*.

Marnie schüttelte ein Kissen auf. »Du willst also hier bleiben, bis du sie alle umgebracht hast oder sie dich?« Sie schleuderte das Kissen auf das Bett. »Verdammt noch mal, Jake. Hol endlich Hilfe.« Ihre Wangen waren gerötet, und ihre Augen blitzten zornig.

Es gab niemanden, den er um Hilfe hätte bitten können. »Nein.«

»Dann bleibe ich hier.«

Ihm gefror das Blut in den Adern. »Du gehst, wenn ich es sage. Ende der Diskussion.«

Marnie starrte ihn einfach nur an. »Ich mache dir besser einen neuen Verband.«

»Nicht nötig.« Der Schreck saß ihm immer noch tief in den Knochen, er wollte nicht angefasst werden. Alles an dieser aufreizenden Frau machte ihn an. Es würde ein Segen sein, sie los zu sein.

»Gut.« Sie schaute ihn an und ließ ihren Blick die nackte Brust und die eng anliegenden Hosen des Kampfanzuges hinunterwandern. Das Material verbarg einfach nichts. »Zieh etwas an, bevor du dich noch zu Tode frierst«, befahl sie.

Jakes Mundwinkel zuckten. »Ja, Mama.«

Marnie nahm die Abkürzung über das Bett und nahm ihm den Kaffeebecher aus der Hand, den er gerade hatte füllen wollen. So wie sie ihn auf die Theke knallte, war es erstaunlich, dass er nicht zerbrach.

»Geh mir bloß nicht auf die Nerven, Jungchen.«

Sie bohrte ihm den Zeigefinger in die Brust und drängte ihn rückwärts Richtung Theke, bis er nicht mehr weiter konnte.

»Du willst ganz alleine Macho-Superspion spielen?« Bohr. »Vergiss es.« Bohr. Bohr. »Ich werde das nicht zulassen.« Sie schaute ihn mit Tränen in den Augen an. »Ich werde nicht zulassen, dass sie dich umbringen, nur weil du zu dickköpfig bist, um Hilfe zu bitten. Hast du das kapiert?«

Sie zitterte am ganzen Leib. Spätfolge des Schocks, dachte Jake. Er nahm sie in den Arm. *Verdammt.* Er hatte sie jetzt nicht anfassen wollen. Ihrer beider Nerven lagen blank. Sie waren hart an der Grenze.

Jake hatte keinerlei Erfahrung mit derartigen Zärtlichkeiten. Doch jetzt presste er sie an sich und sehnte sich nach etwas, das jenseits von leidenschaftlichem Sex lag. Einer Form der Zärtlichkeit, die sie beide noch nicht zusammen erlebt hatten und die ihm plötzlich lebenswichtig erschien.

Er presste ihr die Lippen auf Stirn und Schläfe. Er streichelte ihr das Haar, den Nacken und den Rücken. Es fühlte sich so verflucht gut an, sie so in den Armen zu halten.

Er ignorierte die Uhr, die in seinem Unterbewusstsein tickte. Ticktack. Ticktack.

Marnie legte den Kopf an seine heile Schulter, und ihr Atem streichelte warm seine Haut. Helle, weiche Locken kitzelten sein Kinn, als er sie fester in die Arme nahm. Sie drückte sich an ihn und legte ihm die Arme um die Taille.

»Du ha-hast mich zu Tode erschreckt«, schluchzte sie an seiner Brust.

Ihre Tränen schnitten ihm wie ein gut geschliffenes Messer ins Fleisch. Er strich über ihre nasse Wange. »Nicht weinen. Ich hatte selber auch Angst.« Die Angst, Marnie schutzlos da unten zurückzulassen, falls es denen gelang, ihn umzubringen.

Er küsste ihre Schläfe.

»Du hattest das gute Recht, dich zu ängstigen. Sie haben ja auf dich geschossen«, schniefte Marnie wütend.

Jake musste unwillkürlich lachen. »Um mich hatte ich keine Angst, sondern um *dich*.«

Sie schaute zu ihm auf, ohne locker zu lassen. »Auf mich hat aber niemand geschossen.«

»Und das wird auch keiner«, schwor er und beugte sich dem Sirenengesang ihrer Lippen entgegen.

Marnie stellte sich auf Zehenspitzen und küsste ihn. Sie schmeckte die Mischung aus Zorn und Angst auf seinen Lippen. Sie verstand ihn so gut, ihr selbst erging es nicht anders.

Sie kam seinem fordernden Mund nach. Biss in seine Lippen, rieb ihre Zunge hart an seiner. Sie hörte ein tiefes, bedrohliches Keuchen und begriff erst gar nicht, dass es ihr eigenes war.

Sein hungriger, unersättlicher Mund wusch ihr die Tränen von den Wangen. Seine Hände glitten unter dem Flanellhemd ihren Rücken hinauf. Sie liebte es, diese kräftigen Hände auf ihrer Haut zu spüren.

Dieser Jake Dolan, Macho-Superspion, machte sie süchtig.

Sie stöhnte, als er sie hochhob und auf die Küchentheke herumschwang.

»Du warst mir zu klein«, erklärte er und drückte sich zwischen ihre Knie.

»Aber jetzt nicht mehr.« Sie fuhr die scharfe Kontur seiner Lippen mit den Fingern entlang. Er leckte ihre Fingerspitzen. »Wenn ich verspreche, sehr, sehr vorsichtig zu sein, Jake, können wir dann Liebe machen?«

Seine blauen Augen lächelten sie an. »Ich will nicht, dass du vorsichtig bist.«

12

Ihre Arme hießen ihn willkommen.

Jake nahm ihr Gesicht zwischen die Hände und blickte ihr in die Augen. Seine Stimme klang reumütig und belustigt zugleich. »Du machst mir Angst, weißt du das?«, fragte er rau.

Marnie berührte seinen Mund mit den Fingerspitzen. »Ich habe dir doch gesagt, ich bin vorsichtig.« Sie liebkoste sein Gesicht und fuhr ihm mit den Fingern durch die Haare. Dann beugte sie sich vor und streichelte ihm einen schmetterlingsleichten, von Tränen salzigen Kuss auf die Lippen. »Ich tue dir nicht weh, ich verspreche es.«

Doch, dachte er mit schrecklichem Weitblick, *das wirst du*.

Sie küsste ihn leicht, und Jake nahm die Zärtlichkeit wie einen Boxschlag.

Die sachte Berührung ihrer Lippen war von erlesener Sanftmut. Als wäre sein grimmiger Hunger noch nicht schlimm genug. Er kam mit derart vertrauten Zärtlichkeiten nicht zurecht.

Er wollte sie überall berühren. Er nahm ihren Mund wie der Sieger die Beute. Er griff ihr ins Haar, streichelte ihre Brust durch den Flanell und verzärtelte ihren schön gebogenen Hals. Und verschlang sie unablässig mit jenem Hunger, den er sich zähneknirschend eingestehen musste.

Er hatte nie zuvor etwas gekostet, das so süß gewesen war wie Marnies leidenschaftlicher Mund, der seinen Kuss erwiderte. Als er ihre Brust zu kneten begann und vorsichtig, durchs Hemd hindurch, ihre Brustwarze drückte, holte sie tief Luft. Ihr Busen passte perfekt in seine Hand. Ihre Lippen bewegten sich hungrig und lustvoll unter den seinen, ihre Knie drückten sich an seine Hüften. Sie rutschte unruhig auf der Theke herum und wollte ihm so nahe sein wie möglich.

Er wollte den Kuss nicht enden lassen, liebkoste sie mit seiner Zunge, biss ihr zärtlich in die Lippen und schmolz unter ihrer Erwiderung fast dahin. Sie war neugierig wie eine Katze, wie sie ihn mit ihren Lippen erforschte. Und tief in der Kehle schnurrte sie wie ein Kätzchen. Sie legte ihm fest die Arme um den Hals und küsste ihn, als gäbe es kein Morgen.

Jake kam näher und drückte ihr mit den Hüften die Beine auseinander. Seine Knie schlugen an die Schranktüren unter der Theke. Er bemerkte es nicht. Er musste Luft holen und ließ von ihrem Mund ab, wanderte auf ihre Wangen, auf die Lider und wieder auf die Wangen zurück. Ihr zartes Ohrläppchen reizte ihn. Er erforschte es mit der Zunge und brachte Marnies ganzen Körper damit vor Lust zum Flattern. Sie krallte sich in seine Mähne und bebte vor Leidenschaft.

Er folgte mit der Zungenspitze dem Rand ihres Ohrs und hörte sie kehlig jammern. Dieses tiefe Stöhnen, das ihn so verrückt machte. Er ließ seine Zunge den Liebesakt imitieren, bis sie ihm ihre Nägel in den Skalp krallte, seinen Kopf hochzog und sich nach hinten durchbog, um seiner Zunge zu entgehen.

»Küss mich auf den Mund, verdammt noch mal!«, beschwerte sie sich und stieß, als er es tat, einen leisen Schrei aus. Sie erwiderte sein Drängen mit zügelloser Leidenschaftlichkeit. Sie rutschte an den äußersten Rand der Theke, schlang ihm die Arme um den Hals und gab ihm Zunge und Zähne.

Jake spürte ihre Beine von seinen Hüften zur Taille hochwandern. Er ergötzte sich an ihrem süßen Mund. Er hatte nie zuvor eine Frau wie Marnie getroffen. Offen und aufrichtig. Ohne jede Angst vor ihren eigenen Gefühlen. Eine Frau, die weinte, wenn ihr danach war. Eine Frau, die sich nicht fürchtete, Gefühle zu zeigen. Selbst auf das Risiko hin, verletzt zu werden.

Jake strich den eleganten Schwung ihrer Oberschenkel hinauf zur Beuge ihres Schritts und zwischen ihre Beine. Seine Hände erforschten sie durch den Stoff hindurch. Ihr Atem ging flach und schnell.

Er öffnete ihre Jeans und zog sie ihr langsam über die Hüften hinunter. Als er die zarten Härchen zu streicheln begann, schnappte sie nach Luft. Sie löste sich aus seinem Kuss und schaute ihn mit klaren, blauen Augen an, die tausend Versprechungen bargen.

Das Licht schien verrückt zu spielen und er erkannte sich selbst in ihren dunklen Pupillen.

Er sah unbesiegbar aus. Ein ganzer Mann. Eine ausgereifte Persönlichkeit.

Es war nur ein Lichtreflex. Ein Trugbild. Eine optische Täuschung.

Er musste Marnie beschützen. Und wenn er sie auch vor sich selbst beschützen musste.

Aber nicht jetzt. Beim Judas. Nicht jetzt.

»Bitte liebe mich, Jake.«

»Ja.« Unausgesprochene, undenkbare Worte drifteten durch sein Unterbewusstsein wie Bodennebel an einem Sommertag.

Er hob sie von der Theke. Ihre Arme schlossen sich automatisch um seinen Hals, ihre Beine um seine Hüften.

»Jake, deine Schulter –«

»Ist völlig in Ordnung.«

Er trug sie um das Fußende des Betts herum und setzte sie neben der Dusche ab.

Er knöpfte ihr das Hemd auf und schaute ihr dabei unablässig in die Augen. Seine Fingerknöchel streiften die vorwitzigen, harten Nippel. Jake sank auf die Knie und grub sein Gesicht in das weiche V, das ihre offene Jeans freigab. Dann fand seine Zunge nervenzerfetzend langsam einen Pfad, der von ihrem Nabel nach unten führte. Marnie grub ihre Finger in sein Haar und hielt seinen Kopf fest.

»Tss, tss, tss. Kein Höschen?«

»Ich hatte es eilig.«

Jake zog ihr die Jeans hinunter, und Marnie stieg leichtfüßig aus dem blauen Stoffwulst zu ihren Füßen.

»So geht es mir gerade«, flüsterte er an ihr Schamdreieck.

Sie war hinreißend feucht und duftete unwiderstehlich. Er streichelte die sensible Knospe zwischen ihren Schamlippen mit leichter Hand und begann sie zu küssen.

»Uh – Jake? Warte. Ich habe so etwas noch nie – Ich bin nicht sicher –«

»Soll ich damit aufhören?« Er spreizte ihre Beine ein klein wenig weiter auseinander. Marnie schwankte und hielt sich an seinem Kopf fest. Jake legte die Hände auf ihre Pobacken und grub sein Gesicht zwischen ihre Beine.

»Nein – doch, ja – nein –«

Er wusste genau, was er tat.

Sie ballte die Hände in seinem Haar zur Faust und produzierte diese kleinen niedlichen Geräusche, die er so liebte. Er schmeckte sie und genoss sie. Und förderte langsam, achtsam und voller gewissenhafter Sorgfalt all ihre Lust zu Tage, bis sie schwer atmete und nach Luft rang. Jake hielt sie fest und fühlte ihren Körper vor Leidenschaft vibrieren.

Er wusste, welch süßer Tortur er sie unterzog, und trieb sie mit den Fingerspitzen über die letzte Grenze. Ihr Körper erbebte wie zur Antwort in einem nicht enden wollenden Orgasmus.

Er selbst war hart, und sein Körper schmerzte vor Lust. Doch er hielt Marnie ruhig fest und genoss ihre Befriedigung. Das alles war nur für sie. Sie sollte alles haben.

Jake stand auf und nahm sie in die Arme. Marnie ließ sich zitternd und verschwitzt gegen ihn fallen und grub ihr Gesicht an seine gesunde Schulter.

»Na du?«, sagte er leise und streichelte ihr den Rücken. Sie drückte sich an seine Brust, befriedigt und kraftlos. »Mmm.«

Dann stand Marnie mit einem Mal auf Zehenspitzen, hatte ihm die Arme um den Hals geschlungen und forderte: »Mehr.« Sie leckte seine Unterlippe und fand dort ihr eigenes Aroma.

»Du bist ja unersättlich«, sagte er, schob sie ins Duschbecken und drehte hinter ihrem Rücken den Wasserhahn auf. Sie schrie auf, als der temperierte Wasserstrahl ihren Rücken traf. »Das warst jetzt aber du«, keuchte sie.

Er stupste sie weiter unter die Dusche. »Genau. *Ich* war das.«

Er ließ einen Finger in ihre Spalte gleiten. »Und was – uh – ist mit dem Verband?« Ihre Augen bekamen einen gedankenverlorenen Ausdruck, und ihre Lider flatterten, als er den Finger tief in sie hineinstieß.

Er hielt sich nicht erst mit einer Antwort auf.

»Du hast noch deine Hosen an, Jake. Lass mich – dir – helfen.«

Ihre Hände glitten an seiner Brust hinunter und schoben sich unter das eng anliegende, elastische Gewebe. Der Stoff modellierte Hüften und Schenkel und die Wölbung seiner Erektion. Was das Ausziehen nicht leichter machte. Ihre Finger glitten tiefer zwischen Gewebe und Haut und bahnten sich trotz der Enge ihren Weg, bis die Finger sein hartes Glied umschlossen.

Himmel und Hölle.

Er lehnte sich an die kühle Fliesenwand und sträubte sich gegen die lustvolle Pein. Marnie wechselte zarte Berührungen mit kraftvolleren ab und schenkte ihm einen verruchten blauen Blick. Jake schloss ekstatisch die Augen und zwang sich, ruhig zu bleiben, um nicht zu früh zu kommen.

»Mach die Augen auf, Jake. Sieh mich an«, sagte sie mit heiserer Stimme und umschloss ihn mit sanften, cleveren Fingern. »Weißt du, wer ich bin?«

Wie konnte er sie nicht ansehen? Das Wasser brachte ihre helle Haut zum Glänzen. Kleine Bächlein liefen die sanften Rundungen ihrer Brüste hinunter, und Tropfen zitterten an ihren Brustspitzen. Die kleinen Rinnsale beschrieben ihre schimmernden Bahnen um die schönen Brüste und liefen über den Nabel ihre Mitte hinunter.

Gewandte Finger spielten virtuos auf seinen intimsten, sensibelsten Nervenbahnen. Die Lust und die Freude am durchtriebenen Spiel verschleierten ihre blauen Augen. Jake stöhnte, als sie den Druck ihrer Finger erhöhte.

Aus Angst, die Kontrolle zu verlieren, packte er sie am Handgelenk und hielt ihre Hand ruhig. »Glaube mir, ich weiß, wer du bist.«

Sogar den eigenen Ohren erschien die raue Stimme unvertraut. Völlig neue Worte blubberten im Hexenkessel seiner Seele. Ja, er wusste, wer sie war.

Seine Hoffnung.

Seine Rettung.

Die Erfüllung seiner ungekannten Träume.

Aber sie hatte etwas Besseres verdient als einen potenziellen Alkoholiker. Einen Mann, dem Gewalt zur zweiten Natur geworden war. Einen Mann mit langer, hässlicher Vergangenheit und der Aussicht auf eine kurze, sinnlose Zukunft.

Er hatte nicht das Recht, Hand an diese zarte, weiße Haut zu legen.

Die Menschen, die er gelie – gemocht hatte, waren alle tot.

»Jake?« Marnie suchte mit einem Blick, der mit einem Mal voller Schatten war, seine Gesichtszüge ab.

Jake schob die Realität beiseite und konzentrierte sich auf das Jetzt.

Seine Mundwinkel zuckten. Marnies Hand steckte immer noch vorne in seiner Hose fest.

»Du hast meine volle Aufmerksamkeit«, versicherte er ihr. Er beugte sich mit breiter werdendem Lächeln das kleine Stück zu ihren Lippen hinab und begrub ihren Mund unter seinem, während über sie beide das Wasser strömte.

Er würde keine der wertvollen Sekunden, die ihm mit ihr blieben, verschwenden. Er war schließlich kein Idiot.

Marnie zu küssen war, wie ein Streichholz an eine Ladung TNT zu halten. Und das Feuer erfasste ihn. Der Griff ihrer Finger wurde wieder fester, und das elastische Gewebe drückte ihre Hand fest an seinen Körper.

Er beugte sich hinunter und nahm einen harten Nippel zwischen die Lippen. Ihr Haut war nass und glatt. Er wollte diese Frau absorbieren, bis sie ein Teil seiner selbst war. Ein Krampf schüttelte ihn, und er machte die Augen zu.

Marnies Finger zerwühlten sein Haar. Sie hielt seinen Kopf, während er ihre Brustwarze mit der Zunge verwöhnte und mit den Zähnen traktierte.

Marnie stöhnte und küsste seine Schulter, seinen Nacken, einfach jedes Stück Jake, das sie erreichen konnte. Ihre kurzen Fingernägel gruben sich in seine Haut.

»Jake, bitte, oh, bitte. Ich explodiere gleich, und ich will dich in mir haben, wenn ich es tue.« Ihr Gesicht war gerötet und taubenetzt, die Lippen tiefrot und reif von seinen Küssen. Ihre Augen glänzten fiebrig.

Er rammte ihr die Finger zwischen die Beine und fühlte sie nass werden vom Saft ihrer Lust.

Er hatte sie warten lassen wollen. Er hatte sie *beide* warten lassen wollen. Er hatte es hinauszögern wollen. Um jeden Stoß und jede Berührung noch intensiver zu fühlen. Aber er konnte nicht. Nicht dieses Mal.

Sein Atem ging genauso stoßweise und schnell wie ihrer. Er riss sich linkisch mit einer Hand die Hosen herunter. Dann drückte er sie gegen die Wand, hob sie hoch und stieß sich mit einem einzigen harten Stoß in sie hinein.

Marnie meißelte ihre Fingernägel in seinen Rücken, und Jake erstickte ihren Schrei mit dem Mund. Heißes Wasser prasselte ihm auf den Rücken, während er sich in einem unbändigen, leidenschaftlichen Kuss erging.

Er verhungerte, wenn er sie nicht schmeckte. Er würde nie genug bekommen. Er wollte sie in alle seine Zellen einbrennen und ihr die Erinnerung an ihn ins Gedächtnis implantieren, damit sie ihn niemals vergaß.

Es war unglaublich, sich so tief in sie zu vergraben. Er war ein Teil ihres Körpers geworden und stieß einen beständigen Rhythmus, der sie in den Wahnsinn treiben musste. Ihr Kopf fiel mit angespannten Halsmuskeln nach hinten, ihre Brüste hoben und senkten sich mit ihrem rasenden Atem.

Ihre seidigen Schenkel schlangen sich um seine Hüften, ihre Finger bohrten sich in seine Schultern. Sie schauderte, als seine Brust ihren Busen streichelte und er schließlich fest seine Hände um ihre Brüste schloss und ihre geschwollenen Nippel mit seinen Daumen bearbeitete.

»Du Biest«, japste sie, als er fester zudrückte, sie in eisernem Griff hielt und bis an die Grenzen der Lust stieß. »Ich halte das nicht mehr aus.« Ihre Muskeln schlossen sich fest um ihn. Ihre Haut glänzte rosig und nass. Und sie warf sich jedem seiner Stöße entgegen.

Er wollte sie auf die Streckbank der Passionen binden. Sie vor Begierde wahnsinnig machen. Sie seinen Namen schreien hören, wenn sie kam. Judas, er wollte –

Das hier. Sonst nichts.

Noch mal und noch mal und noch mal. Jeder Stoß war heftiger als der Stoß zuvor, schneller als der Stoß zuvor.

Ja. Ja. Ja.

Ihre Orgasmen kamen in schneller Folge und mit derartiger Gewalt, dass sie seinen Namen brüllte. Sie klammerte sich an ihn, presste ihr feuchtes Gesicht an seinen Hals, und Nachbeben erschütterten ihren ganzen Körper.

Ihre Muskeln hielten ihn tief in ihr fest, und er folgte ihrer Klimax mit kehligem Stöhnen.

Sie blieben einfach so stehen. Das Wasser prasselte ihre Körper hinunter, und ihrer beider Atem ging wieder langsamer.

»Hmm.« Marnie knabberte an seiner Schulter und schenkte ihm ein erschöpftes Lächeln. »Du schmeckst salzig.«

Er grinste verschlagen und schob ihr die Seife hin.

Marnie bohrte ihre Fersen fest in seinen Hintern. »Warum können wir nicht immer so zusammen sein?«

»Du meinst, du so wunderbar nackt an meinen Körper fixiert und ich mal wieder mit den Hosen um die Knöchel?«

»Du kannst sie ja wegtun«, schlug sie vor und biss ihn vorsichtig in den Hals. »Hmm. Ich mag das, wie du wieder tief in mir drin zu wachsen anfängst.«

Er dachte an etwas anderes, das vielleicht tief in ihr drin zu wachsen begann.

»Ich hab nicht aufgepasst.« Seine Stimme klang um einiges gelassener als er sich fühlte. Oh Gott. Dieser Gedanke, sie könne sein Kind im Bauch tragen –

Er ging ein wenig in die Knie.

Nein.

Sein Haut war auf einmal feuchtkalt. »Was würdest du tun, wenn das hier vorbei ist und du feststellst, dass du schwanger bist?«

Sie hob den Kopf und sah zu ihm auf. »Ein Kind kriegen«, sagte sie ruhig.

»Einfach so?«

»Einfach so, ja.« Sie lächelte. »Ein Baby, das ganz wie mein Superspion aussieht. Ich würde mich glücklich schätzen.«

»Judas, Marnie!« Jake legte seine Stirn an ihre. »Du bist eine Heimsuchung, weißt du das?«

Er zog sich widerstrebend aus ihrer feuchten Wärme zurück. Sie hing in seinen Armen und kämpfte kurz um ihre Balance. Dann fanden die Füße wieder festen Stand auf dem Kachelboden. Ihr Blick war schwül und lustvoll. »Gib mir die Seife, Superspion, und lass dir von einer Künstlerin zeigen, wie man mit den Fingern malt.«

Er würde Marnie vor sich selbst schützen müssen.

Aber wer in aller Welt sollte ihn vor ihr in Schutz nehmen?

Marnie war viel zu müde, um sich groß zu bewegen. Sie legte das Kinn auf ihre Hand, die flach auf Jakes Brust lag. »Licht. Aus. Achtzig Prozent.« Die Beleuchtung wurde augenblicklich schwächer.

»Du kannst das schon ziemlich gut«, sagte Jake träge und kraulte ihren Rücken.

Marnie lächelte. »Du meinst, meine verruchten Spielchen mit dir treiben?«

»Das auch.« Seine Lippen zuckten, und er hätte fast ein Lächeln zu Wege gebracht.

Sie liebte den gleichmäßigen Schlag seines Herzens unter ihren Fingerspitzen und die Art, wie ihm die langen dunklen Haare ins Gesicht fielen.

Er betrachtete sie mit unergründlichem Blick, der etwas von einem Gejagten hatte. Jake war niemals wirklich entspannt. Sogar jetzt, nachdem sie einander geliebt hatten und er reglos dalag, fühlte sie seine entfesselte Energie.

Sein Verstand schien ein Szenario nach dem anderen durchzuspielen. Vom Problem zur Lösung. Von der Frage zur Antwort. Sein Körper mochte hier neben ihr liegen, aber seine Gedanken waren dort oben und suchten nach Indizien, um den Mann zu finden, der für den Tod seines Freundes verantwortlich war.

Marnie war müde und befriedigt, doch sie sehnte sich danach, seine unsichtbaren Verletzungen zu heilen. Die Wunden und die Narben, die er wie Ehrenabzeichen auf der Seele trug.

Sie konnte sich nicht vorstellen, wie er zu leben. Nie zu wissen, wer Freund war und wer Feind. Immer darauf vorbereitet, kämpfen zu müssen oder zu sterben. Niemandem zu vertrauen. Und jetzt, nach dem Tod seiner Freunde, auch niemanden mehr an sich heranzulassen.

Nicht einmal seine Geliebte, dachte sie bitter.

Die Frau, bei der er es riskiert hatte, sich zu verlieben. Die Frau, die ihm ihre Liebe offen gezeigt hatte und damit nur eine weitere Schicht Misstrauen über sein wundes Herz gelegt hatte.

Sie drückte die Wange an seine Schulter und legte ihm fest

den Arm auf den muskulösen Bauch. Sie wollte ihn für etwas trösten, das jenseits ihrer Sphäre lag. Sie wollte, sie *musste* ihn heilen. Sie strich sacht über seine Brust.

Er packte ihre Hand und drückte die seine dagegen. Braune Haut gegen blasse. Groß gegen klein. Raue Haut gegen glatte. Er begutachtete ihre kurzen Fingernägel und fuhr mit dem Daumen die lange, dünne Narbe an ihrem Handgelenk entlang. »Woher hast du die?«, fragte er müde.

»Als ich zwölf war, bin ich von einem riesigen, alten Baum gefallen. Dem, der auf Großmutters Haus gekracht ist. Und habe mir dabei das Handgelenk gebrochen.« Sie zog eine Grimasse. »Mein Vater war stinksauer, als wir nach Hause kamen. Und ich habe geheult. Aber nicht, weil es so wehgetan hat, sondern weil ich etwas ganz Tolles und Waghalsiges gemacht hatte, auf das ich sehr stolz war. Und meine Familie damit nur enttäuscht und in Angst versetzt hatte.«

»Ich kann verstehen, dass sie so reagiert haben. Du warst ein kleines Mädchen, das Nesthäkchen und außerdem krank.«

»Ich war aber nicht bettlägerig. Ständig musste ich aufpassen, vorsichtig sein, verstehst du? Nur ja nicht zu aktiv sein, nur ja nicht zu viel Spaß haben. Hör auf damit!« Marnie schob seine Hand weg. »Als mein Körper dann die Herzklappe aus Kunststoff abgestoßen hat, habe ich ihnen *wirklich* Angst gemacht – und mir selber auch.

Sie lieben mich. Sie haben alles getan, um mich zu beschützen. Und ich habe sie gelassen. Papa und meine Brüder ersticken mich mit ihrer Liebe fast. Sie kümmern sich derartig um mich, dass ich manchmal schon glaube, keinen freien Willen mehr zu haben.

Ich muss herausfinden, was ich mit dem Rest meines Lebens anfangen will. Was *ich* möchte. Das ist gar nicht so einfach. Mit siebenundzwanzig auf einmal wissen zu wollen, wer man ist. Da draußen ist eine ganze *Welt*. Und ich kann mir aussuchen, was ich will. Ich schaue mir diese riesige Auswahl an und bin so überwältigt von den Möglichkeiten, so verwirrt. Ich glaube, es wäre einfacher, in meine bequeme, kleine Nische zurückzugehen und alles zu lassen, wie es ist.«

»Und ist es *das*, wofür du dich entschieden hast? Du wirst doch nicht wieder in Papas Computerfirma arbeiten?«, fragte Jake.

»Nein, wenigstens so viel *weiß* ich. Das will ich nicht mehr.«

»Was dann?«

»Ich weiß noch nicht. Nach Paris gehen und Kunst studieren. Oder vielleicht – Keine Ahnung. *Irgendwas*.« Marnie lächelte schläfrig und war zufrieden damit, mit Jake hier unten zu liegen und vor der Welt in Sicherheit zu sein.

»Warum hast du nicht gleich in Paris studiert, wenn du das doch wolltest, anstatt hier aufs College zu gehen?«

»Weil Papa solche Angst hatte, dass mir etwas zustoßen könnte und er zu weit weg war. Wenn er und die Jungs so etwas gesagt haben, dachte ich: ›Na ja, vielleicht haben sie Recht. Was, wenn mir wirklich etwas passiert?‹ Also habe ich es verschoben und verschoben.«

»Kunst hättest du auch in San Francisco studieren können.«

»Ich weiß. Habe ich eben auch nicht gemacht. Ich hab dir gesagt, mir fehlt der Mumm. Aber ich arbeite daran. Los, jetzt bist du dran. Was war dein tollstes Erlebnis, als du ein Kind warst?«

»*Tolle* Erlebnisse hatte ich eigentlich eher später.«

Sie hörte seiner Stimme an, dass er grinste und knuffte ihn

an den Arm. »Ich rede nicht von *Sex*. Sondern von Kinderzeug.«

»Ich glaube, ich war nie ein Kind. Nicht richtig jedenfalls. In der Schule war ich immer darauf bedacht, mir nichts zu Schulden kommen zu lassen. Obwohl sowieso alle über meine Eltern Bescheid wussten. Es war demütigend. Ich hatte immer ganz gute Noten. Ich habe für alles, was mit der Schule zu tun hatte, ihre Unterschriften gefälscht. Sie waren nicht gerade groß im Schreiben. Und meistens haben sie nicht daran gedacht, dass ich auch noch da war. Wir waren nicht einmal arm. Ein ganz nettes Haus in einer ordentlichen Gegend. Aber sie haben – Ich habe ihnen das Geld für die Schulkleidung gestohlen, bevor sie es versaufen konnten.«

»Das ist grauenhaft, Jake. Kein Wunder, dass du davongelaufen bist.«

»Es war nicht grauenhaft. Es war aber auch nicht schön. Es hat mich sehr vorsichtig und misstrauisch werden lassen. Ich wollte von niemandem bemitleidet werden, und ich wollte auch nicht, dass das Jugendamt mich wegholt. Die Navy war das Beste, was mir passieren konnte. Ich habe eine gute Ausbildung bekommen und hatte schnell den Bogen raus.«

Marnie streichelte seine Brust. »Ich wünschte, ich hätte dich damals schon gekannt.«

»Da warst du doch selber noch ein Kind. Was hättest du denn mit mir angestellt?«

»Ich hätte Großmama und Papa und meine Brüder mit dir geteilt. Ich hätte dich geliebt und dir etwas von meinem Rosenkohl abgegeben.«

Jake lachte und küsste ihre Handfläche. »Du magst keinen Rosenkohl, hmm?«

»Nein, und Duchess mag ihn auch nicht.«

Jake grinste. »So ein Pech.« Er fuhr ihr mit der Hand den Rücken hinunter und machte erst auf dem Hintern Halt. »Was geht in deinem Kopf vor, Marnie? Ich höre fast, wie es da drinnen arbeitet.«

Sie folgte mit der Fingerspitze der hellen, gebogenen Narbe an seinem Hals, die wie die Karikatur eines halben Lächelns erschien. »Erzähl mir mehr darüber, wie du zu der Narbe gekommen bist«, sagte sie liebevoll. *Erzähl mir von der Frau, die dich für andere Beziehungen – für mich – ruiniert hat. Der Frau, die du geliebt hast.*

»Das ist nicht weiter wichtig.« Er nahm ihre Pobacke in die Hand und liebkoste die blütenzarte Haut.

Marnie schob sich ein Stück an ihm hoch. »Und ob das wichtig ist. Es ist ein Teil von dir. Es macht dich aus. Erzähl es mir bitte.«

Er zögerte. Die Sache lag ihm sogar nach sechs Jahren noch schwer im Magen – sie frustrierte ihn, machte ihn fuchsteufelswild und verlegen.

Marnies Augen waren nur eine Winzigkeit von seinen entfernt. Klar, blau und träge vom Sex. Sie wollte hören, was er lieber verschwiegen hätte, zumindest, bis er eine Lösung hatte.

»Fang einfach irgendwo an«, sagte sie.

Also gut. Dann fange ich eben mittendrin an.

»Ich habe dir doch von Dancer erzählt.«

»Ja, aber nicht, was er dir angetan hat.«

»T-FLAC war schon Jahre lang hinter ihm her. Die verschiedensten Einsatzgruppen haben versucht, ihn zu kriegen, aber keiner hat diesen Hundesohn erwischt. Wir konnten ihn nicht einmal identifizieren. Wenn es um Tarnung geht, ist er ein Meister. Er ist uns immer ein oder zwei Schritte voraus gewesen.«

Vor seinem inneren Auge flackerten Erinnerungen wie die Bilder einer alten Wochenschau. Ein Schritt hinter Dancer in Istanbul beim Bombenanschlag auf die amerikanische Botschaft. Knapp verpasst in Beirut. Ihm nach Johannesburg auf den Fersen, um dann festzustellen, dass er den Falschen gestellt hatte. Dicht, aber nie dicht genug.

»Er ist ein durchgeknallter Hundesohn. Und dummerweise ein schlauer Fuchs. Er war der führende Kopf hinter zwei missglückten Attentaten auf den Präsidenten. Und beide sind nur knapp gescheitert. Er war auch letztes Jahr für dieses ferngesteuerte Flugzeug verantwortlich, das fast aufs Weiße Haus gestürzt wäre. Die Bombe an Bord war groß genug, halb Washington, D. C., in die Luft zu jagen.«

Marnie schaute ihn an, als erzähle er Märchen. Wieder fuhr sie mit den Fingerspitzen die Narbe entlang. »Und ich dachte, das wäre eine Frau gewesen.«

»So war es ja auch. Aber später habe ich herausgefunden, dass sie im Auftrag Dancers gearbeitet hat. Ich war damals schon ein paar Jahre lang hinter ihm her. Ich bin ihm immer näher gekommen, aber dann hat er sich in Luft aufgelöst. Seine Terrorakte begannen zu eskalieren. Er hatte seine Aktivitäten aus den USA nach Übersee verlagert. Israel, Bosnien, Südafrika. Flugzeugentführungen, Bombenanschläge.

Vor sechs Jahren, als ich gerade in New York im Krankenhaus lag, habe ich dann eine Frau namens Soledad O'Donnel kennen gelernt.«

Marnie prustete. »Soledad *O'Donnel*?«

»Sie hat mir erzählt, ihre Mutter sei Südamerikanerin, ihr Vater Ire. Zierlich, blond, übermütig und hübsch. Ich hatte nichts Besseres zu tun, und sie hat mich fasziniert.«

Fasziniert, betört und betrogen. Er war tief und hart gestürzt. Die zarte Blonde mit den dunklen, seelenvollen Augen hatte ihm das Gefühl gegeben, unbesiegbar zu sein. Er hatte sich zum ersten Mal im Leben geliebt gefühlt. Die Sache war ihm zu Kopf gestiegen. Er hatte sich zwei Monate lang in Soledads Liebe gesonnt, während er sich von einer Schussverletzung erholte, die er ausgerechnet Dancer zu verdanken hatte. Nach seiner Entlassung aus dem Krankenhaus war er sofort in Soledads Apartment auf der Fifth Avenue eingezogen.

Sie hatte erzählt, dass sie aus einer armen Familie stammte, die kaum etwas zu essen gehabt hatte. Sie war immer noch extrem schlank, hatte dunkle Schatten unter den Augen und eine Aura der Zerbrechlichkeit, die Jake kaum wagen ließ, sie zu berühren. Er hatte für sie sorgen wollen.

Er dachte daran, bei T-FLAC aufzuhören. Er hatte unbesehen ein Stück Land in Wyoming gekauft und seinen Ausstieg geplant. Er hatte von einem Leben ohne Gewalt und Zerstörung geträumt.

»Warum warst du im Krankenhaus? Was hat dir gefehlt?«

»Bleivergiftung. Willst du das wirklich hören?«

Marnie runzelte die Stirn und zupfte an seinem Brusthaar herum. »Sie war wunderschön, und du warst verrückt vor Liebe.«

Jake rubbelte sich die Brust. »Nein, war ich nicht. Ich war verrückt vor *Lust*.«

Bis zu diesem Wochenende hätte er geschworen, dass es eine Art von Liebe war, die er für die schöne Verführerin empfunden hatte. Jetzt wusste er es besser.

Marnie hatte eine Art, die blonden Brauen hochzuziehen, als wolle sie sagen: *Für was hältst du mich, Jungchen? Für eine Idiotin?* »Welche Farbe hatten ihre Augen?«

»Schwarz. Warum?«

»Was hat sie am liebsten gegessen?«

»Was wird das, ein Quiz?«

»Antworte einfach.«

»Spagetti.«

»Hast du ihr je beim Schlafen zugesehen?«

»Ja. Und?«

»Nichts und. Was ist dann passiert?«

»Soledad war Reporterin. Freie Korrespondentin. Sie war eine exzellente Journalistin, und als ich herausfand, dass sie ebenfalls unserem mysteriösen Freund hinterherjagte, haben wir uns zusammengetan.«

»Ein gemeinsames Hobby, wie schön.« Sie biss ihn nicht allzu freundlich in die Schulter und machte es mit einem Kuss wieder gut.

»Dann wurden drei Wissenschaftler vom Livermore-Laboratorium gekidnappt. Keine Lösegeldforderung. Uns waren Gerüchte über eine Fabrik für biologische Waffen zu Ohren gekommen. Wir hatten keine Zeit zu verlieren. Soledad erfuhr von einem ihrer Informanten, dass Dancer in San Cristóbal eine Gruppe radikaler Söldner um sich geschart hatte. Er schien ein paar größere Sachen zu planen. Und es ging dabei auch um chemische und biologische Kampfstoffe.«

Jake fühlte einen warmen Atemzug, als Marnie den Kopf auf seine Brust legte. »Das ist alles so unheimlich, Jake. War es das, was sie in Südamerika vorhatten, biologische Waffen herstellen?«

»Wir haben auf Satellitenfotos am Stadtrand von San Cristóbal eine neue Fabrikanlage identifiziert. Und es gab noch andere Indizien. Aus einem Labor in Kanada waren Viren verschwunden. Wir bekamen die Bestätigung, dass das Sarin für den Giftgasanschlag auf die Tokioer U-Bahn von Dancer stammte. Alles passte zusammen. Wir konnten nicht riskieren, länger zu warten. Wir mussten ihn aus dem Verkehr ziehen. Und zwar schnell.«

»Wie ging es weiter?«

»Die Operation stützte sich auf Erkenntnisse, die wir in jahrelanger Arbeit zusammengetragen hatten. Soledads Informant hat uns nur das letzte Puzzleteilchen geliefert. Wir wussten, wie viele es waren, wo sie sich aufhielten und wie sie vorgingen.«

Jake rieb sich das Kinn und schaute ins Leere. »Bis zu diesem Zeitpunkt hatten wir ein paar der kleineren Zellen in Israel, Brasilien und Schottland ausgehoben. Aber uns war klar, dass San Cristóbal sein neues Hauptquartier war. Wir wollten ihn und seine Chemiefabrik lahm legen, bevor er weiteres Unheil anrichten konnte.

Wir wussten auch, dass irgendwer bei T-FLAC Informationen an Dancer weitergab. Anders hätte er uns nicht all die Jahre immer einen Schritt voraus sein können. Deswegen habe ich nur die notwendigsten Daten herausgegeben und lediglich ein Viermannteam mitgenommen.

Wir haben sie exakt geortet und uns darauf vorbereitet, sie hochzunehmen. Alle. Alles war völlig wasserfest. Skully, Lurch und Brit waren dabei. Ein kleines, handverlesenes Team. Männer, denen ich bedingungslos vertraut habe. Wir wussten, dass Dancer bald auftauchen würde. Er war an dem Morgen, als wir in San Cristóbal ankamen, aus Jerusalem nach Buenos Aires abgereist.

Wir hatten uns in einem kleinen Hotel am Stadtrand einquartiert. Da tauchte auf einmal Soledad auf.«

Jake war von seiner Schicht ins Hotel zurückgekehrt und hatte Soledad nackt auf seinem Bett liegend vorgefunden. Er hatte sich nicht gefragt, woher sie wusste, wo er war und weswegen er da war. Er hatte sich wie ein geiler Teenager benommen.

Seit damals hatte er nie wieder mit seinem Unterleib gedacht. Bis zu diesem Wochenende. Er hätte es eigentlich besser wissen müssen –

»Jake?« Marnies Stimme holte ihn sanft aus seinen Gedanken. »Wenn es dir zu wehtut, darüber zu reden, wechseln wir das Thema.«

»Nein, da tut nichts mehr weh«, sagte er knapp. Es hatte ihm innerhalb weniger Augenblicke zweimal das Herz gebrochen, mehr war da nicht.

Jetzt war es ohnehin zu spät, das Thema zu wechseln.

Er schob ihre Hand weg, setzte sich auf, als wolle er aufstehen.

»Oh, verdammt, Jake. Warum kann ich auch meine Klappe nicht halten? Jake, es tut mir Leid.«

Er erinnerte sich genau an das Zimmer. Es war düster, heiß und stickig. Von der Cantina im Erdgeschoss drang der melodische Klang einer Gitarre durchs offene Fenster, begleitet vom Geruch billigen Weins und gebratenen Fleisches. Eine Fliege summte um ihre verschwitzten Körper herum.

Er hatte Dancer komplett vergessen. Er hatte die ganze Operation vergessen und vergessen, sich selbst zu schützen.

Während sie einander liebten, hatte ihm Soledad eröffnet, dass sie ein Kind von ihm erwartete. Jake hatte den Augenblick kristallklar und hell vor Augen.

Seine Freude. Welches Wunder es war. Welch unerwartetes Geschenk.

Und dann den eiskalten Schnitt.

Der Verrat hatte ihn förmlich gelähmt.

»Sie war schnell, das muss ich ihr lassen«, sagte er grimmig. Dieser Schock und sein ungläubiges Staunen. Er hatte nicht glauben können, dass sie mit ihrer zarten Hand ein scharfes, todbringendes Messer geführt hatte. Und dass sie ihm lachend mitteilte, sie werde das Kind gleich morgen abtreiben.

»Sie hat mir die Kehle aufgeschlitzt, während wir es, ah, miteinander gemacht haben. Als ich sie wegstieß, hat sie mir das Knie in die Eier gerammt und versucht, den Job zu Ende zu bringen.«

»Oh, bitte! Gib mir eine Pause«, schnappte Marnie hinter seinem Rücken.

Die Matratze gab nach, und Jake drehte sich um. Sie hatte sich aufgesetzt, die Seidendecke über ihren schönen Busen hochgezogen und schaute ihn verächtlich an. »Du hast gesagt, Soledad sei so zerbrechlich gewesen. Wie hätte es eine solche Frau mit einem durchtrainierten Profi wie dir aufnehmen sollen?«

Weil er Herz und Seele mit zu ihr ins Bett genommen und den Verstand neben seine Hose auf den Boden geworfen hatte.

»Ein Mann *denkt* nicht, wenn er gerade kommt. Beziehungsweise denkt er ein paar Sekunden lang nur mit seinem – Wie hast du ihn genannt? Winkie?«

»Ich nenne ihn *überhaupt nichts*, wenn du es mit einer anderen Frau treibst!«

»Eifersüchtig?«

»Ist sie tot?«, wollte Marnie wissen. Sie sah verbissen aus, und die blauen Augen blitzten.

»Lurch kam ins Zimmer gestürzt und hat sie erschossen.«

»Gut. Ich hoffe, sie ist langsam gestorben.«

»Jedenfalls nicht schnell genug«, sagte Jake grimmig. »Sie hat Lurch mit meiner Waffe niedergeschossen. Ich war so beschäftigt, Lurch und mich selbst vor dem Verbluten zu retten, dass ich nicht mitbekommen habe, wie sie gestorben ist. Und dann starb mein bester Freund in meinen Armen, bevor Skully hereinstürmte wie die Kavallerie.«

Er rieb sich die Augen. »Hätte Skully mich nicht rausgeschafft und ins Krankenhaus gebracht, würden wir diese Unterhaltung jetzt nicht führen.«

»Oh Gott, Jake.« Marnie drückte sich an seinen Rücken und legte ihm die Arme um die Brust. Er zuckte zusammen, aber sie ließ ihn nicht los. »Das ist ja entsetzlich. Ein Horror! Zu erfahren, dass die Frau, die man liebt, ein Kind von einem erwartet und im gleichen Augenblick von ihr verraten zu werden. Und sie hat versucht, dich umzubringen. Diese Ratte!«

Marnie drückte ihm einen Kuss auf den Nacken. Dann setzte sie sich neben ihn und legte ihre Wange an seine. »Und Dancer hast du nicht erwischt?«

»Als ich endlich wieder zurückkehren konnte, gab es nichts mehr zu finden in San Cristóbal. Sie hatten höchst erfolgreich jede Spur ihrer Anwesenheit verwischt.«

So lange wie damals hatte er noch nie im Krankenhaus gelegen. Lurch hatte ihm das Leben gerettet und war dabei umgekommen. Dann waren Brit und Skully ums Leben gekommen, und er war der Letzte der Musketiere gewesen. Jake wusste damals nicht mehr, welchen Sinn es noch haben sollte, am Leben zu sein.

Ein Jahr später war Dancer wieder aufgetaucht wie ein Schachtelteufel und hatte sein Operationsgebiet in die USA zurückverlegt. Gerüchte über eine neue Chemiefabrik im Mittleren Westen machten plötzlich die Runde.

Und die Rachsucht hatte Jake aus seinem Selbstmitleid gerissen.

»Ich bin ihm seit damals auf den Fersen geblieben.«

Marnie schmiegte sich an seine Schulter. »Du bist der Beste. Du kriegst ihn.«

Ja, er würde Dancer erwischen. Irgendwann. Oder beim Versuch, ihn zu erwischen, sterben.

Aber bevor er sich wieder um Dancer kümmern konnte, musste er wissen, wer ihm in die Parade gefahren war und mit dem Fiasko in Omaha seine Karriere zerstört hatte. Und er musste dieses Killerkommando loswerden. Und Marnie zu ihrer Familie zurückbringen, die mittlerweile verrückt vor Sorge sein musste. Und zwischenzeitlich dafür sorgen, dass ihn keiner kaltmachte, bevor er Marnie außer Gefahr hatte.

Eine Kleinigkeit.

13

Zuerst dachte Jake, es sei Duchess gewesen, die im Schlaf gewinselt und ihn geweckt hatte. Aber dann sah er die Dogge im trüben Licht der Bildschirme am anderen Ende des Raums, wie sie mit gespitzten Ohren zum Bett hinüberschaute.

Marnie hatte sich an seine Seite gekuschelt und den Arm auf seine Brust gelegt. Doch anstatt, vom Sex erschöpft, zu schlummern, jammerte sie im Schlaf vor sich hin.

»Ach, Judas.« Jake schob ihr sanft die Hand unter den Hinterkopf. »Wach auf, meine Kleine. Du träumst. Na los, wach auf.«

Er streichelte ihren Rücken und strich ihr hilflos durch die seidigen Locken. Sie wachte auf.

»Jake?« Sie schaute ihn mit geröteten Augen an, ohne ihn wirklich zu sehen.

»Du hast schlecht geträumt.«

Marnie presste ihr Gesicht an seine nackte Brust und brach in Tränen aus. Der Weinkrampf schüttelte ihren Körper mit einer Gewalt, als wolle er sie auseinander reißen.

»He – he. Alles ist gut.«

»I-ich w-war in einer schwarzen K-Kiste. Und – und ich k-konnte nicht raus – und – es w-war so kalt und so d-dunkel – ich ha-hatte solche Angst –« Die Worte waren zwischen Schluchzern und Gekeuche kaum zu hören. Die Flut der Tränen ließ ihren schlanken Körper beben.

»Licht. An. Zwanzig Prozent«, sagte er leise. Ein sanfter Schimmer erhellte den Raum. Er legte fest die Arme um sie und wusste doch, dass sie untröstlich war. Schmerz und Trauer waren zu groß. Und außer Kontrolle geraten. Der Himmel wusste, wie sehr sie diesen Weinkrampf brauchte.

Duchess kam ans Bett und schaute mit bekümmertem Hundeblick abwechselnd Jake und wieder ihr Frauchen an. Dann legte sie den Kopf neben Marnies Schulter auf die Matratze und passte auf.

Marnie heulte hemmungslos weiter. Ihre Tränen und ihr heißer Atem benetzten Jakes Brust.

Sie legte ihm die Arme um den Hals. »U-und dann – dann wa-war ich auf einmal diejenige, die die Kiste aufgemacht ha-hat. Und Großmama –«

Sie drückte ihr nasses Gesicht an seinen Hals, und Jake fühlte die glühend heißen Tränen wie Säure über seine Haut triefen. Er nahm ihren zerbrechlichen Körper fester in die Arme und flüsterte ihr aufmunternde Worte zu, als sei sie ein Kind, das sich wehgetan hat.

Er hatte nie zuvor ein Kind getröstet. Und nie eine so aufgelöste Frau in Armen gehalten. Noch vor einer Woche wäre das eine so undenkbar gewesen wie das andere. Jetzt war er froh, für Marnie dasein zu können. Dankbar, derjenige zu sein, der sie halten durfte, als ihr Herz entzweibrach.

Er fürchtete zwar, der grausame Weinkrampf könne den Ausbruch ihrer Krankheit beschleunigen, doch er wollte auch nicht, dass er endete, bevor sie sich ausgeweint hatte. Er streichelte ihr Haar, ihren Rücken, ihre Wangen.

»In dem Sa-Sarg war Großmama. A-aber das war nicht – war nicht *meine* Großmama. Sie ha-hat ganz unheimlich ausgesehen. Das Ge-Gesicht ist geschmolzen, u-und ihr Mund war o-offen als – als ob sie A-Angst gehabt hätte. Ich wollte meine Großmama zurück – nicht di-dieses Ding. Und dadann ha-habe ich die Augen aufgemacht, und *d-du* warst in dem Sarg. Du warst voller Blut, u-und sie ha-haben mich Erde auf di-dich draufschmeißen lassen. Du wa-warst tot, und ich wo-wollte auch tot sein –«

Er strich ihr das Haar aus der Stirn und drückte einen Kuss auf die Falte über ihrer Nasenwurzel. »Du hast nur geträumt. Ein ganz schlimmer Albtraum. Und ich bin quietschlebendig und hier neben dir in dem Bett, in dem wir einander geliebt haben.«

Marnie legte ein Bein über seines und drückte mit herzzerreißendem Geschluchze ihr nasses Gesicht an seinen Hals.

Der Tränenbrunnen wollte nicht versiegen. Tiefste Verzweiflung, tiefste Einsamkeit und tiefste unverfälschte Trauer.

»Lass es raus. Süße. Lass alles raus. Ich bin ja bei dir.«

»Sie fehlt mir s-so.«

»Ich weiß«, flüsterte er und fühlte sich der Sache nicht gewachsen. Er legte die Arme um sie, zog sie halb auf sich und wünschte sich nur, ihr helfen zu können. Der Weinkrampf war längst fällig gewesen, aber sie derart um Luft ringen zu hören, war kaum auszuhalten.

Der Gefühlsausbruch überraschte ihn nicht. Sie war dieses Wochenende weiß Gott durch die Hölle gegangen.

Jeder andere wäre genauso verzweifelt.

Jake streichelte ihre zarte Haut, glitt mit zärtlichen Fingern den bebenden Körper hinunter und ließ ihr gequältes Schluchzen an die tröstliche Mauer seiner Brust branden.

Ihre Kehle musste höllisch schmerzen, dachte er und flüsterte irgendwelchen Unsinn zusammen. Worte, die er keiner Menschenseele je gesagt hatte. Und die Tränen flossen immer weiter.

»So ist es gut, meine Kleine. Wein dir alles von der Seele.« Sie brach ihm das Herz.

Als er neun Jahre alt gewesen war, hatte er sich in die Dunkelheit seines Kleiderschranks gekauert, während im Schlafzimmer nebenan seine Eltern Krieg der Welten spielten. Er erinnerte sich an den Geruch des Branntweins auf dem Boden vor seiner Tür – *verschütteter* Branntwein, was auch Anlass für den Streit gewesen war. Er war an diesem Tag nicht zur Schule gegangen, weil er hohes Fieber gehabt hatte und sich ständig übergeben musste. Aber darum hatte sich keiner gekümmert.

Er wusste genau, wie es sich anfühlte, haltlos zu weinen, den Kopf zwischen die Knie gesteckt und von Krämpfen geschüttelt. Er erinnerte den sengenden Schmerz, die verzweifelte Hilflosigkeit, die völlige Sinnlosigkeit seines Lebens. Er hatte sich nicht vorstellen können, dass die Zukunft ihm etwas anderes bringen könnte als das.

Zu seinem Erstaunen kamen ihm selbst fast die Tränen. Er,

der Mann ohne Herz, konnte ihre Pein vollkommen nachempfinden. Er legte ihr die Hand an die Wange und verwischte das Rinnsal der Tränen mit dem Daumen. »Ach, Süße. So ist es gut. Weine, so viel du willst. Ich bin da und halte dich fest. Ich hab dich, ich passe auf dich auf«, flüsterte er ins schummrige Dunkel.

Mochten seine Gefühle auch noch so uneigennützig sein, sein Körper verfolgte dummerweise andere Ziele. Die Erektion war steinhart und schmerzhaft, sowie Marnie sich über ihn spreizte.

Runter mit dir, Junge! Er reagierte nicht, und Jake blieb nichts anderes übrig, als sich schuldbewusst aus der Gefahrenzone zu manövrieren. Sein Glied gierte nach ihrer heißen, nassen Pforte, die verlockend nah war, doch jetzt verboten. Er sehnte sich danach, sich hart und tief in sie hineinzugraben.

Von den Tränen war nur ein Schluckauf übrig geblieben. Ihr Bein streichelte seine Hüfte, ihre Zehen unter seinem linken Knie vergraben.

Sie hob den Kopf. »Da-danke, dass ich mich ausheulen durfte.«

»Ist schon gut«, sagte Jake zärtlich, während er mit der Seidendecke ihre Wangen trocknete. »Meinst du, du hast es fürs Erste hinter dir?«

»Hoffentlich«, sagte Marnie erschöpft. »Es hat mich völlig zerlegt.«

Ihre Augen waren fast zugeschwollen, die kleine, gerade Nase rot und dick. Ihre Wangen waren fleckig, und ihre Lippen schienen fast konturlos. Doch Jake hatte in seinem Leben nichts Schöneres gesehen. Sein Herz sprang Doppelaxel.

»Du fühlst dich gut an!« Er schob ihr die Hand unter den

Hintern, und sie rutschte auf ihn und schob ihn sich in ihre heiße, nasse Umklammerung.

»Mein Gott, Marnie.« Er kniff die Augen zu, als Marnie auf die Knie ging, ihr Körper ein intimer Teil von seinem.

Sie stützte ihre Hände mit gespreizten Fingern auf seine Brust und ritt ihn quälend langsam.

Jake umfasste ihre Hüften und ließ sie das Tempo bestimmen. Sie kamen zusammen. Es war nicht das gleiche Feuerwerk wie am frühen Abend, sondern ruhig, friedlich und schmerzlich süß. Wie ein dunstiger Sonnenaufgang.

Marnies Körper entspannte sich, und sie ließ sich auf seine Brust sinken, die noch feucht von ihren Tränen war. Sie legte den Kopf an seinen Hals und war in Sekunden eingeschlafen.

»Licht. Aus. Einhundert Prozent.« Jake starrte mit brennenden Augen ins Dunkel.

Gott hilf mir. Ich bin in Schwierigkeiten.

Als Marnie am nächsten Morgen die Augen aufschlug, war Jake schon zur Arbeit gegangen. Es schneite immer noch. Und Duchess musste raus. *Sofort.*

Sie fühlte sich wie durch den Wolf gedreht und dennoch sonderbar lebendig. Jake war wundervoll gewesen letzte Nacht. Er hatte sie getröstet, ohne Phrasen zu dreschen. Gott sei Dank war es dunkel gewesen. Sie wusste, wie sie aussah, wenn sie ein bisschen geweint hatte. Wie sie nach einem richtigen Weinkrampf aussah, wollte sie gar nicht erst wissen. Sie brauchte nur ihre angespannte Haut zu fühlen und wusste, dass sie verschwollen war und rot. Mit Duschen war es nicht getan.

Duchess lief unruhig herum. »Ich kann nicht raus mit dir.« Marnie gähnte und blinzelte irritiert in die Lichtschlieren, die

die Monitore an die Wände warfen. »Tut mir Leid, altes Mädchen. Du musst warten.«

Duchess tollte um das Bett herum.

»Ich weiß ja, dass es dringend ist.« Marnie schlug die Seidendecke zurück und stand auf. Autsch. Ihr taten Muskeln weh, von deren Existenz sie nichts geahnt hatte.

Sie suchte nach Zeitungspapier.

»Also gut, Plan B«, teilte sie der aufgeregten Dogge mit, nachdem keine Zeitung zu finden war. »Plastiktüte, Papierhandtücher?«

Duchess lief empört zur Aufzugtür und zeigte, dass sie wartete und geschäftliche Angelegenheiten ohnehin nur im Freien erledigte.

Marnie seufzte. »Okay, okay. Dein geliebter Jake wird nicht erfreut sein, aber wir gehen rauf. Schauen wir erst mal nach, wo sie alle sind.«

Sie studierte die Bildschirme, während sie sich anzog. Das Letzte, was sie jetzt brauchen konnte, war, in diese Typen oder Jake reinzulaufen. »Alles klar. Im Augenblick wenigstens. Gehen wir.«

Wenig später steckte sie mit dem Hund wie in einer Sardinenbüchse im kleinen Lift zur Hütte.

Egal, wo sie rausgingen – Jake wäre nicht glücklich darüber.

Durch die Hütte ging es wenigstens schneller nach draußen als durch den Minenschacht.

Die fünf handtellergroßen Bildschirme über der schmalen Lifttür zeigten ihr, dass Hütte und Umgebung killerfreie Zone waren.

»Das heißt aber nicht, dass du ewig Zeit hast. Verstanden, Dummerchen?«

Die Tür glitt auf. Marnie drückte die Rückwand der Speisekammer auf und betrat die Küche. Sie ging sofort in die Hocke, um von draußen nicht gesehen werden zu können, und packte Duchess am Ohr. »Beeile dich und pass auf, dass dich niemand sieht, ja?« Sie ließ die Dogge los. Duchess umrundete die Theke und schoss zur angelehnten Tür hinaus ins Freie.

Marnie sog die frische, kühle, nach Pinien duftende Luft ein. Sie trug nur ihre Jeans, eines von Jakes Sweatshirts und Socken. *Sie* hatte ja auch nicht vor, rauszugehen. Aber die Hütte war eisig genug, und sie fröstelte. »Beeil dich, altes Mädchen.«

Marnie wollte ihre Sachen haben. Ihren Rucksack und den Skizzenblock. Und die schlammverkrusteten Socken, die immer noch neben dem kalten Kamin hingen, auch. Konnte sie es wagen?

Sie fragte sich, ob es klug war, etwas mitzunehmen. Falls diese Killer zurückkamen und bemerkten, dass etwas fehlte, wussten sie auch, dass Jake und sie ganz in der Nähe waren. Sie seufzte, setzte sich auf den schmutzigen Boden und lehnte sich an den Küchenschrank.

Sie trug keine Uhr, aber es schien ihr, als sei die Dogge schon lange genug weg, um ihr Geschäft zu erledigen. »Wo bleibst du denn, Süße?«, murmelte sie. Jake würde einen doppelten Schrecken bekommen, wenn er sie beide nicht vorfand. Marnie hatte sich nicht damit aufgehalten, eine Nachricht zu hinterlassen. Das Ganze war als Kurztrip gedacht gewesen.

Sie riskierte einen Blick über das Fensterbrett. Nichts zu sehen von Duchess. Aber der Schneefall schien etwas nachgelassen zu haben. Ob der Helikopter heute kam?

Ihr Blick wanderte zu ihrem Skizzenblock, der immer noch auf der Küchentheke lag. Sie wollte die Zeichnungen von Jake haben.

Die Typen würden es vermutlich bemerken, wenn alle Skizzen fehlten. Aber ein paar – Marnie tauchte gerade lange genug auf, um sich den Block zu schnappen, und setzte sich, den Block auf den Knien, schnell wieder hin. Sie suchte fünf Zeichnungen aus, um zu Hause ein wenig über die Runden zu kommen.

Wenn Jake nicht mehr bei ihr war.

Sie trennte die Skizzen vorsichtig heraus, legte den Block wieder genau so auf die Theke, wie sie ihn vorgefunden hatte, faltete die Bilder sorgfältig zusammen und verstaute sie vorne unter ihrem Sweatshirt.

Duchess war schon eine ganze Ewigkeit weg. Marnie fing an, sich Sorgen zu machen. Hatten die Männer die Dogge entdeckt? Und auf sie *geschossen*? Lag ihr Hund möglicherweise blutend im Schnee?

»Nein. Denk so was nicht«, ermahnte sie sich grimmig. »Sie versteckt sich. Das ist es, sie ver –«

»Ich drehe dir den Hals um!«, zischte über ihr Jake. »Was zum Teufel machst du hier oben – abgesehen davon, dass du dir eine Lungenentzündung holst ohne Jacke.«

Marnie stieß sich vor Schreck den Kopf an der Schranktür an. *Ups.* Das bisschen, was von Jakes Gesicht zu sehen war, war rot vor Kälte, aber seine Augen, die normalerweise schon ausdrucksstark genug waren, sprachen Bände.

»Duchess konnte nicht mehr länger warten.« Sie flüsterte genauso tonlos wie er und rieb sich mit der Hand den Hinterkopf. »Hast du sie irgendwo gesehen?«

»Nein«, sagte er kurz angebunden, kam um die Theke herum und hockte sich neben sie. Er wirkte fast übermächtig in der engen schwarzen Montur. Übermächtig und gefährlich. »Du kannst nicht hier bleiben. Die wissen, dass ich in der Nähe bin, und in der Hütte werden sie als Erstes suchen.«

»Und was wird mit Duchess?«

»Wenn sie zurückkommt, sehen wir das unten auf den Bildschirmen.«

Jake zeigte ihr, wie sie – anstatt durch die enge Speisekammer – durchs Badezimmer zum Aufzug kam, und kam mit ihr nach unten.

»Der Schneefall lässt nach«, flüsterte er in ihre Locken. Er selbst hatte vor ein paar Stunden dieselbe Seife und dasselbe Shampoo benutzt wie Marnie, doch es war ihm ein Rätsel, wie sie so zauberhaft duften konnte. Dicht neben ihr im engen Aufzug sah er ihr Gesicht nicht richtig. Die Augenpartie schien noch ein wenig geschwollen zu sein, aber in Anbetracht der Umstände sah sie verdammt gut aus.

Körperlich hätten sie einander nicht näher sein können. Er hatte den Aufzug schließlich nur für sich allein gebaut. Marnie machte eines dieser kleinen Geräusche, wie sie sie machte, wenn er sich tief in sie stieß. Ihm war klar, dass ihr seine Erregung nicht verborgen geblieben war. Sie machte noch eines. Sie machte ihn wahnsinnig mit diesen kleinen *hmms*. Und sie wusste es.

In dem Moment, als die Aufzugtür aufging, stürzte er auch schon hinaus und hätte vor Erleichterung beinahe geseufzt. Marnie schaute ihn unschuldig an; wieder dieser Blick, der seinen Herzschlag zum Kamikaze trieb. Jake lief zu den Monitoren.

»Glaubst du –« Sie verstummte mitten im Satz und schüttelte den Kopf. »Ich brauche dich gar nicht erst zu fragen, du hast keine Ahnung, wie es ihr geht. Vergiss es. Hast du Hunger? Ich meine, bist du zum Mittagessen nach Hause gekommen?«

»Bei dir klingt das, als käme ich gerade aus dem Büro.«

»Du kommst von deiner Arbeit, stimmt doch, oder?« Sie suchte die Bildschirme nach Duchess ab.

»Sie ist eine Schlaumeierin von einer Dogge. Sie kann selber auf sich aufpassen. Davon, dass wir uns Sorgen machen, kommt sie auch nicht schneller her.«

»Ich weiß.« Marnie ging in den Küchenbereich. »Willst du etwas zu essen? Wir haben, glaube ich, noch ein bisschen –«

»Ich wollte Munition holen.« Er nahm ein paar schwere Schachteln aus einem Schrank und stellte sie auf die Werkbank. »Du ziehst dir besser was anders a –« Das Läuten des Telefons schnitt ihm das Wort ab.

Sie sahen einander an. Sie wussten beide, wer es war.

Jake schnappte sich das drahtlose Telefon von der Küchentheke und sparte sich die Begrüßung. »Ich hoffe, Sie haben gute Nachrichten.« Er klemmte sich das Telefon unters Ohr und befasste sich, während er sprach, mit den Patronen und Magazinen.

Marnie beobachtete ihn, wie er seine Waffen neu lud und sein Arsenal überprüfte, zog sich derweil die Zeichnungen unter dem Sweatshirt heraus und legte die Skizzen, die von ihrer Haut ganz warm waren, auf die Theke. Dann zog sie das Sweatshirt aus und warf es über die Rücklehne der Couch. Eine Welle der Traurigkeit erfasste sie, und ihre Augen brannten.

Das war es also. Das Ende. *Finito. Hasta la bye-bye.*

»Warum zum Teufel haben Sie dann angeru – Ach so, gut«, sagte Jake gerade. »Schön, der Wetterbericht gefällt mir.«

Er fuhr sich entnervt mit den Fingern durch die Haare und drehte ihr den Rücken zu. Der Reißverschluss von Marnies Jeans machte ein raspelndes Geräusch in die Stille, auf das Jake nur mit dem Anspannen der Rückenmuskulatur unter dem eng anliegenden, schwarzen Gewebe reagierte.

Marnie saß am Fußende des Betts, zog sich seine viel zu großen Socken aus und dann langsam die Jeans. Jake drehte sich nicht um, stand aber stocksteif da. Und sie hätte ihren letzten Dollar darauf verwettet, dass auch ein anderes, interessanteres Körperteil stocksteif war.

»Die Front zieht also ab –« Pause. »Warum nur kurzzeitig? – So. – Das reicht ja wohl, um einen Hubschrauber zu landen. – Wenn ich einen hier hätte, würde ich sie selber rausfliegen.« Er bückte sich und machte mit einer Hand einen Schnürsenkel auf.

Marnie rutschte auf dem Bett nach hinten und genoss den Anblick seiner Muskeln, wie sie unter dem LockOut arbeiteten.

Jake zog den Stiefel vom Fuß und warf ihn in Richtung Küche. Dann machte er den anderen Schnürsenkel auf und warf den zweiten Schuh hinterher.

Er schaute sich über die Schulter nach Marnie um, als habe sie ihn gerufen. Ihre Blicke trafen einander.

Jake ließ sie nicht aus den Augen, kam ans Bett und setzte sich neben sie. Er legte seine kühle Hand an ihre Wange, und sein Tonfall stand im krassen Gegensatz zu der zärtlichen Geste. »Dann treiben Sie, verdammt noch mal, einen Piloten auf, der's macht!«

Marnies Körper reagierte sofort auf die Berührung. Alles verwandelte sich in flüssige Hitze. Sie schmiegte ihr Gesicht an seine Hand und küsste seine Finger.

Jake redete unablässig in das Telefon hinein. Der Klang seiner Stimme veränderte sich kein Jota, als er ihr mit dem Daumen zärtlich über die Unterlippe strich. Die Nervenenden in Marnies Lippen sandten aufgeregte Signale an den Rest ihres Körpers. Die Berührung ließ sogar noch die Zehen kribbeln.

Sie rutschte unruhig herum, und ihre Brüste schmerzten, so sehr sehnten sie sich nach seinen Händen.

»Das ist mir völlig egal.« Seine Finger wanderten ihre Wange hinauf und durchkämmten ihr Haar. Er wiegte ihren Kopf in seiner Hand und zog sie Stück für Stück zu sich heran, bis sie dicht neben ihm saß. Kühle Luft strich über ihren nackten Rücken. Sie berührte sein Gesicht mit den Fingerspitzen. Sein Kinn war glatt. Er hatte sich rasiert, bevor sie einander letzte Nacht zum zweiten Mal geliebt hatten.

»Ja, gut. Wie bitte? *Zwei*hundertundfünfzig Riesen? Hundesohn! Wir haben uns gestern auf hunderttausend Dollar –« Es folgte eine angespannte Pause, während der andere sprach. »Gut«, sagte Jake mit zusammengebissenen Zähnen. »Die Hälfte beim Abflug, die andere Hälfte, sobald Sie sie sicher in Sacramento abgeliefert haben.«

War dieser Mann dumm genug, Jake Dolan unter Druck zu setzen? Der Typ tat Marnie jetzt schon Leid. Eine Viertelmillion Dollar war ein schier unfassbarer Preis für einen einstündigen Hubschrauberflug.

Ein kleiner, verschreckter Teil ihrer Seele war beruhigt darüber, dass sie ihre Medikamente bekommen würde. Der Rest litt schmerzlich darunter, gehen zu müssen.

Sie schaute ihm in die Augen und strich mit dem Finger die zärtliche Linie seiner Unterlippe entlang. Er knabberte mit strahlend weißen Zähnen an ihrer Fingerspitze herum, die Pupillen schwarz und nur noch von einem dünnen blauen Rand gerahmt.

»Sie haben die Koordinaten? Ich erwarte Sie in einer Stunde. Stellen Sie sich darauf ein, sofort wieder abzuheben.«

Marnie genoss mit geschlossenen Augen das einzigartige Gefühl, seine kühle Hand auf ihrer überhitzten Haut zu spüren. Er wog ihre Brüste in seiner Hand und unterzog ihre Nippel einer süßen Tortur.

Sie bog den Rücken durch. Sie wollte diese letzte Stunde seine ungeteilte Aufmerksamkeit. Sie wollte die letzten Minuten mit Jake genau im Gedächtnis behalten. Sie wollte ihn sich in ihre DNA stempeln. Sie wollte ihn mit ihrem Duft markieren, damit er sie niemals, was immer auch geschah, vergaß.

Ihre Lippen fanden den Pulsschlag an seinem Hals. Ihrer war sogar noch schneller. Ihre Hände glitten über seinen Bizeps, und sie wusste, als sie ihn ansah, dass ihre Augen ihm ihr Herz zeigten.

Jake sah sie mit schwülem Blick an. Er legte den freien Arm um sie und zog sie an seine Brust. Er küsste sie heftig und nagte mit den Zähnen an ihrer Unterlippe, ohne das Telefon fallen zu lassen.

Die kräftige Hand schob sich unter ihr Haar auf ihren Nacken. Er drückte sie sanft und wandte sich wieder seinem Gesprächspartner zu. »Ich werde dabei sein.« Pause. »Und bringen Sie Ihr Logbuch mit.« Jake begann langsam zu lächeln, während Marnie die Stimme am anderen Ende der Leitung aufgebracht dahinsprudeln hörte. »Für eine Viertelmillion habe ich ein Recht, das Ding zu sehen.« Er unterbrach die Verbindung mit einer schnellen Fingerbewegung, und das Telefon landete scheppernd auf dem Nachttisch.

»*Unser* Wetterbericht steht auf Sturm«, flüsterte er.

»Wie kriege ich dich aus diesem Ding heraus«, fragte sie. Er schälte sich aus dem Oberteil wie ein Stripper im Zeitraffertempo. »Ich danke dir. Und der Pegelstand des Flusses sinkt nicht«, flüsterte sie an seine behaarte Brust und sog den einzigartigen Duft seiner Haut ein.

»Das tut er wirklich nicht«, sagte er ernst. »Die nächsten

paar Tage nicht.« Er zog seine Hosen aus. »Aber wir haben keine Tage. Du brauchst deine Medikamente. Und ich bin, solange du hier bist, in der Defensive. Und die wissen das. Das muss aufhören. Und zwar sofort. Der Hubschrauber wird dich hier rausbringen.«

»Ich habe es gehört, Jake. In einer Stunde.«

Eine Stunde. Eine Stunde war alles, was ihnen blieb. Lausige sechzig Minuten. Sein nackter Körper legte sich schwer auf sie. Marnie öffnete bereitwillig die Schenkel. Sie legte ihre Beine um ihn, drückte ihre Rundungen in seine Senken, ihren weichen Körper um seinen Harten und ließ sich in die sanften Stöße fallen.

»Du fühlst dich so gut an, so gut.« Seine Brust rieb ihre Nippel. Ihre viel zu sensiblen Nippel. Diese unbeschreiblichen Gefühle. Marnie stieß einen leisen Schrei aus und vergrub ihr Gesicht an seinem Hals. Sie küsste seine Narbe. Sie betete um mehr und war doch zufrieden mit dem, was ihr blieb.

Sie liebten einander wortlos und ruhig. Feierlich. Herzzerreißend.

Sie verließen den Bunker über den Schacht. Der Helikopter würde auf einer kleinen Lichtung nördlich vom Ausgang landen. Jake half ihr über die Felsen. Doch kaum hatten sie das Hindernis hinter sich gelassen, ließ er ihre Hand los und griff stattdessen zu einem fies aussehenden Jagdgewehr.

Es war heller Tag, und wie zum Hohn schien die Sonne. Aber der lichte Nachmittag war eiskalt. In ihrer rechten Jackentasche steckte eine von Jakes Sportsocken, die sie mit einer Hand voll Patronen gefüllt und zugeknotet hatte. Eine handliche Waffe. Jake hatte nicht einmal andeutungsweise gelacht.

In ihrer linken Tasche hatte sie zwei Bündel Banknoten. Eines für den Start und eines für nach der Landung. Sie war ein Viertelmillionendollar-Luftfrachtpaket.

Sie drehte sich um. »Wir machen Fußspuren.«

»Ich weiß.« Jake marschierte weiter voran. »Ich will, dass sie mir folgen. Das spart Zeit.«

Marnie schauderte. Sie beeilte sich, mit ihm Schritt zu halten, und glitt prompt auf einem Klumpen gefrorener Piniennadeln aus. Sie japste, doch Jake hatte sie schon am Ellbogen erwischt und vorm Fallen bewahrt.

»Wir haben jede Menge Zeit«, sagte er ruhig, ohne sie loszulassen.

Jede Menge Zeit? »Irgendwas wie elf Minuten, oder wie?«

»Ich kann den Hubschrauber noch nicht hören. Bis er da ist, sind wir längst – ruhig.« Er packte sie an der Schulter.

Marnie hatte nichts gehört, aber sie blieb augenblicklich stehen und hielt den Atem an. Sie hörte nur das Rauschen des Windes in den Pinienwipfeln und in der Ferne den Fluss, aber nichts, was ungewöhnlich gewesen wäre. Jake riss sie nach unten und zerrte sie in ein dichtes Gewirr aus tief hängenden, tropfnassen Pinienästen. Marnie wollte sich gerade aufrichten, als sie leise zwei Männer miteinander sprechen hörte.

Sie rührte sich nicht. Gebückt und verdreht wie sie war, schrien ihre Muskeln nach aufrechter Haltung. Ihr Atem schien einzufrieren, und das Herz klopfte ihr bis zum Hals, als die beiden immer näher kamen.

Sie schaute zu Jake hinüber. Er runzelte die Stirn, sie hob fragend die Augenbrauen. Er verdrehte die Augen, und sie antwortete mit einem Blick, der *Und jetzt? Was soll ich tun?* fragte.

Er schien eine Ewigkeit neben ihr zu hocken und sie anzusehen, als sei sie ein exotisches Tier in einem Zoo. Dann bemerkte er, dass die Männer sich entfernten.

Sie dachte, er würde sich von hinten auf sie stürzen, aber er blieb reglos wie ein Felsen. Er hielt Marnie noch ruhig, als sie längst nichts mehr von den Männern hörte.

»Okay?«, flüsterte er schließlich.

»Ganz prima.« Ihre Muskeln und Sehnen ächzten vor Erleichterung, als sie sich aufrichtete.

»Lass uns gehen.«

Es ging die ganze Zeit bergauf. Marnie stolperte über einen Ast. Jake streckte die Hand nach ihr aus, um sie aufzufangen. In ihren Augen brannten Tränen.

»Alles in Ordnung?«, fragte er, als sie sich mit den Fingern über die Lider fuhr.

»Bestens. Der Wind treibt mir die Tränen in die Augen.«

Ihr Herz war in Aufruhr. Jeder Schritt brachte sie näher an den Abschied von Jake. Würde sie ihn jemals wieder sehen? Der Druck auf ihrer Brust machte den Anstieg beschwerlich, und die Tränen auf ihren Wangen waren wie Eis.

Und Duchess? Sie konnte es nicht ertragen, über das Schicksal ihrer geliebten Dogge nachzudenken. *Wo bist du, altes Mädchen?* Sie drückte einen Ast weg und erntete eine Hand voller Harz und eine Ladung Wasser ins Gesicht. Mechanisch setzte sie einen Fuß vor den anderen.

»Wie geht es dir?« Jake drehte sich mit gerötetem Gesicht nach ihr um. Marnie fing langsam an, die verfluchte schwarze Spionsmontur zu hassen. Er hatte sie zwar nicht über das Gesicht hochgezogen, doch sie symbolisierte die Distanz zwischen ihnen beiden. So mussten sich die Frauen der Feuerwehrmänner, der Polizisten und Soldaten fühlen, wenn ihre Männer zum Dienst gingen.

»Ich nehme an, das ist eine rhetorische Frage.« Sie atmete keuchend aus. »Ich mache mir Sorgen um Duchess.« Was nur die halbe Wahrheit war. Ihr würde das Herz brechen, wenn sie Abschied von ihm nehmen musste. »Ich will dich nicht allein lassen –«

»Ich bin für so etwas ausgebildet«, sagte er kurz. »Da ist der Hubschrauber. Los jetzt!«

Jake nahm ihre Hand und zerrte sie mit raumgreifenden Schritten hinter sich her.

Marnie konnte den Helikopter nicht hören, aber wenn Jake sagte, dass er unterwegs war, war er das. Sie keuchte hinter ihm her und hielt seine Hand so fest wie möglich. Die eisige Luft schmerzte in ihren Lungen. »Was wird aus meinem Auto?«

»Ich sorge dafür, dass du es bekommst.« Sie hätte ihn am liebsten an seinem Kampfanzug gepackt und ihn angefleht, ihr wenigstens Duchess zu bringen, bevor sie abflog. Aber sie tat nichts dergleichen. Jake hatte schon genug Probleme, da musste sie nicht auch noch durchdrehen. »Und Duchess?«, fragte sie – bewundernswert gelassen, wie sie fand.

»Wird im Wagen sein.«

»Du musst sie bringen. Sie kann nicht Auto fahren.«

Oh Gott, ich fang gleich zu heulen an. Ihre Nase prickelte, und die Lider brannten. Sie biss sich auf die Unterlippe und konzentrierte sich darauf, wo sie hinlief. Das Letzte, was Jake jetzt brauchen konnte, war eine flennende Frau.

»Ich sorge für den passenden Chauffeur.«

»Du«, schnaubte Marnie ärgerlich.

»Ich mache keine Versprechungen. Ich traue ihnen nicht.«

»*Meinen* kannst du trauen.« Dass er ihre Bemerkung ignorierte, machte sie nur noch trauriger.

Oh Jake.

Und jetzt hörte sie auch das leise Whop-whop-whop des Helikopters, der ihnen über den Gebirgskamm entgegenkam.

Am Rande der Lichtung blieben sie stehen. Marnies Herzschlag dröhnte so laut, dass er fast schon den Hubschrauber übertönte. Jake hielt mit Adleraugen und verschlossenem Gesichtsausdruck nach den Killern Ausschau.

»Ich zahle das Geld zurück, sobald du mir Duchess und das Auto bringst, in Ordnung?« *In winzigen Raten und immer nur an dich persönlich. Das dauert dann fünfzig Jahre oder so.*

Er betrachtete mit finsterer Miene den Hubschrauber. »Mach dir wegen des Geldes keine Sorgen.«

Ich mache mir Sorgen um dich, Jake Dolan. »Ich zahle meine Schulden.« Marnie berührte seinen Arm. »Darf ich dich noch etwas fragen?«

Sein Blick streifte nur kurz ihr Gesicht. »Was denn noch?«

Marnie kam sich mit ihrer Frage wie eine Vollidiotin vor. »Falls es irgendetwas gibt, das du an mir magst, abgesehen von unserem unglaublichen Sex, sagst du es mir, bitte?«

Jakes Mundwinkel zuckten. »Die Sache mit dem unglaublichen Sex außen vor zu lassen, ist ganz schön schwierig.« Er berührte ihre Wange und wischte die Tränen fort, deren Vorhandensein Marnie energisch bestritten hätte. »Ich mag eine ganze Menge an dir.«

Was nicht gerade das war, was sie sich ersehnt hatte. Sie blickte ihm ins Gesicht. Der harte Zug um den Mund, das energische Kinn, der mitleidlose, unergründliche Blick, der nichts herauslassen wollte.

»Ich wünschte –«, sagte sie leise und wusste, dass er sie nicht hören konnte. Der Helikopter war im Landeanflug und machte einen ohrenbetäubenden Lärm. Jake zog sie an der Hand mit. Laub und Piniennadeln wirbelten um sie herum, als sie gebückt auf den Hubschrauber zuliefen.

Der Pilot, ein rotgesichtiger, untersetzter Kerl in einer dicken Jacke, sah sie mit streitlustiger Miene an. »Das Geld?«, brüllte er über den Lärm des Rotors und rieb sich in der weltweiten Zeichensprache die Finger.

»Papiere?«, schrie Jake zurück und blätterte die Seiten eines imaginären Buchs um.

Der Pilot warf ihm das Logbuch zu. Jake schaute es schnell durch. Marnie fragte sich, was er tun würde, falls die Eintragungen ihn nicht zufrieden stellten. Sie selbst nach Sacramento fliegen?

Bitte, ja.

Jake warf das Buch zurück und bedeutete Marnie, dem Piloten eines der Geldbündel zu geben, was sie auch tat. Der Mann zählte schnell durch und bewegte dabei die Lippen. Der Rotorenlärm machte jede normale Verständigung unmöglich. Vielleicht ganz gut so, dachte Marnie verdrießlich. »Goodbye« nur von den Lippen abzulesen, war nicht ganz so schlimm. Die Haare peitschten ihr ums Gesicht, ließen ihre Wangen brennen, die Augen wässrig werden und die Ohren dröhnen.

Jake gestikulierte in Richtung des Helikopters. Sie wusste, sie musste sich beeilen. Diese Typen folgten ihren Fußspuren und hatten mit Sicherheit den Helikopter gehört.

Marnie nahm sein Gesicht in die Hände und lehnte sich an ihn. Dann stellte sie sich auf Zehenspitzen, legte die Hände um seinen Nacken und presste sich von Kopf bis Fuß an ihn. Oh, Gott, oh, Gott. Sie ertrug es nicht, ihn zu verlassen. Ihre dicke Daunenjacke war frustrierend und ruinierte die Umarmung.

»Bitte sei vorsichtig«, flüsterte sie an den Hals mit der Narbe. »Ich – ich will nicht, dass dir was passiert.« Sie wusste, dass er sie nicht hören konnte. »Ich liebe dich, Jake«, wisperte sie an seine Lippen und küsste ihn, bevor er sie noch wegschieben konnte.

Er legte die Arme um sie und erwiderte ihren Kuss. Hart, unnachgiebig und voller Bedeutung.

Aber welcher Bedeutung? Einen Moment später schob er sie schon durch den Einstieg des Helikopters und klopfte ein Startsignal an die Plexiglaskuppel.

Sein dunkles Haar umwirbelte wild sein Gesicht. Er legte die Hände um dem Mund und rief dem Piloten zu: »Ihr Leben liegt in Ihrer Hand, Freundchen!« Dann hielt er ein zerrissenes Blatt Papier hoch, das, wie Marnie annahm, aus dem Logbuch stammte, auch wenn sie es ihn nicht herausreißen gesehen hatte. Er wirkte Furcht einflößend mit seiner waffenstrotzenden Montur und dem grimmigen Blick.

Der Pilot schien nervös zu sein. Er nickte Jake kurz zu, dann befasste er sich wieder mit den Instrumenten und beschleunigte den Rotor. Jake lief, ohne sich noch einmal umzudrehen, zum Rand der Lichtung und verschwand zwischen den Bäumen.

Jake hatte im Unterholz Deckung gesucht. Er konnte den Hubschrauber zwar nicht sehen, aber die Rotorengeräusche sagten ihm, dass er im Begriff war, abzuheben. Er stellte sich Marnie vor, wie sie klein, verloren und blass durch die Glaskuppel starrte.

Die Neun-Millimeter-Browning lag angenehm schwer in seiner Hand. Die Automatic war eine Spezialanfertigung mit hoher Treffsicherheit und ließ sich in rasend schneller Abfolge abfeuern. Die Walther PPK würde im Halfter an seinem Knöchel bleiben, bis er sie brauchte. Die Daewoo DP-51 steckte an seinem Rücken. Er wollte kein Risiko eingehen. Er hatte sich für eine Bärenjagd bewaffnet. Und er würde seinen Bären auch erlegen.

Killer zu jagen, schärfte die Sinne. Auch wenn es sich genau genommen nicht um irgendwelche Killer handelte. Es machte keinen Unterschied. Sie waren trotzdem die bösen Jungs.

Er fühlte den Adrenalinspiegel steigen. Diesmal würde er eine Menge Disziplin brauchen, sich zu konzentrieren. Es war zwar nicht unmöglich, aber doch nervtötend schwierig, Marnie aus seinen Gedanken zu löschen.

»Irgendetwas, abgesehen von unserem unglaublichen Sex«, hatte sie gesagt. Ein Grinsen zupfte an seinem widerstrebenden Mund. Abgesehen vom unglaublichen Sex? Judas, wie schaffte sie es nur, ihn immer wieder kalt zu erwischen?

Er lehnte sich an einen breiten Baumstamm und stellte einen Fuß an die rissige Rinde. Er schaute zum Rand der Lichtung hinüber und bekam auch den Helikopter ins Blickfeld, der sich langsam über die Bäume erhob. Die roten Signallichter blinkten ein paar Sekunden lang durch die Baumkronen. Jake verstaute die mittlerweile entsicherte Browning, nahm das Jagdgewehr zur Hand und marschierte talwärts.

Er machte keine Anstalten, sich verborgen zu halten. Er *wollte,* dass diese Bastarde ihn entdeckten. Dass Marnie fort war, hatte ihm sowieso die Laune verdorben.

Eine böse Vorahnung schlich ihm den Rücken hinauf. Er hielt inne, legte den Kopf schief und richtete seine Sinne auf den Wald, der ihn umgab. Nichts Ungewöhnliches, alles schien in Ordnung zu sein. Eine Brise verwirbelte einen Haufen Laub. Die Äste knackten und wogten im Wind. In die frische Bergluft hatte sich der beißende Hauch von Flugbenzin gemischt.

Er drehte den Kopf und hörte dreißig Meter über sich den Hubschrauber. Er hatte ein schlechtes Gefühl. Ein sehr schlechtes Gefühl. Das vertraute Whop-whop-whop über ihm hörte sich vollkommen normal an. Jake konzentrierte sich, um die anderen Geräusche vom Rotorenlärm zu trennen. Die Musik des Waldes, der Rhythmus des Flusses, das zischende Flüstern des Windes in den Pinienwipfeln.

Alles schien in Ordnung zu sein, und doch warnte ihn sein Instinkt, dass etwas nicht stimmte.

Er schoss herum, sein Herz raste, er wollte den Hang hinauf, um nachzusehen, ob –

Er schaute nach oben.

Gerade rechtzeitig, um den Hubschrauber in einem riesigen Feuerball explodieren und in tausend Stücke zerbersten zu sehen.

14

Jake hatte den Start des Marschflugkörpers nicht gehört. Judas Priest. Trotz seines überragenden Gehörs. Er war so sehr mit Nachdenken beschäftigt gewesen.

Der Feuerball schien wie eine rote Sonne. Metallteile regneten vom Himmel herab, und kleine Flammen tanzten in den Wipfeln der Bäume.

»Marnie!« Jake meinte, das Herz würde ihm aus der Brust gerissen. *»Neiiiiiiin!«*

Er raste zwischen den Bäumen den Hang hinauf, schlitterte

über rutschige Nadeln, übersprang auf dem Weg nach oben Felsen und umgestürzte Bäume. Jeder Atemzug brannte, die Lungen schienen zu bersten, sein Blick fixierte im Laufen das Horrorszenario, das vor ihm lag. Trümmerteile waren wie der Zorn Gottes vom Himmel gefallen und lagen glühend auf der feuchten Erde.

»Ihr Schweinehunde! Ich bringe euch um!«

Ihm blieb die Luft weg, als irgendwer ihn von hinten zu Boden riss. Der andere war schon über ihm, bevor noch ein kleiner Felsbrocken die Wucht seines Sturzes bremste. Jake rollte herum, trat mit dem linken Bein zu und riss den Angreifer zu sich auf den Boden. Zusammen rollten sie ein Stück den Hang hinunter.

Jake schlug dem Mann mit gefletschten Zähnen eine rechte Gerade in den Magen. Der andere zahlte es ihm heim. Schweiß- und Blutstropfen flogen durch die eisige Luft. Jake bediente sich sämtlicher Tricks, die er sich in Hinterhöfen und Hafenkneipen angeeignet hatte. Fäuste, Ellbogen, Knie. Es war kein ausgeglichener Kampf. Der andere hatte weder Jakes jahrelange Erfahrung noch seine körperliche Verfassung. Doch vor allem fehlten ihm Jakes Zorn, sein Schmerz und seine Selbstvorwürfe.

Jake war größer, kräftiger, todbringender. Er war motiviert und in rasender Eile. Den Aufruhr in seinem Inneren tangierte die Rauferei erst gar nicht. Nichts konnte ihn abhalten, Marnie zu finden.

Jake packte seinen Möchtegernkiller am Hals und zerrte ihn sich zurecht, um ihm den Coup de grâce zu verpassen, jenen schnellen, hocheffizienten Kinnhaken. Der Angreifer flog nach hinten, krachte mit einem höchst befriedigenden Rumms an einen knorrigen Baum und sank zusammen.

Jake sprang auf. Das Adrenalin floss in Strömen, sein Herzschlag raste, und sein Gehirn arbeitete wie verrückt.

»Dolan, warte!« Der andere riss sich die Maske vom Gesicht, damit Jake ihn erkannte.

Jake starrte verständnislos in das Gesicht Sam Plunketts, mit dem er während der letzten Jahre ein paar Mal bei T-FLAC zusammengearbeitet hatte. Er kannte den Mann nicht sonderlich gut, aber Plunkett hatte in der Firma einen guten Ruf. Sie waren niemals Freunde gewesen, aber Jake hatte den Jüngeren immer respektiert. Bis jetzt. Vor zwei Wochen, bei der Anhörung zum Fiasko im Mittleren Westen, hatte er Plunkett zuletzt gesehen.

»Du Hurensohn!« Er packte Plunkett an den losen Falten der Maske und riss ihn hoch. Dann platzierte er einen Schlag, der den Kerl um die eigene Achse drehte und auf den Hintern fallen ließ. Er zerrte ihn wieder hoch und schlug erneut zu. Plunkett überschlug sich, mit heftig blutender Nase, in den Dreck.

Jake zog die Daewoo. »Hast *du* die Rakete abgefeuert?«, brüllte er.

Plunkett schaute entsetzt hoch. »Nein!«

»Wer erteilt dir deine Befehle?« Jake ließ die Pistole genau da, wo sie war – zwischen den Augen des Verräters. Plunkett versuchte aufzustehen. »Bleib unten, zur Hölle!«

Jake war hin- und hergerissen: bleiben und die Informationen bekommen, die er so verzweifelt brauchte; oder nach Marnies – er biss die Zähne zusammen – nach Marnies – Körper suchen. Wäre er doch ein Optimist gewesen! Vielleicht war sie nicht tot. Vielleicht lebte sie noch. Wenn das der Fall war, musste er sie finden. Und zwar sofort.

Der ranzige Geruch brennenden Flugbenzins durchdrang

die frische Bergluft. »Vergiss es!«, schrie er, während er Plunkett die Waffen abnahm und sie weit ins Unterholz hineinschleuderte. »Es ist mir scheißegal, was du hier machst.«

Jake bewegte den Lauf der Daewoo ein klein wenig. »Ich finde später heraus, was hier los ist.«

»Nein, warte.« Plunkett faltete seine langen Beine auseinander und stand mit erhobenen Händen auf. »Ich bin einer von den guten Jungs, Dolan.« Er schaute sich nervös um. »Die anderen werden in weniger als zwei Minuten hier sein. Ich mache schnell.«

»Ich bin nicht in der Stimmung für ein Schwätzchen.« Jake zog ein kurzes, durchsichtiges Plastikband unter seinem Schulterhalfter heraus. »Dreh dich um. Und wage es ja nicht, einen Mucks zu machen. Oder ich schenke mir den ganzen Zirkus und mache kurzen Prozess.«

Plunkett legte resigniert die Arme auf den Rücken und drehte sich um. Jake legte ihm die Plastikhandschellen an und zog sie so straff wie möglich.

»Du schneidest mir die Blutzufuhr ab.«

»Du kannst ja an Amnesty International schreiben.« Er stieß Plunkett vorwärts. »Beweg dich!«

»Es hat keinen Sinn, zum Wrack zu laufen«, sagte Plunkett über die Schulter. »Da hat keiner überlebt.«

Jake erklärte ihm, was er – anatomisch gesehen – mit sich anfangen konnte. Er hätte den Hundesohn gleich erschießen sollen. Aber in seinem Kopf summte ein Dutzend unbeantworteter Fragen herum. Er konnte ihn genauso gut in fünf Minuten umbringen.

»Weiter, los!« Er stieß Plunkett gegen die Schulter.

Die entsetzliche Vorstellung, Marnie bis zur Unkenntlichkeit verbrannt vorzufinden, zerriss ihm das Herz. Zum ersten

Mal seit sechzehn Jahren empfand er etwas dabei, einem der bösen Jungs gegenüberzustehen. In seinem Inneren kochte und brodelte es wie Lava; in einem Labyrinth in seinem Hirn schien eine Ratte herumzurennen.

Er wollte irgendwem bei lebendigem Leib das Herz herausreißen. Er wollte Rache von Angesicht zu Angesicht. Er sehnte sich nach der Konfrontation. Der gewalttätigen, blutigen, tödlichen Konfrontation. Er marschierte grimmig den Hang zur Absturzstelle hinauf und stieß den Jüngeren unerbittlich vor sich her. Er wartete darauf, dass der Geruch des Todes auf Kerosinschwaden zu ihnen herunterwehte, und er hörte das Knistern des Feuers auf der Lichtung über ihnen. Seine Augen brannten – vom Rauch. Er kniff sich fest in die Nasenwurzel. Wind konnte für die Tränendrüsen eines Mannes die reinste Hölle sein.

Er stellte sich jenen Weg vor, den er nicht beschritten hatte.

Er gestattete sich den Schmerz, sich an Marnies Geschmack zu erinnern. An ihren einzigartigen Duft. Ihre blauen Augen mit dem schelmischen Blitzen, als verböge ihr jeden Moment ein Lachen die süßen Lippen.

Plunkett ging nur noch zögerlich weiter. »Sie warten bestimmt schon darauf, dass du die Absturzstelle untersuchst.«

»Und ich freue mich schon auf sie.«

Er überprüfte im Gehen die Walther. Der Rauch wurde dichter, je näher sie kamen, der Gestank verbrannten Kerosins und verschmorten Metalls stärker. Und der süßliche, widerliche Geruch verbrannten Fleisches lag in der Luft.

Jake schluckte Galle. Die Monstrosität des Verlusts benebelte seine Sinne und ließ ihn am Waldrand stehen bleiben. Schwarzer Rauch und kleine Trümmer füllten die kleine Lichtung. Es schien keine größeren Wrackteile zu geben. Kleine, helle Flammen umzüngelten immer noch die Reste des Helikopters. Bald würde der feuchte Grund sie gelöscht und die unwirtliche Umgebung alles dem Erdboden gleich gemacht haben.

Hier hatte niemand überlebt.

Er würde nur noch ein paar verkohlte Reste finden. Er wollte sie jetzt nicht sehen.

Seine Augen fühlten sich versengt an. Der Druck auf seiner Brust machte ihm das Atmen schwer. Er sog den toxischen Rauch in die Lungen.

»Eine Red-Eye-Rakete der U. S. Army, oder?«, fragte er trocken. Plunkett nickte. Genau jener per Hand zu feuernde, Hitze suchende Marschflugkörper also, den die Vereinigten Staaten an jeden verscherbelten, der zahlen konnte.

Jake fuhr sich mit den Fingern durchs Haar und schluckte schwer. Ein Klumpen von der Größe eines Tennisballs saß ihm in der Kehle. Doch was er fühlte, war nicht mehr wichtig. Er wischte sich die rauchbedingte Nässe aus den Augen und ließ seinen Körper zu Eis werden. Er hatte die Frau beschützen wollen, die er – Und er hatte einen Scheißjob gemacht.

Er schaute Sam Plunkett an und kam sich wie ein wildes Tier vor, wahnsinnig vor Rachsucht und Verzweiflung.

Der ranzige Geruch drehte ihm fast den Magen um. Er hatte Schlimmeres gerochen. Größere Schlachtfelder aus nächster Nähe gesehen als diesen kleinen Hubschrauber, der nur zwei Personen an Bord gehabt hatte. Aber es hatte ihn nie persönlich betroffen.

Er *musste* sie aus seinen Gedanken streichen. Er ertrug es nicht, auch nur ihren Namen zu denken. Nichts durfte ihn ablenken. Alles hing jetzt von seiner Fähigkeit ab, sich einhundertprozentig zu konzentrieren.

»Also gut.« Jakes Stimme klang tonlos und tot. Ungefähr so tot, wie er sich fühlte. »Rede!«

Er wünschte sich, Plunkett werde eine unerwartete Bewegung machen, die er kontern konnte. Ihn zu erschießen, war viel zu einfach. Er wollte den Kampf Mann gegen Mann, sehnte sich nach einem Ventil für seinen Zorn. Er brannte darauf, Knochen brechen und Muskeln reißen zu hören. Bis aufs Blut. Bis zum Tod. Möge der Bessere siegen!

»Ja, sicher«, stimmte Plunkett nervös zu. Er wischte sich die blutende Nase an der Schulter ab und schaute sich ängstlich um. »Aber nicht hier, Mann.«

»Ich werde mit dir nicht über den halben Berg laufen, bis wir ein gemütliches Plätzchen zum Erzählen finden«, fauchte Jake. Er lehnte sich an den knorrigen Stamm einer bläulichen Douglastanne, seine Muskeln schrien nach einem Kampf, seine Eingeweide kochten vor Wut.

Denk nicht dran, befahl er sich. *Konzentrier dich auf deine Revanche*. Beißende Rauchschwaden trieben hoch oben zwischen den Bäumen, geisterhaft und bleich vor dem sich verdunkelnden Himmel.

Du kannst ihr jetzt nicht mehr helfen. Es gibt nichts mehr, was du tun könntest. Du hast schon alles getan, als du ihren zarten, zerbrechlichen Körper in diesen Hubschrauber gehievt hast, der zu ihrem Scheiterhaufen geworden ist.

Er schaute Plunkett an. »Sag mir, was los ist, oder lass es ganz bleiben.«

»Ich muss dir ja nicht erklären, wer Dancer ist.«

»Das hier soll eine LPA-Operation sein?«, fragte er ungläubig. Der Leuchtende Pfad von Amerika war für das Massaker im Mittleren Westen letzten Monat verantwortlich. *Dancer* war hier oben? Das war doch schwachsinnig!

»Warum, zum Teufel, sollte der *LPA* hinter mir her sein?«

Plunkett zuckte die Achseln.

Jake starrte ihn aus Schlitzaugen an. Oh Gott, er brauchte einen Drink, er musste jemanden umbringen. Einen Moment nur, der diese Wut in seinem Bauch stillte. Der Adrenalinstoß war abgeebbt, es interessierte ihn nicht mehr die Bohne, wer hinter ihm her war.

»Sag mir einfach nur, wer den Abschuss des Helikopters angeordnet hat und wer die Red Eye bedient hat.«

»Dancer.« Plunkett sank zuckend auf einem Felsbrocken zusammen. Sein Blick huschte nervös herum. Er hält nach Verstärkung Ausschau, dachte Jake.

»Wer zum Teufel *ist* Dancer? Und was hast *du* mit ihm zu tun? Treibst du ein doppeltes Spiel?«

»Verdammt, für eine Zigarette würde ich morden«, sagte Plunkett. Ein schwacher texanischer Akzent kam durch, während er unruhig auf seinem Felsen herumrutschte. »Ich bin völlig loyal, einhundert Prozent T-FLAC«, sagte er mit einem bubenhaften Grinsen, das Jake nicht im Geringsten beeindruckte. »Der Boss hat mich abkommandiert, nachdem wir den Job in Venezuela erledigt hatten. Er sagte, jemand sei hinter dir her, und ich sollte mir die Sache anschauen.«

»Wie? Und warum weiß *ich* nichts davon? Das war vor zwei Jahren!«

Plunkett zuckte wieder die Achseln. »Keine Ahnung. Ich weiß nur, dass ich auf dich aufpassen soll. Ich habe durchsickern lassen, dass ich auf Rechnung arbeite. Worauf mich dann jemand kontaktet hat. Und ich –« Plunketts Augen waren schreckgeweitet, als Jake ihn mit der Daewoo ins Visier nahm. »He, he, he! War nur zum Schein, Mann. Nicht echt.«

»Du hast also gleichzeitig für LPA und T-FLAC gearbeitet. Hast dich aber immer T-FLAC verpflichtet gefühlt?«

»Vollkommen.«

»Womit du auch für die Katastrophe in Omaha verantwortlich bist«, sagte Jake mit gefährlichem Unterton.

»*Nein!* Wo denkst du hin, Mann! Dancer hat bei T-FLAC an allen strategischen Positionen seine Leute. Die liefern ihm genug Material. Ich war nur einer von vielen –«

»Aber du bist die verräterische Ratte, die denen unseren Code beigebracht und unsere Ausrüstung verschafft hat. Oder, Plunkett?« Jake bewegte sich von seinem Baumstamm weg.

»Als ich die Szene betreten habe, hat Dancer das alles schon längst gewusst. Ich schwöre es.«

»Sind alle hier oben von T-FLAC?«

»Nein, ich bin der Einzige. Die anderen sind vom LPA.«

»Wie viele sind es?«

Plunkett bewerkstelligte ein halbherziges Grinsen. »Wir sind zu dreizehnt raufgeflogen. Du bist ein guter Mann, Dolan. Der Beste. Dancer wollte auf Nummer Sicher gehen.«

»Dreizehn«, wiederholte Jake. »Meine Glückszahl. Was uns zurückbringt zur großen Frage, wer Dancer ist und warum er überhaupt hinter mir her ist.«

Ein Mann in schwarzer Montur betrat mit einer kurzläufigen Automatik im Anschlag die Lichtung und zielte auf Jake, der die Walther gezogen hatte. Der Mann zog sich die Maske vom Gesicht.

»Vielleicht solltest du mich das fragen«, sagte er.

Ein Anflug von Panik huschte über Plunketts Gesicht. »Dancer!«

»Lurch«, sagte Jake im selben Augenblick mit tonloser Stimme.

Schock. Freude. Zorn. Das Gefühl, verraten worden zu sein. Weiße, heiße Wut. Mit Schallgeschwindigkeit überwältigte das Gefühlsgewirr Jake Dolan.

»Lass die Knarre fallen.« Lurch gestikulierte mit der Waffe.

»Geh zur Hölle, du Bastard.«

»Och«, schmollte Lurch. »Freust du dich denn gar nicht, mich zu sehen, Blechmann?«

»Das letzte Mal, als ich dich gesehen habe, hast du mir besser gefallen. Tot.«

»War das ein Spaß. Du hast ja fast geheult.«

Bei dem Gedanken drehte sich Jake der Magen um. »Ich bin drüber weg.«

Er starrte den Mann an, den er so gut zu kennen geglaubt hatte, und die Galle kam ihm hoch. Roter Nebel ließ für einen Moment sein Blickfeld verschwimmen. »Warum sparen wir uns den Zirkus nicht und schießen beide?«

»Oh Mann, du glaubst doch nicht, dass ich es so weit gebracht habe, weil ich *fair* spiele. Oder, Jakie, mein Junge?«

Aus dem Wald krachte ein Schuss, der Jake die Walther aus der Hand riss. Sein Arm war bis zur Schulter hinauf taub.

Lurch lachte nur. »Du hast immer noch diese Skrupel. Hat mir immer gefallen, wie berechenbar du bist. Genau genommen habe ich darauf gebaut. Die Netten werden die Letzten sein, hat dir das keiner gesagt, Blechmann?«

»Ich war auf einen Bären aus«, sagte Jake. »Zu blöd, ich seh hier nur ein Wiesel.«

»Ach ja? Aber ich bin der mit dem Gewehr in der Hand, oder etwa nicht?«

Er beorderte Plunkett her und schnitt ihm mit einer Hand die Handschellen auf, ohne Jake aus den Augen zu lassen. »Durchsuch ihn«, befahl er dem Texaner.

Jake hielt still, während der Jüngere ihm die Hände auf den Rücken fesselte und ihn seiner Waffen entledigte. Was spielte das jetzt noch für eine Rolle?

»Bist du sicher, dass du alles hast?«

»Ja, Sir.«

»Gut.« Lurch richtete seine Waffe auf Plunkett. Ein Plop, und die Sache war erledigt. Plunkett – ein sauberes Loch in der Schläfe – schaute noch erstaunt hoch, dann kippte er zur Seite und taumelte gegen einen Felsen.

Lurch lief um ihn herum zu Jake, der es sich wieder an seinem Baumstamm bequem gemacht hatte. »Wie geht es dir, Mann aus Blech?«

Jake betrachtete mit ausdrucksloser Miene erst die Leiche, dann Ross Lerma. »Es gibt keine Diebesehre mehr, wie es aussieht. Du siehst verdammt gut aus für einen Toten.«

»Ja.« Lurch setzte sein vertrautes, charmantes Lächeln auf. »Unsichtbar zu sein ist wirklich gut für mich.«

»Und bestimmt lukrativ.«

Lurchs Lachen wurde breiter. »Erinnerst du dich, wie ungerecht wir es immer gefunden haben, dass die bösen Jungs den großen Reibach gemacht haben? Ich hab mir ein Stück von dem Kuchen abgeschnitten, ein verdammt großes Stück.«

Auf einmal ergab alles einen schrecklichen Sinn. Aber Jake war mittlerweile alles egal. »Du hast also Plunkett benutzt, um T-FLAC auszuspionieren und auf dem Laufenden zu bleiben.«

»Ich hatte ein Dutzend Leute bei T-FLAC, die letzten sechs Jahre«, prahlte Lurch, während er Plunketts Bein vom Felsen kickte, um sich hinzusetzen. Die Waffe hatte er immer noch, fast beiläufig, auf Jakes Brust gerichtet.

»Sag mal, erinnerst du dich an Sylvia Cortez?«, sagte er im

Plauderton. »Eine gute Einsatzkraft, was? Du warst ein paar Mal mit ihr verabredet damals. Huiii – War das ein heißer Feger! Was für ein Hase! Zu blöd aber auch, dass sie –«

»Wirf deine Knarre weg, Lurch«, fiel Jake ihm ins Wort. »Lass uns das von Mann zu Mann regeln, jede Kampftechnik erlaubt.«

Lurch lachte. »Darauf lasse ich mich nicht ein, Freundchen. Ich kenne dich zu gut.« Er schaute an Jake vorbei zum Waldrand und nickte. Drei Männer betraten die Lichtung.

Jake machte sich erst gar nicht die Mühe, sich wegzubewegen, und behielt lieber Ross Lerma im Auge. Den Freund, den er bei dessen großer Sterbeszene vor sechs Jahren in den Armen gehalten hatte. Es gab ein paar Drogen, mit deren Hilfe sich der Tod vortäuschen ließ. Aber er wollte gar nicht wissen, wie Lurch es angestellt hatte.

»Warum?«, fragte er einfach.

Ein scharfer, benzinartiger Geruch lag in der Luft. Marnie hustete und schlug die Augen auf, was sie sofort bereute. Ihr Hinterkopf pochte schmerzhaft, und sie sah zuerst nur verschwommene, wabernde Bilder.

Sie lag flach auf dem Rücken und erkannte langsam ein dunkles Blätterdach, das sich vor einem bewölkten Himmel in Purpurrot und Grau abzeichnete. Der feuchte Boden hatte den Rücken ihrer Jacke und die Jeans durchnässt. Sie zitterte, was zum einen an der Kälte lag, zum anderen eine Nachwirkung des Schocks war.

Sie wackelte in ihren Wanderstiefeln versuchsweise mit den Zehen, blieb fürs Erste liegen, wo sie war, und versuchte sich zu orientieren und zu begreifen, was passiert war. Sie hoffte inständig, sich nichts gebrochen zu haben oder zu bluten.

Sekunden nachdem Jake zum Waldrand marschiert war, war auf der anderen Seite der Lichtung ein Mann aufgetaucht. Bevor sie noch begriffen hatte, was vorging, war er schon zu ihr in den Helikopter gesprungen.

Der Pilot war mit dem Start beschäftigt gewesen und war ihr auch nicht zu Hilfe gekommen, als klar wurde, dass der Kerl sie aus dem Hubschrauber zerren wollte. Sie hatte einen ordentlichen Tritt in seinen Magen gelandet, aber dann hatte er sie mit der Linken voll erwischt. Das war das Letzte, woran sie sich erinnern konnte.

Kein Wunder, dass ihr alles wehtat. Sie konnte über sich die abgebrochenen Pinienzweige erkennen, die ihren Sturz gebremst hatten. Sie hatte Glück, noch in einem Stück zu sein. Sie war an die sechs Meter tief gefallen, oder mehr.

Trotzdem wünschte sie sich, ihr schmerzender Schädel hätte jemand anderem gehört.

Als der Hubschrauber abgehoben hatte, war es heller Nachmittag gewesen. Jetzt war es fast schon dunkel.

Seit dem Start waren Stunden vergangen.

»Au, au, au«, jammerte sie leise und setzte sich vorsichtig auf. Und wirklich fühlte sich auch jeder Körperteil genauso an, als sei sie aus einem Hubschrauber geworfen worden. Sie legte die Hand an die Wange. Ihr Gesicht war heiß und schmerzte wie verrückt. Aus der verschwommenen Sicht ihres linken Auges zu schließen, hatte sie sich ein Veilchen von der Größe Kaliforniens eingefangen.

Doch sie hatte Glück gehabt. Nirgendwo Blut.

Sie stützte den Kopf so lange auf die Knie, bis die Benommenheit sich etwas gelegt hatte. Dann arbeitete sie sich langsam auf die Beine und lehnte sich an den nächstbesten Baum, bis sie ihr Gleichgewicht wiederhatte.

Marnie betrachtete die verbogenen schwarzen Metallteile. Der Pilot tot, der Hubschrauber zerstört. Jake musste krank vor Angst um sie sein. *Na ja,* gestand sie sich ein, *vielleicht nicht krank vor Angst, aber zumindest besorgt.*

Doch je näher sie sich die Wrackteile besah, umso klarer wurde ihr, dass Jake sie für tot halten musste.

Oh Jake.

Sie konnte schlecht den Berg hinuntertraben und laut seinen Namen rufen, damit er wusste, dass es ihr gut ging. Die Vernunft gebot, so schnell wie möglich in den Bunker zurückzukehren und dort auf ihn zu warten.

Sie musste lediglich im Dunklen zurückfinden, den weiß Gott wie vielen Killern aus dem Weg gehen und in ihren nassen Sachen nicht erfrieren.

Den tief hängenden Wolken zum Trotz reflektierte der Schnee zumindest so viel Licht, dass sie sehen konnte, wo sie hinlief. Doch die Dunkelheit schien den Geruch des Rauchs und des verbrannten Pinienharzes noch erdrückender zu machen.

Marnie marschierte bergab. Zu Anfang war sie noch benommen und wackelig, aber dann fasste sie Tritt und kam gut voran. Sie hielt sich an tief hängenden Ästen fest und suchte nach Orientierungspunkten. Sie erinnerte sich an die große, vereiste Schneewehe und den Felsen, über den Jake ihr hinweggeholfen hatte – zumindest hoffte sie, dass es so war. Um ihren Orientierungssinn stand es, gelinde gesagt, nicht zum Besten.

Geradeaus kam die riesige Ponderosapinie in Sicht, die die Grenze von Jakes Land markierte. In zwanzig Minuten war sie im Bunker und raus aus dem eisigen Wind. Sie betrachtete mit zusammengekniffenen Augen den Hang, der links zum Bunker hinunter abfiel und ein Stück weiter zur Hütte führte.

Sie war auf dem richtigen Weg. Sie hatte die Rauschschwaden hinter sich gelassen und links von ihr ging – als spektakulärer, gleißender Ball in Orange und Rot – die Sonne unter. Mandarinenfarbige Strahlen brachen sich in den Wassertropfen wie tanzende Feuerfliegen.

Marnie verschwendete kaum Zeit damit, das Naturschauspiel zu bewundern, sondern stieg weiter talwärts. Sie hielt sich so unauffällig wie möglich und rechnete jeden Moment damit, dass einer der Killer wie ein Schachtelteufel auf sie zusprang.

Moment mal –

Irgendetwas an dem irrwitzigen Sonnenuntergang stimmt nicht, nörgelte ihr Unterbewusstsein. Es traf sie wie ein Schlag: Es war längst dunkel, und es bestand auch nicht die geringste Chance, durch einen massiven Berg *hindurch* einen Sonnenuntergang zu sehen. Sie blickte zur Seite.

Zwischen den Bäumen schossen Flammen himmelwärts, leckten und fraßen an den Pinien. Sie *hörte* es richtiggehend knacken und knistern, als Äste brachen und Harz zischte.

Sie ging ein Stück auf das Feuer zu.

Drüben stand inmitten des Infernos Jakes Hütte.

Marnie blieb wie angewurzelt stehen, stützte sich an einen Baumstamm und holte Luft. Die Hütte stand völlig in Flammen. Der Helikopter zerschellt. Das Auto unerreichbar. Der Hund weg. Und irgendwo auf dem Berg eine Horde Wahnsinniger, die Jake nach dem Leben trachteten. »Verdammt, verdammt, verdammt.«

Dass der ganze Hang in Flammen aufging, war jedenfalls nicht zu befürchten. Es hatte seit Tagen geregnet und geschneit. Aber die einfache Holzkonstruktion der Hütte würde in wenigen Minuten abgebrannt sein.

Es war ihnen nicht gelungen, den Bunker zu finden, also hatten sie wenigstens die Hütte abgebrannt. Oder hatten sie vielleicht doch in seinen Hightechkeller gefunden?

Und wenn sie im Bunker waren, würden sie sie kommen sehen. Sie hatte keine Möglichkeit herauszufinden, ob die Kerle im Bunker waren oder nicht. Erst wenn die Aufzugtür aufging, und dann war es zu spät.

Und Jake erwartete das gleiche Schicksal.

Marnie biss sich auf die Unterlippe und suchte nach einer Lösung. Hier auf dem Hang konnte sie nicht bleiben. Die Killer wussten genug, um Jakes Hütte abzubrennen. Die Chance, dass sie ganz in der Nähe waren und hier überall herumkrochen, stand ziemlich gut.

Sie wäre fast über die eigenen Füße gefallen und sah, dass ihre Schnürsenkel offen waren wie bei einem Kindergartenkind. Sie bückte sich, um die Stiefel zuzubinden, und erstarrte.

Stimmen.

Ganz nah.

Marnie ließ sich instinktiv auf den Bauch fallen und robbte unter die schweren, tief hängenden Äste eines Wacholders, um sich zu verstecken. *Hatte ich das nicht schon?*, dachte sie entnervt.

Die Stimmen kamen näher, und sie fing zu zittern an. Spitze Nadeln und kleine, eisige Schneeklumpen regneten auf ihren Kopf hinunter. Sie konnte die beiden Männer kaum sehen. Ihre Umrisse waren nur wenig schärfer als die Dunkelheit, die sie umgab. Aber sie waren höchstens zwei Meter entfernt. Sie sprachen aufgeregt miteinander, zu dumm, dass sie kein Wort verstand.

Ein rot glühender Zigarettenstummel flog in hohem Bogen auf Marnies Versteck zu und landete haarscharf vor ihrer Nasenspitze. Marnie betete zu Gott, der Raucher möge nicht plötzlich ein schlechtes Gewissen bekommen. Alles, was ihr jetzt noch fehlte, war, dass er herüberkam und die Kippe austrat. Sie wartete vergeblich darauf, dass der feuchte Waldboden das Seine tat, der Zigarettenstummel glühte weiter. Sie spuckte das Ding aus. Nur zur Sicherheit.

Nach einer Weile, die ihr wie eine Ewigkeit erschien und vermutlich nur zwei Minuten gedauert hatte, gingen die beiden weiter. Marnie blieb, wo sie war, bis sie nichts mehr von den Stimmen hörte, dann rutschte sie unter ihrem Wacholder heraus. Wenn das so weiterging, würde sie vermutlich Adrenalinvergiftung bekommen, sofern das möglich war.

Sie spürte den Mann, der hinter ihr zwischen ihren gespreizten Beinen stand, mehr instinktiv als körperlich. Und sie brauchte sich nicht erst umzudrehen, um zu wissen, dass es *nicht* Jake war.

Sie warf sich herum, benutzte ihre Beine wie eine Schere und erwischte ihn kalt. Jetzt lagen sie beide auf dem durchweichten Grund.

Er kam fluchend wieder auf die Beine, packte Marnie um den Hals und riss sie hoch. Sein Ellbogen schob sich über ihre Kehle, er verdrehte ihr den linken Arm nach hinten und presste sich an ihren Rücken.

Marnie wühlte in der rechten Tasche und erwischte die Socke. Sie ließ das Ding in einem Bogen nach hinten zischen und traf ihn ins Gesicht.

Er heulte auf.

Noch mal. *Zack und Treffer!*

Sie versuchte, nach ihm zu treten, aber er drückte ihr dermaßen die Kehle zu, dass sie fast keine Luft mehr bekam, und brachte sie aus dem Gleichgewicht.

»Ich warne Sie –«, sagte Marnie mit bemerkenswert rauer Stimme und schaukelte auf den Fersen hin und her, um ihn abzuschütteln. »Ich warne Sie, ich schlage zurück, sobald mich keiner hält.« Sie sagte es mehr für sich selbst.

Er reagierte mit einer rüden Tirade. Er geriet ins Wanken, und sie führten einen bizarren Tanz auf. Er hätte ihr fast die Schulter ausgekugelt. Sie holte wieder mit der Socke aus und traf ihn an der Kehle. Er würgte, aber er ließ nicht los.

Marnies Augen tränten vor Schmerz, und ihr Atem ging wie eine Dampflok.

Der Mann stellte ihr eine Frage. Zumindest hörte es sich an wie eine Frage. Doch sie hätte, auch wenn sie ihn verstanden hätte, nicht antworten können, weil er ihr die Luft abdrückte. Marnie versuchte alles, sich seinem Griff zu entwinden, aber er war stark und unnachgiebig. Sie trat nach hinten und hörte ihn grunzen, als der Wanderstiefel sein Schienbein traf. Als sie das nächste Mal ausholte, erwischte er die Socke. Marnie hielt den Strumpf mit aller Kraft fest. Er dehnte sich wie ein Gummiband, dann entglitt er ihrem Griff. Der Kerl presste sie fest an sich und legte den anderen Arm um ihre Hüften.

Er trug sie beinahe vor sich her und lief mit ihr auf eine mächtige Ponderosapinie zu. Marnie hatte keinen blassen Schimmer, was er mit ihr vorhatte, und keine Lust, es herauszufinden. Als sie nahe genug an der Pinie waren, winkelte sie ihr rechtes Bein an und streckte dem Stamm auf Hüfthöhe ihre Sohle entgegen. Er schob sie unbeirrt weiter auf den Baum zu. Marnie stieß sich mit aller Kraft vom Stamm ab und katapultierte sie beide nach hinten.

Sie rollten, ineinander verschlungen wie ein Liebespaar, den Hang hinunter. Marnie setzte effektiv Fäuste und Knie ein. Sie mochte wie ein Mädchen kämpfen, aber sie kämpfte wie ein verflucht zähes Mädchen. Sie war nicht umsonst die Schwester ihrer Brüder.

Er landete auch ein paar Treffer, die – anders als im Film – auch höllisch wehtaten. Sie blockte einen Schlag ins Gesicht mit dem Arm ab, fing die ganze Wucht mit der Schulter ab, knurrte, anstatt zu schreien, und schlug ihm ihre Klauen ins Gesicht.

Sie stürzten eine Kante hinunter, ein kleines Stück nur, doch Marnie erschien es wie eine Meile. Äste und Unkraut verfingen sich in ihrem Haar.

Dann machte ein Felsbrocken dem Ganzen ein Ende. Marnie lag oben, presste ihm sofort ein Knie an eine strategisch günstige Stelle und setzte sich auf. Er rührte sich nicht.

»He«, flüsterte sie und versuchte sein Gesicht zu erkennen. »He, Sie!« Sie gab ihm einen alles andere als freundschaftlichen Klaps. Nichts.

Sie hielt sich nicht lange auf. Eine schnelle Durchsuchung seiner Montur förderte diverse Feuerwaffen und ein todbringendes Messer zu Tage. Marnie nahm alles. Das Messer steckte sie zimperlich in eine ihrer Jackentaschen und musste dabei an Madame Butterfly denken, wie sie sich in ihr Schwert stürzte. Es lief ihr kalt den Rücken hinunter.

Die nette kleine Pistole schob sie in die Tasche der Jeans, die große in die andere Jackentasche und die riesige Kanone behielt sie in der Hand.

Sie hatte noch nie eine Schusswaffe in der Hand gehabt. Das Ding war bedeutend schwerer, als es aussah. Sie zielte, um ein Gespür für die Waffe zu bekommen. Sie hatte keine Ahnung, ob das Schießeisen entsichert war oder nicht, oder ob dieses spezielle Ding überhaupt eine Sicherung *hatte*. Was keinen Unterschied machte.

Zielen. Abdrücken. Mehr wusste sie sowieso nicht.

Es würde reichen müssen. Sie fühlte sich mit all den Waffen besser, aber sie betete, sie nicht benutzen zu müssen.

Marnie stolperte den Hang hinauf, um nach der Socke zu suchen, und hatte Glück. Sie stopfte die Socke in die Tasche. Mit dieser Waffe konnte sie wenigstens umgehen.

Der Wind hatte aufgefrischt und schlich sich unter ihre Jacke. Plötzlich hörte sie ein Geräusch, das ihr durch Mark und Bein ging. Sie umklammerte die Waffe und rannte zum Wald. Sie hatte die offene Fläche gerade hinter sich gebracht und im Schatten einer riesigen Ponderosapinie Schutz gefunden, als sie den unmissverständlichen Knall eines Schusses hörte.

Sie ließ sich fallen, rollte ins dornige Gebüsch, krachte mit dem Steißbein auf einen Gesteinsbrocken und unterdrückte mit schmerzverzerrtem Gesicht einen Schrei. Ihr Herz schlug einen unregelmäßigen, schmerzhaft langsamen Takt an ihre Rippen. Der Instinkt sagte ihr, dass die Gefahr ganz in der Nähe lauerte.

Keinen Pistolenschuss entfernt.

15

Reglos wie ein gejagtes Tier lag Marnie auf dem Erdboden und zuckte mit keiner Wimper, als der Mann knapp an ihrer Hand vorbeilief und zwischen den Bäumen verschwand. Er schien allein zu sein.

Die Waffe zwischen die Knie geklemmt, nahm sie sich die Zeit, ihre kalten Hände wärmer zu reiben. Dann nahm sie die Waffe fest in die Hand. Gott, war ihr kalt. Der Mann war knapp vor ihr bergauf unterwegs und zwischen den Bäumen kaum zu sehen. Marnie musste ihm wohl oder übel folgen, wenn sie zum Eingang des Schachts wollte.

Sie blieb stehen, wenn er stehen blieb, und achtete darauf, so wenig Geräusche wie möglich zu machen.

Okay, Jake Dolan, Superspion, komm her und finde mich.

Der Wind blies ihr eisigen Schnee und nasses Laub um die Füße, während sie sich von einem schützenden Baumstamm zum nächsten bewegte und ihre klammen Finger die Waffe hielten.

Oben waren Stimmen zu hören, noch zu leise, um etwas zu verstehen. Der Mann beschleunigte seinen Schritt. Marnie war knapp hinter ihm. Es war schwieriger geworden, sich verborgen zu halten, weil mittlerweile helles Mondlicht durch die aufgelockerte Wolkendecke fiel. Bodennebel und Rauchschwaden waberten schaurig herum, alles in bläuliches Licht getaucht.

Das nasse Laub, das ihre Schritte lautlos machte, machte es auch schwieriger, dem Mann zu folgen. Leise Stimmen wisperten durch den ruhigen Wald.

Der Mann schlug eine andere Richtung ein, und sie brauchte ihn nicht mehr im Auge zu behalten.

Etwas Weiches landete auf ihren Wimpern. Und wieder etwas. Marnie blickte auf. Es hatte wieder zu schneien begonnen.

»Das soll ein Scherz sein, oder?«, flüsterte sie ungläubig. Was ihr jetzt noch fehlte, war eine Heuschreckenplage. Sie schüttelte den Kopf und ging weiter in Richtung Schacht.

Der Mond lugte schüchtern um eine Wolke herum. Marnie ging schneller und hielt sich nah an den Bäumen. Zwischen den Zweigen war schon die Felsformation vor dem Eingang des Schachts zu sehen. Jeder einzelne Muskel und jede einzelne Sehne beschwerte sich, mal verhalten, mal lautstark.

Sie wäre liebend gerne losgerannt, doch sie nahm sich zusammen. Sie war nur noch ein kurzes Stück von den Felsen entfernt, als ein Geräusch sie in Alarmzustand versetzte und auf der Stelle stehen bleiben ließ. Irgendwer oder irgend*was* war ganz in der Nähe. Der Mann, dem sie gerade noch aus dem Weg gegangen war? Oder ein anderer?

Herz und Hirn rasten. Sie griff nach der kleineren Waffe und hielt die Luft an.

»Wuff«, kam eine leise Frage aus dem Unterholz.

Marnie fiel mit ersticktem Schrei auf die Knie. Duchess robbte ihr auf dem Bauch entgegen, um sie zu begrüßen. Marnie schlang ihr die Arme um den Hals und vergrub das Gesicht in ihrem kurzen, nassen Fell.

»Oh Süße!«, flüsterte sie. »Wie geht es dir? Ich hab dich so vermisst. Ich hatte ja solche Angst!« Sie lachte und weinte gleichzeitig. Sie hatte sich nicht vorzustellen gewagt, was ihre Dogge daran gehindert hatte zurückzukehren. Sie tastete Duchess auf der Suche nach einer Verletzung mit den Händen ab. Es schien alles in Ordnung zu sein. Aber ihr Liebling war durchgefroren und nass und geradezu Mitleid erregend erfreut, ihr Frauchen zu sehen.

Marnie wischte sich die Wangen ab und stand auf. »Komm, altes Mädchen, wir gehen rein und warten auf Jake.«

Duchess sprang aufgeregt herum.

Marnie marschierte los. Die Dogge packte den Saum ihrer Jacke und zerrte in die entgegengesetzte Richtung. Bevor Duchess ihr noch die Jacke wegriss, blieb Marnie lieber stehen.

»Was denn?«

Duchess grummelte tief.

Marnie besah sich ihren aufgeregten Hund.

»Hat das irgendetwas mit Jake zu tun?« Das Herz schlug ihr bis zum Hals. »Jake, Süße? Jake? Also gut, ich komme mit. Aber bitte versprich mir, dass uns das nicht umbringt.«

»Was hast du mit mir vor, Lurch? Willst du mich zu Tode *marschieren*?«, fragte Jake, während er den Männern voranging, die Hände mit den Plastikhandschellen fest auf den Rücken gefesselt. Sie hatten ihm alle Waffen abgenommen und waren nicht gerade zimperlich gewesen. Die Wunde an seiner Schulter hatte sich geöffnet, und das warme Blut lief ihm in die Montur.

Jake hatte sich jeden der Männer genau angesehen, um festzustellen, ob noch jemand von T-FLAC dabei war. Fehlanzeige. Die drei waren eine Mixtur aus Getreide fressenden Rotnacken und bezahlten Killern, und sie hatten auch den typischen desinteressierten Blick von bezahlten Killern. Keiner war klug genug, um mehr als Lurchs verlängerter Arm zu sein.

Waren das schon alle? Oder versteckten sich noch welche irgendwo entlang der Route?

»Los, zurück zu unserer Hütte.« Lurch bohrte ihm die Messerspitze in den Rücken. Es piekste, aber es schnitt nicht. Lurch hatte immer schon einen Sinn für kleinliche Racheakte gehabt. Jake hatte das damals als harmlose kleine Schwäche abgetan. Jetzt verstand er, dass es nur ein Symptom für eine sehr viel bösartigere Veranlagung war.

»*Unsere* Hütte?«, wiederholte Jake verächtlich. »Korrigiere mich, falls ich mich irre, aber mehr als das Sixpack zur Feier des Tages hast du zum Kauf der Hütte doch nicht beigesteuert.«

»Sie hat uns immer zusammen gehört. – Schneller, es ist

kalt. – Mehr konnte ich damals eben nicht aufbringen, also fang jetzt nicht zu rechnen an, Blechmann. Die Hütte gehört mir zum Teil.«

»Und jetzt?«, fragte Jake. »Jetzt willst du sie ganz?«

Lurch kicherte. »Ja, zur Hölle. Ich will sie ganz. Aber vor allem will ich den Bunker.«

»Welchen Bunker?«, fragte Jake unbedarft und kniff die Augen zusammen, als er es oben zwischen den Bäumen brennen sah. Der Rauch stammte also nicht nur von der Absturzstelle. Der dumme Bastard hatte die Hütte gleich mit abgefackelt.

»Welchen Bunker?«, äffte Lurch ihn nach. »Der Bunker, den wir vier geplant haben. Der Bunker, den *du* dann gebaut hast. Den Bunker, wo all die Patenturkunden für deine lukrativen Spielereien lagern. Du hast jede Menge davon, und diese ganzen coolen Erfindungen bringen jede Menge harter Dollars ein«, geiferte Lurch. »Und ich werde das alles kriegen.«

»So weit ich weiß, sind wir nicht verwandt.«

»Wegen deiner verfluchten Effizienz«, redete Lurch weiter, als habe er Jake überhört, »sind meine Mittel derzeit blockiert, meine besten Leute tot und mein Camp im Mittleren Westen ist unbrauchbar. Du *schuldest* mir etwas, Freundchen. Du schuldest mir diesen Berg.«

»Halt die Luft an und schau der Realität ins Auge. Niemand schuldet dir irgendwas. Du hast deine Entscheidungen getroffen. Also leb auch mit ihnen.«

»Ich habe entschieden, dass der großartige, unbestechliche Jake ›Mann aus Blech‹ Dolan unehrenhaft entlassen wird und keiner jemals mehr von ihm hört«, teilte ihm Lurch mit und lachte amüsiert. »Und deine Unterschrift habe ich längst schon drauf.«

Was erklärte, wie Lurch an geheime Dokumente gekommen war und Operationen hatte autorisieren können, die später Jake zugeschrieben wurden.

Der Rauch verbrennenden Holzes hing tief in der Luft. Jake lief an den Felsen vorbei, die den Schacht blockierten, ohne auch nur einen Blick zu riskieren. »Hast du die Red Eye abgefeuert?«, zischte er zwischen Zähnen hervor, die so fest zusammengebissen waren, dass der Kiefer schmerzte.

»Sag bloß, es war dir Ernst mit dieser Miss M. C. Wright?«, spottete Lurch.

Woher kannte der Schweinehund ihren Namen?

»Wohnhaft in 939 La Mesa Terrace, Sunnyvale, Kalifornien«, rezitierte Lurch selbstgefällig.

Ihre Medikamente, fiel es Jake wieder ein, und sein Blut kochte fast. Ihr Name musste auf der Flasche gestanden haben, die sie ihr aus dem Rucksack genommen hatten.

»Du bist ein Idiot, Lurch. Du hast immer vorschnelle Schlüsse gezogen. Und arbeitest schlampig deswegen. Das Mädchen war eine Camperin. Sie hatte nichts mit mir zu tun. Und du hast teures Fluggerät verschwendet.«

Keine Gefühle jetzt, ermahnte er sich. *Keine verdammten Gefühle.*

»Du warst immer der Ansicht, dass ich nicht mit dir mithalten kann, stimmt doch, Jake. Überraschung! Ich kann es doch.«

Lurch drehte sich um und schnippte mit den Fingern nach einem der Männer. Der Mann schloss zu ihnen auf und händigte Lurch einen dicken Block mit weißen, strukturierten Blättern aus. Lurch schlug ihn auf und zeigte Jake eine Kohlezeichnung.

Sie hatten den Eingang zum Schacht hinter sich gelassen

und marschierten bergab. Es hatte zu schneien angefangen. Weiche Flocken drifteten, von ätherischem Mondlicht angestrahlt, dem Erdboden entgegen. *Marnie hätte das* – Jake unterbrach sich mitten im Gedanken kaltschnäuzig selbst.

Lurch hielt ihm den Block so ins weiße, kalte Mondlicht, dass er etwas erkennen konnte.

»Also für *mich* sieht das wirklich nicht wie das Gesicht eines Fremden aus. Deine Süße muss ganz schön scharf auf dich gewesen sein, als sie das gezeichnet hat, alter Junge. Richtig scharf. Und so wie du hier aussiehst«, er klopfte mit den Knöcheln auf das Blatt, »warst du drauf und dran, die Kleine blind zu vögeln.« Lurch schüttete sich vor Lachen aus.

Genau betrachtet war Jake nicht weit davon entfernt gewesen, sie zu erschießen, dachte Marnie, während sie hinter einem Felsen vor Kälte zitterte. Doch es war müßig, darüber nachzudenken.

Dass Jake den Mann neben sich kannte, war offensichtlich. Schon wieder ein Verrat? Oh Jake.

Sie hielt sich mit Duchess versteckt, bis die Männer außer Sichtweite zwischen den Bäumen verschwunden waren und nur noch röhrendes Gelächter zu ihr hinunterdrang.

»Und was jetzt, altes Mädchen? Was machen wir *jetzt*?« Marnie schaute die Dogge an und hoffte auf eine Antwort. Die Waffe in ihrer Hand war tonnenschwer, und die in ihrer Jackentasche war auch nicht leichter. Alles bestens, alles prima. Sie hatte drei Schießeisen, ein Messer und eine patronengefüllte Socke. Und null Ahnung, wie sie mit den ersten beiden umgehen sollte. Sie konnte schlecht hinter den bösen Jungs auftauchen und sie wie im Film einfach abknallen. Und das Messer zu verwenden, war viel zu grässlich.

Die Männer waren zu den Resten der Hütte unterwegs. Dann wussten sie vermutlich doch nichts von dem Zugang durch den Schacht – und auch nicht, dass sie am Leben war. Sie würden erst gar nicht nach ihr suchen.

»Okay, süßes Mädchen«, flüsterte Marnie. »Was wir tun müssen, ist Jake diese Kanonen hier zu geben. *Irgendwie.*«

Duchess ließ ein zustimmendes Wuff hören und folgte den Männern mit gesenktem Schwanz und Marnie im Schlepptau.

Die Männer sprachen leise miteinander, doch Marnie verstand nicht, was sie sagten, und konnte Jake vorne kaum noch sehen.

Die vier Männer blieben vor dem stehen, was einst eine richtige Hütte mit vier Wänden gewesen war. Marnie runzelte die Stirn. Sie hätte schwören können, dass die Männer – Jake mitgerechnet – zu fünft gewesen waren. Vielleicht aber auch nicht. Sie hatte keine allzu klare Sicht gehabt.

Von ihrem Versteck in den Büschen aus konnte sie sehen, dass von der Hütte nur noch Zündholz und Asche übrig war. Der Kamin hielt zwar noch einen Teil vom Dach, aber die Wände waren zusammengebrochen und lagen verkohlt am Boden. Feuchtes Holz sengte vor sich hin, das eine oder andere Astloch produzierte einen Funkenregen, und der Mond erleuchtete die Szenerie wie ein Scheinwerfer die Bühne.

Marnie stockte der Atem, als Jake in Sicht kam. Einen Moment lang war sie vor Angst wie gelähmt. Der ganze Aufruhr hatte sie fast vergessen lassen, dass auch Jake nicht unbesiegbar war.

Er drehte ihr den Rücken zu. Seine Handgelenke waren gefesselt. Der Haltung nach zu schließen war er völlig entspannt, doch er war angestrengt damit befasst, seine Fesseln zu lösen, während der eine Mann auf ihn einredete.

Beweg dich ein Stück nach hinten, Großer, drängte Marnie frustriert und verschreckt.

Ein prächtiger Funkenregen stob zum nächtlichen Himmel empor. »Du bist immer nachlässig mit deinen Besitztümern umgegangen, Lurch. Jetzt hast du jedenfalls keine Hütte mehr.«

Lurch? Marnie stutzte. Einer von Jakes Musketieren?

Der Mann ging auf Jake zu. Er war nur wenig kleiner, aber schmaler gebaut. Und er bewegte sich mit der Anmut eines Tänzers. Marnie hasste ihn augenblicklich.

»Die Hütte interessiert mich nicht, Wunderkind. Ich will den Bunker. Und das Land. Das hier wird das neue LPA-Hauptquartier.«

»Es ist gut, Wünsche zu haben.«

Lurch schlug Jake mit der Waffe ins Gesicht. Marnie zuckte zusammen und musste sich auf die Lippe beißen, um nicht laut aufzuschreien. Ihr Herz schlug so laut, dass sie schon glaubte, die Männer könnten es hören. Tränen schossen ihr in die Augen.

Der Drang zu fliehen oder auf der Stelle gegen diese Männer anzutreten, war überwältigend. Sie brauchte all ihre Kraft, um der fatalen Mischung aus Angst und Aggression zu widerstehen.

Jetzt ging dieser Lurch Jake an die Kehle. Sein dümmliches Gesicht war voller Verachtung. »Wie komme ich in den Bunker?«, fragte er.

»Ich fürchte, ich werde dieses Geheimnis mit ins Grab nehmen«, sagte Jake gelassen, während seine Hände sich mit den Fesseln abmühten.

»Handabdruck, oder?«, geiferte Lurch. »Ich muss dir nur deine blöde Hand abhacken. Ist ein Kinderspiel.«

Jake rührte kaum einen Muskel, während er an den Fesseln zerrte, und sagte trocken: »Dazu musst du erst den Scanner finden.«

»Und das werde ich auch.« Lurch umkreiste Jake und kaute dabei auf seiner Unterlippe herum wie ein Kind, dem man das Spielzeug weggenommen hatte. »Ich wette, du hast auch den Netzhautscanner eingebaut, über den wir geredet haben.«

»Ich wette, da hast du Recht.« Er drehte und zerrte und zog an den Fesseln.

So funktioniert das nicht, Jake. Marnie war krank vor Anspannung, und außerdem war ihr schlecht. Sie konnten Jake jede Sekunde die Hände abhacken oder die Augen ausstechen, während sie hier im Gebüsch saß, sich ein Loch in die Unterlippe nagte und sich vor Angst fast in die Hosen machte. *Denk nach, verdammt noch mal. Denk nach.* Sie streckte vorsichtig die Hand nach Duchess aus, die neben ihr lag.

Die Dogge war weg.

»Ich hatte eigentlich vor, das wie unter zivilisierten Menschen zu regeln.« Lurch bedeutete seinen Schlägern herzukommen.

Die Szene, die sich direkt vor Marnies Augen abspielte, geriet mit der Geschwindigkeit eines Überschalljets in Bewegung. Marnie konnte nur noch entsetzt zusehen, wie die Männer herbeistürmten und Jake rechts und links in einen tödlichen Griff nahmen. Sie grub die Fingernägel in die Handflächen und biss sich auf die Unterlippe, bis sie Blut schmeckte.

Jake stemmte sich dem Angriff entgegen.

Lurchs Faust traf ihn am Kinn. Dann ins Zwerchfell, auf die Brust und wieder ins Gesicht. Während ihm schon das warme

Blut aus der Nase floss, zerrte er immer noch an den Handschellen und zog sie dabei nur noch fester, bis sie ihm die Blutzufuhr abschnitten. Als Lurch seine verwundete Schulter traf, durchzuckte ihn der Schmerz wie eine glühende Klinge. Der Schlag erschütterte seinen ganzen Körper und drehte ihm fast den Magen um. Den Lurch sich jetzt vornahm. Mehrere Schläge lang. Der nächste Schlag traf mit dumpfem Krachen den Wangenknochen und riss ihm den Kopf nach hinten.

Lurch tänzelte vor ihm herum. Wie im Rausch, völlig durchgedreht und glücklich über so viel Macht.

Jake schaffte es, mit schneller Beinarbeit einer linken Geraden zu entgehen. Doch er wich nicht zurück, sondern setzte nach und rammte Lurch das Knie in die Weichteile. Die beiden Schläger rissen Jake zwar sofort zurück, aber er hatte immerhin einen Treffer gelandet. Lurch kippte nach vorne über und fluchte das Blaue vom Himmel herunter.

»Du warst immer schon ein miserabler, wehleidiger Feigling«, spottete Jake, während Lurch mit wässrigem, fuchsteufelswildem Blick langsam wieder hochkam. »Du brauchst zwei Männer, um mich festzuhalten? Kannst deine eigenen Kämpfe nicht selbst ausfechten und willst ein Mann sein? Na los, du wieselnder, doppelgesichtiger Bastard. Komm und sieh zu, ob du mich kriegst. Kann ja nicht so schwer sein, was, Lurch? Gefesselt und festgehalten. Ein Kleinkind könnte mich verdreschen! Wo ist denn dein Sportsgeist geblieben?«

Lurch schickte seine Schläger mit einer Kopfbewegung weg. Jake rollte die Schultern und ließ Lurch nicht aus den Augen.

»Du wirst mich nicht dazu bringen, die Kontrolle zu verlieren, Dolan. Ich weiß, wie du arbeitest.«

Lurchs Mimik verriet seinen Schmerz. Er hielt sich mit beiden Händen die Lenden und hielt Abstand, jetzt, da Jake keiner mehr festhielt.

»Nein. Du *hast* meinen Arbeitsstil gekannt. Aber in den letzten sechs Jahren hat sich vieles verändert«, erklärte Jake.

Irgendwer war hinter ihm. Jemand, der ungesehen bleiben wollte. Als Lurch ihn umrundet hatte, war Jake lässig einen Schritt zurückgetreten. Und dann noch ein paar. Lurch war dermaßen um sich selbst gekreist, dass es ihm gar nicht aufgefallen war. Jake schaute zu den beiden anderen hinüber, die in einiger Entfernung am Feuer standen.

Sie wärmten sich am Feuer ihre Ärsche, während sie ihren Boss im Auge behielten.

Wieder raschelte etwas leise im Gebüsch.

Wer zur Hölle war das? Einer von Lurchs Männern? Der, der abgebogen war, bevor sie die Lichtung erreicht hatten? Unwahrscheinlich. Warum hätte der Kerl sich im Unterholz verstecken sollen? Aber wo war er hingegangen? Suchte er den Rest des Teams zusammen? Und wer zum Teufel war hinter ihm?

Verdammt. Der *Hund*? Er hatte Duchess ganz vergessen.

»Rühr dich nicht vom Fleck!«, brüllte Lurch und ging zu seinen Männern hinüber, die Jake daraufhin sofort ins Visier ihrer Uzis nahmen.

»Die Sache ist die, Lurch, oder genauer gesagt Dancer –«, sagte Jake mit lauter Stimme und bewegte sich im Schatten eines überhängenden Baumes unauffällig weiter zurück. »Die Sache ist die, dass es nicht weiter schwierig ist, mir ein Auge zu nehmen. Aber was hast du davon? Dir bleiben höchstens fünf Minuten, um das Ding zu scannen. Nicht gerade viel Zeit, wenn man noch nicht einmal weiß, wo der Scanner überhaupt ist.«

»Halt die Klappe! Halt bloß die Klappe!«

Jake riskierte noch einen Schritt. Wer auch immer hinter ihm war, hielt jetzt die Luft an.

Aus Angst vor ihm? Oder aus Angst um ihn?

Ein Mann? Oder der Hund?

»Das Problem erledigt sich sowieso von selbst«, brüllte Jake. »Falls du es noch nicht weißt, es ist ein Monster von einem Schneesturm im Anmarsch. Und wir werden uns hier draußen die Ärsche abfrieren.«

»Ich hab gesagt, du sollst das Maul halten!«

Lurch wird langsam hysterisch, dachte Jake befriedigt. Er fühlte den spitzen Stich einer Piniennadel und hatte den Rand des Unterholzes erreicht.

»Warum, Lurch? Warum machst du das? Ich dachte, wir seien Freunde.« Er wäre fast zusammengezuckt, als etwas Eiskaltes seine Handgelenke berührte.

»Weißt du, ich wollte einfach mal auf der Gewinnerseite sein.« Lurch rieb sich über einem brennenden Ast die Hände. Er redete, als säße er gemütlich mit einem Bier am Feuer, anstatt mitten in der Nacht neben den Resten einer abgebrannten Hütte hoch auf einem verschneiten Berg mit zwei Typen mit Uzis, die er herumkommandierte.

»Wir konnten mit T-FLAC nicht gewinnen. Wir hatten keine Chance. Die Gegenseite hatte immer die Macht. Und das Geld. Und den Ruhm. Eine Hand voll von uns gegen eine unerschöpfliche Armee von denen. Ich hatte die Schnauze voll davon, für die Verlierer zu arbeiten. Und ich hatte die Schnauze erst recht voll davon, in *deinem* Team zu arbeiten. T-FLACs Goldjunge. Jake Dolan, der Wunderknabe.

Du hast die Meriten abbekommen, wenn *uns* ein Schlag gelungen ist. *Dir* haben sie auf die Schulter geklopft. *Du* hast die

Bewunderung und den Respekt bekommen. Und wenn *wir* ein bisschen Ruhm hätten abkriegen können, wenn *wir* gesiegt haben, dann bist *du* vorgetreten und hast alles für dich eingeheimst. Ja, ja, du hast den Herrschaften schon immer mitgeteilt, wer alles in deinem Team war. Aber unterm Strich warst immer *du* der Held.

Niemand hat je bemerkt, wer der Klügere von uns beiden war. *Ich* nämlich. Nicht du. *Ich* war derjenige, der so raffiniert war, für beide Seiten zu arbeiten. Und keiner hat etwas gemerkt. Nicht einmal der brillante Jake Dolan.« Lurch kicherte.

Wer immer hinter Jake im Gebüsch steckte, war entweder zu durchgefroren oder zu nervös. *Na komm schon, Junge. Schneid das verfluchte Ding durch.* Jake zog die Handgelenke so weit wie möglich auseinander, um es dem anderen einfacher zu machen. Aber das Messer kratzte nur ein bisschen herum.

»Du hast vielleicht allerlei Zeugs erfunden, aber *ich* bin jetzt auf der Gewinnerseite. Ich. Weißt du denn nicht, die Netten werden die Letzten sein! Du hast dich immer an die Regeln gehalten, du dummes Arschloch, jetzt schau dich an, wohin dich das gebracht hat.« Lurch lachte wie verrückt vor Freude über die eigene Klugheit.

»*Ich* hatte die Idee für die Hälfte deiner Erfindungen. Du hast abkassiert. Das ist nicht fair. Ich will meinen Anteil haben.«

Endlich hatte das Messer das Plastikband durchschnitten. Der Druck an den Gelenken ließ augenblicklich nach, und das Blut floss in die Finger zurück. Er war frei.

»Wenn du an irgendeiner marktreifen Erfindung mitgearbeitet hättest, dann hättest du natürlich auch einen Anspruch auf deinen Anteil«, erklärte Jake ruhig und dehnte hinterm

Rücken die Finger. »Das dürfte aber schwerlich zu beweisen sein. Die Patente stammen schließlich alle aus der Zeit nach deinem Tod.«

Als Jake und Ross noch Partner gewesen waren, hatten sie niemals Zeit gehabt, ihre Ideen weiterzuverfolgen. Sie waren voll damit beschäftigt gewesen, den guten Kampf zu kämpfen. Erst nachdem keiner der Musketiere mehr am Leben war, hatte Jake ein kleines Teil für die Zielvorrichtung einer Waffe entwickelt. Das Teil war der blanken Notwendigkeit entsprungen und schließlich patentiert worden, was Jake ein hübsches Sümmchen eingebracht hatte. Und langsam war aus einem netten kleinen Hobby ein lukratives Geschäft geworden.

»Und wer soll dir das glauben?«, wollte Lurch wissen. »Du weißt, dass ich alles beweisen kann.« Lurch sah ihn verschlagen an. »Ich habe Leute, die die Papiere so manipulieren können, dass ich als der Erfinder dastehe. Ich werde das ganze Geld abkassieren, und alles, was ich tun musste, ist klüger zu sein als du.«

Jake schaute seinen alten Freund ungerührt an und behielt die Hände auf dem Rücken. Er ging vom Unterholz weg, um seinem Retter den Rückzug zu ermöglichen, und hörte hinter sich einen leisen Fluch.

»Wir waren doch niemals Gegner, Lurch. Wir waren die besten Freunde. Wir vier.« Jake betrachtete ihn genau. »Hast du Brit und Skully umgebracht?«

»Skully wusste, dass ich noch am Leben war. Er hat mich gesehen, nachdem ich ›gestorben‹ bin. Brit habe ich nur zur Sicherheit erledigt. Du hast uns immer gesagt, wir sollten alle Sicherheitsrisiken ausschließen, keine losen Enden übrig lassen. Das habe ich gemacht. Lose Enden verknotet. Genau, wie du es gesagt hast. Ich habe –« Er brach abrupt ab, weil er zu merken schien, dass ihm das Ganze aus den Händen glitt.

»Du hast immer die Weiber gekriegt. Stimmt doch. Immer hast du die Weiber gekriegt.« Er ging auf Jake zu, und die Wut ließ seine graziösen Bewegungen staksig werden.

»Ich bin so froh, dass sie dir diesen Schnitt verpasst hat. So froh. Wir haben uns über deine mickrigen Liebeskünste schlapp gelacht, Soledad und ich. Wir lagen miteinander im Bett, und sie hat mir erzählt, dass du sie ja sooooo geliebt hast. Du Trottel! Sie hat mir gehört. *Mir.*«

Jake starrte Lurch fassungslos an. »Du hast Soledad geliebt und sie trotzdem losgeschickt, damit sie mit mir schläft?«

»Ich wollte, dass du ihr vertraust. Ich wollte, dass du ihr verfällst. Und das bist du auch. Ich habe dich durch sie manipuliert. Du hast nur noch mit dem Schwanz gedacht, und ich habe dich kontrolliert wie eine Marionette.« Lurch lachte und war so stolz auf seinen Intellekt.

Er zeigte mit dem Daumen auf seine Brust und feixte. »Ich hab es dir gesagt. Erinnerst du dich? Nachdem Soledad auf mich geschossen hat, hab ich dir gesagt, dass sie Dancers Mädchen ist. Erinnerst du dich? Ich hab es dir gesagt. Und ich war Dancer, oh Mann. Ich war Dancer!« Lurch wollte sich vor wahnsinnigem Lachen ausschütten.

»Sie haben mich geschickt, um dir zu helfen, *mich* zu finden. Verdammt, war das ein Spaß! Herumschleichen, dir Rückendeckung geben, und Dancer war die ganze Zeit dicht hinter dir. Oh Mann! Ich habe es *geliebt*!«

»Und was hatte Soledad mit all dem zu tun? Hast du sie geliebt? Ist es das, Lurch? Hast du für ihre Sache gekämpft?«

»Liebe hatte dabei keine Rolle gespielt«, schnaubte Lurch.

»Sie hat für *meine* Sache gekämpft. Den allmächtigen Dollar. Und der Punkt ist – Jake, du mein Freund! –, dass *ich* sie *zuerst* hatte. Liebe? Mach dich nicht lächerlich! Ich habe sie nicht geliebt.«

»Worum ging es dir dann überhaupt?«

»Sie hat mir gehört. Darum ging es.« Lurch kam auf ihn zu.

»Du hast sie einfach geopfert.«

»Sie hatte anscheinend vergessen, zu wem sie gehörte. Sie hat ihren Job nicht zu Ende gebracht.«

»Mich umzubringen.« Die Narbe an seinem Hals fing zu jucken an.

Als der Mond hinter den Wolken verschwand, lag hinter der Lichtung und dem Schein der verschmorenden Hütte eine undurchdringliche, tintenschwarze Nacht. Die Wipfel der mächtigen Bäume wiegten sich im Wind, und helle Funken tanzten in der Brise.

Aus dem Unterholz drang aufgeregtes Geraschel. Dann war es still.

Lauf wie ein Wahnsinniger, dachte Jake.

Lurch schaute zum Gebüsch hinüber, und einer seiner Handlanger machte sich daran, dass Unterholz zu durchsuchen.

Jake schaute den Mann an, den er so gut zu kennen geglaubt hatte. Dann wanderte sein Blick zu dem anderen Kerl hinüber, der immer noch die Uzi auf ihn richtete.

Er kalkulierte seine Chancen, Lurch zu erwischen, bevor er selber erschossen wurde. Lurch lief die ganze Zeit auf und ab. Er musste warten, bis er wieder näher –

Plötzlich ein hoher Schrei. Dann ein Schuss. Und wieder dieses Kreischen.

Mein Gott. Einen Moment lang glaubte er – Jake riss sich

augenblicklich am Riemen, aber sein Herz und sein Atem rasten. *Nein, unmöglich. Es konnte nicht sein.*

Ein Mann konnte durchaus schreien wie eine Frau, wenn er in Panik geriet, oder? Wieder ein spitzer Schrei. Dann raschelte es wieder im Unterholz.

Lurchs Handlanger stolperte mit einer zappelnden Frau, die er wie einen Kartoffelsack vor sich um die Mitte gepackt hatte, auf die Lichtung. Obwohl sie ihm den Rücken zudrehte, hatte er es nicht gerade leicht mit ihr. Sie kreischte, fuchtelte mit den Armen, trat mit den Beinen und schleuderte eine schmuddelige Sportsocke herum.

Marnie.

Sie hatte ein blaues Auge. Ihr blasses Gesicht war schmutzig, die Haare schlammverkrustet und mit Piniennadeln gespickt, die Jacke in Fetzen.

Jake hatte nie im Leben etwas Schöneres gesehen.

Er schloss im Aufruhr heftiger Gefühle die Augen und fühlte, wie sein Gesicht jede Farbe verlor. Die Freude war so überwältigend, so intensiv, dass er beinahe schon vergaß, wo er war.

Lurch brüllte vor Lachen, klatschte in die Hände und ging auf die beiden zu. »Gut gemacht, Price, gut gemacht!«

Er packte Marnie an den Haaren und zog ihren Kopf hoch. Mit der anderen Hand entriss er ihr die Socke und schleuderte sie fort. Ihre Arme und Beine trafen ins Leere, und sie konnte nicht einmal schreien, so wie er ihr den Kopf nach oben riss.

»Hallo, Liebling«, schnurrte Lurch, beugte sich hinunter und küsste sie auf den Mund.

Jake hätte Lurch am liebsten das Herz aus dem Leib gerissen, aber er ließ kaltblütig die Hände auf dem Rücken. Er presste die Füße aneinander, biss die Zähne zusammen und blieb genau da, wo er war. Nichts war ihm je so schwer gefallen. Er war fast blind vor Wut. Doch er verdrängte den Zorn und konzentrierte sich.

Marnie drehte den Kopf weg und starrte Lurch an, der sich immer noch – ganz der Höhlenmensch – in ihr Haar verkrallt hatte. »Ihre Technik lässt ganz schön zu wünschen übrig. Sagen Sie dieser Pfeife da, dass er mich loslassen soll, er schneidet mir ja das Blut ab«, sagte sie eisig.

Lurch grinste und fragte Price kichernd: »Irgendwelche Waffen, außer der Socke?«

»Nein, Sir. Sie hatte eine Pistole. Das kleine Biest hat versucht, mich zu erschießen. Ich hab sie ihr abgenommen.«

»Gut. Lass sie los. Keine Bewegung, Miss Wright, oder meine Leute erschießen Ihren Freund.«

Marnie stolperte ein wenig herum, rieb sich die Handgelenke und besah sich die Männer mit kaltem Blick. Ihr blaues Auge und ihre durchnässten, schmutzigen Sachen taten ihrer Grandezza keinen Abbruch. Sie schaute kurz zu Jake und dem anderen Mann hinüber, dann wandte sie sich wieder Lurch zu.

»Und welcher von diesen Neandertalern soll mein Freund sein?«

Lurch legte ihr den Arm um die Schultern und spazierte mit ihr auf Jake zu. »Da ist er, Süße. Dein Liebster, Jake der Großartige.«

Jake tat vom vielen Zähnezusammenbeißen schon der Kiefer weh. Lurch schien sie ganz lässig im Arm zu halten, doch seine Finger krallten sich fest in ihren Ärmel. Marnie wirkte trotz allem kalt wie Trockeneis. Seine Wertschätzung für sie stieg gleich noch mal um ein Dutzend Punkte.

Gutes Mädchen. Weiter so.

Jake beobachtete die beiden teilnahmslos, wie sie näher kamen. Er konzentrierte sich ganz auf Lurch. Er wusste, er würde nicht durchhalten, falls er in Marnies Augen einen Anflug von Angst entdeckte.

Aber sie schien nicht im Geringsten verschreckt zu sein und lachte ein falsches, sprödes Lachen. »Sie machen wohl Witze. Dieser Kerl da? Ich bitte Sie. Wir kennen einander kaum. Er hat mich nur in seiner Hütte übernachten lassen, nachdem ein Baum mein Haus zerstört hat.« Sie warf Jake einen verächtlichen Blick zu. »Ich würde mich nie mit so einem ungehobelten Typen einlassen, auch wenn er weit und breit der einzige Mann wäre. Danke, nein.«

Sie stopfte die Hände in die Taschen und schaute zu Lurch auf. »Sehen Sie, ich möchte in keinerlei Schwierigkeiten verwickelt werden, was immer hier auch los ist. Und ich möchte erst gar nicht wissen, was Sie hier oben machen. Lassen Sie mich einfach gehen.«

»Ich würde eine Lady doch niemals allein im Dunkeln herumlaufen lassen«, sagte Lurch galant und nahm sie fest bei der Schulter. Dann packte er sie wieder an den Haaren und riss ihr den Kopf in den Nacken. »Mal sehen, wie es meinem alten Freund, dem Mann aus Blech, gefällt, wenn *ich* das Mädchen kriege.«

Jake würgte die Wut hinunter, und Marnie kniff die Augen zu, als Lurch sich zu ihr beugte, um sie noch einmal zu küssen.

Verdammt und zugenäht, dachte Jake noch. Eine Sekunde später hatte Marnie Lurch schon mit voller Wucht in den Magen geboxt. Lurch geriet ins Wanken und wirkte ehrlich verblüfft.

»Wagen Sie es nicht, mich zu misshandeln«, sagte sie mit eiserner Miene und blitzendem Blick. »Ich mag das nicht.« Sie stieß sich mit aller Gewalt von Lurch ab und fiel geradewegs in Jake hinein.

Er erinnerte sich gerade noch rechtzeitig daran, dass er als gefesselt durchgehen musste, und verkniff sich im letzten Moment, Marnie mit den Händen aufzufangen. Ihr Haar und ihre Kleider waren nass; sie roch nach Schlamm und nassem Hund. Er hätte am liebsten die Arme um sie gelegt und sein Gesicht in ihre zarte, süße Haut vergraben. Er musste sie von diesen Wahnsinnigen wegbringen und –

»Fall um, verdammt noch mal«, knurrte sie leise, während sie sich fest an ihn presste.

Jake gestattete ihrem Fliegengewicht, ihn zu Boden zu reißen. Er hörte die Luft aus ihren Lungen pfeifen, als sie mit hartem Schlag auf ihm landete. Sie jammerte – und schob ihm eine Pistole unter die Schulter.

»Schaff mir dieses verrückte Weib vom Hals«, schnaubte er Lurch an, der sich vor Lachen bog.

Marnie rollte von ihm herunter, blieb am Boden sitzen und starrte Lurch an. »Was stehen Sie hier so rum? Helfen Sie mir auf!« Sie streckte den Arm aus, als erwarte sie, hochgezogen zu werden, und machte großes Aufheben darum, allein wieder auf die Beine zu kommen. Sie klopfte sich Schlammklumpen und Laub von der Jacke und beschwerte sich bitterlich, während Jake mit der Waffe hinterm Rücken in den Händen aufstand.

»Ich habe keine Ahnung, was Sie hier oben zu schaffen haben«, sagte Marnie wütend. »Ich will jedenfalls nichts damit zu tun haben.«

Sie ging auf die Hütte zu, wo Lurchs Männer standen, und redete über die Schulter unablässig auf Lurch ein, um ihn von Jake abzulenken.

»Falls Sie mich weiter hier festhalten, muss ich, wie ich fürchte, meinen Kongressabgeordneten kontaktieren und mich offiziell beschweren. Das ist eine Ungeheuerlichkeit!«

Ach du meine Güte, dachte Marnie verzweifelt. *Dancer wird mich noch wegen meines dummen Geplappers erschießen.*

Sie sah Jake reglos hinter ihm stehen. Er konzentrierte sich ganz auf Lurch und ignorierte sie völlig. Er verharrte ruhig wie ein Panter, der auf den richtigen Zeitpunkt wartete, um aus der Deckung zu springen. Es sah nicht gut aus für den bösen Jungen. Hätten nur nicht die anderen zwei geradezu darauf gewartet, dass er einen Mucks machte.

Sie quasselte ununterbrochen weiter und wartete darauf, dass Jake den entscheidenden Zug machte. *Na los, Großer, unternimm endlich was. Mir geht hier langsam die Puste aus.*

»Mein Vater ist übrigens Geoffrey Wright. Von Wright Computers. Sie kennen ihn sicher.« Sie zupfte sich mit den Fingern das Haar zurecht, schüttelte die Locken und zappelte herum – und redete immer weiter. »Mein Vater ist Millionär. Er wird Ihnen sicher eine stattliche Belohnung bezahlen, wenn Sie mich sicher nach Hause bringen. Die Brücke ist überflutet. Aber Sie wissen doch sicher, wie man auch bei derart lächerlichem Wetter ins Tal gelangt?«

Lurch lief ihr nach und packte sie am Kragen. »Wo ist diese verfluchte Höhle, Dolan?«, brüllte Lurch. Ihr sinnloses Geplapper schien ihn in keinster Weise aus dem Konzept gebracht zu haben.

Sie schaute Lurch verständnislos an. »Wie, was, Höhle? Oh mein Gott, soll das etwa heißen, dass es hier oben *wilde Tiere* gibt?«

Sie hätte damit rechnen müssen – wirklich, das hätte sie.

Aber der Schlag mit dem Handrücken erwischte sie kalt. Ihr Kopf schoss herum, und die ganze linke Gesichtshälfte war mit einem Mal taub. Sie stolperte herum und hielt sich nur mit Mühe auf den Beinen.

Das war es dann! Die Wut schoss ihr wie flüssige Lava durch den Körper, machtvoll und unerbittlich. Sie stürzte sich mit einem Schrei und Zähnen und Klauen auf Lurch.

16

Jake sah aus dem Augenwinkel, wie Marnie rittlings auf Lurch saß und versuchte, seinen Kopf ins Erdreich hineinzuarbeiten.

Er feuerte den ersten Schuss ab, bevor Lurchs Handlanger überhaupt mitbekommen hatten, dass er eine Waffe hatte. Der erste fiel auf der Stelle um. Der zweite, der Marnies großen Auftritt beäugt hatte, drehte sich um und schaffte es gerade noch, seine Uzi ungefähr in Jakes Richtung zu bewegen.

Jake war nicht nach Wettschießen zu Mute. Er feuerte einen zweiten Schuss ab und legte den Mann flach, bevor der abdrücken konnte.

Wo zum Teufel war der dritte?

Jake drehte sich gerade noch rechtzeitig um, um zu sehen, wie Lurch Marnie bei den Haaren packte, sich mit ihr herumrollte und mit elegantem Schwung und Marnie im Griff wieder hochkam. Sie japste, biss sich auf die Unterlippe und sah genau in dem Moment zu Jake hinüber, als ihr Lurch den Arm um den Hals legte.

Judas Priest. Lurch hatte Marnie in der so genannten Kopfzange und hielt ihr ein scharfes Messer an die blasse Kehle.

»Ich schlitze sie auf, wenn du auch nur ein Stück näher kommst.« Er drückte ihr die Klinge quer über den Hals und die verzweifelt pochende Schlagader. »Lass deine Waffe fallen. Sonst schneide ich sie in schmale Streifen, so dünn, dass du sie als Geschenkband verwenden kannst. Zurück!«

Jake fixierte Lurch mit den Augen. Und trat einen Schritt nach vorn. »Tu ihr etwas mit diesem Messer an, und du wirst mir nie tot genug sein.«

»Ich dachte, sie ist dir egal?«

»Das ist der Unterscheid zwischen uns beiden, Lurch. Ich muss einen Menschen nicht kennen, um mir zu wünschen, dass er am Leben bleibt«, sagte Jake verächtlich. »Erst lässt du mich von zwei Männern festhalten, damit du mich verprügeln kannst. Und jetzt versteckst du dich hinter einer Frau?« Er schnaubte angewidert und suchte in Lurchs Gesicht nach einer Reaktion.

»Alles Geld der Welt konnte dir nicht helfen, deine Feigheit loszuwerden«, feixte er. »Was hast du denn jetzt vor? Sobald du sie umbringst, habe ich dich. Und es ist keiner mehr da, der dir Rückendeckung geben könnte.«

Marnie stand völlig reglos da. Jake machte noch zwei Schritte nach vorne, dann fing Lurch wieder zu reden an. »Ich kann dich fertig machen, wenn ich will, Dolan!« Er klammerte die Faust in Marnies Locken und brachte sie fast aus dem Gleichgewicht. »Ich sag dir was, um unserer früheren Freundschaft willen tausche ich die Frau gegen den Bunker.«

»Das ist nun wirklich kein faires Geschäft«, antwortete Jake kaltschnäuzig und machte wieder einen Schritt. »Mein Lebenswerk für eine Frau?« Er zielte mit seiner Walther ein Stück höher. »Lass sie laufen. Das hier hat mit dem Mädchen doch gar nichts zu tun.« Er gestattete sich einen kurzen Blick auf Marnies Gesicht. Keine Spur von Farbe mehr bis auf das Blau ihrer Augen.

»Ihr beiden redet ganz schön lange um den heißen Brei herum«, sagte Marnie mit leiser, aber fester Stimme. »Warum erschießt du ihn nicht einfach, Jake, und bringst das Ganze hinter dich?« Dann zog sie die Beine hoch.

Den Bruchteil einer Sekunde hing sie nur noch an den Haaren, die Lurch in der Faust hielt. Dann hatten der Überraschungseffekt und ihr Körpergewicht ihn aus dem Gleichgewicht gebracht. Er ließ sie los.

Jake feuerte so schnell hintereinander zwei Schüsse ab, dass sie wie einer klangen. Marnie rollte sich weg; das Messer flog in die eine Richtung, Lurch in die andere.

Jake hatte die Distanz in vier wütenden Schritten hinter sich gebracht und Lurch an der Kehle gepackt und hochgezerrt. Er hatte tief gezielt. Schulter und Oberschenkel. Aus den Ein- und Austrittsstellen lief das Blut. Lurch würde nirgendwo mehr hinrennen.

»Du bringst es nicht über dich, stimmt's«, feixte Lurch. Er hielt sich den Oberschenkel und zog eine Grimasse. »Du schaffst es nicht, einen Freund kaltzumachen.«

Jake sah aus den Augenwinkeln Marnie auf die Beine kommen. Er zog die Plastikhandschellen unter Lurchs Schulterhalfter heraus und fesselte ihm schnell die Hände auf den Rücken.

Als er die Fesseln stramm zog, stand Marnie neben ihm. »Was hast du vor?«, fragte er, weil sie sich dicht neben Lurch stellte.

»Ich will ihm noch was verpassen.«

Sie rieb sich die schmerzende Kopfhaut. Dann landete sie, bevor Lurch noch den Kopf wegdrehen konnte, einen hoch befriedigenden Schlag auf seine Nase. Sein Blut lief ihr über die Hand. Es schien ihr gar nicht aufzufallen. Der nächste Schlag traf den Magen.

»Schaff sie mir vom Hals! Das Weib ist ja verrückt!«

Jake trat ein wenig zurück. »Hol es dir, Süße.«

Die schweren Wanderstiefel krachten an Lurchs Schienbein. Lurch duckte sich, aber er konnte nirgendwohin. Marnie arbeitete in einem schönen, gleichmäßigen Rhythmus. Tritt, Schlag, Tritt, Tritt.

Jake hatte einen Moment lang seine Freude daran, wie sie ihre Angst abarbeitete. Das Adrenalin rauschte immer noch durch ihre Adern. Sie musste den Pegelstand senken. Ihr feuchtes Haar wirbelte wild um die Schultern herum, während sie schlagend und tretend um Lurch herumtanzte. Die grimmig konzentrierte Miene spannte ihr die Haut über den Wangenknochen straff. Aber sie zitterte dermaßen und war so blass, dass Jake sich genötigt sah, dem Ganzen ein Ende zu setzen.

»Darf ich?«, warf er ein, um die Sache zu beschleunigen, und schlug den Mann, der einst sein bester Freund gewesen war, k.o. Lurch, der sein Bestes getan hatte, der entfesselten Frau zu entkommen, hatte den Schlag nicht kommen sehen. Seine Augen weiteten sich kurz, dann fiel er Jake wie ein Felsbrocken vor die Füße.

Jake legte Marnie die Hand auf die Schulter, um die Tiraden zu stoppen. »Es reicht jetzt.«

Sie ließ die Fäuste sinken, schüttelte den Kopf wie ein Terrier und schaute ihn verständnislos an.

»Tu mir das *nie* mehr an«, sagte Jake.

»Was?«, keuchte sie mit hochgezogenen Augenbrauen. »Dir die Fesseln aufschneiden und deinen Arsch retten?«

Jake war selbst über die Intensität seiner Wut erstaunt. Er packte sie am Kragen. »Mich so zu Tode erschrecken!«

Marnies blaue Augen waren riesengroß in ihrem blassen Gesicht.

Ihre Unterlippe zitterte. Sie schwankte.

Jake zog sie in seine Arme. »Du bist eine verflucht gute Kämpferin. Ich bin wirklich froh, dich an meiner Seite zu haben. Judas Priest. Ich dachte, ich hätte dich verloren.« Er vergrub sein Gesicht in ihre Haare, damit sie nicht mitbekam, wie erstickt seine Stimme klang. »Ich habe gesehen, wie der Hubschrauber in Flammen aufgegangen ist –«

»Einer der Typen wollte wohl meinen Platz haben, denke ich. Er hat mich aus dem Helikopter geworfen.« Sie legte ihm die Arme um den Hals und drückte ihr Gesicht an seine Schulter. Sie flatterte wie ein Blatt im Sturmwind.

Jake hob sie hoch und küsste sie heftig auf den Mund. Marnie erwiderte fiebrig seinen Kuss und sah ein bisschen nach Kriegsneurose aus, als sie den Kopf in den Nacken legte.

»Mindestens einer rennt immer noch hier herum. Geh ans Feuer und halte dich warm. Ich kümmere mich erst mal um diesen Mistkerl und dann kontaktieren wir jemanden, der uns hier herausholt.«

Sie berührte mit ihren kalten Fingerspitzen seine Lippen und lächelte. »Ich werde dir bestimmt nicht widersprechen, was das angeht.«

Er lockerte seinen Griff, bis ihre Zehenspitzen wieder Bodenkontakt hatten, und nahm ihr kaltes Gesicht in seine Hände. Marnie lächelte zu ihm auf. Oh, Gott, sie war so weich, so süß, so *lebendig*.

Lurch ächzte.

Jake nahm Marnie an der Jacke und hob sie noch einmal

hoch, um sie süß und kurz zu küssen. Dann bückte er sich und packte Lurch am Halsausschnitt der Montur.

Marnie sah Lurch abschätzend an. »Ich glaube, er muss sich übergeben.«

»Muss er nicht.« Jake schüttelte ihn, bis er wieder zu ächzen anfing. »Siehst du? Er kriegt ordentlich Luft.« Als Lurch zusammenzuckte, rüttelte Jake ihn erst richtig durch. »Geh und wärm dich auf. Ich bin gleich wieder bei dir.«

Marnie schüttelte den Kopf und schlurfte auf die Reste der Hütte zu. Je näher sie kam, desto wärmer fühlte sich die Luft auf ihren kalten Wangen an und desto mehr zitterte sie.

Es schien, als hätte sie auch noch den letzten Rest ihrer Energie aufgebraucht, und sie fühlte sich bis auf die Knochen krank. Sie fiel auf die Knie und keuchte.

Jakes ehemaliger Freund brüllte irgendwelche Beschimpfungen, als Jake ihn zum Stumpf des umgestürzten Baumes schleifte, um ihn anzulehnen. Marnie hörte ihre Stimmen nur verschwommen dröhnen. Sie ließ den Kopf auf die hochgezogenen Knie sinken und holte zittrig Luft. Die letzten paar Stunden erschienen ihr so unwirklich.

Jake rief irgendetwas in ihre Richtung, das sich in etwa wie »Bist du in Ordnung?« anhörte. Sie hob einen Arm, um zu zeigen, dass sie zumindest noch atmete.

Dann entdeckte sie Lurchs Blut an ihren Händen. Sie griff sich eine Hand voll Erde und fing an, ihre Hände wie eine Wahnsinnige damit zu schrubben, als wäre sie Lady Macbeth. Die Erde war eisig, aber nicht besonders schlammig. Sie rubbelte immer aufgeregter und hörte durchs Klappern ihrer Zähne hindurch die Stimmen der beiden Männer dröhnen.

Sie wünschte sich verzweifelt, in Jakes Armen zu liegen. Am liebsten in einer heißen, dampfenden Badewanne. Sie hob benommen den Kopf, schaute nach Jake und versuchte abzuschätzen, wie lange er wohl noch brauchte.

Links von ihr blitzte für einen kurzen Moment etwas Metallisches im Mondlicht auf. Sie spürte im Nacken eine Gänsehaut prickeln, stand halb auf und fingerte in der Tasche ihrer Jeans umständlich nach der winzigen Pistole.

»Jake«, krächzte sie.

Er war über Lurch gebeugt. Als er Marnies Stimme hörte, blickte er auf und schaute sie besorgt an.

Das schrille Zischen einer Kugel durchschnitt die Stille.

Sie hörte Jake vor Schmerz aufschreien und feuerte die Pistole, ohne richtig zu zielen, auf einen Schatten am Waldrand ab.

Jake kam mit raumgreifenden Schritten auf sie zu. Doch Marnie erschien es, als liefe alles in Zeitlupentempo ab. Sie behielt den Mann im Auge, der am Rande der Lichtung zwischen den Bäumen stand. Er stand breitbeinig da und feuerte auf Jake.

Aber Jake hatte nur angstgeweitete Augen für Marnie.

»Jake, nach links schauen – nein, rechts, verflucht!«, schrie sie und war schon dabei, dazwischenzugehen. Sie hatte keine Ahnung, was sie da eigentlich tat, aber Jake rannte blindlings auf sie zu und schien gar nicht zu bemerken, was vor sich ging.

Irgendetwas prallte gegen ihre Schulter, und wenig später verfing sich etwas in ihrem Haar. Sie hielt eine Nanosekunde lang inne und lief gleich wieder auf Jake zu. Der Kerl feuerte eine weitere Salve ab, und Jake rannte wie ein Wahnsinniger, um Marnie, die genau in die Schusslinie gelaufen war, Deckung zu geben.

Marnie krachte ohne nachzudenken geradewegs in Jake hinein. Sie landeten in einem Wirrwarr aus Armen und Beinen am Boden, und Jake begrub Marnie unter sich.

Die nächste Salve hörte sie nur noch verschwommen. Dann brüllte irgendwer: »Ich habe ihn!«

Jake nahm sie am Ellbogen, was ziemlich wehtat, und lehnte sie an sein angewinkeltes Knie. Er schaute ihr mit Augen, die ihr dunkel wie die Nacht erschienen, prüfend ins Gesicht und tastete sie mit den Händen ab.

»Mein Gott, Marnie. Ist alles in Ordnung mit dir?«

Sie konnte sich der Horrorvision nicht erwehren, er wolle tapfer sein und sie nicht merken lassen, dass die Kugeln ihn zu Hunderten durchsiebt hatten. Sie versuchte, seine Hände wegzuschieben, um ihrerseits *seinen* Körper nach Verletzungen abzusuchen.

»Bist du getroffen worden?«, fragte sie verängstigt und atemlos. »Sag schon.«

Jake nahm sie in die Arme und sah über die Schulter, wie vier Männer in Jeans und dicken Jacken mit Uzis bewaffnet auf die Lichtung stürmten. Sie trieben den gefesselten Schützen vor sich her. Duchess war bei ihnen. Sie sprang vergnügt um die Männer herum, bis sie Marnie entdeckte und auf sie zugestürzt kam. Sie umkreiste Marnie und Jake grummelnd und schwanzwedelnd.

Jake schaute den Männern entgegen, während er Marnie auf die Beine half. »Was zur Hölle ist hier los? Soll das hier ein verfluchter Kongress werden?«

»Brüder«, murmelte Marnie. Sie war immer noch erbärmlich kurzatmig und hatte ein ganz unheimliches Gefühl. Sie presste ihre wackligen Knie zusammen und rappelte sich irgendwie hoch.

»Derek, Michael, Kane, K-Kyle.« Wie gut, dass Jake sie immer noch am Oberarm festhielt.

»Das sind deine Brüder? Aha, na gut. Sieht so aus, als hätte die Kavallerie uns gerade noch mal gerettet.« Er schaute Marnie besorgt an. »Schnürt den Schweinehund da drüben ordentlich zusammen und behaltet ja den anderen im Auge. Ich komme gleich zu euch«, rief er ihren Brüdern zu. Er schaute ihr noch mal prüfend ins Gesicht und ließ ihren Arm los. »Bist du auch wirklich in Ordnung?«

»Mir geht's prim – ahh –«

Diese Schmerzen.

Mit einem Mal gab es für nichts anderes mehr einen Platz. Sie stolperte herum, und ihre Knie schienen zu schmelzen. In ihrem Inneren tobte ein Feuerball, der ihr die Luft zum Atmen nahm und ihre Muskeln verkrampfen ließ. Sie kniff die Augen zu und schwankte umher, bis die Schwerkraft ihr die Entscheidung abnahm und sie auf den gefrorenen Erdboden stürzen ließ, wo sie sich auf die Seite rollte und die Knie zu diesem Feuerball hochzog.

Lieber Gott, es tut so weh.

Ein Mischmasch aus Stimmen drang wie durch einen Nebel zu ihr herüber. Sie spürte Jakes Hand auf ihrer Stirn und hörte ihn vor Wut brüllen. *Schrei doch nicht so herum,* hätte sie am liebsten zu ihm gesagt, doch sie brauchte all ihre Kraft, um nicht selbst herumzuschreien.

Der Lärm der Schüsse hallte immer noch in ihrem Kopf wider. Marnie keuchte und geriet in Panik, weil es ihr nicht gelang, tief Luft zu holen.

»Ich – glaub – ich – er – sti – cke.«

»Nein, das tust du nicht«, sagte Jake ganz furchtbar leise.

Sie konnte seine Hände spüren, aber ihr Körper fühlte sich an, als habe man sie mit Novocain voll gepumpt.

»Beruhige dich, Marnie. Ich hab dich ganz fest im Arm. Ich –«

Es hörte sich immer wirrer, durcheinander gewürfelter, weiter weg an.

»Jake?«, fragte sie panisch. »Jake?«

Sie zwang sich dazu, die Augen offen zu halten. Etwas Warmes lief ihr zähflüssig über das Gesicht. Sie griff sich zittrig an die Stirn und betrachtete dann ihre roten, klebrigen Finger. »Ich blute.« Ihre dünne Stimme klang empört.

Jake kniete neben ihr und hielt ihr Kopf und Oberkörper. Er strich ihr mit zitternden Fingern übers Gesicht. Marnie zuckte zusammen. Und das Blut floss immer weiter.

»Schau mich an. So ist es gut. Braves Mädchen. Nicht die Augen zumachen.«

Marnie schaute ihn mit glasigem Blick an, und Jake sah sie den Fokus verlieren. Sein Herz fing an zu rasen.

»Hierher sehen, Marnie. Halt deine wunderschönen blauen Augen für mich auf.« Er hätte ihr den Schmerz so gerne abgenommen. Marnies Gesicht verschwamm vor seinen tränennassen Augen. Als Jake sie unwillkürlich fester in die Arme nahm, schrie sie auf.

»Schau mich an, Liebling. Du kommst wieder in Ordnung. Du hast eine Kopfwunde.«

Sie hatte einen Streifschuss am Kopf. Solche Wunden pflegten heftig zu bluten. Das *wusste* er. *Oh Gott* –

Sie lag ihm schwer im Arm. Ein kleines Lächeln verbog ihr die Lippen. »Hmm – Liebling – sagst du – zu mir.«

»Liebling, Süße, Liebste.«

»Hmm – gefällt m –« Ihr Blick wurde wieder vollkommen glasig. »Jake?«, flüsterte sie mit panischer, dünner Stimme, die ihm fast das Herz brach.

»Ich bin ganz bei dir.«

»Hmm.« Sie machte die Augen zu.

»Nicht bewusstlos werden!« Seine Stimme klang genauso verängstigt, wie er sich fühlte.

»Nich rum – komm – andieren«, sagte sie undeutlich. »Bloß – bisschen – B-Blut.«

»Verflucht, du sollst deine Augen nicht zumachen!«

»Nie – so was – gehabt«, sagte sie tonlos und rang nach Luft. »Tut weh.« Sie drückte das Gesicht an seinen Arm.

Irgendetwas stimmte nicht mit ihrer Atmung. Der Schock? Oder etwas Schlimmeres?

»Es tut mir so Leid, Liebste. So verdammt Leid. Ich kann einfach nicht glauben, dass du einen solchen Stunt hingelegt hast. Ich muss ein ernstes Wort mit dir reden, weil du diese dumme Angewohnheit hast, mir ständig das Leben zu retten.«

»Iss-es – wert.«

Das Mondlicht fiel einen Moment lang auf etwas Dunkles, Dickflüssiges, das von innen durch ihre Jacke drang. Jake hatte sie gerade fest bei den Schultern genommen, und sie hatte vor Schmerz geschrien. »Nich – deine – Sch-Schuld.«

Der Schmerz erfasste sie wie eine rote Flutwelle. Marnie presste fest die Lippen zusammen, um nur ja nicht zu weinen. Ihr Gesicht hatte auch die letzte Andeutung von Farbe verloren.

Jake brach der kalte Schweiß aus, und er war starr vor Angst. Aus der Kopfwunde tropfte es unablässig die Schläfe hinunter, und die Schulter ihrer Daunenjacke war mit Blut vollgesogen.

»Bruder – Dok – tor.«

»Und welcher von Ihnen ist der Arzt?« Als Marnie zusammengebrochen war, waren die vier sofort losgestürzt und hatten sich noch im Laufen die Jacken ausgezogen.

»Ich bin schon da.«

Jake schaute auf. Er hatte den jüngeren Mann, der auf der anderen Seite bei ihr kniete, noch gar nicht bemerkt. Er war dabei, sie systematisch durchzuchecken.

»Sie ist seit vier Tagen ohne ihr Coumadin«, erklärte Jake ihm sachlich und hob Marnie leicht an, während die anderen drei sie von Kopf bis Fuß in die Jacken hüllten. Marnie war leicht und körperlos wie eine Feder.

Marnies Medizinerbruder warf ihm einen fragenden Blick zu, bevor er mit seinen Untersuchungen fortfuhr. »Oberflächliche Kopfwunde. Kane, nimm das hier und drücke es fest drauf – ein Stück weiter links –, ja, genau. Richtig fest pressen«, kommandierte er. »Was für ein Glück, dass du einen so harten Schädel hast, kleine Schwester«, setzte er in einem völlig anderen Tonfall hinzu. Dann schaute er zu seinen Brüdern hoch.

»Ein Streifschuss. Er wird noch ziemlich bluten, aber letztendlich hat sie nur ein paar Haare eingebüßt. Keine große Sache. Derek, hol bitte irgendwas, damit wir ihre Beine hoch legen können.«

Kyle fühlte ihr den Puls, und seine Lippen wurden plötzlich schmal. »Ich mache dir jetzt deine Jacke auf, Püppchen. Es wird jetzt gleich ein bisschen kalt werden.«

Jake drückte Marnies Hand, als ihr Bruder die Jacke aufmachte. Marnie lag nur kraftlos und unbeteiligt da, während Kyle die Schulter untersuchte. Jake war fast krank vor Angst. Eine zweite Wunde.

Die Panik schlang ihre kalten Tentakel um sein Herz. Marnie. Marnie.

»Verminderte Atemgeräusche.« Kyle schaute kurz hoch. Sie hatten es alle verstanden. Die Lunge war perforiert. »Hier ist die Eintrittsstelle – tut mir Leid, Püppchen –, bleib bei uns, ja?«

Er wandte sich an Jake. »Also gut, Freundchen, ordentlich pressen. Genau hier und ganz gleichmäßig. Gut.«

»Ihr Arm ist verdreht. Die Kugel muss vom Schlüsselbein zum Oberarm abgeprallt sein. Sie hat zum Glück Radialpuls, die Arterie ist in Ordnung. Das Schlüsselbein ist gebrochen. Nein, Schwesterlein, nimm deine Hand da weg, da ist Schlamm dran. Warum ist sie eigentlich von Kopf bis Fuß voller Schlamm? Was zur Hölle ist hier eigentlich los?«

»Dafür haben wir später Zeit, Kyle. Beruhige dich«, sagte Marnies anderer Bruder schnell, der direkt hinter Jake stand.

Kyle warf Jake einen zornigen Blick zu. »Sieh zu, dass du gleichmäßig drückst.« Dann untersuchte er sorgfältig Marnies Rücken. »Keine Austrittswunde«, erklärte er erbittert.

Jake machte die Augen zu und betete.

Marnie rang nach Luft wie ein Fisch auf dem Trockenen.

Die Brüder liefen nebeneinander auf und ab, ihre Stimmen dröhnten Jake verschwommen in den Ohren. Er war so voller Angst, Marnie zu verlieren, dass er die vier kaum wahrnahm.

Mich hätte es erwischen sollen. Mich.

Sie würde hier noch sterben. Bevor er ihr sagen konnte –

»Was macht ihr eigentlich hier? Wie habt ihr uns gefunden?«, fragte er einen der Brüder, der gerade ein frisches Stück Stoff auf Marnies Kopfwunde presste.

»Vater hat uns zu Hilfe gerufen, nachdem Marnie nicht ans Telefon gegangen ist«, sagte der Hochgewachsenste der Brüder, ohne Jake eines Blickes zu würdigen, während er mit Kyle den Platz tauschte, der jetzt Beine und Hüften untersuchte.

Kyle sah seinen Bruder an und schüttelte den Kopf.

»Wir wussten, dass die Brücken unpassierbar sind.« Jake war sich darüber im Klaren, dass der Große nur deshalb so langsam und gelassen sprach, weil er seine Schwester nicht noch mehr in Panik versetzen wollte. In Wirklichkeit hatte er vermutlich Angst für zwei.

»Gestern hat uns das Wetter einen Strich durch die Rechnung gemacht. Wir sind vor drei Stunden mit dem Hubschrauber gekommen und haben zu suchen begonnen. Dann haben wir euch auf Grund der Schüsse lokalisiert. Himmel, es ist verflucht kalt hier. Kane, sieh zu, dass du ein Feuer in Gang kriegst. Derek, geh ans Funkgerät und hol Hilfe.«

»Ich habe eine unterirdische Bude unterhalb der Hütte.« Jake ließ Marnie nicht aus den Augen. Im Mondlicht schien ihre Haut fast transparent zu sein, und ihre dunklen Wimpern waren seltsam reglos. » Wir könnten ein paar von den verkohlten Brettern wegräumen. Der Aufzug müsste intakt sein.« Er war aufgewühlt und verzweifelt, aber er würde es Marnie nicht merken lassen.

»Der Aufzug?«

»Jake ist – der beste – Superspion – der Welt, Mikey.«

»So, so, Kleine, ist er das?«

Michael nahm Marnies Handgelenk in seine warme Hand. »Schnell und ungleichmäßig, Kyle. Sie steht unter Schock. Was auch keine Überraschung ist. Und du bist hoffentlich wirklich einer von den guten Jungs, Superspion. Sonst ist die Welt nämlich nicht groß genug, dir ein Versteck zu bieten. Was zum Teufel hast du dir dabei gedacht, eine Frau in das hier hineinzuziehen, worum zur Hölle es auch gehen mag.«

»Nich – schreien – Mikey – bitte.«

Sie hätte ihnen gerne gesagt, dass es ihr bald wieder gut ging. Aber sie glaubte selbst nicht daran. Die Leute starben an Schusswunden, oder? Nur im Film standen sie auf und gingen einfach davon. »Falls ich – sterbe, sagt bitte –«

»Du wirst aber nicht sterben!«, polterte Jake und packte fest ihre Hand. Es tat weh, und Marnie jammerte. Jake fluchte, Michael auch. Direkt hinter ihr räumten die anderen verkohltes Holz weg, um zum Aufzugschacht zu gelangen.

»Ich hatte – eine Menge Spaß.« Marnie fuhr sich mit der Zunge über die trockenen Lippen. Ihr Kopf summte, sie dachte im Kreis, ihre Augen wurden wieder ganz glasig, und es schien nicht genügend Luft da zu sein. Wie war das möglich? Sie waren im Freien. Es *musste* genügend Luft da sein.

»Das hier – ist – nicht mehr so – spaßig. Es – tut weh.« Sie musste sich enorm anstrengen, Jake anzusehen. Sie war schmutzig, verschwitzt und voller Sorge. »Kann ich – etwas – Wasser haben?«

»Nein«, schrien fünf Stimmen gleichzeitig.

»Ich weiß, wie durstig du bist«, sagte Jake liebevoll. »Aber wir können es im Moment noch nicht riskieren, dir etwas zu trinken zu geben. Halte einfach nur deine Augen offen. Wir sind in ein paar Minuten unten im Bunker, bleib bei Bewusstsein, okay?« Sein Gesicht war kreidebleich, sein Mund bitter.

Marnie leckte sich vergeblich die Lippen. »Ja.«

»Verdammt«, sagte Jake erbittert. »Ich hätte besser auf sie aufpassen sollen.«

»Und ob, du Hundesohn«, fauchte Michael. »Aber mach dir keine Sorgen, die Stunde der Abrechnung kommt schon noch.«

»Lass gut sein, Michael«, sagte Kane. »Er war es ja nicht, der auf sie geschossen hat.«

»Ich habe vielleicht nicht den Abzug betätigt«, warf Jake ein. »Aber ich hätte sie in Sicherheit bringen müssen.«

»Allerdings, verdammt noch mal.«

Marnie mühte sich ab, Jake bei der Hand zu nehmen. Er

schaute sie mit trüben Augen an, und Marnie bekam ein Lächeln hin. »Du bist – doch – mein – Beschützer.«

Jake strich ihr übers Haar. Es fühlte sich gut an.

»Wie fühlst du dich?«, fragte er zärtlich. Sein Stimme zitterte kaum hörbar.

»O-kay«, versicherte sie ihm. »Müde – heiß – bisschen schwummerig.«

Kane beugte sich zu ihr hinunter. »Wie geht es ihr?«

»Nicht gut. Der Blutdruck ist wieder gefallen. Sie verliert zu viel Blut. Und wir haben keine Austrittswunde.« Lange Pause. »Ich habe alles getan, was ich konnte«, sagte Kyle verbittert. »Derek hat Hilfe angefordert.«

»Weiß ich«, sagte Kane. »Geschätzte Ankunftszeit des Helikopters in neun Minuten. Gott sei Dank hatten wir ihn auf Abruf.«

»Das dauert alles viel zu lang.« Jake zog die Jacken zurecht, mit denen sie Marnie zugedeckt hatten. Ihre Haut fühlte sich an wie Eis.

»Du siehst aus, als würdest du selber bald in Ohnmacht fallen«, diagnostizierte Kyle. »Soll ich mir die Wunde an deiner Seite einmal ansehen?«

»Später. Mir geht es gut.« Jake sah zu Kane hinüber. »Sieh zu, dass du diesen Helikopterpiloten erreichst. Er soll Dampf machen. Es gibt zwar noch einen anderen Zugang zum Bunker, aber der ist zu weit weg, und dieser hier wird uns wohl nichts nützen.«

Duchess legte ihm den Kopf auf die Schulter.

»Marnie?« Sie brauchte einen Moment, bis sie wieder zu sich kam. Er strich ihr das Haar zurück und achtete dabei genau auf den blutigen Streifschuss.

»Mmm. Großmama – hat –«

»Was ist mit deiner Großmutter?«

»Sie – hat – das auch immer – gemacht.«

»Oh Gott, Liebling –«

»Sie hat – so gut – gerochen – nach Blumen.« Marnie kam sich vor, als sei sie betrunken. Ihr Zunge fühlte sich dick an. Sie versuchte Luft zu holen und fing wieder zu keuchen an. »Wo war ich? – Ach, ja – Liebe.«

Er musste sie bei Bewusstsein halten, bis der Hubschrauber da war. Ihre Haut war beinahe transparent, wodurch die blonden Locken und Brauen und dieses unerträgliche Rinnsal aus Blut noch viel deutlicher hervortraten. Dicke Jacken bedeckten ihre Schultern, wo die Haut so weich und zart war und – er durfte jetzt nicht in diese Richtung denken.

Ihre Lippen fingen an, blau zu werden. Der Morgen war noch Stunden entfernt in dieser höllischen Nacht. Marnie war bis aufs Mark durchgefroren und blutete unaufhörlich. Es war alles seine Schuld. Tränen schossen ihm in die Augen, er rieb sich die kalten Hände am Oberschenkel warm und ließ sie keine Sekunde aus den Augen.

Er legte ihr die gewärmten Hände an die Wangen und fragte mit brüchiger Stimme: »Marnie?«

Sie antwortete nicht.

Jake suchte verzweifelt den Himmel nach dem Rettungshubschrauber ab. Aber der Himmel war nur dunkelblau und leer. Die Minuten vergingen.

»Wie geht es ihr?«, fragte Michael, der seinen Brüdern dabei geholfen hatte, den Aufzugschacht freizulegen.

Kyle sah sehr ernst aus. »Nicht gut, gar nicht gut. Wo zur Hölle bleibt das Rettungsteam?«

»Sie werden kommen.«

»Ich bete zu Gott, dass es dann nicht zu spät ist«, sagte Derek leise und zog seinen schwarzen Kaschmirpullover aus, um ihn Marnie unter den Kopf zu schieben.

»Marnie? Mach deine schönen blauen Augen für mich auf.« Jakes Stimme klang so panisch, wie er sich fühlte. »Marnie. Mach die Augen auf. Mach! Auf der Stelle!«

Das Feuer zauberte mit letztem Hurra falsche Farbe auf ihre Wangen. Sie hatte das Bewusstsein verloren. Jake presste bebende Fingerspitzen auf den schwachen Puls an ihrem Hals. Hinter ihm war das leise Whop-whop-whop des Hubschraubers zu hören, der ihnen über die Berge zu Hilfe eilte. Aber Jake hatte nur Augen für Marnie.

Ihre Hand zuckte, und Jake zerriss es fast das Herz, als ihre trockenen Lippen sich bewegten.

»Liebe – dich –« Ihre Stimme war leise und spröde.

Jake legte seine Stirn an die ihre. Er biss die Zähne zusammen und nahm all seine Kraft zusammen, um nicht selbst das Bewusstsein zu verlieren.

17

Jake hatte sich immer für unendlich geduldig gehalten. Aber nur deshalb, weil er nie zuvor verzweifelt einen Krankenhausflur auf und ab gelaufen war, um darauf zu warten, dass endlich der Chirurg herauskam und ihm sagte, ob sein Leben es noch wert war, gelebt zu werden.

Marnie hatte sofort operiert werden müssen. Die fünfeinhalb Stunden, seit sie in den OP geschoben wurde, erschienen ihm wie Jahrzehnte.

Sie waren direkt nach Gray Feather geflogen. Die fünfzehn

Flugminuten waren zur längsten, angsterfülltesten Reise seines Lebens geworden.

Er brauchte nur daran zu denken, wie sie Marnies leblosen Körper in diesen Hubschrauber gehievt hatten, schon brach ihm der kalte Schweiß aus.

Der Helikopter hatte nicht landen können. Glücklicherweise hatte es sich um eine Militärmaschine gehandelt, die normalerweise dem Kommando von Marnies Bruder Michael unterstand. Wie Michael die Aktion auf die Beine gestellt hatte, blieb dankenswerterweise nebulös. Kurz bevor Jake an der Reihe gewesen war, im Gurt nach oben gezogen zu werden, hatte er das Bewusstsein verloren.

Aber sein sechster Sinn hatte ihn schnell genug wieder zu sich kommen lassen, um Marnie auf dem Flug in den Armen zu halten, bis die Sanitäter sie in Gray Feather auf eine Rollbahre gelegt und ihm weggenommen hatten. Das war jetzt sechs Stunden her.

Das Wartezimmer des kleinen Berghospitals war randvoll mit Testosteron. Jake auf der einen Seite des winzigen Raums, Marnies Vater und drei ihrer Brüder auf der anderen Seite. Auf die orangefarbenen Plastikstühle schien sich partout keiner setzen zu wollen.

Es war kaum Platz da, sich zu bewegen, geschweige denn, auf und ab zu laufen. Stattdessen schienen die Männer im Geiste hin und her zu gehen, was ausreichte, die Zimmertemperatur stetig steigen zu lassen.

Jake war entscheidend im Nachteil gewesen. Nicht nur, weil er Marnie fast das Leben gekostet hatte, sondern auch, weil er ein fadenscheiniges Krankenhausleibchen und baumwollene Hosen mit Gummizug trug. Glücklicherweise hatte sich eine freundliche Schwester bereit erklärt, ihm etwas zum

Anziehen zu kaufen. Die neue Jeans war noch etwas starr und das Flanellhemd ein bisschen zu klein, aber er fühlte sich schon ein wenig besser.

»Was zum Teufel dauert denn da so lange«, fragte er und ließ sich doch auf einen der unbequemen Stühle fallen, bevor er noch zusammenklappte.

»Sie ist immer noch im OP«, sagte Kyle, der gerade ins Wartezimmer kam. Jake stand sofort wieder auf. »Ich habe gerade nachgefragt. Sie sind dabei sie zuzumachen. Alles ist gut gegangen. Dass sie ein paar Tage lang kein Coumadin genommen hat, hat sie vor dem Verbluten bewahrt. Und die Kugel hat nicht so viel Schaden angerichtet, wie zu befürchten war. Sie hat die Lunge perforiert und ist im Oberarm stecken geblieben. Marnie hat zweieinhalb Einheiten Blut bekommen. Sie hat einen Gips am Arm und wird bald wieder wie neu sein.«

Er schaute Jake an. »Ich bin mir sicher, dass dein Arzt nicht will, dass du hier im Kreis herumläufst.«

»Es ist mir völlig egal, was mein blöder Arzt will. Ich habe nur ein paar Stiche gebraucht. Aber warum dauert es bei Marnie so lange?« Jake hörte sich selber reden und hielt inne. Er benahm sich wie ein trotziges Kleinkind. Er fuhr sich mit den Fingern durch die Haare. Das Gehen zog an den Stichen an seiner Seite. Es war ein glatter Durchschuss gewesen, der allerdings eine klaffende Austrittswunde hinterlassen hatte.

»Danke für die Information. Ich werde ein bisschen spazieren gehen.«

»Aber spann die Schwestern nicht wieder für irgendetwas ein«, warnte ihn Kyle. Jake nickte und lief aus dem beengenden Zimmer den Korridor hinunter zu Marnies leerem Zimmer. Marnies Vater und ihre Brüder hatten sich sehr zurückgehalten. Wenn Marnie *seine* Schwester gewesen wäre –

Er schüttelte den Kopf und konnte sich nicht erklären, warum die Männer seine Darstellung des Geschehens ohne weiteres für bare Münze genommen hatte. Sicher, Michael Wright war ein Navy-SEAL und hatte von T-FLAC gehört. Sie waren sozusagen im gleichen Geschäft. Trotzdem erstaunte es ihn, dass sie ihm glaubten und alle behördlichen Formalitäten geregelt und die Presse abgewimmelt hatten.

Sie waren auch bemerkenswert ruhig geblieben, als er vollkommen durchgedreht war, weil die Ärzte ihm Marnie weggenommen hatten. Er hatte sich wie ein Wahnsinniger aufgeführt –

Wenn er fiel, fiel er tief, wie es aussah.

Er lief in Marnies sterilem, weißem Krankenzimmer herum. Die Vorhänge waren offen, und von draußen fiel vormittäglicher Sonnenschein herein. Er ging die vier Schritte zum Fenster. Das Zimmer lag im zweiten Stock auf der bergabgewandten Seite, der Blick ging ins Tal hinunter.

Er musste sie sehen, sie fühlen, sie halten.

Er stützte die Hände aufs Fensterbrett und schaute blicklos über die Baumkronen. Wie konnte die Sonne es wagen, zu scheinen? Wie konnte sie einfach so am Firmament stehen, als sei nichts geschehen? Wo blieb der Regen? Der Graupel? Der versprochene Schneesturm?

Hier in diesem leeren Zimmer zu stehen und den typischen Krankenhausgeruch zu riechen, drehte Jake fast den Magen um. Wozu in aller Welt brauchen sie so ewig? Wie lange konnte es dauern, Marnie zuzunähen?

Er lief zur offenen Tür zurück, drehte sich um und ging ans Bett.

Während der letzten zweieinhalb Stunden hatte er vielleicht zwanzig Minuten hier drin verbracht. Es half – ein bisschen. Er sank in den Stuhl, den er sich vor Stunden ans Bett geschoben hatte.

Die straff gespannten Decken und Laken warteten auf Marnie. Genau wie er. Er stützte die Ellbogen auf die Knie und den Kopf in die Hände.

Er stand auf, lief im Kreis, machte die Vorhänge zu und wieder auf und wieder zu, lief wieder im Kreis herum.

Eine derartige Aufregung hatte in der kleinen Klinik noch nie geherrscht. Jake wurde jetzt noch rot vor Ärger und Verlegenheit. Was für ein gottverdammtes Fiasko. Als er schon bandagiert in einem sterilen, weißen Zimmer gelegen hatte, hatte Marnies Operation gerade erst angefangen. Er wartete schon eine Ewigkeit darauf, dass man sie wieder aus dem OP herausrollte. Jake griff zum Telefon, um wenigstens ein paar Dinge zu erledigen, während er wartete.

Nachdem er ein paar Telefongespräche geführt hatte, setzte er sich auf das Bett. Er lehnte sich in die Kissen, schwang die Beine auf die faltenlose Decke und schaffte es nicht, die Augen zu schließen, weil er immer wieder dieses Bild vor sich sah: Marnie lief mit angstverzerrtem Gesicht auf ihn zu und warf ihren gesunden, geschmeidigen jungen Körper in die Schusslinie, um die Kugel abzufangen, die für ihn bestimmt gewesen war. Und ihr leichtes Gewicht hatte ausgereicht, ihn aus der Gefahrenzone zu katapultieren.

Die Mischung aus Schmerzmitteln und zu vielen schlaflosen Nächten zermürbte Jake so, dass er endlich die schweren Lider über die blutunterlaufenen Augen schloss.

Das Quietschen der Räder weckte ihn. Er war sofort auf den Beinen. Die Tür schlug gegen die Wand, und sie rollten Marnie herein. Sie lag totenstill unter einem blauen OP-Laken, das Haar unter einer Haube aus Papier.

»Was machen Sie im Zimmer meiner Patientin?«, schnauzte der Doktor ihn an, unrasiert und verwildert, wie er aussah.

Jake warf dem Arzt einen kurzen, viel sagenden Blick zu, bevor er sich über die Bahre beugte. Marnies rechter Arm steckte in einem viel zu weißen Gips. Er berührte mit den Fingerspitzen die blauen Äderchen auf ihren Lidern. Ihre Haut war dünn wie Pergament. Jake schob sachte die Papierhaube zurück. Der Kopfverband wirkte vergleichsweise klein, wenn man bedachte, welche Schmerzen ihr die Wunde bereitet hatte.

»Wie geht es ihr?«

»Sie wird wieder völlig gesund.« Der Arzt bedeutete den wartenden Krankenpflegern, die Patientin ins Bett zu legen. »Sie ist im Aufwachraum für ein paar Minuten zu Bewusstsein gekommen, hat hallo zu ihrer Familie gesagt und nach Ihnen gefragt. Dann wollte sie weiterschlafen und hat alle weggeschickt.«

Der Arzt schaute sich im Zimmer um und musste unwillkürlich über all die Rosensträuße und pastellfarbenen Luftballons lachen. Jake hatte den einzigen Blumenladen der Stadt leer gekauft. Ein Anruf, und sie hatten praktisch den ganzen Laden geliefert. Marnies Brüder hatten auf das Lebensmittelgeschäft zurückgreifen müssen.

Sie sollte nur Schönes vor Augen haben, wenn sie aufwachte. Jake hätte am liebsten die Erinnerung an die letzten paar Tage aus ihrem Gedächtnis gelöscht. Dann hätte sie ihn vergessen. Und er hätte sein Leben damit zugebracht, ihre Liebe zu erringen. Ein Neuanfang.

»Sie waren ja ziemlich aktiv«, sagte der Arzt. »Und neue Kleider haben Sie sich auch beschafft.«

»Nehmen Sie es mir nicht krumm, Doc.« Jake beobachtete jeden Handgriff der Krankenpfleger. »Vorsicht, bitte! – Die Krankenhaussachen wurden mir mit der Zeit zu zugig. Und ehrlich gesagt, nach der Vorstellung, die ich heute früh gegeben habe, wollte ich meinen Ruf ein bisschen aufpolieren.«

Der Doktor lachte leise vor sich hin. »Wir alle haben Ihre Besorgnis verstanden. Wir hatten hier oben lange keine solche Aufregung mehr.«

Jake trat ans Bett und streichelte Marnies Wange. Warm, weich und lebendig. Er schaute den Chirurgen mit tränennassen Augen an. »Gute Arbeit. Ich danke Ihnen.«

»Ich habe Ihnen doch gesagt, ich bin ein Profi, erinnern Sie sich noch?«

»Kurz bevor Sie mir diese Beruhigungsspritze in den Hintern gejagt haben, ja«, sagte Jake ohne jeden Anflug von Zorn. »Ich bin Ihnen was schuldig, Doc.«

Jake saß reglos am Bett und lauschte den leisen, gleichmäßigen Atemzügen der Frau neben ihm. Auf der anderen Seite des Betts piepste in regelmäßigen Abständen ein Monitor. Marnie hing mit Drähten und Schläuchen an den verschiedensten Geräten. Jake konnte nicht umhin, sie zum millionsten Mal anzufassen. Ihre Hand lag zart und zerbrechlich in seiner. Aber das blonde Mädchen, das in diesem Krankenhausbett lag, hatte mit ihrem Körper eine für ihn bestimmte Kugel abgefangen und war weit davon entfernt, zerbrechlich zu sein.

Er hätte alles gegeben, um mit ihr den Platz zu tauschen.

Er streichelte mit dem Daumen ihren Handrücken. Und schauderte bei dem Gedanken, wie sie ihn – ohne auch nur ein einziges Mal an ihre eigene Sicherheit zu denken – auf der Leiter am Wasserfall an der Jacke gepackt hatte, um ihn davor zu bewahren, sechs Stockwerke tief in einen reißenden Fluss zu stürzen.

Sie konnte kein Blut sehen. Aber sie hatte seine Schusswunde verarztet und war erst in Ohnmacht gefallen, *nachdem* der Verband fertig war. Widrige Umstände hatten sie in eine Situation katapultiert, die jenseits all ihrer Erfahrung lag, aber sie hatte sich tapfer jeder neuen Herausforderung gestellt und nie ihren schrägen Sinn für Humor verloren.

Warum er sie mit Soledad verglichen hatte, war ihm ein Rätsel. Die beiden Frauen waren so verschieden wie Tag und Nacht.

Jake berührte ihre Wange. Marnie war weder heiß noch fiebrig. Sie schlief den tiefsten, heilsamsten Schlaf, den man sich nur wünschen konnte.

Sobald Marnie erwachte, würde die Schwesternstation ihren Vater und ihre Brüder informieren. Es war während der letzten achtundvierzig Stunden ein ständiges Kommen und Gehen gewesen. Sie hatten Jake mit Essen voll gestopft, ihm Kleidung gebracht und mit ihm an Marnies Bett gewacht.

Herzlichen Dank auch, aber Jake zog es vor, ohne Zeugen in seinem Fegefeuer zu schmoren. Zum Glück waren sie irgendwann verschwunden.

Was ihm nur recht war. Er wollte keine Fragen beantworten, wollte sich nicht unterhalten, wollte ihre vorwurfsvollen Blicke nicht sehen oder sich anhören, welcher Halunke er doch war, ihre kleine Schwester einer solchen Gefahr auszusetzen. Er *wusste* all das selbst.

Marnie war immer wieder kurz zu sich gekommen, hatte erschöpft und desorientiert nach ihm gerufen und war wieder eingeschlafen. Jake hatte sie die letzten zwei Tage nie länger als zehn Minuten alleine gelassen.

Er bezweifelte, dass sie sich später an die kurzen Gespräche mit ihm und ihrer Familie erinnern würde. Die Narkose und der Blutverlust wirkten viel zu sehr nach. Sie hatte gut geschlafen, letzte Nacht, und Jake hatte die ganze Zeit verdreht in seinem Stuhl gesessen und den Kopf auf ihr Kissen gelegt, nur um sie atmen zu hören.

Verdammt. Bin ich denn völlig übergeschnappt?

»Gut, dass du hier bist.«

Michael Wright betrat das Zimmer.

»Ich dachte, ihr wärt ins Hotel zurückgegangen.«

»Die anderen sind schon vorausgegangen. Ich würde gerne allein mit dir reden. Draußen.«

Es war keine Bitte.

Jake erhob sich von seinem unbequemen Stuhl, bereit für die unausweichliche Konfrontation. In gewisser Weise freute er sich sogar. Er wollte endlich laut hören, was er sich selbst seit Tagen immer wieder gesagt hatte. Er folgte Michael auf den Flur.

Michael, groß und dunkel, war der älteste und uncharmanteste der Brüder. Durchtrainiert und mit dem kurzen Haarschnitt der SEALs. Er hatte die blauen Augen seiner Schwester. Abgesehen davon hatte der Mann, der Jake durch eine Seitentür auf eine kleine Terrasse hinaus vorausging, nichts mit Marnie gemein.

»Falls du vorhast, mich nach Strich und Faden zu verprügeln, sollten wir das Krankenhausgelände lieber verlassen.«

Jake trug keine Jacke, und die eisige Luft biss sich durch sein kariertes Flanellhemd. Seine Augen brannten vom Schlafmangel, seine Seite schmerzte wie die Hölle, und er hatte nicht die geringste Absicht, die Aktion in den Bergen Michael gegenüber zu verteidigen, sei es nun körperlich oder verbal.

Nicht, dass ihm nicht danach gewesen wäre, sich zu prügeln. Aber es gab einfach nichts, was Michael ihm hätte vorwerfen können, das Jake sich die letzten Tage nicht selbst vorgeworfen hätte.

»Wir haben miteinander darüber gesprochen, dich zu verprügeln, und die Vor- und Nachteile einer derartigen Aktion abgewogen. Und uns dagegen entschieden. Fürs Erste zumindest.« Michael stopfte die Hände in die Jackentaschen, runzelte die Stirn und zog wegen der bitteren Kälte die Schultern hoch.

»Ich hatte schon vorher von dir gehört.« Er schaute über die gepflegte Gartenanlage des Krankenhauses zu den Bergen hinüber. »Eine ganze Menge ehemaliger SEALs arbeiten für T-FLAC.« Er drehte sich wieder zu Jake um. »Keiner von denen hat dich jemals für einen Verräter gehalten.«

Jake schnaubte ungläubig. »Du hast einen guten Ruf, Mann aus Blech. Einen ziemlich guten Ruf. Fair, ehrlich, ehrenhaft, ein wahrer Boyscout. Du bist aber auch dafür bekannt, dass du richtig ausrasten kannst, wenn dir jemand krumm kommt. Ziemlich ungesellig. Einzelgänger. Und absolut gnadenlos, was die bösen Jungs betrifft.«

Michael lehnte sich an die niedrige Mauer, die die Terrasse vom herbstlich braunen Rasen trennte. »Eigentlich bist du genau der Typ Mann, den man in einer düsteren Hafengegend dabeihaben möchte. Du und ich hätten vielleicht sogar Freunde werden können, wenn da nicht diese eine Sache wäre.«

»Welche?«

»Du magst ein fairer Kämpfer sein, Mann aus Blech. Aber eben ein Kämpfer. Jemand, den wir ganz bestimmt nicht in der Nähe unserer Schwester haben wollen. Marnie kann keinen Krieger brauchen. *Capisce?*«

Und ob. Nur zu gut.

»Ich habe mich genau über dich erkundigt. Bei T-FLAC halten sie eine Menge von dir«, gestand Michael widerwillig ein. »Dass du Dancer, und mit ihm den LPA, zur Strecke gebracht hast, hat dich zum Helden gemacht.«

Jake hatte bereits mit seinem Vorgesetzten gesprochen und sämtliche Unstimmigkeiten ausgeräumt. Seine Spionagewelt war wieder in Ordnung. Aber sein Privatleben war ein Trümmerhaufen. Er schaute Michael Wright an und zog die Augenbrauen hoch. »Gut zu wissen. Und was willst du mir damit sagen?«

Michael Wright lief wie ein Tiger im Käfig auf der kleinen Veranda im Kreis. »Dass Marnie jemanden braucht, der auf sie aufpasst. Etwas, wozu *du* offensichtlich nicht in der Lage bist.«

Da war es endlich. Laut und deutlich. Kurz und knapp, zu einem netten Paket gepackt.

Ein Faustschlag wäre ihm lieber gewesen.

»Du redest nicht lange um den heißen Brei herum, was?« Jake hob die Hand, als Michael auf ihn zukam. »Verschwende deine Energie nicht, Michael. Wir wissen beide, dass du Recht hast.« Jake machte eine gequälte Pause. »Bevor ich gehe, möchte ich, dass du mir etwas versprichst.«

»Ich schulde dir keine Versprechen, Freundchen«, fauchte Michael und starrte ihn wütend an. »Das ist *meine* kleine Schwester da drin. Ein Mädchen mit einem kranken Herzen, das du mit deiner Wahnsinnsaktion fast umgebracht hättest. Ein Mädchen, dem man deinetwegen eine Kugel herausoperieren musste. Dieses Kind wäre beinahe gestorben, ohne ihre Familie noch einmal zu sehen.

Und du willst, dass ich dir ein Versprechen gebe? Wie wäre

es damit? Ich verspreche dir, dass ich dich nicht umbringe, wenn du innerhalb von fünf Minuten aus unserem Leben verschwindest! Was hältst du von *diesem* Versprechen?«

Marnie mochte für ihre Brüder immer noch ein kleines Mädchen sein. Doch Jake konnte sich Michaels Wortwahl nicht anschließen. Für ihn war Marnie, verdammt noch mal, eine erwachsene Frau.

»Zwei Dinge«, sagte er zu Michael. »Erstens: Sucht da oben nach Duchess und bringt sie nach Hause. Zweitens: Bleibt bei Marnie, bis sie aus dem Krankenhaus entlassen wird, und untersteht euch, sie alleine in diesem Krankenhausbett aufwachen zu lassen.« Er sah Michael in die Augen. »Bitte.«

Michael nickte nach einen kurzen Pause.

Jake ließ hörbar Luft ab. Er steckte die Hände in die Taschen der neuen Jeans und sagte: »Ich gehe rein und verabschiede mich von ihr.«

»Sie schläft.«

»Dann wird es dir ja sicher nichts ausmachen, hier draußen zu warten, bis ich weg bin.«

Jake machte auf dem Absatz kehrt und ging hinein. Er betete, dass Marnie tatsächlich schlief. Er hätte es nicht ertragen, ihr beim Abschied in die blauen Augen sehen zu müssen.

Drei Tage später entließ man sie widerstrebend aus dem Krankenhaus. Marnie ging den Weg des geringsten Widerstands, sollte heißen, ins Haus ihres Vaters, anstatt in ihr eigenes kleines Häuschen ein paar Meilen entfernt.

Sie ließ sich von der Haushälterin in ihrem alten Kinderzimmer ins Bett packen und starrte zwei Tage lang an die Decke, bis sie endlich ihre Lethargie überwand und aufstand.

Es war Montagmorgen. Sie duschte, zog sich an und ging in

die Küche hinunter, wo sich die ganze Familie zum Frühstück versammelt hatte. Sofort ging ein großes Stühlerutschen los, weil alle sofort aufsprangen, um sie zu begrüßen.

Ihr Vater, groß, zerfurcht und immer noch gut aussehend, das dunkle Haar von silbernen Strähnen durchzogen, kam zu ihr herüber und nahm sie vorsichtig in den Arm. Er trug einen dreiteiligen Anzug von Armani fürs Büro und die Krawatte, die Marnie ihm letztes Jahr zum Geburtstag geschenkt hatte. Ein großer, liebevoller Mann, der sie immer beschützt hatte.

»Morgen, Papa. Na ihr vier?«

Ihr Vater ließ sie wieder los und schaute sie mit einem durchdringenden Blick an, der mehr sah, als ihr lieb war. »Gut, dass du auf bist«, sagte er leise. »Komm, setz dich zum Frühstück.«

Kyle legte ihr brüderlich den Arm um die Schulter. »Wie geht's dir, Kleine?«

»Ganz prima, danke.« Als ob er das nicht gewusst hätte, so wie er die letzten Tage an ihr herumuntersucht hatte.

»Ganz wie in alten Zeiten.« Marnie setzte sich an ihren Platz und legte sich die Serviette auf den Schoß. »Habt ihr euch einigermaßen von meiner Verletzung erholt?«, fragte sie in die Runde.

Wie liebenswert sie doch waren, mit ihren besorgten Mienen und ihrer Fürsorge. Sie liebten Marnie so sehr. Und Marnie konnte sich ein Leben ohne die fünf nicht vorstellen. Sie waren immer bei ihr gewesen, durch alle Höhen und Tiefen, während all der Operationen und wann immer ein dummer Mann ihr Kummer bereitete. Sie waren eine Trutzburg der Liebe. Sie schützten und liebten ihre kleine Schwester.

Und die dachte nur noch an Jake.

Jake, um den sich niemals jemand gekümmert hatte. Jake, der all seine Freunde verloren hatte. Jake, dessen erste große Liebe ihn verraten hatte. Jake, der allein war und isoliert.

Tränen schossen ihr in die Augen. *Verflucht.* Sie schwächelte immer noch und hatte nah am Wasser gebaut. Dass Jake nicht bei ihr war, schmerzte viel mehr als die Schusswunde.

»Eine Schussverletzung darf man nicht auf die leichte Schulter nehmen, Liebes. Vor allem ein Mädchen in deiner Verfassung nicht«, mahnte ihr Vater. Er bedeutete Hester, der alten Haushälterin, Marnie ein Frühstück zu bringen, was mehr als überflüssig war. Hester stand seit mehr als zwanzig Jahren in Diensten der Wrights, hatte Röntgenaugen und war längst dabei, Marnie das Frühstück zu servieren.

»Papa, ich bin *siebenundzwanzig* Jahre alt. Ich bin kein Kind mehr. Und ich bin erst recht nicht in irgendeiner *Verfassung*. Ich bin gesund wie ein Pferd. Ja, Papa, das bin ich.« Sie stieß Kyle an, der neben ihr saß. »Sag ihnen allen, und dir selber auch, wie gesund ich bin, Doc.«

»Stimmt. Es geht ihr gut«, sagte Kyle.

Marnie schaute in die Runde der fünf hoch gewachsenen Männer. Sie mochten es gehört haben. Sie mochten Kyle vielleicht sogar zustimmen. Aber das hieß noch nicht, dass sie sie deshalb anders behandeln würden, als sie es ihr Leben lang getan hatten. Marnie seufzte.

»Hast du keine Kühe zu melken, Derek?«, fragte sie ihren Bruder, der mit einer Tasse Kaffee in der Hand auf dem Stuhl herumlümmelte. Niemand, der Derek abseits seiner Ranch zu Gesicht bekam, wäre auf die Idee gekommen, dass er ein Cowboy war. Er trug Anzüge für zweitausend Dollar und feinste Kaschmirpullover. Jedes Haar war an seinem Platz. Und doch hatte ihn Marnie schon knietief im Dung stehen sehen, ein Stirnband ums Haupt, oder wie er gerade dabei war, einen Bullen zu kastrieren.

»Alles unter Kontrolle, keine Sorge«, grinste Derek.

»Und du?«, fragte sie seinen Zwillingsbruder Kane, der ein weltbekannter Fotograf war. Die beiden glichen sich äußerlich bis aufs Haar, waren im Wesen aber grundverschieden. Derek war der personifizierte Charme, während Kane ruhig und zurückgezogen war und bisweilen recht ungesellig. »Musst du nicht irgendwelche Blenden einstellen?«

»Danke, Hessie«, sagte sie, als die Haushälterin ihr einen Teller mit Rührei und Bacon hinstellte.

Marnie wandte sich wieder an Kane. »Also was?«

»Ich stecke gerade zwischen zwei Aufträgen.«

»Und du anscheinend auch?«, fragte sie Michael, der finster neben ihrem Vater dahinbrütete und ihr jetzt die Kaffeetasse wegnahm, um zwei Löffel Zucker und Milch hineinzutun und anschließend umzurühren. »Zwischen zwei Aufträgen, ja.«

Marnie sah ihm zu, wie er ihren Kaffee umrührte. »Ist dir eigentlich klar, was du da tust, Michael Dominic Wright?«

»Wie?«

»Du richtest mir meinen Kaffee her, als sei ich ein Kleinkind.«

»Du bist verletzt.«

»Ich kann mir aber sehr wohl Zucker und Milch in den Kaffee tun.« Marnie schaute seufzend in die Runde. »Ich bin wirklich froh, dass ihr uns geholfen habt, Jungs. Und ich bin auch dankbar für eure Fürsorge. Aber es geht mir wieder gut. Wirklich. Und dass wir nicht darüber reden, was da oben passiert ist, macht die Sache auch nicht ungeschehen.«

Ihr Vater beugte sich zu ihr hinüber und nahm ihre Hand. »Du weißt, wir wollten nicht, dass du alleine auf den Berg gehst, Liebes. Wir machen dir ja keinen Vorwurf. Aber du siehst ja, was passiert ist.«

»Papa, Jungs, ich will euch ja nicht schockieren, aber ich bin wirklich froh, dass ich das erlebt habe. Ich würde diese Erfahrung nicht gegen alles Geld der Welt eintauschen. Das mit der Schussverletzung war nicht so gut. Aber alles andere war es wirklich wert.«

»Ich glaube, ich will die Details gar nicht wissen«, schnaubte Michael und ging zum Toaster und hielt seine Hand über die Schlitze. Eine halbe Sekunde später sprang ihm schon der frische Toast zwischen die Finger. Marnie hatte keinen blassen Schimmer, wie er es anstellte, immer im Voraus zu wissen, wann etwas passieren würde. Sogar wenn es um hüpfendes Toastbrot ging. Michael legt die Scheiben auf einen Teller und setzte sich wieder an den Tisch.

»Glaub mir, ich hatte nicht vor, dir irgendwelche Einzelheiten zu erzählen. Aber schau, ich bin zu Großmutters Blockhaus gegangen, um ein paar Entscheidungen zu treffen. Und das ist mir trotz des ganzen Aufruhrs und aller Dramatik auch gelungen.« Marnie lachte fröhlich in die Runde.

Hessie zeigte hinter Michaels Rücken aufmunternd mit den Daumen nach oben.

»Papa, ich liebe dich sehr, aber ich kündige. Ich will nicht mehr als Programmiererin arbeiten. Ich will nicht den ganzen Tag im Büro am Computer sitzen.«

»Natürlich, Liebes. Ich versetze dich in eine andere Abteilung –«

»Nein, Papa! Ich kündige! Basta!«

»Du wirst dich besser fühlen, wenn du wieder deinen gewohnten Tagesablauf –«

»Nein! Ich will Vollzeit als Illustratorin arbeiten. Nach

dem Frühstück fahre ich nach Hause. Ich werde mein Gästezimmer zu einem Studio umfunktionieren. Dann stelle ich eine Mappe zusammen und mache ein paar Anrufe. Ich werde schon sehen, was passiert.«

»Gute Idee, Kleine«, sagte Kane. »Ich habe ja immer schon gesagt, dass du ein Riesentalent bist. Wie wäre es, wenn ich dich nach Hause fahre und dir dein Studio herrichte?«

»Nach Hause fahren, gerne. Aber mein Studio will ich alleine herrichten.«

Es hagelte Protest.

Marnie hob die Hand. »Halt! Jungs, ihr müsst es mich alleine versuchen lassen. Ich weiß, ihr liebt mich, aber ihr erdrückt mich mit eurer Liebe. Ich bin daran auch selber schuld. Weil ich immer den Weg des geringsten Widerstands gegangen bin. Zum einen, weil ich euch nicht verletzen wollte, zum anderen, weil es so bequem war. Aber das hört jetzt auf. Ich bin jetzt ein großes Mädchen, wisst ihr. Also helft mir, indem ihr mir nicht so viel helft. Okay?«

Marnie wartete erst gar nicht auf eine Antwort – es hätte auch keinen Unterschied mehr gemacht –, sondern machte gleich energisch weiter. »Und jetzt will ich wissen, wer von euch den Mann, den ich liebe, davongejagt hat? Den Mann, von dem ich möglicherweise ein Kind bekomme.«

18

939 La Mesa Terrace lag in einer ruhigen Wohngegend am Ende einer Sackgasse. Als Jake um halb vier nachmittags langsam die Straße hinunterfuhr, waren draußen nur ein paar bis

zu den Nasen in Wintersachen verpackte Kinder zu sehen, die gerade aus der Schule kamen und einander auf dem Gehweg herumschubsten.

Es war ein typischer nordkalifornischer Wintertag. Kein Wölkchen am Himmel. Nicht so kalt wie in den Bergen, aber knackig frisch wie ein grüner Apfel. Jake hatte die Fenster heruntergekurbelt und sich auf der fünfstündigen Fahrt ins Tal hinunter den Wind ins Gesicht blasen lassen.

Ihm war zu spät eingefallen, dass Marnie vermutlich in der Arbeit war. Oder sich im Haus ihres Vaters erholte. Oder in einer Kunstakademie in Paris einen nackten, jungen Männerkörper zu Papier brachte.

»Froh, wieder daheim zu sein, altes Mädchen?«, fragte er Duchess, die hocherhobenen Hauptes mit gespitzten Ohren neben ihm auf dem Beifahrersitz saß. Sie war ein angenehmer Fahrgast. Nörgelte nicht herum und war eine gute Zuhörerin.

Sogar mit unter fünf Meilen pro Stunde war das Ende der Straße in weniger als eineinhalb Minuten erreicht. Jakes Herz hatte die Strecke in der Hälfte der Zeit geschafft. Er lenkte Marnies kleines, rotes Auto an den Randstein.

Das Haus war löwenzahngelb gestrichen, Eingangstür und Fensterläden dunkelgrün. Der Vorgarten war ziemlich groß, und in den Beeten wucherten üppig herbstliche Blumen.

Es sah heimelig aus, liebevoll gehegt und einladend. *Verdammt, das auch noch!*

Duchess reckte den Kopf zum Fenster hinaus, dann drehte sie sich zu Jake um, der mit weißen Knöcheln das Lenkrad umklammerte. Sie erkundigte sich mit freundlichem Winseln nach seinem Befinden.

Eine Zigarette wäre jetzt gut gewesen. Aber er rauchte ja nicht.

Ein Drink wäre großartig gewesen. Aber er trank ja nicht.

Aber es ist gut, Wünsche zu haben, sagte er sich.

»Habe ich schon gesagt, dass ich ziemlich nervös bin?«, fragte er den Hund, der die Frage schon auswendig kannte. Bis zum Erbrechen.

Es war aber auch zu dumm. Er wollte nur sein Versprechen einlösen und Hund und Auto zurückbringen. Keine große Sache. Und er wollte sich vergewissern, dass es Marnie wieder gut ging, nachdem sie die für ihn bestimmte Kugel abbekommen hatte. Das war er ihr schuldig.

Mehr wollte er doch gar nicht.

Verweigerte er sich seinen Gefühlen aus purem Selbsterhaltungstrieb? Die Erkenntnis traf ihn wie ein Schlag.

Er liebte diese nervenzerfetzende Frau.

So einfach war das und doch so kompliziert.

Liebe? *Judas Priest.* Was wusste er schon von der Liebe? Nur dass er verrückt war nach Marnie Wright und alles getan hätte, damit auch sie ihm ihre Liebe eingestand.

Das Schockierende war, dass er einfach alles wollte. Liebe. Heirat. Hingabe.

Oh Mann – und Marnie wollte nach Paris, um Kunst zu studieren. Sie war vielleicht längst in Paris. Und falls nicht, war es fair, in ihr Leben zu platzen und ihr seine Liebe zu gestehen, wenn sie doch frei sein wollte? Verflucht.

Seit er mit sechzehn Jahren zur Navy gegangen war, war er keine Sekunde lang mehr verunsichert gewesen. Und nun saß er hier. Wollte Marnie haben, hungerte nach ihr und versuchte dennoch, altruistisch zu tun, was am besten für sie war.

Ich will der sein, der das Beste für Marnie ist, verdammt noch mal.

Er fragte sich verzweifelt, wie man die rosafarbenen Blumen nannte, die in ihrem Garten blühten. Er bewunderte die weißen Töpfe mit den verblühenden blauen Blumen, die neben ihrer Haustür standen. Und betrachtete gedankenverloren einen Jungen, der einen Plastikbecher den Rinnstein entlangkickte und dabei seine neuen Schuhe verkratzte.

Die Dogge saß geduldig neben ihm und wartete, was er wohl tun würde. »Ich krieg das schon hin«, versicherte er ihr und war ein wenig enttäuscht, dass Duchess ihm so wenig zutraute. Er *musste* das hinkriegen. Er hatte nur einen Schuss. Er wollte es nicht vermasseln. Er konnte nicht völlig durchgedreht bei Marnie hineinplatzen und irgendwelche Forderungen stellen.

Auch wenn er noch so wollte.

Duchess war der perfekte Aufhänger. Auf der Einsatzbesprechung in Montana hatte ihn eine Nachricht von Michael Wright erreicht. Sie hatten es nicht geschafft, den Hund zu finden. Jake hatte jemanden in Gray Feather damit beauftragt, Marnies Wagen zu holen, war nach Kalifornien zurückgeflogen, hatte einen Hubschrauber gechartert und ihren Liebling gesucht.

Wie er es versprochen hatte.

Er hatte fast den ganzen Tag gebraucht, bis er sie durchgefroren und zitternd neben der ausgebrannten Hütte entdeckt hatte. Duchess war ein paar Tage auf sich selbst gestellt gewesen und hatte sich unbändig gefreut, ihn zu sehen. Jake hatte den Hubschrauber in Gray Feather gelassen, hatte sich Marnies Wagen geschnappt und war losgefahren.

Er hatte an den übelsten Orten die gefürchtetsten Terroristen der Welt zur Strecke gebracht und null Angst gehabt. Er hatte mit Drogen voll gepumpte Junkies an den Docks von Galveston verhört und war nicht bestürzt gewesen. Man hatte auf ihn geschossen, ihn niedergestochen, geschlagen und gefoltert, ohne dass er Angst gehabt hätte.

Er musste nur seinen Hintern aus diesem Auto bewegen, den glänzenden Türklopfer aus Messing betätigen und ihr sagen, was er für sie empfand.

Eine Kleinigkeit.

Warum zum Teufel schwitzte er dann so?

Er fuhr sich mit den Fingern durch die Haare. Vielleicht hätte er zum Frisör gehen sollen. Wann hatte er sich zum letzten Mal die Haare schneiden lassen? Er konnte sich nicht erinnern.

Der Hund schaute ihn mitleidig an.

Jake trommelte mit den Fingern auf dem lederbezogenen Lenkrad herum. »Soll ich es packen, was meinst du?«

Er hatte sich nie zuvor so gefühlt. Es war schrecklich – aber *gut*. Und seltsam angenehm.

Was er für Soledad empfunden hatte, war nur eine blasse, unleserliche Blaupause dessen, was er jetzt empfand. Soledads Verrat, der ihm fast das Herz gebrochen hatte, war nichts im Vergleich zu einer Marnie Wright, die ihn in die Wüste schickte.

Der Gedanke machte ihm Angst.

Vielleicht hätte er einen Anzug anziehen sollen. »Glaubst du, ein Anzug wäre besser gewesen?« Oh Mann. Er sprach mit einem Hund. Okay, Duchess war gescheit – aber eben doch ein Hund. Seine Handflächen waren verschwitzt, und sein rechtes Lid zuckte nervös.

Zur Hölle, es gab für alles ein erstes Mal.

Er stieg aus und hielt die Tür auf, bis Duchess geziert den lederbezogenen Sitz überquert hatte, um auf der Fahrerseite auszusteigen.

Türklopfer oder Klingel? Jake entschied sich für die Klingel. Er hörte sie im Haus schrillen und fragte sich, wo Marnie gerade war und ob sie schon auf ihn gewa –

»Jake«, sagte sie. Keine Spur von Überraschung. Sie hatte sich vermutlich gefragt, warum er so lange im Wagen geblieben war und ihr Haus angestarrt hatte.

Ihr weicher, hellblauer Pullover passte genau zu ihren Augen. »Hier ist dein Hund.« *Brillant, einfach brillant, Dolan.*

»Das sehe ich, danke«, sagte sie völlig gelassen. Als hätte er sich nicht beinahe zu Tode gehetzt, um sie zu sehen. Als hätte er nicht den ganzen Berg abgesucht, um ihren Hund zu finden. Als hätte er nicht –

Du musst die Lage in den Griff bekommen, Junge, ermahnte er sich, während sein Herz raste und sein Lid unablässig weiter zuckte. Er wollte sie in die Arme nehmen. Ihre Wärme spüren. Ihren einzigartigen Duft atmen. Ihre Lippen schmecken.

Marnie kraulte mit einer Hand Duchess. »Hallo, süßes Mädchen, ich hab dich so vermisst.« Der andere Arm hing in einem zur Schlinge gebundenen, purpurroten Schal mit gelben Grinsegesichtern. Unterschriften und kleine Zeichnungen bedeckten den Gips und erinnerten ihn daran, wie ausgefüllt ihr Leben war. Sie hatte eine Familie und Freunde.

»Hast du vor, mich hereinzubitten, oder muss ich mir hier draußen den Hintern abfrieren?« Es klang ruppiger als beabsichtigt.

»Komm rein. Wir lassen fünfhundert Dollar an Heizkosten zur Tür hinaus.«

Sie sah so bezaubernd aus, dass sein Herz schmerzte.

Es war gerade eine gute Woche her, dass er sie zuletzt gesehen hatte. Aber damals war sie erschöpft gewesen oder hatte geschlafen, und dieser Anblick hatte ihn Tag und Nacht verfolgt.

Jetzt sah sie – trotz des gebrochenen Arms – frisch und atemberaubend lebendig aus. *Ich danke dir, Allmächtiger.*

Er wollte nie mehr ihr Blut über seine Hände fließen sehen und sie verzweifelt nach Luft ringen hören. Er wollte nie mehr sehen, dass sie in den OP geschoben wurde oder hilflos und zerbrechlich in einem unpersönlichen Krankenhausbett lag. Er hielt den Gedanken an ihr krankes Herz kaum aus.

Er wollte nie mehr erleben müssen, dass sie verletzt wurde. Weder körperlich noch seelisch.

Er wollte sie lieben.

Ihm war grabeskalt. Was in Gottes Namen wusste er von der Liebe? Antwort: nichts.

Jake folgte ihr demoralisiert wie nie durchs Haus. Sie hatte ihm gesagt, dass sie nach sich selbst suchte, nicht nach einem Mann. Und er hatte sich zu spät daran erinnert.

Eine bequeme Gedächtnislücke.

Was *er* fühlte, spielte gar keine Rolle.

Aber er wollte alles oder nichts.

Verflucht.

Wenn sie nach Paris wollte, würde er dort in ihrer Mansarde mit ihr leben. Er musste Marnie nur davon überzeugen.

Das Haus roch nach Tomaten und Zitrone. Er sah im Vorbeigehen ein paar der Räume. Leuchtende, klare Farben, viel offener Raum und ein Pflanzendschungel, doch ihr süßer kleiner Hintern interessierte ihn viel mehr.

»Gehen wir in die Küche. Ich muss die Soße umrühren.«

»Riecht gut.«

»Ich hatte Heißhunger auf Italienisch. Kaffee?«

»Ja, klar. Gerne.« Heißhunger? Jake beäugte verstohlen ihren flachen Bauch. »Bist du schwanger?« Kaum war die Frage herausgerutscht, schlug er sich schon im Geiste mit der Hand auf die Stirn. *Judas Priest!* Er war einmal für seine subtile Art bekannt gewesen.

Der Kaffeebecher, den sie jetzt auf den Eichentisch knallte, hatte einen rosafarbenen Flamingo mit Glupschaugen als Griff. Der Kaffee schwappte über.

»Bist du deshalb hergekommen?« Sie warf ihm ein Papierhandtuch zu, das zwischen ihnen landete wie ein Fehdehandschuh. *Oh-oh.*

Jake wischte folgsam den Kaffee auf und knüllte das Papier in der Faust zusammen. Er erkannte eine Fangfrage, wenn er eine hörte. »Ich habe dir gesagt, dass ich Duchess und das Auto bringe.«

»Es ist kaum zu fassen, was für ein Hasenfuß du bist.« Marnie war erbost. »Du hast dich von meinen Brüdern wegjagen lassen.«

»Nein, habe ich nicht.«

»Warum hast du mich dann in diesem verdammten Krankenhaus allein gelassen und dich nicht einmal verabschiedet?«, wollte sie wissen. Ihre Wangen glühten, und ihre Augen blitzten.

»In meinem Geschäft *verabschiedet* man sich nicht.«

»Dein *Geschäft* stinkt.«

»Ich musste zu einer Einsatzbesprechung.« Er hätte am liebsten einen anderen Einsatz mit ihr besprochen. Raus aus diesen Jeans und dem flauschigen, hellblauen Pullover und rauf auf ein weiches Bett –

Er nippte am Kaffee, der genau nach seinem Geschmack war.

Marnie nippte an ihrem, der ihr zu heiß war. Sie verbrannte sich die Zunge. Sie würde für diese schauspielerische Leistung vermutlich einen Emmy bekommen. Oder war es der Oscar?

Jake trug Jeans und eine ungewohnte, dunkelbraune Lederjacke über einem cremefarbenen Fischerpullover. Er sah verrucht und unglaublich sexy aus. Die glänzenden Haare hingen ihm lose auf die Schultern und bettelten darum, durchwühlt zu werden.

Marnie stand auf, um die Tomatensoße umzurühren. Duchess war damit fertig, das Haus nach Eindringlingen zu durchsuchen, und legte ihren Kopf auf Jakes Knie.

»Wozu hast du dich entschlossen?«, fragte Jake nebenbei und kraulte Duchess hinter den Ohren. »Gehst du nach Paris?«

»Nein, ich habe mich entschieden zu bleiben.« Sie nahm wieder Platz.

»Weil du schwanger bist?«

Sie hatte die Frage schon beim ersten Mal geflissentlich überhört. Es war, als versuche man, einen Elefanten zu übersehen, der mitten im Raum stand. »Und was, wenn ich es wäre?«

»*Bist* du es?«

»Nein. Das heißt, ich weiß nicht. Es ist noch zu früh.« *Ich bete, dass ich es bin*. Sie würde ihn nicht bitten zu bleiben. »Es fühlt sich aber nicht so an. Vermutlich bin ich es nicht.«

»Warum bist du dann nicht nach Paris gegangen?«

»Ich habe mein Gästezimmer in ein Studio umfunktioniert.« Sie nahm einen Schluck Kaffee, ohne irgendetwas zu schmecken. Sie sehnte sich danach, um den Tisch herumzugehen, sich auf seinen Schoß zu setzen und seinen Mund auf ihren herabzuziehen. Ihre Lippen prickelten schon wieder. »Da gibt es eine Kinderbuchautorin in Sunnyvale, für die ich schon ein paar Sachen gemacht habe. Wir haben darüber gesprochen, eine Kinderbuchserie herauszubringen.«

Wie war es nur möglich, dass ihr die Farben leuchtender erschienen, wenn dieser Mann, den sie erst seit zwei Wochen kannte, bei ihr war? Dass sie ihn verzweifelt vermisste, war ihr klar gewesen. Aber erst seit sie ihn mit Duchess draußen im Wagen hatte sitzen sehen, wusste sie, wie monochrom ihr Leben ohne ihn war.

Jake Dolan ließ ihr Herz in Technicolor erstrahlen.

»Klingt gut. Sieht so aus, als hättest du ein paar wichtige Entscheidungen getroffen.«

Er leerte den Becher, stellte ihn behutsam auf den Tisch und rutschte mit den großen Füßen herum.

Marnies Herz jagte und wollte auf einmal vor Schreck fast stehen bleiben. War er dabei zu gehen? Einfach so? *Hier hast du dein Auto und deinen Hund, mach's gut?*

»Ja.« Sie leckte sich die trockenen Lippen. »Ich habe mit meinem Vater und den Musketieren gesprochen. Sie haben gesagt, sie verstünden mich und versprochen, mich meine eigenen Entscheidungen treffen zu lassen.«

»Das ist gut.« Er nahm den leeren Kaffeebecher und starrte hinein, als handle es sich um eine Kristallkugel.

»Ja.«

Die Küchenuhr tickte, und die blubbernde Soße erfüllte mit ihrem würzigen Duft den Raum.

Ich halte das nicht aus, ich ertrage das nicht, dachte Marnie, je länger sich das alles hinzog. Das Atmen tat ihr weh. Auf dem Berg hatte er wenigstens mit ihr gesprochen. Aber das hier war furchtbar. Es war gestelzt und peinlich. Sie wusste, er suchte nach einem Weg, sich mit Anstand zu verabschieden.

Bitte, Jake –

Marnie starrte ins Spiegelbild der Deckenlampe in ihrem Kaffee. Was erwartete sie eigentlich? Er war ein Mann, der nicht einmal wusste, dass er ein Herz hatte. Was für sie eine lebensverändernde Erfahrung gewesen war, schien für ihn nur ein kurzes sexgeladenes Zwischenspiel gewesen zu sein. Er konnte es nicht abwarten zu verschwinden. Sie stand auf, ging zum Herd, nahm den hölzernen Kochlöffel in die Hand und schaffte es nicht einmal mehr, die Soße umzurühren. Die Tränen ließen alles verschwimmen.

Es brachte sie fast um.

Seit sie im Krankenhaus die Augen aufgeschlagen hatte, um festzustellen, dass Jake verschwunden war, hatte sie sich zurechtgelegt, was sie sagen wollte, wenn sie ihn wieder sah. *Falls* sie ihn wieder sah. Damit, dass die unvergossenen Tränen ihr das Herz abdrücken würden, hatte sie nicht gerechnet. In ihrer Fantasie hatte Jake sie nie mit diesem kalten, blauen Mach-schon-und-sag-endlich-was-du-sagen-willst-Blick angesehen.

»Konntest du mit deinen Vorgesetzten alles regeln?«, fragte sie, ohne ihn anzusehen. Die Soße würde noch anbrennen, aber sie hatte einfach nicht die Energie umzurühren. Die Tränen zurückzuhalten, kostete all ihre Kraft.

»Ja. Es war von Anfang an Lurch. Nachdem er uns in San Cristóbal seinen eigenen Tod vorgegaukelt hat, hat er den LPA gegründet. Er kannte die Terrorszene in- und auswendig. Das hat es ihm leicht gemacht, uns immer einen Schritt voraus zu sein. Dann hat er seine Leute auch noch nach T-FLAC-Richtlinien ausgebildet und die Grenzen so völlig verwischt.«

»Es tut mir so Leid, Jake«, flüsterte Marnie gepresst. »Wie furchtbar, vom besten Freund hinters Licht geführt zu werden. Was ist eigentlich mit ihm passiert? Wurde er – Ist er –?«

An Jakes Wange zuckte ein Muskel. »Du weißt ja, dass ich ihn angeschossen habe. Aber eigentlich war die Sache für mich längst erledigt.« Er zuckte die Achseln. »Für mich war er ja schon lange gestorben.«

Marnie versuchte es mit einem forscheren Tonfall: »Ich denke mal, das war es dann, Jake. Das mit deiner Hütte tut mir wirklich Leid. Aber du baust sie wieder auf, oder? Was für ein Zirkus, wieder all das Zeug den Berg hoch zu bringen.«

Bitte bleib hier, Jake. Ich verlange auch nichts von dir, nur dass du mich ein bisschen lieb hast. Die Zukunft erschien ihr öde und leer. Sie holte Luft und setzte eine finstere Miene auf.

Was dachte sie denn da? Verflucht! Das war wieder die alte Marnie, die tat, was andere für das Beste hielten.

Jake Dolan war für sie das Beste, und sie war das Beste für ihn. Aber Jake musste, verflucht noch mal, von selber auf diese Idee kommen. Und zwar *schnell*. Bevor sie zu drastischeren Maßnahmen greifen musste.

Was nicht mehr lange dauern konnte.

Sie wandte sich der Soße zu und rührte energisch um, nahm den Topf vom Feuer und stellte den Herd ab. Dann schaute sie ihn mit gerunzelter Stirn an. Er hatte sich nicht von der Stelle gerührt.

»Ich brauch dich nicht, ist dir das klar?«, sagte sie streitlustig. Ihr war *sehr* nach Streiten.

Jakes rechtes Lid zuckte unablässig. Marnie wirkte nicht gerade verliebt. Sie sah nicht so aus, als wolle sie sich in seine Arme werfen. Genau genommen sah sie ziemlich genervt aus.

Er war sich nicht sicher, *wann* dieses Treffen aus dem Ruder gelaufen war. Aber das war es.

»Das ist offensichtlich«, sagte er vorsichtig. »Du hast ein

schönes Haus, eine neue Karriere und eine Familie.« Er stand auf. »Ich gehe besser. Ich darf mein Flugzeug nicht verpassen.« Ein Flugzeug nach nirgendwo.

Er kannte ein Dutzend Methoden, die Wahrheit aus jemandem herauszubekommen, und keine davon war besonders angenehm. Er sprach sieben Sprachen, war ein exzellenter Schütze und führte das Messer wie ein Chirurg. Er galt als einer der Besten. Doch er schaffte es nicht, eine kleine, zerbrechliche Blondine dazu zu kriegen, ihn zu lieben.

Seine Mutter und Soledad waren nichts als billige Testläufe gewesen. Darauf hätte er tausend Dollar gesetzt.

»Oh?«, sagte Marnie und schien nicht sonderlich interessiert. »Wie willst du zum Flughafen kommen? Du bist mit *meinem* Wagen hergefahren.«

Jake knirschte mit den Zähnen. »Ich rufe mir ein Taxi.«

»Das nächste Telefon ist sechs Meilen von hier im Einkaufszentrum.«

Jake betrachtete das gelbe Telefon, das hinter Marnie an der Wand hing. »Ich brauche kein Telefon. Und kein Taxi. Verdammt noch mal, ich will –« Er zerwühlte sich mit den Fingern die Haare.

»Was willst du, Jake Dolan?«

»Dich.«

»Du *hast* mich doch gehabt.« Marnie legte den Kopf schief, und ihre Augen spiegelten den schönen Blauton des Pullovers.

Jake betrachtete ihren Mund, die volle, sinnliche Unterlippe. Er erinnerte sich ihres Geschmacks, ihrer Textur, ihrer Haut, die seine berührte –

»Ist es das, was du dir vorgestellt hast?«, fragte sie und verschränkte die Arme vor der Brust. »Dass du Auto und Hund ablieferst, ein Quickie hast und abhaust?«

Er machte ein unergründliches Gesicht. »Ich möchte dich heiraten.« Jetzt verstand sie sicher. Sie war für ihn die Luft zum Atmen. Er würde sterben ohne sie.

»Weil wir Sex hatten und ich vielleicht schwanger bin?«

»*Großartigen* Sex, und die Leute haben schon wegen weniger geheiratet.«

»Nicht die Leute, die *ich* kenne.«

»Also lautet die Antwort Nein?«

Marnie zögerte zwei Herzschläge lang. »Ja, ich meine, ja, die Antwort ist Nein.«

Er starrte sie an und war froh, kein Herz zu haben. Andernfalls wäre es genau jetzt unter ihren zierlichen Tennisschuhen zu Bruch gegangen. *Judas, tat das Atmen weh!*

Jake musste sie einfach anstarren. Diese zarte Haut, die wundervollen Locken. Ihr Mund, ihre Augen, ihr Hals, ihre schmalen Handgelenke, ihr –

Er musste hier raus, bevor er – Er musste gehen. *Sofort.*

Es war offensichtlich das, was sie wollte. Er hatte ihr gesagt, was er für sie empfand. Und sie hatte Nein gesagt, oder etwa nicht? Er musste tun, was für Marnie das Beste war. Und das einzig Richtige, Gott helfe ihm, war, dieses Haus zu verlassen und sie ihr Leben leben zu lassen.

»Also«, sagte er mit seltsam tonloser Stimme. »Dann mache ich mich mal davon.«

»Davon?«

»Ich wollte nur sehen, wie es dir geht und Duchess zurückbringen.«

»Und mir einen Heiratsantrag machen«, sagte sie schnell, und ein Anflug von Enttäuschung huschte über ihr schönes Gesicht. Sie sprang auf, und das Quietschen der Stuhlbeine ging ihm durch Mark und Bein.

»Ich bringe dich zur Tür.« Marnie stürmte zur Haustür voraus. Sie machte auf und trat einen Schritt zurück. Die Haltung militärisch stramm, die Augen fiebrig glänzend.

Die kalte Luft tat ihm gut. Das einzig Gute im Universum. Marnie hatte die Hand auf die Messingklinke gelegt, bereit, die Tür jeden Moment hinter ihm zuzuwerfen.

Jake runzelte die Stirn und legte ihr automatisch die Hand auf die Stirn. »Geht es dir wirklich gut?« Eine Locke streichelte seine Haut, als Marnie zurückwich.

»Mir geht's prima, danke der Nachfrage.«

Jake ließ frustriert die Hand sinken. »Ich wünsch dir ein gutes Leben, Marnie Wright. Du hast es verdient. Ich werde die Augen nach deinen Büchern aufhalten.«

»Ach ja?« Sie leckte sich die Unterlippe, und ihre Augen waren umschattet. Eine Windstoß blies ihr die Haare ins Gesicht. »Wirst du sie deinen Kindern vorlesen, Jake?«

Direkter Treffer. Sauberer Schlag. Nur wenig Blut. Eine tödliche Wunde. »Es wird keine Kinder geben.«

»Und warum nicht?«

»Weil – Verdammt. Weil die einzige Frau, die ich mir als ihre Mutter vorstellen kann – du bist.«

Marnie schaute ihn eine Sekunde lang an, dann packte sie ihn am Revers und zerrte ihn in ihr zitronen- und tomatenduftendes Haus zurück.

Sie warf die Tür ins Schloss, hielt seinen Kragen mit Fäusten umklammert, stellte sich auf Zehenspitzen und war Auge in Auge mit ihm. Jedenfalls fast.

»Sag mir, was du für mich empfindest, Dolan.«

»Das hab ich doch schon.«

»Wann?« Ihre Tonlage war immer noch forsch, ihr Blick kühl.

Jake zeigte den Gang hinunter. »Vor fünf Sekunden. In der Küche.«

»Da hast du mich gefragt, ob ich dich heiraten will.«

»Tut mir Leid«, sagte er hölzern. »Ich habe wohl zu lange fernab der Zivilisation gelebt. Ich dachte, ein Heiratsantrag hätte eine gewisse Bedeutung.«

»In diesem Fall zum Beispiel, dass du eine Bleibe suchst, wo du guten Sex bekommst«, geiferte Marnie.

»Tue ich nicht. Verflucht doch, tue ich schon. Aber das ist nicht das, was ich – Du machst mich noch wahnsinnig. Ich fühle es einfach, ich kann es riechen und schmecken. Ich will es haben.« Jake legte seine Stirn an ihre. »Bitte sag mir, was ich sagen soll. Ich sage alles, was du willst. Ich mache alles, was du willst, um dich zu bekommen. Alles.«

Marnie ließ eine Kragenseite los und bohrte ihm den Zeigefinger in die Brust. »Sag mir.« Bohr, bohr, bohr. »Dass du mich *liebst.*«

»Das tue ich.« Jake griff sich verblüfft den stochernden Finger und legte ihn sich versuchsweise zum Knabbern an die Lippen.

»Ach wirklich?«

Er küsste ihre Handfläche, legte sich ihre Arme um den Hals und brachte sie hinterhältig ein bisschen aus dem Gleichgewicht. »Natürlich.«

»Du *liebst* mich?«

Er konnte nur hoffen, dass die Kinder nach *ihr* kamen. »Zur Hölle, ja.«

»Dann sag es.«

»Ich, Jake Dolan, liebe dich, Marnie Christine – ha, das hättest du nicht gedacht, dass ich mich daran erinnere – Wright.«

Marnie trat einen Schritt zurück und boxte ihn in den Magen.

Der Sommerwind säuselte durchs Laub und legte sich über die Geräusche auf der Lichtung. Hinter der fast schon fertigen Hütte hörte Jake, wie Michael Wright mit der Kettensäge arbeitete. Kyles Radio unterlegte das schrille Kreischen mit dumpfem Bass und rappenden Männerstimmen. Irgendwer hatte den Grill in Gang gebracht, und der beißende Geruch der Holzkohle vermischte sich mit dem Duft der Pinien.

Den Hammer in der Hand und mit einem Fuß auf der untersten Stufe einer Leiter stehend, legte Jake eine Pause ein. Er holte tief Luft und sog den Duft von frisch geschlagenem Holz und Zufriedenheit ein.

Morgen würde er Marnie mit heraufnehmen, um ihr zu zeigen, was mittlerweile aus seiner alten, abgebrannten Hütte geworden war. Sie würde sich freuen. Obwohl sie gestern alles andere als erfreut gewesen war, als er sie genötigt hatte, in Gray Feather zu bleiben. Aber mit Marnie zu streiten, war in mancher Hinsicht auch sehr lohnend.

Verdammt, war das Leben schön. Richtig schön.

Das Eheleben gefiel ihm.

Sie hatten vor sechs Monaten im Haus ihres Vaters geheiratet. Eine kleine Feier, Jake in einem unbequemen Smoking und Marnie in einem traditionellen, weißen Brautkleid und so schön, dass es ihm den Atem verschlagen hatte.

Hätte ihm vor einem Jahr jemand gesagt, wie er sich heute fühlen würde, er hätte so viel Glück für schlicht unmöglich gehalten.

Sein Leben vor Marnie war wie der Beweis des alten Sprichworts, dass man nur das bekommt, wofür man auch bezahlt hat. Er hatte mit seiner Seele für etwas bezahlt, das er für Leben gehalten hatte. Und hatte sich emotional korrumpiert.

War zynisch geworden und hatte sich von den Gefühlen, die den Menschen ausmachten, fern gehalten.

Eine kleine, entzückende Blondine hatte all das geändert.

Marnie erdete ihn in einer Weise, wie er es nie für möglich gehalten hätte. Jake fühlte sich zum ersten Mal in seinem Leben wie ein echtes menschliches Wesen.

Ja, das Leben als Ehemann gefiel ihm. Und es hatte ein paar völlig unerwartete Nebeneffekte. Eine richtige Familie, zum Beispiel. Eine Verbundenheit, von der er früher nur hatte träumen können.

Jake betrachtete zufrieden sein Projekt. Viele Hände machten schwere Arbeit leicht.

Die Hütte war fast fertig. Er hätte die verkohlte Ruine auch alleine niederreißen und eine neue Hütte bauen können. Er war weiß Gott daran gewohnt, die Dinge ohne fremde Hilfe zu erledigen.

Aber er hatte es nicht gemusst.

Er hatte immer geglaubt, nichts könne ihn überraschen. Aber sobald sich bei T-FLAC der Staub gelegt hatte, war seine Kündigung abgelehnt worden. Und er hatte unerwartete Unterstützung bekommen. Von Leuten, die enttäuscht darüber gewesen waren, dass er sie in Sachen Dancer nicht um Hilfe gebeten hatte. Von Leuten, die sich als seine Freunde betrachteten und nie verstanden hatten, warum er das – Dickschädel, der er war – nicht begreifen wollte. Ein paar von ihnen waren dieses Wochenende hier, zusammen mit allen vier Wright-Brüdern, um ihm beim Wiederaufbau der Hütte zu helfen.

»Den sollten wir im Auge behalten.« Hunt St. John, einer der T-FLAC-Männer, der ihm mit Dancer hatte helfen wollen, wies mit dem Kinn auf Kane Wright, der gerade um die

Ecke kam. »Warum glaube ich nur, dass der Typ weit mehr ist als nur ein Modefotograf?«

»Ich frage mich das schon, seit ich ihn kenne.«

»Frag ihn doch.«

Jake lachte. »Lieber nicht, ich will mir meinen Familienfrieden erhalten.«

»Sag bloß, du stehst unterm Pantoffel, ausgerechnet du?« Hunts Mundwinkel zuckten, während er sich bückte und in der Werkzeugkiste herumwühlte.

»Du hast ja keine Ahnung.«

»Stimmt.« Hunts Blick verdunkelte sich. »Hab ich auch nicht. Ich muss die Scharniere an die Badezimmertür schrauben.«

Jake mochte St. John. Aber sein Gefühl sagte ihm, dass kaum einer den anderen richtig kannte. Und was die Wright-Brüder anging, erschien ihm *keiner* der vier zu sein, was er vorgab.

Judas, ich war zu lange in geheime Operationen verwickelt und habe zu viele ruchlose Menschen gesehen.

Er hatte sich mit Marnies Familie arrangiert, auch wenn ihn Michael manchmal noch ansah, als habe er silberne Löffel gestohlen.

Vier Musketiere und die Typen von T-FLAC.

Freunde.

Jake schüttelte den Kopf.

Sie würden sich schon an ihn gewöhnen. All diese neuen Freundschaften fühlten sich noch ein wenig wie ein schlecht sitzender Anzug an, aber mit der Zeit würde es leichter werden.

Die Brüder und die fünf von T-FLAC schufteten schwer. Sie sägten, nagelten, blödelten herum und gingen ihm mit ihren Umbauideen mächtig auf die Nerven. Diese Männer lachen zu hören, war erstaunlich genug. Die meisten von ihnen waren, wie Jake es noch vor kurzem gewesen war: Einzelgänger aus Überzeugung.

Wie die Dinge sich geändert hatten.

Er und Marnie hatten am Rande von Gray Feather ein riesiges, hundert Jahre altes Farmhaus gekauft. Nahe genug an der Zivilisation und doch abgelegen genug für seine Aufgabe. Er hatte sich zwar nicht von T-FLAC getrennt, aber er hatte die Richtung geändert. Sein Erfindungsgeist und der Bunker unterhalb der Hütte waren ideale Voraussetzungen, um neue Einsatzkräfte auszubilden. Jake vermisste den Außendienst nicht. Sein neues Leben hielt genug Aufregungen und Herzklopfen bereit. Er grinste.

»He, Dolan. Bringst du mir jetzt die Nägel rauf oder nicht?«, brüllte Derek vom Dach herunter.

»Bin schon unterwegs.« Jake stieg schnell die Leiter hinauf und brachte seinem Schwager eine Schachtel Nägel. »Beim Judas, Derek! Du und St. John, bekommt ihr beiden denn nie Schweißflecken wie der Rest von uns?« Dereks fleckenloses weißes T-Shirt steckte immer noch ordentlich in der Jeans, und jedes Haar saß am richtigen Platz.

Er grinste. »Ich schwitze, wenn die Situation es erfordert. Du solltest mich sehen, wenn ich Bullen kastriere.«

Jake schüttelte sich. »Ich gebe auf.« Er betrachtete mit geschultem Blick das Schindeldach. »Gute Arbeit.«

Derek salutierte mit zwei Fingern und machte sich wieder an die Arbeit. Der Lärm der Nagelpistole machte jede weitere Unterhaltung unmöglich.

Jake schwang sich die Leiter hinunter und fuhr mit der Hand über die Bretter der neuen Hüttenwand.

Sein Nacken prickelte.

Er schoss herum, suchte mit den Augen die Lichtung ab und griff nach seiner Waffe.

Er trug keine. Aber alte Angewohnheiten starben nur langsam. Das Areal studierte er trotzdem.

Es gab keine Alarmanlage mehr, die ihn hätte warnen können. Die Männer waren alle entweder in, auf oder hinter der Hütte. Und er erwartete dieses Wochenende keine weiteren Besucher.

Er suchte noch mal die Lichtung ab.

Durch die Pinien fiel das Sonnenlicht, an einem Ast des entwurzelten Baums hing eine Jacke – und eine rehbraune Dänische Dogge –

Duchess wedelte mit dem Schwanz und schenkte ihm ein Hundelächeln.

Jakes Herz tat einen Sprung.

Der Hund hatte sie verdeckt.

Eine hübsche Blondine, die ein hauchdünnes, blassgrünes Sommerkleid trug, saß keine zehn Meter von der neuen Hütte entfernt mitten auf dem Baumstamm. Der Wind wehte ihr blonde Strähnen in allen Nuancen des Sonnenlichts in fröhlichen Spiralen ums Gesicht und die hochgezogenen Schultern. Ihre Lippen bewegten sich lautlos, und sie konzentrierte sich auf etwas in ihrem Schoß.

Als sie seine Schritte auf dem weichen Erdboden hörte, hob sie den Kopf, und ein herzerwärmendes Lächeln erblühte auf ihren Lippen.

Liebe, das Wort reichte nicht aus zu beschreiben, was Jake für diese Frau empfand. Marnies Liebe erhellte die finstersten Winkel seiner Seele und floss wie flüssiges Sonnenlicht durch seine Adern.

»Was machst du hier?«, fragte er, nahm ihre Hand und half ihr hoch.

»Mein Ehemann hat mir gefehlt.«

»Du solltest doch bis morgen mit deinem Vater in Gray Feather bleiben, bis ich dich abhole. Ich mag es gar nicht, wenn du alleine hier oben herumläufst, gerade jetzt. Was, wenn du hinfällst, oder –«

Marnie legte ihm den Arm um die Hüften und lachte ihn mit strahlenden Augen und ohne jedes Schuldbewusstsein an. »Ach, der kleine Spaziergang ist doch gar nichts. Ich bin diesen Berg bei Regen, Matsch und Schnee auf der Flucht vor einem schießwütigen Killerkommando rauf- und runtergelaufen. Mit euch harten Jungs bin ich hier oben so sicher, wie es nur geht. Abgesehen davon«, sie zupfte ein Blatt von seinem T-Shirt und zwirbelte es unter seiner Nase, »konnte ich es nicht abwarten, zu sehen, was du hier machst. Ich bin ausgebüchst, als Papa seinen Mittagsschlaf gemacht hat. Zumindest diesmal bin ich seinen Adleraugen entkommen.«

»Bist du nicht«, sagte Jake lakonisch und winkte seinem Schwiegervater zu, der mit missmutigem Gesicht den Berg heraufgestapft kam.

Geoffrey Wright winkte zurück, warf seinem Schwiegersohn einen mitfühlenden Blick zu und verschwand in der Hütte.

»Darf ich sie jetzt sehen?«, fragte Marnie.

Jake legte ihr den Arm um die Hüften und strich mit der Hand zärtlich über ihren dicken Bauch. »Das ist jetzt nicht das romantische Wochenende, das ich im Sinn hatte«, sagte er trocken, als die Säge wieder losheulte und jemand nach Nägeln brüllte. »Ich wollte bis morgen warten, damit wir zu zweieinhalbt sind.«

Marnie lächelte. »Aber eineinhalb von uns haben gar nichts gegen Gesellschaft. Zu Hause haben wir immer einen ruhigen Platz.« Sie schaute hingerissen die Hütte an. »Sie sieht fabelhaft aus, Jake. Einfach toll. Und so riesig.«

Sie liefen Arm in Arm die leichte Steigung zur Vordertür hinauf.

»Du hast gar nicht gesagt, dass du noch etwas von der alten Hütte retten konntest.«

»Konnte ich auch nicht.« Jake beobachtete sie, wie sie die dunkleren, verwitterten Balken betrachtete, aus denen die Vorderfront gebaut war. »Ich habe so viel Holz wie möglich vom alten Blockhaus deiner Großmutter verwendet. Mit der Zeit werden sich die Farbunterschiede ausgleichen. Weinst du?«

Sie umarmte ihn mit vor Tränen blitzenden Augen, das Baby zwischen ihnen beiden. »Oh Jake. Du hättest nichts Liebevolleres, Süßeres tun können. Großmama wird immer in meinem Herzen sein, aber ich liebe den Gedanken, dass ein Teil ihres Hauses auch uns beschützt. Ich danke dir, Liebster.«

»War mir ein Vergnügen«, grummelte er in ihre Locken. »Willst du reingehen?«

»Eine Minute noch, ja?« Sie legte mit zufriedenem Seufzer ihren Kopf an seine Brust. »Halt uns noch ein bisschen fest.«

»Ist mir ein Vergnügen.« Jake legte eine besitzergreifende Hand auf ihren runden Bauch. »Was hattest du mit unserer Tochter zu besprechen, als ihr da drüben auf dem Baumstamm saßt?«

Marnie legte ihre Hand auf die seine und schaute mit all der Liebe, zu der sie fähig war, zu ihm auf. »Ich habe unserem künftigen Superspion gesagt, was für ein glücklicher kleiner Junge er doch ist, einen solchen Vater zu haben.«